UTA-MARIA HEIM

TOSKANISCHES FEUER

XXX

UTA-MARIA HEIM

TOSKANISCHES FEUER

Kriminalroman

GMEINER SPANNUNG

Bisherige Veröffentlichungen im Gmeiner-Verlag:
Toskanische Beichte (2017), Feierabend (2011), Totenkuss (2010), Wespennest (2009), Das Rattenprinzip (2008), Totschweigen (2007), Dreckskind (2006)

Personen und Handlung sind frei erfunden.
Ähnlichkeiten mit lebenden oder toten Personen sind rein zufällig und nicht beabsichtigt.

Im Ehnried 5, 88605 Meßkirch
Telefon 07575/2095-0
info@gmeiner-verlag.de

1. Auflage 2018

Lektorat: Claudia Senghaas, Kirchardt
Herstellung: Julia Franze
Umschlaggestaltung: U.O.R.G. Lutz Eberle, Stuttgart
unter Verwendung eines Fotos von: © MangAllyPop@ER/Fotolia.com
Druck: GGP Media GmbH, Pößneck
Printed in Germany
ISBN 978-3-8392-2348-2

Für Pauline

Im Bösen verliert der Mensch sich selbst bei dem tragischen Versuch, sich der Last seines Menschseins zu entledigen.
Erich Fromm, Die Seele des Menschen[1]

Mit der Risikofreude schwinden die Gründe zu leben.
Unsichtbares Komitee, Jetzt[2]

Alles war schwarz. Er konnte absolut nichts sehen. Er befühlte seine Hände, zählte zum zigtausendsten Mal seine Finger. Es waren zehn. Fünf Finger an der linken, fünf an der rechten Hand. Seine Hände waren schweißig kalt. Die Nägel waren gewachsen, sie mussten gewachsen sein, zwei waren abgebrochen. Sobald er ans Licht kam, würde er um eine Feile bitten. Das war aber Quatsch, weil er womöglich nie wieder hier rauskam. So weit durfte er nur nicht denken. Das hatte er geübt, bloß es nutzte ihm nun nichts. Es war heiß, es stank, und er musste pissen. Er lag da wie ein Embryo, er schwitzte und kriegte kaum noch Luft. Bald würde er ersticken. Sämtliche Glieder taten ihm weh. Es gab keine Stelle am Körper, die nicht schmerzte. Der Rücken stach. Das rechte Bein krampfte. Sein Bauch zog sich zusammen. Der Nacken schwoll an. Sein Kopf pochte. Er hatte die Orientierung verloren. Und das Zeitgefühl. Der Boden unter ihm schwankte und vibrierte. Ein sanftes Bollern mischte sich mit einem spitzen Hämmern. Er nahm nicht an, dass das noch die Straße war. Vermutlich waren sie längst auf einer Fähre. Sie fuhren in ein fremdes Land, in dem die Sonne schien. Sie hatten ihm nicht gesagt, wohin die Reise ging. Und wie viele Stunden, Tage und Nächte sie dauern würde. Er konnte nicht einmal darauf vertrauen, dass sie ihn nicht verrecken ließen. Sie hatten keine Erfahrung mit Gefangenen, und er war der jüngste der Truppe. Er war Sportler. Niemand wusste, dass er bis spät in seine Jugend hinein Asthma gehabt hatte. Es war nicht mehr nachzuweisen. Vielleicht trauten sie ihm weit mehr zu, als er aushalten konnte.

Längst spürte er keine Hoffnung mehr. Und auch keine Angst. Der Gedanke an den Tod wich einer Benommenheit, die ihn einlullte. Vielleicht war er einige Male bewusstlos gewesen. Wahrscheinlich hatte er aber einfach nur geschlafen. Geträumt hatte er nichts. Sie hatten ihn nicht misshandelt. So weit waren sie nicht gegangen. Sie hatten keinerlei Ahnung von Gewalt. Das war das größte Problem bei der Sache.

Er musste, verdammt noch mal, pissen. Er tastete blind um sich. Irgendwo gab es eine leere Sprudelflasche. Er musste sie finden. Er würde hineinpinkeln und seinen Urin trinken. Das würde ihn einige Stunden lang vor dem Ertrinken retten. Vor dem Verdursten. Er war halb besinnungslos vor Durst. Er fand die richtigen Wörter nicht mehr, aber dafür die Flasche. Er öffnete den Reißverschluss seiner Jeans. Er nestelte am Schritt und schob seinen Schwanz vor die Öffnung. Der Deckel ging auf. Es wurde gleißend hell.

»Was, zum Teufel, treibst du da?«

Die Stimme der Chefin. Sie war nah wie nie, und sie klang empört. Vermutlich glaubte sie, er onanierte. Schlagartig kam er zu sich. Er wandte sich um. Blinzelte ins Neonlicht. Schloss die brennenden Augen. Drehte das Gesicht weg. Verbarg es im Ellenbogen. Krümmte sich wie ein Wurm. Schob seinen Schwanz zurück in den Eingriff. Nässte leicht ein, spannte den Muskel an, lockerte ihn wieder und ließ dann einfach laufen.

»Du machst dir in die Hose, du Jungspund von einem Amtsarsch?« Die Chefin brüllte. »Scheißsoftie. Mit dir ist einfach nichts anzufangen.«

Sie waren immer noch in der Werkstatt. Das Rütteln wurde abgestellt, das Nichts schwang aus und kam zur Ruhe. Der Audi war keinen Meter gefahren. Die graue Limousine stand auf einer Art Wagenheber, sie hatte sich keinen Zentimeter bewegt.

»Wie lang war ich jetzt hier drin?« Er war heiser und räusperte sich. Er hustete.

»Keine acht Stunden. Noch nicht einmal einen Arbeitstag. Und du willst dich austauschen lassen? Keine Geisel macht so schnell schlapp.«

Sie trug immer noch das fliederfarbene Kostüm mit dem Pepitamuster. Und die dunkelrote Kostümbluse. Sie sah damit aus wie ein Transvestit, aber kein Mitarbeiter hatte den Mut, es ihr zu sagen. Es waren die Klamotten, die sie gekauft hatte, als sie beschloss, Karriere zu machen. Das war vor sieben Jahren gewesen, am Tag der sogenannten Baader-Befreiung, am 14. Mai 1970. Die Geburtsstunde der Roten Armee Fraktion, zwei Wochen vor Beginn der Fußball-Weltmeisterschaft in Mexiko. Von da an wollte sie ganz nach oben. Sie hatte das selber so geäußert, wenn auch in anderen Worten. Sie wollte Verantwortung übernehmen, etwas tun. Sie wollte zurückschlagen.

Während Andreas Baader bei einer Ausführung aus der Justizvollzugsanstalt Tegel mit Waffengewalt befreit wurde, unter anderem von Ulrike Meinhof, wurde Willy Brandt beim SPD-Bundesparteitag in Saarbrücken mit überragender Mehrheit als Parteivorsitzender wiedergewählt. Er konnte sich somit extrem gut an das Datum erinnern, an dem sich die Chefin für den Job bewarb, den sie seither erledigte. Denn er hatte an dem Tag, einem Donnerstag, seinen 21. Geburtstag gefeiert. Er war volljährig geworden. Seine Mutter hatte eine Schwarzwälder Kirschtorte gebacken und der Vater gab ihm 500 Mark. Er hatte gerade keine Freundin, seine Clique bröckelte, und er kam beim Karate nicht weiter, aber er bestand endlich sein Abitur und sollte eigentlich zur Bundeswehr. Untauglich. Nicht Asthma. Plattfüße. Immerhin. Dinge, die ihn später nicht behindern konnten. Sein Vater war bei der Militärseelsorge. Er ergab sich. Beschloss, nicht zu kneifen und irgendwie in den Staatsdienst zu gehen.

Aus dem Autoradio quoll »Das hat die Welt noch nicht geseh'n« von Ricky Shayne: »Das hat die Welt noch nicht geseh'n, / mir sind die and'ren Mädchen gleich. / Dabei war ich mal in der Liebe / so wie der Hecht im Karpfenteich.«

Nachdem die Kaufhausbrandstifter Andreas Baader, Gudrun Ensslin und andere aus der Haft entlassen worden waren, bis über die Revision ihrer Urteile entschieden wurde, war der Schlager im Juli 1969 vier Wochen lang in den deutschen Charts platziert gewesen. Er hörte erst jetzt, dass er lief, aber es hatte ihn natürlich unbewusst an das Ende seiner Jugend erinnert.

»Wir können weitermachen«, sagte er. »Alles roger. Ihr habt doch Schiss gekriegt und aufgegeben. Ich kann noch.«

»Gut!«, bellte die Chefin. »Raus hier. Da, an die Wand.«

Er krauchte aus dem Kofferraum und taumelte an die Werkstattmauer. Er hielt sich kaum auf den Füßen. Er schwankte. Mit beiden Händen stützte er sich am Beton ab.

»Name?«

»Hach. Trost, Gernot.«

»Geboren?«

»14. – hmm – Juli 1949 in S… Schiltach im Schwarzwald.«

»Eltern?«

»Gerlinde Trost, geborene Allgaier, aus Tennenbronn. Solanus Trost, Bauer.«

»Ausbildung, Beruf?«

»Soziologiestudium in Freiburg, umgesattelt auf Lehramt, Politik und Geschichte, Referendariat am Gymnasium Schramberg. Mitglied einer K-Gruppe, Berufsverbot.«

»Welcher K-Gruppe?«

»Muss ich das sagen?«

»Was spricht dagegen?«

»Ich möchte niemand mit hineinziehen.«

»Also gut. Maoisten?«

»Nein, Trotzkisten.«

»Kontakte zur RAF?«

»Keine.«

»Motivation, hier einzuspringen?«

»Christliches Elternhaus. Katholisch. Mein Vater ist der Industrielle Franziskus Trost, Präzisionsdrehteile. Meine Mutter Annemarie arbeitet ehrenamtlich in der Kirchengemeinde. Ich habe drei Geschwister: Sepp ist der Älteste, mir nach folgen Matthes und Magda. Mein Großvater hieß Ignatz Trost. Er galt als schizophren. Seine zweite Frau kämpfte für das Wahlrecht. Sie starben beide für das, was sie waren. Grafeneck. Dachau. Noch Fragen?«

»Himmelherrgott Sackzement, was für ein Scheißdreck. Was hat das, verflucht, mit Gerlinde und Solanus zu tun?«

»Mist. Das waren die Großeltern.« Er sah zu Boden. Er würde seinen Klarnamen nie vergessen. Niemals würde er seine Legende lernen. Er konnte das einfach nicht.

»Eben. Und Ignatz war dein Großonkel. Merk dir das endlich.«

»Ich bin halt noch nicht recht firm.«

»Okay«, sagte sie und gab ihm eine Flasche Sprudel. Und eine Dose Bier. Ihre Stimme schlug um. Sie wurde mild, fast zärtlich. Die Chefin lächelte, und ihr herbes Gesicht wurde beinahe hübsch. »Trink das. Und dann geh duschen, zieh dich um. Wir treffen uns in einer halben Stunde im Beratungszimmer.«

1

In aller Herrgottsfrühe hetzte Fischer zum Bahnhof. Das Pflaster lief schnurgerade darauf zu. Das Empfangsgebäude mit seinem feingliedrigen Turm, der dem Palazzo Vecchio in Florenz nachempfunden war, lag noch im Dunkel. Zu spät erreichte Fischer das Gleis. Als der Seehas anfuhr, spürte er die Versuchung, vom Bahnsteig auf die Schienen zu springen. Der Lokführer hielt. Fischer drückte die Tür auf und stieg ein. Schwer schnaufend ließ er sich auf seinen Platz fallen und keuchte noch immer, als der Zug Konstanz-Petershausen erreichte. Die Fahrt von Konstanz nach Allensbach ging über die Reichenau. Fischer kannte jeden Meter der Bahnstrecke, die an der Psychiatrie entlangführte. Die Laternen glommen schütter, über den Bauten lag ein diesiges, ungesundes Zwielicht, fernab noch vom Dämmer.

Die Sitze waren schwarz mit kleinen blauen, roten und vor allem gelben Rechtecken. Die meisten waren leer. Die Nackenstützen waren blau, die Wände grau und hellgelb. Fischer schwitzte. Er kriegte kaum noch Luft. Er bekam Panik. Er versuchte, sich an dem zu orientieren, was er sah und was er kannte. Die vereinzelten Mitreisenden nahm er nicht wahr. Die junge Frau in der bunten Strickjacke nahm er erst zur Kenntnis, als sie sich ihm gegenüber aufpflanzte. Sie wirkte wie ein beseeltes Staudengewächs. Die Formen, die sich abzeichneten, waren weich und weiblich, die Gestalt eher klein und auf eine füllige Weise zierlich. Ein hellbrauner Pagenkopf rahmte ihr ebenmäßiges, perfektes Gesicht, die dichten Brauen wölbten sich harmonisch, ihre Augen schienen zu glühen; er hatte sie irgendwo schon mal gesehen.

Ihr runder Mund formte vier Worte, die Fischer erreichten: »Sie müssen mir helfen.«

»Das sagen alle«, erwiderte Fischer. Dann verfiel er in sein Schweigen.

Der Seehas fuhr in g-Moll, Fischer erkannte sternenklar b und es, und eine kulturtote Stimme befahl einem Menschen mit Haltewunsch, die Haltewunschtaste zu drücken. Sie kam zur Unzeit, da das Band sich irgendwie verheddert hatte.

»Aber Sie sind doch der Pfarrer der Katharinengemeinde«, insistierte die Frau. »Oder kann es sein, dass ich Sie verwechsle? Aber nein, ich vertue mich schon nicht. Auch wenn Sie Joggingklamotten und diese alberne Kappe tragen.«

»Seien Sie sich da mal nicht so sicher«, sagte Fischer. Jetzt wusste er auch wieder, woher er sie kannte: Sie sammelte in halb Konstanz Kinder ein und brachte sie, zusammen mit ihren eigenen, zum Kindergottesdienst. Sie hatte, wenn er es recht wusste, drei. Drei Kinder, zwei Buben und ein Mädchen, ein Bub und das Mädchen Zwillinge, allesamt im Grundschulalter. Den Kindergottesdienst betreute nicht er, sondern seine Schwester Esther. Diese Mutter kam selber nicht zu seiner Messe, und sie empfing die Sakramente nicht. Ihre Kinder durften bei ihm offenbar nicht zur Erstkommunion, und im Religionsunterricht hatte er sie auch nicht. Sie wohnten wohl außerhalb der Altstadt, wo Fischers Pfarrei lag, am St.-Katharinen-Platz am Ende der Katharinengasse. Sie lebten in einem anderen Stadtteil oder irgendwo im Umland. Daher kannte er die Mutter nicht gut, er behielt nur ihr Bild vor Augen, wie sie vor der Kirche den Mercedes-Bus ausleerte. Der Bus spie die Kinder aus, und es waren weit mehr darin, als hineingehörten.

»Sabine Wagner.« Die junge Frau streckte ihm ihre kleine, feste Hand hin. »Ich bin katholisch, mein Mann und meine Kinder sind katholisch, wir sind getauft, wir besuchen unsere

Messe und zahlen Kirchensteuer. Aber die Kirche bei uns draußen im Ort ist ganz klein, und wir haben nicht mal mehr einen eigenen Pfarrer. Wir teilen uns einen mit drei Nachbargemeinden, und er ist damit angeblich total überbeansprucht. Jedenfalls kriegt man ihn nur schwer zu fassen. Schon deshalb haben wir ein gewisses Recht, Ihre Dienste in Anspruch zu nehmen. Oder sehen Sie das anders?«

»Nein«, sagte Fischer. »Aber sind Sie für den Namen Sabine nicht ein wenig arg jung? Er muss hoffnungslos aus der Mode gewesen sein, als Sie auf die Welt kamen. Vanessa oder Melanie würde besser zu Ihnen passen.«

»Sabine«, sagte Sabine. »Das war der Wunsch meiner toten Mutter. Sie hatte so lange auf ein Kind gewartet, über 25 Jahre, dass sie nicht mehr darüber nachdachte, ob ihre Namenswahl noch zeitgemäß war. Mein Vater konnte keine Kinder zeugen. Irgendwann fand sich ein Spender. Meine Mutter hat sich Samen spenden lassen. Ich bin ein Spenderkind.«

»Das tut mir leid.« Fischer stockte. »Ich bin übrigens der Justus. Wir können Du zueinander sagen.«

Sabine brach in Tränen aus. Sie schluchzte, fing sich wieder. »Ich weiß es erst seit zweieinhalb Wochen, Herr Pfarrer. Aber ich habe immer gespürt, dass etwas nicht stimmt. Ich möchte meinem leiblichen Vater begegnen.«

Fischer wusste, daraus konnte eine Obsession werden. Wie aus so vielem im Leben. »Und ich soll ihn für Sie finden.« Es war keine Frage, es war eine Feststellung.

»Die Arztpraxis gibt es schon lange nicht mehr. Der Arzt, der das gemacht hat, ist tot. Aber Sie haben doch die Kirchenbücher. Die Taufregister. All das. Da muss das doch drinstehen, wenn man katholisch ist.«

Fischer gab der fremden Frau endlich die Hand. Er spürte jetzt, dass sie fremd war. Fremd und restlos naiv. So dumm konnte man doch gar nicht sein, dass man glaubte, ein Samenspender sei in den Kirchenbüchern vermerkt! Der Seehas erreichte Allensbach, und er stand auf. »Frau Wagner, so einfach ist das nicht. Und wieso wenden Sie sich nicht an Ihre eigene Pfarrgemeinde? Ob er will oder nicht, Ihr Pfarrer ist für Sie zuständig.«

Sabine sah ihn an, mit einem zärtlichen, aber durchdringenden Blick. »Sie sind eine Institution in Konstanz. Allein, was Sie für die Kinder tun. Und für die Erwerbslosen. Für die Menschen mit Sonderbegabung. Und für die ganzen Flüchtenden. Für die geflüchteten Christen vor allem. All diese armen Würmer aus dem Nahen Osten, aus Syrien, dem Irak, Iran oder Afghanistan haben durch Ihr Zutun eine Bleibe gefunden, eine Heimat. Beispiellos. Das Katharinenhaus ist als Einrichtung vorbildlich. Ihr Engagement ist stadtbekannt. Wenn wir Sie nicht hätten. Ja, wissen Sie das nicht?«

Fischer joggte vom Bahnhof Allensbach nach Hegne. Der Radweg verlief unweit der Bahnlinie, die direkt am Gnadensee entlangführte. Der See lag hinter einer Wand aus grauem Nebel. Die Luft war feucht und kalt. Fischer beschloss, nicht oben auf der Radstrecke zu bleiben, parallel zur B33, sondern durch die Reichenau-Waldsiedlung vorbei am Bahnwärterhaus zu laufen. Er hatte sein mobiles Musikabspielgerät dabei, aber er wollte nichts hören als seine Schritte.

Was hatte Sabine Wagner so früh am Tag im Seehas zu suchen gehabt? Hatte sie ihn abgepasst? War sie ihm gefolgt? Oder war es nur wieder einer dieser gotteslästerlichen Zufälle? Sie würde ihn nicht in Ruhe lassen. Sie würde wieder auf ihn zukommen. Leute wie sie kamen immer wieder.

Sarah lachte. Sie lachte ihr perlendes, juchzendes, johlendes Lachen, das wild war und ungebändigt, das von irgendwoher kam, von draußen, aus einem fremden Universum, in dem es andere Regeln gab. Es war nicht zügellos, es gehorchte eigenen Gesetzen, doch es durchbrach die Grenzen des Anstands und der Konventionen, die Fischer, würgend, akzeptierte. Er sah seine zehn Jahre jüngere Schwester vor sich, wie sie in die Hände klatschte. Ihr schwarzer Pferdeschwanz wippte, ihre Mandelaugen funkelten. Es war ihm nicht wohl in seinem Korsett, gegen das sein Herz schlug, aber Sarah kümmerte das nicht. Sie zwang ihn hinein in ihre Welt, indem sie ihm ihr Lachen als Klingelton auf das Handy spielte. Fischer begriff nicht, wie sie das geschafft, er wusste nicht, wer ihr dabei geholfen hatte. Er fragte nicht, weil er sie nicht verletzen wollte. Aber wenn ihn seit seinem 43. Geburtstag, der erst wenige Wochen zurücklag, einer anrief, dann erschallte Sarahs Lachen. Ihr Lachen war ihr Geburtstagsgeschenk, und es ging ihm durch Mark und Bein.

Fischer nestelte in seinem Anorak. Er nahm das Handy nur mit, weil er Angst hatte, dass er sich sonst nicht wehren konnte. Wenn wieder eine Attacke kam. Es ging um den Notruf, den er beizeiten tätigen musste. Sonst gab es keinen Grund. Er wollte mit niemandem sprechen. Das ging regelmäßig schief. Einer erreichte ihn immer.

»Ja?« Fischer drückte das Lachen weg. Er keuchte ein wenig, nicht zu sehr. Er lief.

»Justus?« Es war die Mutter. »Wo bisch?«

»Laufen«, sagte Fischer.

»Die Oma ist gestern Nacht gefallen. Sie wollte aufs Klo und ist die Stiegen hinabgehagelt. Es ist nichts passiert. Kein Oberschenkelhalsbruch. Aber sie hat Hämatome. Der halbe Hintern ist blau. Der Opa hat erst nichts erzählt. Der hat es allein mit ihr ausgemacht und sie wieder in ihr Bett gelegt. Dann ist die Hannah jetzt aber in der Frühe hin, weil sie ja nach dem Rechten sieht, ehe sie die Kinder versorgt und zum Schaffen zur dir und ins Pfarrbüro geht. Sie hilft ja auch im Haushalt, nachdem es dir selber zu viel wird, was jeder versteht, und da sitzt der Opa in der Küche am Tisch, einen Muckefuck vor sich, und sinniert. Beim nächsten Mal, sagt der Opa, geht es schief. Und er garantiert für nichts.«

»Das ist nicht wahr«, sagte Fischer. »Gib acht, was du sagst.«

»So geht es nicht weiter. Es sind nicht meine Eltern! Ich bin selber schon in einem Alter, wo ich auf mich aufpassen muss.«

»Das musst du garantiert«, erwiderte Fischer, »denn ich kann es nicht. Ich kann nicht mal auf mich selber aufpassen, sonst wär ich nicht eingeliefert worden, und ich konnte nicht auf Rahel aufpassen, sonst wär sie nicht tot.«

»Hör auf«, sagte die Mutter, »du warst ein kleiner Bub, und du konntest nichts dafür. Wie oft muss man dir das noch sagen.«

»Das spielt keine Rolle«, erwiderte Fischer, »wie klein ich war. Ich hab's verwirkt. Dass das alles doch noch hochkommen musste, ist ein Unglück. Oder auch nicht. Ich habe jetzt über ein Jahr gebraucht.«

»Für was?«

»Um zu begreifen, dass ich nicht mehr auf die Beine falle. Es hat mit der alten Geschichte zu tun. Als endlich herauskam, wie es gewesen sein musste, ist alles wieder hochgespült worden. Rahel war ja noch so klein. Sie war doch erst fünf. Ich hätte sie da auf dem Parkplatz nicht alleinlassen dürfen. Ich fühle mich schuldig. Ich verzweifle daran. Ich kann nicht mehr. Ich spiele nicht mehr mit.«

»Heißt was?«

»Das wird man sehen. Immerhin wissen wir jetzt schon eine ganze Weile, was damals passiert ist, und es wird nicht besser.«

»Meine Güte, du warst ein achtjähriger Bub. Benimm dich endlich wie ein Mannsbild! Tu was. Es geht so nicht weiter.

Die Oma braucht Pflege. Die zwei Alten können das allein nicht mehr stemmen.«

Wir reden über zweierlei Dinge, dachte Fischer. Meine Schwester Rahel ist seit 35 Jahren tot. Die Umstände, die dazu geführt haben, kannten wir ewig lang nicht. Die Gewissheit, die wir nun seit vorigem Sommer besitzen, bringt uns keinesfalls wieder zusammen. Es war ein Unfall, ich bin nicht direkt daran beteiligt gewesen, und wie immer ist niemand von uns schuld. Rahel wurde überfahren. Die Frau lud das Kind ins Auto und beging Fahrerflucht. Dann versteckte sie die Leiche, und erst als alte Frau legte sie ein Geständnis ab. Kein Mensch hat mir jemals Vorwürfe gemacht. Wir haben Verschlupferles gespielt, und Rahel ist verschwunden. Das Trauma hat uns alle auseinandergetrieben. Jeder sorgt seither für sich. Dann geht es um die Oma, und da treffen wir uns sowieso nicht. Weil jeder in der Familie weiß, wie es mit der Oma laufen soll. Nämlich stressfrei und kompatibel. Und weil jeder dafür eine eigene Idee hat, aber kein Mensch die Verantwortung übernimmt. Die Mutter am allerwenigsten.

Die farblose Landschaft fuhr an ihm vorbei wie ein Film. Fischer kam es vor, als ob nicht er sich bewegte, sondern als ob er stünde, und um ihn her ruckte und zuckte die Welt. Es war kein sanftes Gleiten mehr, wie sonst in der Gleichförmigkeit des Laufens, sondern ein Schucken und Schaukeln wie auf einem Schiff. Fischer wurde sich vollends fremd, wie ihm alles Äußere fremd war. Die Szene schluckte ihn und riss ihn mit fort ins Nichts. Am Ende blieb, hinter dem Schleier aus Nebel, die schwindelnde Leere.

»Bist du noch dran?«, fragte die Mutter. Sie klang aufs Mal besorgt und gar nicht mehr abweisend hektisch wie gerade eben noch. Die Geschäftigkeit fiel von ihr ab, und zum Vorschein kam ein Haufen Elend.

»Nein«, sagte Fischer. Er merkte, dass er nicht stotterte. Er war kein Stotterer mehr. Vielleicht würde er nie mehr im Leben stottern.

»Es ist keine Schande, wenn man sich in der Lebensmitte ausgebrannt fühlt und in eine Krise gerät. Depressionen sind vor Gott ohne Makel. Aber man darf sich nicht darin gefallen. Und du willst dir ja nicht helfen lassen. Von keinem von uns.«

Aha, Themenwechsel. Jetzt ging die alte Leier los. »Ihr könnt mir nicht helfen, Mama. Ich kann mir nur selber helfen. Und ich wi... wi... will so nicht mehr.«

»Nimmst du wenigstens deine Medikamente noch?«

»Ja, Mama.« Lüge. Verstoß gegen das achte Gebot, nachdem er schon gegen das vierte verstoßen hatte. Es fiel ihm gemeinhin nicht mehr auf, wenn er seine Mutter verachtete und sich ihr gegenüber verstellte. Ihr Verhältnis war nie besonders innig gewesen, obwohl sie ihn scheinbar vor den ganzen anderen Geschwistern bevorzugte und verzog. Auch wenn er die teuersten Geschenke bekam, lehnte sie ihn insgeheim ab. Die Mutter hatte ihm nie verziehen, dass er an einem schönen Sommertag ohne die kleine Schwester vom Spielen heimkam und dass er auf die Frage, wo Rahel geblieben war, nur den Rotz hochzog und sich mit dem Ärmel quer übers Gesicht wischte. Danach hatte er mit dem Stottern angefangen. Das von seiner Umgebung als Unwille interpretiert wurde, als Weigerung, sich zu äußern, als innerer Widerstand, als Protest und bewusst auferlegte Qual. Man schalt ihn, er sei überzwerch. Es hatte alles an diesem kleinen See angefangen, an den Justus mit Rahel gegangen war und von dem er allein zurückkehrte. Er meinte sich zu erinnern, dass er trotz der Hitze ein langärmliges Hemd getragen hatte, rotkariert war es gewesen, dazu die Lederhose mit den Hirschhornknöpfen, aber er mochte sich irren. Bei der Lederhose nicht, aber vielleicht bei dem Hemd. Wenn seine Arme nackt gewesen waren, hätte er das eigentlich noch wissen müssen, weil das eine körperliche Erinnerung ist, wenn Haut auf Haut trifft. Und das Gedächtnis des Leibs beherrscht die Seele bis in den Tod.

»Jetzt sag doch was.«

»Ja, Mama. Was meint eigentlich der Va… Va… Vater dazu?« Er war doch noch nicht erlöst. Aber gleich würde er wieder zu stottern aufhören. Das Stottern kam in Wellen.

»Wie immer. Dein Vater macht sich unentbehrlich. Er ist überall, nur nicht da, wo er gebraucht wird. Mit dem Opa zu debattieren, das traut er sich nicht. Hat er sich nie getraut. Ist ja auch zwecklos.«

Ich muss wieder gesund werden, dachte Fischer. Ich muss wieder mittun. Bloß, wie geht das? Wenn ich so inständig nicht mehr will und nicht mehr kann. »Wenn das so ist«, sagte Fischer, »finde ich heute noch eine Lösung.«

»Ich wusste, dass du das tust, mein Bub. Ich wusste, du lässt uns nicht im Stich.«

Keine hundert Schritte weiter lachte wiederum Sarah. Ihr Lachen war forscher als vormals. Fordernder und weniger irr. Sie schien etwas ganz Bestimmtes zu wollen, und so war es dann auch.

»Fischer, bist du's?«

Giulia. Um diese Zeit.

»Wer sonst.« Du hast dich nach unserem Toskanaurlaub voriges Jahr nie wieder gemeldet. Ich mich auch nicht, aber das hatte andere Gründe. »Giulia. Ist was passiert? Wo bist du?«

»Wo schon. In Florenz.« Sie stockte. »Mensch, Justus. Hör mal, ich weiß, dass das nicht richtig war. Also, einfach abzutauchen. Aber es gab da ein paar Probleme. Und du hättest ja auch mal was von dir hören lassen können. Wie geht es dir?«

»Gut«, sagte Fischer, »sehr gut.«

»Das freut mich«, entgegnete Giulia. »Ich hatte eine etwas schwere Zeit. Das ist jetzt vorbei, und ich blicke nach vorn. Beruflich habe ich mich wieder gefangen. Mit der Familie ist es auch im Lot. Beide Kinder studieren. Der große Sohn in Mailand, der kleine hier in Florenz. Mit dem Ex-Mann habe ich neuerdings guten Kontakt. Was will man mehr. Eigentlich ist es eine Kleinigkeit, um die ich dich bitten wollte.«

»Ah ja?«

»Ja, schon. Aber es ist schwierig, hier am Telefon. Wo bist du überhaupt?«

»Laufen.«

»Was?«

»Laufen. Ich renne ein Stück um den Gnadensee.«

»Tatsächlich? Du läufst? Und dabei kannst du so locker reden?«

Ich habe kaum was gesagt, dachte Fischer. Schnaufte.

»Ich würde dich um einen Gefallen bitten. Ich muss eh mal nach Deutschland. Wenn es dir nichts ausmacht, würde ich einfach in Konstanz vorbeikommen. Ich bringe einen Gast mit.«

»Kein Ding«, sagte Fischer. Und dachte an die Oma. »Kein Ding«, meinte sie immer und strahlte ihn an, »so heißt das doch heutzutage, wenn etwas degenmäßig dagegen geht, nicht wahr? Kein Ding.«

Er war angegriffen worden. Aber sie sagten, er sei es selbst gewesen. Er selbst habe sich so zu Fall gebracht. Er glaubte ihnen nicht. Er hatte sie gesehen. Sie hatten Umhänge angehabt, mit überwiegend schwarzen, aber auch bunten – gelben, blauen, roten, grünen – rechteckigen Filzplättchen, gesäumt von Pailletten; Köpfe und Gesichter verhüllt, nicht mit Larven, sondern mit Hauben, die nur die Augenschlitze frei ließen. Obenrum wirkten sie wie muslimische Frauen, die einen Tschador trugen, einen Niqab oder Hidschab, oder eine Burka, so genau kannte sich Fischer da nicht aus. Jedenfalls eine Vollverschleierung. Weit gefehlt. Einer der Hänsele hatte auffallend blaue Augen gehabt. Und untenrum trugen sie Beinkleider mit silbernen Glocken. Es waren wahrscheinlich Männer, Mitglieder der Überlinger Hänselezunft. Hästräger mit einer Kappe oder Haube. Sie hatten Rüssel, sie trugen vor der Brust ein weißes Schweißtuch und am Hinterkopf einen Rotfuchsschwanz. Dieses bedeutende Narrensymbol wurde oft als Zeichen der Schläue gedeutet, aber Fischer wusste, das war ein Irrtum. Bereits Bilder aus dem Mittelalter belegten, dass Narren und Krüppel Fuchsschwänze und Schellen trugen. Da sie kein Ebenbild Gottes sein konnten, wurden sie als Heiden gebrandmarkt, und der Fuchsschwanz war ein Zubehör des Teufels. Der Fuchs galt keinesfalls als klug; vielmehr stand er als Sinnbild für Habsucht, Bosheit, Verschlagenheit, falsches Geschwätz, Charakterlosigkeit, Sünde und Betrug. Der Fuchs war gleichbedeutend mit dem Teufel. Mit der Narrenfigur des Hänsele wurde im Spätmittelalter auch dessen Fuchsschwanzsymbol in das Fasnachtsgeschehen übernommen.

Was die beiden Hästräger an seiner Joggingstrecke verloren hatten, wusste Fischer nicht. Aber es war an der Fasnacht gewesen, am Fasnetssamstag, wo die Hänsele traditionell ihr Flecklehäs anlegten und loszogen. Sie sollten Überlingen nicht verlassen. Doch die beiden waren ausgebüxt, um den Bodensee herumgefahren und vermutlich besoffen in den Seehas gestiegen. Wieso sie bei der Psychiatrie Reichenau gelandet waren, konnte er sich nicht erklären. Es war Nacht gewesen, Mitte Februar, und zappenduster. Eigentlich war es erst am frühen Abend. Fischer hatte Ausgang gehabt. Die Erlaubnis, ein paar Meter allein zu laufen.

Doch, es waren zwei Männer gewesen. Keine Frauen. Das hatte Fischer am Schuhwerk klar erkannt. Außerdem steckten in dem Hänselehäs immer Männer. Darin hatten Frauen von jeher nichts verloren. Sie hatten Fischer erst gestellt und dann niedergeschlagen. Er war blutend am Boden liegen geblieben. Bewusstlos und halb erfroren hatte ihn eine Pflegerin, die eine rauchen wollte, Stunden später auf dem Psychiatriegelände gefunden. Und zurück in die Station und auf sein Zimmer gebracht. Am nächsten Tag kriegte er keine Luft mehr und es bestand der Verdacht auf eine Lungenentzündung. Der erhärtete sich nicht. Fischer wurde untersucht und war körperlich gesund. Luft bekam er trotzdem keine. Er wollte Strafanzeige erstatten, doch man lachte ihn hinter kaum vorgehaltener Hand aus. Die Sache war dem Umstand geschuldet, dass er hochgradig spann. Der Übergriff war fiktiv, ein Irrtum seiner geschundenen Seele. Keine Sau hatte ihn angegriffen. Er war gestolpert und liegen geblieben, die Medikamente hatten ihn sediert. Seine Verletzungen kamen vom Aufprall und davon, dass er um sich schlug. Er hatte sich selber zerkratzt, im Gesicht vor allem, an den Schläfen und am Hals, das war unter den Fingernägeln nachweisbar.

Fischer spürte zum ersten Mal in seinem Erwachsenenleben eine Ohnmacht, die total war. Er konnte gegen den Widerstand der Ärzte, die er als Privatpatient bezahlte, nicht aufbegehren. Sie lachten inwendig. Doch je wütender und jähzorniger Fischer wurde, desto mehr meldeten sich Erinnerungen zurück, die er verschüttet geglaubt hatte. Er fasste es nicht, was er plötzlich wieder zusammenbekam. Es nützte ihm nichts, nicht vordergründig, aber auf längere Sicht vielleicht schon.

Die Männer waren nicht jung gewesen und auch nicht schlank. Sie waren mindestens in Fischers Alter. Das redete er sich wenigstens ein. Gewiss dünkte ihn, sie hatten auf die

Stimme gedrückt, die durch die Haube dumpf klang. Sie hatten kein Bodenseealemannisch gesprochen, aber auch kein reines Hochdeutsch. Außerdem hatten sie keinen echten Akzent. Das fand Fischer komisch. Dass er sich an eine völlig fehlende Verortung entsinnen konnte. An eine universelle Heimatlosigkeit. Was sie gesagt hatten, entzog sich ihm, aber es kam darauf an, wie sie es taten. Er wurde nicht schlau daraus. Jedenfalls hatten sie ihn gepackt und überwältigt. Dann hatten sie auf ihn eingetreten. Mit ihren Stiefeln einer Modemarke, mit der Fischer nichts zu tun haben wollte. Auch ältere Leute trugen heutzutage solche Stiefel. Mit Schnürsenkeln, die von der Farbe her nicht passten.

Siebeneinhalb Monate war das nun schon her. Fischer kam es vor, als sei es erst gestern gewesen. Sie hatten in der Nacht gestanden, jenseits der Laternen, und ihn abgepasst. Dann waren sie auf ihn losgestürmt und hatten ihn niedergestreckt. Wortlos, effektiv und schnell. Er hatte am Boden gelegen, auf dem Rücken, und sie hatten mit den Stiefeln auf ihn eingetreten. Vorsichtig. Kontrolliert. Beinahe zaghaft. Als hätten sie die Weisung, ihm wehzutun, ohne Spuren zu hinterlassen. Was freilich ein Unsinn war, es entsprach nur so einem Gefühl, das sich möglicherweise durch die Wirkung der Medikamente erklären ließ. Woher die Kratzer kamen, die Hämatome und die Hautabschürfungen unter seinen Fingernägeln, das wusste Fischer nicht. Offenbar hatte es einen Kampf gegeben. Doch die Hänsele hatten weiße Handschuhe getragen, und er konnte es sich nur so erklären: Es war seine eigene Haut, aber das änderte nichts daran, dass die Hänsele ihn tatsächlich überfallen hatten. Erst waren sie stumm gewesen, doch plötzlich hatten sie angefangen, miteinander zu sprechen. Sie verhandelten über etwas, das mit dem, was sie taten, nichts zu tun hatte. An mehr konnte sich Fischer nicht entsinnen. Aber es war immerhin etwas. Es war weit mehr, als er zu hoffen gewagt hatte.

Fischer glaubte nicht wirklich, dass es Hintermänner gab. Es war vermutlich ein dummer Zufall gewesen. Zur falschen Zeit am falschen Ort. Sicher war er sich nicht. Dass ihm Leute, denen er im Weg war, einen Denkzettel verpassen wollten, konnte er sich schon vorstellen. Bestimmten Kreisen war er ein Dorn im Auge. Wieso sich zwei Hänsele an ihm vergriffen, als es ihm dreckig ging und er in der Psychiatrie gelandet war, das entzog sich allerdings jeder menschlichen Vorstellung. Der Hänsele war ein vornehmer Narr. Er verhielt sich anständig, charmant, galant – er schnurrte, er redete weises Blech, aber er verletzte nicht. Niemals. Ein echter Hästräger wäre zu so etwas kaum fähig gewesen. Aber so, wie sich immer wieder Frauen ins Zottelgewand verirrten, so kamen vielleicht auch Kriminelle darin unter. Oder wenigstens ortsfremde Alkoholiker.

Dieser Überfall zählte zu den Dingen, die einen bleibend verunsichern konnten. Fischer war von jeher unsicher genug. Dennoch glaubte er, dass sich der Sachverhalt noch aufklären konnte. Das sagte ihm sein Gottvertrauen. Komisch war diese Ortlosigkeit. Als hätten sich die zwei Männer das Hänselehäs nur geborgt. Die gehörten da nicht hinein, aber sie gehörten auch sonst nirgends dazu. Das war es ja. Vermutlich hatten sie sich auch die Stiefel nur geliehen.

Wo kommt einer her, der keine Heimat hat? Den meisten hört man ihre Herkunft ja an. Häufig sind sie von hier. Und wenn sie nicht von hier kommen, hört man das erst recht. Diese beiden Hänsele wirkten wie von einem anderen Stern. Das war wirklich seltsam. Und freilich verwaschen, weil es keine konkreten Inhalte gab, an die sich Fischer entsinnen konnte. Das Ganze war ein Rätsel. Aber irgendwann würde ihm wieder einfallen, worüber die beiden gesprochen hatten. Der Überfall hatte ihn gewarnt. Seither war er jedenfalls vorsichtig. Noch vorsichtiger als vorher schon. Man konnte gar nicht vorsichtig genug sein. Man durfte es nur nicht zeigen. Sonst galt man gleich als labil. Als nicht belastbar und krank. Als phobischer Schwankschwindler.

Fischer erkannte aufs Mal, dass ihn die Sitze im Seehas an die Hänsele erinnert hatten, wegen den Rechtecken und den Farben, nur das Grün hatte gefehlt. So war die Panik plötzlich erklärbar. Aber wieso war sie in der Sekunde aufgetaucht? Warum kam die Assoziation erst jetzt? Monate später? Unzählige Male war er mit dem Seehas gefahren, und nichts war geschehen.

Wo es passiert war, hatte er kein Handy dabeigehabt. In der Anstalt hatten sie es ihm abgenommen. Als sie es ihm wieder aushändigten bei der Entlassung, lud er es so schnell wie möglich auf. Fischer würde nirgendwo mehr hingehen, ohne erreichbar zu sein. Das nahm er sich wenigstens vor. Dabei hatte er keine Ahnung, wer ihm helfen sollte. Immerhin gab es den Notruf, und es gab die beständigen Gebete, den ewig erneuerten Bund, den unabreißbaren Dialog mit Gott. Letzterer war aber unzuständig, wenn Fischer gefällt am Boden lag. Und auf einmal fiel es ihm ein: Sie hatten ihre elend langen Peitschen dabeigehabt, man hieß sie Karbatschen und benutzte sie zum Schnellen. Durch einen komplexen Bewegungsablauf des gesamten Körpers führte man ein ohrenbetäubendes Knallen oder Klepfen herbei. Der Arm formte dabei die Zahl Acht. Die Acht war eine heilige Zahl. Im christlichen Mittelalter symbolisierte sie Geburt, Neubeginn, Taufe, Auferstehung und Glück. Die Acht war das Symbol des Neuen Bundes. Er wurde besiegelt durch das Blut des Herrn.

Die Karbatschen kamen irgendwo aus dem Osten. Die Hirten trieben damit das Vieh zusammen, die Bauern lenkten mehrspännige Ochsenkarren, die Essensträger hielten sich so die Pestkranken vom Leib. Die Hänsele hingegen kämpften gegen die Kirchenglocken an und störten den eucharistischen Mittelpunkt des Gottesdienstes, die heilige Wandlung. Wieso hatte er diese Peitschen vorher nicht gesehen? Ob die Hästräger mit diesem brachialen Werkzeug auf ihn losgegangen waren und er hatte es verdrängt? Er musste den Opa fragen, was er dazu meinte.

Der Großvater war der Einzige gewesen, der Fischer ernstgenommen hatte. »Das sind zwei Teufel gewesen«, sagte er, »der Hänsele ist die Ausgeburt des Teufels. Hansel oder Hänslin heißt ja nichts anderes als Tod und Teufel, und der Hänsele trägt von jeher das Teufelshäs. Er leugnet Gott und steht für das Böse, den Tod.«

Wie immer, wenn es etwas zu ergründen gab, hatte der Großvater sich viel Mühe gemacht. Tagelang hatte er sich in seiner Bibliothek vergraben und zusammengetragen, was er vom Ursprung dieser Fasnetsfigur finden konnte. Das Häs, die Fasnachtstracht der Überlinger Hänsele, wurde erstmals in einem Ratsprotokoll des Jahres 1430 erwähnt. Im gleichen Jahr wurden die Juden ausgewiesen, seitdem kam es in der Stadt zu keiner Neubegründung einer jüdischen Gemeinde mehr. Der Hänsele stammte dem Opa zufolge nicht nachweislich aus einem Krieg, wobei er für Kriege instrumentalisiert wurde. In der ersten Hälfte des 16. Jahrhunderts hatte Überlingen als freie Reichsstadt für einen Feldzug in Oberitalien, den Kaiser Karl V. unternahm, eine Truppe von 100 Mann zu stellen. Sie wurde von der größten Zunft, den Rebleuten, rekrutiert. Bevor sie hinausmarschierten, wurde die heilige Messe gefeiert, die alle besuchten bis auf einen. Dieser blieb dem Gottesdienst fern und zog stattdessen durch die Wirtshäuser. »Der Legende nach ist er als Einziger nicht heimgekehrt«, erklärte der Opa. »Er ist im Feld geblieben und wird seitdem durch den Hänsele, den man auch ›den Toten‹ heißt, symbolisiert. Während des Dreißigjährigen Krieges wurde er zu einem Söldner, der mit seinem Karbatschengschnell, der Peitschenknallerei, vor dem Münster St. Nikolaus die heilige Wandlung gestört hat und mit seinem Bettelsack so arg hinter dem Geld her war, dass es alle gruselig fanden. Warum er sich derartig gottlos verhielt, bleibt rätselhaft. Als Toter gehört er zu den ewig Verdammten, die keine Aussicht auf Erlösung haben. Vom Hänsele geht also eine Mahnung aus. Er will davor warnen, es ihm gleichzutun.«

Während vom Fasnetssamstag bis zum Fasnetsdienstag Hunderte von Hänsele durch die Straßen zogen, zeigten sie sich beim Schwertletanz Anfang Juli nur vereinzelt. Hier rückten ihre Rollen als Geächtete und Geister ins Zentrum, und da war der Hänsele Fischer noch einmal begegnet. Mit den Großeltern war er gen Überlingen gefahren, um sich das Schauspiel in der Altstadt anzugucken. Der Opa hatte sich tagelang darauf vorbereitet, die Oma lächelte höflich und mit zittrigen Lippen. Sie trug ein luftiges Sommerkleid, das ihr die Mutter genäht hatte und das sich an ihre sportlichen Rundungen schmiegte. Den Ausführungen des Großvaters konnte sie sichtlich nicht mehr folgen.

»Ja was«, machte die Oma, »i wo. A so. Kein Ding.«

Sarah hatte einen Krampfanfall gehabt und durfte nicht mit, weil sie das Treiben und Tanzen der Trachtenträger mit ihren strammen Schößen, den weitschwingenden Röcken und den goldglitzernden Radhauben nur aufgeregt hätte. Das Bad in der Menge war an solchen Tagen Gift für sie. Wenn sie gestresst war, half nur Ruhe, und Schwester Hannah hatte sie mit zu sich heimgenommen.

Fischer hielt das Spektakel gut aus. Es war Sommer, es war hell und heiß, die Bäume voll schwerem Laub, nichts erinnerte an die Nacht am Fasnetssamstag, und ein Hänsele allein tat Fischer nicht das Geringste. Die Narren waren ihm ja nicht unvertraut, und er konnte das Geschehene ausblenden. Gebannt folgte er dem Schauspiel und den Darbietungen des Opas, der alles, was sie sahen, kommentierte.

Die Schwerttanzkompanie wurde früher durch die Rebleute gestellt, der Schwertletanz 1646 erstmals in einem Ratsprotokoll erwähnt. Bis 1870 war er Bestandteil der Fasnacht. Heutzutage wurde er nur noch einmal im Jahr zum Abschluss der zweiten Schwedenprozession aufgeführt, die auf ein Gelübde aus dem Dreißigjährigen Krieg gründete. Die beiden historischen Schwedenprozessionen wurden zum Dank für die Erhaltung der Stadt bei der Belagerung durch schwedische Truppen feierlich gelobt.

Der Großvater hatte sich Notizen gemacht, Stichwörter auf Karteikärtchen, aus denen er frei referierte. »Als am Vormittag des 11. Juli 1632, einem Sonntag, alle beim Gottesdienst waren, standen unter Herzog Bernhard von Weimar erstmals schwedische Truppen vor den Toren der Stadt. Sie wurden zum raschen Abzug gezwungen. Daran erinnert die erste Juli-Prozession. Die zweite gemahnt an die Belagerung und Beschießung vom 23. April bis 16. Mai 1634. Die Bürger leisteten erbitterten Widerstand und lehnten es ab, die Stadt zu übergeben. Sie hatten dafür Gottes Beistand. Bevor es am 29. April zum großen Sturmangriff kam, erschien einigen frommen und tapferen Überlingern am Luzienberg die Muttergottes, die zum Durchhalten motivierte. Das war allerhand, und am 16. Mai zog General Horn mitsamt seinen schwedischen Truppen wieder ab. Und wieder gelobte die Bürgerschaft, ›für uns und unsere Nachkommen zu ewigen Zeiten geltend, dass wir und unsere Nachkommen den Tag des feindlichen Abzuges alljährlich mit Prozession, Te Deum und anderem Gottesdienst heiligen und feierlich halten und das Bildnis der Jungfrau Maria mit ihrem Kinde in einem Kranz eingeschlossen, silbern herstellen und als Siegeszeichen bei der Prozession umtragen zu lassen.‹ Dieses Gelübde wird gehalten bis zum heutigen Tag.«

Hunger, Flöhe, Hass. Pest, Krieg, Tod: Existenzielle Bedrohungen beherrschten die Zeit des Dreißigjährigen Krieges, zu dem 1632 bis 1648 auch der Seekrieg auf dem Bodensee zählte. Überall sorgte die Natur dafür, dass sich die Krisen verschärften. Ab 1570 wurde es immer kälter. Eine kleine Eiszeit brachte nasse Sommer und extrem lange Winter, sie zwang Bauern, Fischer und Winzer in die Knie. Fischer verstand, dass daraus eine Symbolik geschaffen werden musste, die für die Ewigkeit Bestand hatte. »Nur das 20. Jahrhundert war schlimmer«, endete der Großvater. »Nie zuvor hat sich die Menschheit teuflischer aufgeführt.«

»Und nie hat sie so Gottähnliches geleistet«, sagte Fischer. Wo hatten sie den Satz, den sie vereint zusammenbrachten, nur gemeinsam gelesen?[3] »Meinst du eigentlich, dass es den Teufel wirklich gibt? Oder sitzt das Böse bloß im Menschen?«

Der Großvater strich sich eine widerspenstige weiße Strähne aus der Stirn und hielt sie am Hinterkopf fest. »Wenn die heilige Maria den Leuten erscheint, ist das die eine Sache. Ich glaube, der Teufel geht den anderen Weg. Er sucht sich zur Verkörperung immer einen Narr aus.«

Als Fischer die zwölf, dreizehn Kilometer gejoggt war und die Konstanzer Altstadt im Dauerlauf durchquerte, umhüllte der Nebel das Dämmerlicht. Kein Kind stolperte zur Schule, kein Erwachsener hastete zur Arbeit. Es fing an zu nieseln und ein kalter Wind strich durch die Fußgängerzone. Bei dem Heidenwetter waren kaum Leute unterwegs. Fischer fiel ein, dass es Sonntag war, der letzte Tag im September. Und dass er eigentlich den Gottesdienst hätte halten sollen, dass er aber seine Krankschreibung hatte verlängern lassen und vertreten wurde. Auch daheim hatte er Unterstützung. Er bewältigte seinen Alltag schon seit bald einem geschlagenen Jahr nicht mehr. Nachdem er aus der Anstalt entlassen worden war, hatte sich an diesem Zustand nichts verbessert. Er brauchte Hilfe, und er fürchtete und ersehnte den Tag, an dem er wieder vollends auf eigenen Füßen stand.

Anstatt direkt zurück zum Pfarrhaus zu gehen, machte er einen kleinen Umweg und kam am Kaiserbrunnen vorbei. Ende des 19. Jahrhunderts war er auf der Marktstätte im Herzen der Altstadt errichtet worden. Auf einer Steinpyramide standen die Kaiserstandbilder von vier deutschen Dynastien: Heinrich III. (Franken), Friedrich Barbarossa (Hohenstaufen), Maximilian I. (Habsburg) und Wilhelm I. (Preußen).

Nachdem die Kaiserstandbilder 1942 als »Metallspende des Deutschen Volkes« demontiert worden waren, wurden sie 1990 durch karikaturartige Büsten von Gernot Rumpf ersetzt; umrundet von einem dreiköpfigen Pfau mit Papstkronen sowie weiteren Figuren, die satirisch auf das Konstanzer Konzil und andere Episoden der Stadtgeschichte anspielten. Daneben stand ein eigener kleiner Brunnen mit Skulpturen von wasserspeienden Seehasen, die freche Hasenfratzen und Fischschwänze hatten. Fischer mochte sie sehr, weil sie ihn an verzauberte Nymphen erinnerten, an revoltierende Nixen. Sie schienen ein geheimes Wissen zu besitzen, hexengleich, und waren für jeden Jux zu haben. Schon als Jugendlicher war er, wenn er nicht mehr weiterwusste, manchmal zum Kaiserbrunnen gegangen, um sich von den Seehasen Stärkung zu holen.

Bevor Fischer krank wurde, sollte er in einer päpstlichen Kommission mitarbeiten, die sich erst um Selig- und Heiligsprechungsverfahren und dann um Teufelsaustreibungen kümmerte. Er hatte diesen Antrag, der ihn vorigen Sommer in Italien ereilt hatte und scheint's direkt von einem Boten Seiner Heiligkeit entsendet worden war, nicht an sich herangelassen. Er hatte äußerst unwillig reagiert. Daraufhin war aus Rom nichts mehr gekommen. Aber vielleicht bestand zwischen diesem Himmelfahrtskommando aus dem Petersdom und dem Zuschlagen der Überlinger Hänsele irgendein Zusammenhang. Fischer hatte sich das öfter überlegt. Dass sich Geistliche des Vatikans in einem Teufelshäs versteckten, um ihn für seinen Unwillen und Ungehorsam abzustrafen, erschien ihm allerdings selber lachhaft. Dass die beiden rüsselschwingenden Haubenträger auf dem Psychiatriegelände auftauchten, wo sie garantiert nichts verloren hatten, machte die Sache zwar rätselhaft, aber man durfte sich nicht ins Wahnhafte hineinsteigern. Bloß – war die Ortlosigkeit der beiden eine teuflische Metapher? Ein diabolisches Gleichnis? Ging es mit dem Teufel zu, sobald die Heimat nichts mehr zu melden hatte? War der Teufel los, weil Fischer es vorzog, daheim zu bleiben, anstatt in der Fremde Exorzismus zu betreiben?

Wieso bloß war der Teufel hinter ihm her? Das war er die ganze Zeit, seit vorigem Sommer schon, auch wenn er sich nur einmal persönlich gezeigt hatte. Am Fasnetssamstag war er gleich zu zweit aufgetreten, als hätte einer nicht gereicht. Was wollte er von ihm? Fischer suchte bei den Seehasen Rat. Schon oft hatten sie ihm mit ihrer stoischen Keckheit geholfen. Und ihm fiel ein, dass die sogenannten Seehasen ja auch eine überschaubare Konstanzer Narrengesellschaft bildeten, die am 11.11., also in sechs Wochen, als Maskenträger mit den anderen Zünften die Fasnacht eröffneten. Ob die

Seehasen-Hansele mit dem Satan paktierten, ahnte Fischer nicht. Am Brunnen waren es vier wasserspeiende Seehasen, drei zur Linken, einer zur Rechten, dazwischen zwei löwenkopfzwergfischartige Missgeburten. Obwohl die Seehasen in hohem Bogen Wasser spien wie wild, konnte der dritte von links plötzlich sprechen. »Du glaubst es nicht, aber ich bin eine Marienerscheinung.«

Da wusste er, dass er seine Medikamente wieder nehmen musste. Wegen Sarah, die daheim auf ihn wartete, musste er wieder gesund werden. Wegen wem sonst. Laut sagte Fischer seinen Lieblingssatz aus dem Johannesevangelium, 14,19b: »Ich lebe und ihr sollt auch leben.«

In dem Kabuff war es stickig und stockfinster. Er konnte nichts sehen, er schwitzte und kriegte kaum Luft. Das Boot war für sechs oder sieben Personen zugelassen, sie waren mindestens 20. Der Schlepper hatte gesagt, die Überfahrt dauere eine Dreiviertelstunde, jetzt waren sie aber schon über zwei Stunden unterwegs.

Er hatte sich für diesen beschissenen Auftrag nicht beworben, sie hatten ihn dafür ausgesucht. Sie hatten ihn erwählt und sich an seine Fersen geheftet. Davor hatte er für die Konstanzer Kripo mehr oder minder harmlose Jobs erledigt, im Drogen- und Strichermilieu. Es ging meistens darum, an Hintermänner zu kommen. Ein paarmal hatte er Pech gehabt, und aufgehängt wurden die Kleinen. Vor zwei Jahren gelang ihm dann ein größerer Coup, eine Dealerbande flog auf, die harte Drogen über Italien und die Schweiz an den Bodensee brachte. Der Kampf gegen das organisierte Verbrechen trug ihm so langsam einigen Respekt ein, und plötzlich klingelte das Handy. Es war das Bundesamt für Verfassungsschutz, das sich mit »Hallo?« meldete. Sie meldeten sich immer mit »Hallo?«. Daran erkannte man sie.

In der Leitung hing eine Frau Sauer. Sie war beim BfV als Oberamtsrätin zuständig für den Bereich Ausländerextremismus und wollte ihn als Vertrauensperson anwerben. Das sagte sie so natürlich nicht. Sie schlug ein Treffen vor, das derart obskur war, dass er einwilligte. Wochen später, das Wintersemester war eben zu Ende, war er über die Türkei unterwegs nach Syrien. Er hatte der VP-Führerin gesagt, dass sein Arabisch schlecht sei, dass er kein Türkisch könne, aber sie meinte nur, Sprachen könne man lernen. Er wandte ein, dass seine Kenntnis des Korans sich auf das Internet beschränke und dass er kein Moslem sei, doch sie lachte nur und meinte, umso besser. Verzweifelt rief er aus, alles, was ihn interessiere, sei die deutsche Literatur. Sie nickte und bastelte ihm eine

Legende zurecht, die selbst das noch plausibel erscheinen ließ, ohne dass er gleich Germanistik studierte. Er durfte ein paar Bücher mitnehmen. Die praktischen Probleme löste das nicht.

Er sollte sich in Syrien dem IS anschließen, dem sogenannten Islamischen Staat. Initiiert vom Bundesamt für Verfassungsschutz und im Auftrag des Bundesnachrichtendienstes musste er sich dort als Propagandist und Kämpfer ausbilden lassen – möglichst, ohne zu kämpfen. Um dann als Flüchtling nach Deutschland zurückzukehren, im Kreis von jungen Männern, die er mit mobilisiert hatte und die nun mit ihm zusammen eine schwere staatsgefährdende Gewalttat vorbereiteten. Zu der es dann natürlich nicht kommen durfte, weil die Sicherheitsbehörden den Terrorring gerade noch rechtzeitig hochgehen ließen.

Er hatte die Neuausgabe der »Ästhetik des Widerstands« mitgenommen, die zu Peter Weiss' 100. Geburtstag erschienen war. Der in blutrotes Leinen gebundene Roman war auf Bibelpapier gedruckt und hatte 1.199 Seiten. Damit verschanzte er sich im Norden Syriens in einer Hütte, am letzten Zipfel der Provinz Ar-Raqqa. Umgeben von einer Ödnis, die aus Schutt, Geröll und welken Gräsern bestand, las er unter sengender Sonne von jungen Genossen, die vom Faschismus bedroht wurden. Schier chancenlos und ohnmächtig, mobilisierten sie ihre finalen Kräfte, um der Frage nachzugehen, was Kunst sei. Was konnten Kunst und Kultur gegen die Willkür und Gewalt totalitärer Systeme ausrichten? Diente das Ringen um Sprache als Nährboden für politischen Widerstand? Er erkannte: Sobald man mehr dachte, als unbedingt nötig war, schöpfte man daraus neue Energie. Doch obwohl der Ich-Erzähler gegen Erniedrigung, Abstumpfung und Entfremdung unermüdlich aufbegehrte, konnte er den Emanzipationskampf der Erniedrigten und Geknechteten letztlich nicht gewinnen. Das Happy End (eine vage

Hoffnung auf die Wiederauferstehung der Arbeiterklasse) wirkte sehr brüchig.

Wochenlang verharrte er in einem meditativen Schweigen. Er wurde bestens versorgt. Er lebte von Wasser, Fladenbrot, Bulgurknödeln, Baklava, Käse, Ayran, Paprika und getrockneten Früchten. Jeden Tag besuchte ihn ein Bauer, der ihn für einen Deserteur hielt, von welcher Seite auch immer. Er feierte ihn als Helden, ob er von den einen kam oder von den anderen. Fahnenflucht wurde allerorten mit dem Tod bestraft. Da er nicht redete, dachte der Bauer, er sei stumm. Wahrscheinlich glaubte er, er leide unter einem Trauma. Vermutlich wollte er ihm helfen zu entkommen, indem er ihn mit Tschador und Niqab ausstattete. Die Vollverschleierung verdeckte auch seine eh dunklen Augen, und wenn er die Wäsche ausstopfte, wirkten die Rundungen seines Körpers überzeugend. Seine Hände waren zierlich, die Füße nicht zu groß für eine Frau. In Ruhe las er sein Buch zu Ende. Erst dann zog er weiter ins Zentrum.

Da Raqqa als Hauptstadt des Islamischen Staates galt, mietete er sich dort eine Garage. Das ging, weil er sich als Touristin ausgab. Und weil er dem Besitzer ein paar Scheine in die Hand drückte. In einem Internetcafé baute er sein soziales Netzwerk auf, wo er sich auf Englisch weltweit mit Sympathisanten austauschte, im Schulterschluss mit BND und CIA, das BfV und das amerikanische FBI zu Hause mittenmang. Im Café lernte er Annika und Meike kennen, die als pietistische Protestantinnen von der Schwäbischen Alb gekommen und als Aida (die Besucherin, die Rückkehrerin) und Suleika (die Verführerin) zum Islam konvertiert waren. Sie verstießen gegen die Scharia und skypten regelmäßig mit ihren Eltern.

Aida und Suleika feierten mit ihm das Fest des Fastenbrechens im Anschluss an den Fastenmonat Ramadan. Sie brachten ihm alles bei, was er wissen musste, und ersparten ihm so, in den Krieg zu ziehen, und dafür war er den beiden sehr dankbar. Sie schleusten ihn in eine Gruppe fanatischer Islamistinnen ein, die Reinen Muslimas, von denen etliche aus Europa kamen und die in Raqqa vielerlei zielführende Aufgaben übernommen hatten. Ihre Verkehrssprache war Englisch. Über ihren Tschadors baumelten Maschinengewehre. Sie sprengten Kulturdenkmäler und wussten, wie man köpft. Die blutverschmierten Schädel spießten sie an der Hauptstraße auf. Aida und Suleika ließen sich von seiner Idee, in Süddeutschland einen Terroranschlag durchzuführen, ziemlich schnell begeistern. Von wem der Vorschlag stammte, an Fasnacht unten am Bodensee zuzuschlagen, ließ sich hinterher nicht mehr rekonstruieren. Es ging sowieso schief, zumindest hörte er nie wieder davon. Wie auch immer, zur großen Erleichterung ihrer Eltern hatten Aida und Suleika bei Syrian Arab Airlines zwei Flugtickets zur Evakuierung erworben. Mit ihrer Ausreise drohte das Projekt eines Kalifats zu scheitern. Der Fall von Raqqa schien unaufhaltsam. Die Checkpoints an den Zugangsstraßen bröckelten. Von dieser Krise der Dschihadisten erfuhren Aida und Suleika eher nebenbei. Ihr Blick richtete sich nach vorn. Sie kamen nie zu Hause an, sondern tauchten unterwegs irgendwo unter. Der Faden im Netz riss ab. Er vermisste den Kontakt zu den beiden nicht. Sie würden ihren Weg gehen. Zur Erinnerung hatte er ihnen sein bestes Buch mitgegeben, seine Bibel, »Die Ästhetik des Widerstands«. Auf dem Rücken stand: »Die Befreiung kann uns nicht gegeben werden, wir müssen sie selbst erobern.«

Derweil lieferte er Frau Sauer Berichte vom Erlernen des bewaffneten Kampfs. Er kopierte dafür Seiten aus dem Netz, die er sorgfältig umformulierte. Er würde nicht über die Copy-and-Paste-Falle stolpern. Außerdem bemühte er sich, nichts einzuarbeiten, was nicht von seinem Auftrag herrührte. Kein eigenmächtiges Handeln, keine sadistischen Schweinereien, kein Kampfeinsatz. Da sich die Organisation der Reinen Muslimas mit Aidas und Suleikas Abschied aufgelöst hatte, kam er mit dem realen Alltag in Raqqa kaum noch in Kontakt. Das BfV hingegen lobte seine Folgsamkeit und die beachtlichen Fortschritte seiner Rekrutierungsmaßnahmen. Man erwog den Einsatz daheim und plante seine Rückkehr. Er kündigte an, er werde mindestens sieben Männer mitbringen.

Nun saß er mit bald zwei Dutzend, die er nicht kannte, in einem Boot. Die Wahrscheinlichkeit, dass einer von ihnen sich zu einem Terroranschlag überreden ließ, war denkbar gering. Falls sich darunter tatsächlich Dschihadisten befanden, würde er das kaum herausfinden, weil er ihre Sprache schlecht sprach und ihre Codes kaum kannte. Sie unterhielten sich in einem unverständlichen Slang oder Dialekt, den er überhaupt nicht zuordnen konnte. Beim BfV machte man sich heftige Illusionen darüber, was er leisten konnte. Keiner kapierte, wie schwierig es war, in einen fremden Kulturkreis einzutauchen. Er hingegen kannte nichts anderes als dieses ewige Fremdsein. Als Sohn eines deutschen Diplomaten war er ein paar Jahre in Damaskus aufgewachsen, aber sie hatten zu Hause Deutsch gesprochen, er ging auf eine deutsche Schule und seine Freunde sprachen Deutsch. Sogar der Chauffeur, der ihn in die Schule, zum Fußball und zum Klavierunterricht fuhr, sprach Deutsch. Nur die Mutter redete, wenn sie allein waren, auf Arabisch mit ihm, in ihrer Muttersprache. Was er dabei lernte, reichte ihm, um sich draußen auf der Straße zurechtzufinden. Wobei es nicht viele Gelegenheiten gab. Manchmal durfte man einen Trainingsanzug kaufen. Oder ein Geburtstagsgeschenk. Wenn man zum Gottesdienst wollte, musste man zur syrisch-katholischen Kir-

che gehen. Die Liturgiesprache war allerdings Altsyrisch-Aramäisch.

Das alles hatte er mit Frau Sauer ausführlich erörtert, aber sie war beseelt von der Vorstellung, er werde das schon schaffen. Nun sagte er sich, dass er an seiner aussichtslosen Lage selbst schuld war. Er wusste nicht, wie viele potenzielle IS-Kämpfer und Terroristen er über das Internet radikalisiert und den Geheimdiensten zugeführt hatte. Vor Ort jedenfalls hatte er überhaupt nichts bewirkt. Nicht, dass er jemals vorgehabt hätte, schießen zu lernen. Schon deshalb durfte er nicht sterben.

2

Es war einer der wenigen Morgen im Jahr, an denen es nicht nach Müll, Smog und Asthmaspray roch. Die Stadt kam zu sich selbst. Florenz lag verlassen im Dämmer, der sich hob. Während die Straßenlaternen sich ausknipsten, der noch halb pralle Mond eher Schiff als Sichel, entflammte am Himmel die Morgenröte. Zu Fuß ging Giulia von ihrem Appartamento zur Agentur. Als sie auf dem mittelalterlichen Ponte Vecchio, vorbei an den geschlossenen Geschäften, mutterseelenallein den Arno überquerte, spürte sie ein seltenes Hochgefühl. Sie ließ die Brücke hinter sich und tauchte ein in die Welt der Kirchen und Palazzi. Gottvoller Kitsch der Renaissance.

Giulia wurde die Schönheit der Kulisse, in der sie sich bewegte, nur noch selten bewusst. Darin glich sie den echten Florentinerinnen, die ihre Dreckschleudern dem echten David vorzogen, der in der luftgefilterten Galleria dell'Accademia vor sich hin schmorte, während draußen, auf der prächtigen, nach Taubenkot stinkenden Piazza della Signoria, eine fünf Meter hohe abwaschbare Kopie thronte. Im Gehen checkte Giulia ihr Telefonino und lief an ein paar geparkten Motorinos vorbei in die Fußgängerzone. In einem Spiegel zwischen Eingang und Schaufenster einer Boutique erhaschte sie flüchtig ein Bild von sich. Für eine Frau in den besten Jahren sah sie noch gut aus: Naturblond, drahtig, sportlich. Aber die Bräune des Sommers verflog, die Haare wurden weiß und die Augenringe jeden Morgen tiefer. Giulia schminkte sich selten und mochte auch sonst nicht viel nachhelfen. Gegen nichts war man machtloser als gegen die Vergänglichkeit. Sie versuchte, den einsamen Moment zu genießen. An diesem Sonntag Ende September ging die Nachsaison definitiv zu Ende. In der Morgendämmerung war noch kein Mensch unterwegs. Die Läden waren geschlossen, das Pflaster nass. Ein kalter Wind strich durch die Gasse.

Giulias Büro lag zentral in der Via Porta Rossa zwischen Via Calzaiuoli und Via Tornabuoni, auf halbem Weg zwischen Arno und Dom. Eine bessere Lage gab es in Florenz kaum, es war eine der Hauptgeschäftsstraßen, und sie hatte ihren Preis. Zwischen einem Lederwarenladen und einer Pizzeria betrieb Giulia eine Tourismusagentur, die Agenzia Azzurro Vacanze Verde, die Ferienwohnungen vermittelte, Toskana-Aufenthalte organisierte, Touristen bespaßte, Seminare bestritt. Ein paar Jahre lang hatte sie nebenher für Carlo Scarivari, einen Immobilienmakler, gearbeitet, mit dem sie offiziell noch immer das Erdgeschoss-Büro teilte. Seitdem er vor über einem Jahr spurlos verschwunden war, zahlte sie seine Miete und erledigte seinen Job. Beides ging weit über ihre Verhältnisse, zumal eine Dessous-Kette ein Auge auf das ehemalige Ladenlokal geworfen hatte und der Vermieter versuchte, sie zu erpressen. Dass sie noch ein Ristorante weiter südlich am Tyrrhenischen Meer zu führen hatte, das »Da Roberto« in Marina di Santo Stefano, machte ihr zusätzlich Sorgen, weil es in den Wintermonaten kaum etwas einbrachte und sie investieren musste. Das Dach war nicht mehr dicht, die Elektrik schadhaft und der Gasherd in der Küche dringend erneuerungsbedürftig. Ebenso das Mobiliar, das durch die Sonne, das Salz und den Sand gelitten hatte. Außerdem mussten die Böden neu gefliest und die Wände frisch verputzt werden. Streichen konnte sie zur Not selbst.

Sie hatte alles, was sie besaß, in ihre Kinder investiert. Ihren Grips, ihre Kraft, ihr Vermögen. Fast alle Liebe, die sie hatte. Es hatte kaum etwas genutzt. Über Jahre hatte sie verdrängt, dass es keinen Wert hatte. Hatte einfach in den Tag hinein gelebt, manchmal monatelang, bis zum vorigen Sommer. Zusammen mit Roberto. Natürlich war das nicht gutgegangen. Roberto war allem Anschein nach ums Leben gekommen. Danach stand sie allein da. Und die Erkenntnis, wie haltlos ihr Leben von jeher war, holte sie ein. Sie war sich dessen bewusst, dass sie völlig entwurzelt war.

An den Mann, der sie einst nach Italien gelockt und den sie dann geheiratet hatte, mochte sie sich einfach nicht erinnern. Das war vermintes Gebiet. Wegen ihm hatte sie alles aufgegeben, ihr Studium, ihren Berufswunsch, ihr Zuhause, ihre Heimat. Sämtliches, was damit zu tun hatte, war quasi von ihr abgeschnitten. Giulia hatte beschlossen, dass sie keine Vergangenheit hatte, keine eigene Geschichte. Es war die einzige Möglichkeit, die sie sah, mit den Verlusten umzugehen. Der Mann, der daran schuld war, hatte nie existiert. Dann gab es aber die beiden Söhne, die irgendwann bei ihm aufgewachsen waren, weil er es so wollte und sie sich angeblich dafür entschieden hatten. Diego und Simone. Beide waren inzwischen über 20, sie waren drogenfrei und gesund und studierten irgendwas mit Wirtschaft. Mit Diego in Mailand hatte sie zuletzt an Weihnachten telefoniert, als er ihr abgesagt hatte. Danach hatte es nur noch SMS und wenige Mails gegeben. Simone, der Kleinere, klagte, sie klammere. Dabei aßen sie allenfalls mal eine Pizza zusammen. Obwohl Simone in Florenz geblieben war, sahen sie sich selten. Diego und Simone waren für Giulia nicht mehr erreichbar. Der einzige regelmäßige Kontakt, den sie aufrechterhielten, lief über ihre Bankverbindung. Ihren Söhnen war das vermutlich nicht bewusst.

Mit Mitte 50 musste Giulia einsehen, dass ihr Leben endlich war. Dass sie sich selbst etwas aufbauen sollte, was sie reizte. Es fiel ihr schwer, sich vorzustellen, was das sein konnte. Dabei pflegte sie einige Frauenfreundschaften, mit Camilla in Porto Santo Stefano, mit Gwendolyn und Ludovica in Florenz. Sogar in Stuttgart hatte sie noch eine Schulfreundin, Käthe, die ihr nach jahrelanger Pause mehrere lange Mails geschickt und sie eingeladen hatte, sich in einem sozialen Netzwerk zu treffen. Daran wollte Giulia allerdings nicht teilnehmen, die Mails hatte sie nur schleppend beantwortet, und so hatte sich das Aufleben ihrer alten Beziehung wieder verflüchtigt. Obwohl ihr Käthe immer noch am Herzen lag, besaß sie nicht die Kraft, sich alten Kontakten dauerhaft zuzuwenden. Dabei fühlte sie sich instabil und einsam. Aber niemand sah ihre Not, auch die Freundinnen nicht. Giulia wollte nicht jammern. Und scheinbar hatte sie alles, worauf es im Leben ankam. Abgesehen von einem Partner. Aber nach dem rätselhaften Tod von Roberto war es wohl besser, eine Weile allein zu bleiben. Darin waren sich alle einig. Niemand erwartete von ihr, dass sie sich einen neuen Mann angelte, auch wenn sie mit Roberto gar nicht verheiratet gewesen war. Für die Freundinnen machte das schon einen Unterschied. Dennoch, man musste den Dingen ihren Lauf lassen. Alles hat seine Zeit, dachte auch Giulia. Dabei fehlte ihr etwas Elementares. Es war nicht das dauernde Geldproblem, das sie drückte, zumal sie ja neben Wohnung und Büro in Florenz auch noch Ristorante und Häuslein in Marina finanzieren musste. Es war die Frage nach dem Sinn.

Giulia entriegelte die drei Schlösser an der Eingangstür ihres Ladenbüros und sah auf die Uhr. Sie war stehengeblieben. Als sie mit Fischer telefoniert hatte, war ihr nicht bewusst gewesen, wie früh es noch war. Sie hatte nicht darauf geachtet, weil sie sich daran gewöhnt hatte, dass sie zeitig gegen Morgen aufstand. Oft war sie schon vor sechs in der Agentur und hatte um neun oder um zehn, wenn um sie herum die Läden aufmachten, alles, was unmittelbar anfiel, erledigt. Eigentlich komisch, dass der Pfarrer schon unterwegs gewesen war. Offenbar schlief er auch schlecht. Es passte ihr überhaupt nicht in den Kram, dass sie letztlich nur wegen ihm nach Süddeutschland fahren musste. Wobei sie es einrichten konnte, weil es jetzt ruhiger wurde. Sie würde ihm verschweigen, dass sie extra zu ihm kam, lügen, eine Geschichte erfinden. Aber irgendwie freute sie sich doch darauf, Justus und seine Familie wiederzusehen. Und es war die einzige Lösung für die Schwierigkeiten, in die sie geraten war. Sie schloss von innen die Tür und machte Licht.

»Aufstehen!«, rief sie ins Hinterzimmer des Büros, das nur durch einen Kordelvorhang abgetrennt war. Sie stellte ihre Tasche auf den Schreibtisch, ging zur Espressomaschine und drückte die Start-Taste. »Du kannst dich am Waschbecken frisch machen. Du hast doch noch genug neue Sachen? Wir fahren in einer halben Stunde.«

Aus dem Hinterzimmer drang verhalten entfernter Straßenlärm. Giulia spähte hinein. Der Schlafsack auf dem Sofa war umgestülpt. Das Fenster stand einen Spalt offen. Es zog ein wenig. Tamir war also abgehauen. Na gut, ihr konnte es recht sein.

Vor zwei Abenden war er bei ihr aufgekreuzt. Ein junger Mann, Anfang, Mitte 20 vielleicht, also etwa so alt wie ihre Söhne, ein Kind fast. Plötzlich hatte er in ihrem Büro gestanden, als sie eben ihren Laptop herunterfahren und schließen wollte. Zunächst hatte sie ihn nicht weiter beachtet. Er sah aus wie die Jungen, die bettelten; nicht allzu lang, zierlich, alles an ihm schlackerte. Ein schmales, zartes Gesicht. Etwas verkniffene Mundwinkel. Augen, die glühten wie Kohle. Er hatte den fordernden Blick eines Gestrandeten, der nichts mehr zu verlieren hatte. Giulia kannte das. Meistens ging es gut aus. Aber manchmal wurde man von diesen Leuten auch bedrängt. Es waren Roma, Obdachlose und Flüchtende. Sie kamen herein und verlangten nach Bargeld. Dabei waren sie nicht offen aggressiv. Sie fuchtelten nicht mit dem Messer. Oftmals half es, wenn man sie ein paar Minuten warten ließ. Das deeskalierte. Dabei verpuffte die Spannung. Die Blicke der Buben, die unter Strom das Geschäft gestürmt hatten, wurden weich, ihre Augen schwarz vor Scham. Giulia spürte stets Ratlosigkeit und Trauer, wenn sie dann schließlich fünf oder zehn Euro hergab oder auch mal zwanzig. Mehr gab sie nie. Es hatte eh keinen Wert. So konnte man die Not, die man nicht kannte und die kein wirkliches Gesicht hatte, nicht einmal lindern.

Dieser Junge war dann doch anders gewesen. Er trug Kleidung, die eher nicht aus Europa stammte. Schwarze Plastikschuhe. Eine graue Stoffhose, die selbstgenäht wirkte, ein weißes, kragenloses Hemd, das an den Bündchen grau und abgestoßen war. Das dunkelblaue, speckige Jackett einer Fluggesellschaft. Er hatte den Zehn-Euro-Schein, den sie ihm hinstreckte, nicht angenommen. Stattdessen hatte er einen Satz gesagt, der sie verblüffte: »Bitte verzeihen Sie, dass ich Sie behellige, aber ich habe gehört, Sie sprächen Deutsch.«

Er hatte eine sehr männliche, aber nicht zu tiefe Stimme. Was er sagte, klang übertrieben höflich und korrekt und extrem hochsprachlich.

»Sackerlot!« Giulia lachte. »Womit kann ich dienen?«

»Darf ich mich vorstellen? Ich heiße …« Er sah zu Boden und nuschelte einen langen Namen, der auf etwas endete, das klang wie Abdullah. »Meine Freunde nennen mich Tamir.« Er gab ihr artig die rechte Hand. In der linken hielt er ein Smartphone.

»Giulia.«

Er sah sie mit seinen schwarzen Augen an, mit diesem brennenden, lodernden Verlangen. Sein Mund wirkte nicht verbittert, sondern angespannt. Tamir wollte etwas, und aus seinen zarten Zügen sprach helle Aufrichtigkeit. Giulia musterte ihn genauer. Sie konnte keine Scham erkennen und auch nichts Verlogenes. Tamir sah exotisch und sehr gut aus. Er hatte ein schmales, olivfarbenes Gesicht, nicht zu kurze dunkle Haare, einen zierlichen, möglicherweise durchtrainierten Körper, er war mittelgroß. Er besaß eine fast mädchenhafte Anmut und feingliedrige Hände mit langen Fingern und saubergebürsteten Nägeln. Mit ihren Söhnen, die eher großgewachsen, stabil und blond waren wie sie, hatte er keine Ähnlichkeit. Trotzdem regte sich in Giulia ein Mutterinstinkt, der möglicherweise mit der schier makellosen Beherrschung ihrer Muttersprache zu tun hatte. Wobei sie, nach bald 30 Jahren in Italien, noch immer mit einer schwäbischen Färbung daherkam, die Tamir allerdings vollkommen fehlte. Er sprach fast vollkommen akzentfrei, ohne nachvollziehbare Verortung, dabei leicht hochgestochen, als wäre er aus der Zeit gefallen.

»Also, wo drückt der Schuh?«

Tamir zog die Augenbrauen hoch. »Entschuldigung. Ich verstehe nicht.«

»Du verstehst das nicht?« Giulia musste wieder lachen. »Was willst du von mir? Wie kann ich dir helfen?«

»Das weiß ich nicht, Signora. Ich hoffe.«

Er roch nach Lebkuchen. Sie nahm es deutlich wahr. »Franca. Giulia Franca. Du kannst Giulia zu mir sagen. Wo kommst du her? Wer hat dich zu mir geschickt?«

Tamir hob die Handflächen, die fast weiß waren, nach oben und wich drei Schritte zurück, als würde er gegen eine Wand gestellt.

»Wie alt bist du?«

»17«, sagte Tamir. »Ich bin ohne Familie nach Italien geflüchtet. Aber ich hab leider unterwegs mein Pass verloren.«

Wieso spricht er plötzlich so schludrig? ›Meinen‹. Es heißt ›meinen Pass‹. Einen Pass hat er nicht, dachte Giulia. Aber ein Smartphone. Es ist kein Wunder, dass die Regierung versucht, diese Leute zu überwachen. Sie denken sich Geschichten aus und erfinden eigene Biografien. Der Staat hat ein berechtigtes Interesse daran, zu erfahren, wo sie wirklich herkommen. »Was ist deine Heimat?«

»Syrien«, sagte Tamir wie einstudiert. Es kam ein wenig zu schnell. Aber was hieß das schon.

»Syrien. Klar. Und da lernt man so fließend Deutsch.«

»Ich bin als kleines Kind adoptiert worden. Ich sollte Ihnen nicht verraten, von wem. Es könnte Menschen in Gefahr bringen. Das möchte ich nicht. Bitte glauben Sie mir.«

»Certo.« Giulia schüttelte den Kopf. »Italienisch sprichst du nicht zufällig auch?«

»Leider nicht, Signora. Mi dispiace.« Tamir lächelte entschuldigend. Er besaß die tadellosen Manieren eines künftigen Schwiegersohns, wobei die sexuelle Präferenz ihrer Söhne wohl eher im klassischen Bereich lag.

»Ah. Und wie bist du nach Italien gekommen, nach Florenz?«

Tamir sah sie an, mit seinem ehrlichen Augenaufschlag unter den dichten Wimpern, und seine Nase, die schmal und leicht gebogen war, schien noch einen Tick länger zu werden. »Mit dem Flugzeug.«

»Nicht mit dem Schiff?« Alle syrischen Flüchtlinge sind doch mit dem Schiff übers Mittelmeer nach Italien gefahren, dachte Giulia. Sie mussten astronomische Summen für korrupte, geldgierige und skrupellose Schlepper zahlen und sich in Todesgefahr begeben, weil die Flugzeuge sie nicht mitnahmen, wenn sie kein gültiges Visum hatten. In Syrien war schon lange keins mehr zu bekommen. »Ich habe gelesen«, sagte Giulia, »dass die Fluggesellschaften dafür haften, wenn Passagiere, die keine gültigen Papiere besitzen, im Ankunftsland abgewiesen werden. Das Unternehmen zahlt dann Strafe und kommt für alle Folgekosten auf.«

»Ich bin mit dem Flugzeug gekommen«, wiederholte Tamir in klarem, fließendem Hochdeutsch. »Als Steward verkleidet. Es ist schon ein paar Wochen her. Ich habe mich hier versteckt. Sie suchen mich aber. Niemals wollte ich nach Italien. Ich möchte bitte nach Deutschland. Sie können mir noch ganz genau eine einzige Frage stellen. Diese beantworte ich. Dann sage ich nämlich nichts mehr.«

»Was wird dir in Italien vorgeworfen?«

»Terror«, entgegnete Tamir. »Sie sagen, ich bin Terrorist.«

In der Nacht hatte sie wieder mal nicht schlafen können und war jede halbe Stunde erwacht. Gegen fünf stand sie auf und kochte sich einen Kaffee. Normalerweise duschte sie dann und ging ins Büro, meist auch am Wochenende, aber das ließ sie an diesem Sonntag bleiben, weil sie Tamir nicht stören wollte, der auf ihrem Sofa schlief. Das dachte sie zumindest. Sie schätzte es, früh am Tag alles abzuarbeiten, was übers Internet erledigt wurde. Es hatte den Vorteil, dass sie zeitig Feierabend machen konnte. Theoretisch zumindest. Eigentlich brauchte sie nach der Siesta gar nicht wieder anzutreten. Allerdings kam die Laufkundschaft, und auf die kam es an, oft erst in den Abendstunden. Das waren Leute, die nach einem Mehr-Gänge-Menü und ein, zwei Flaschen Wein beschlossen hatten, sich in der Nähe von Florenz geschwind ein Haus zu kaufen. Sie suchten sie mit der gleichen Selbstverständlichkeit auf, mit der man einen Schuhladen betritt. Giulia konnte von den Gewerkschaftsseminaren, die sie für ehemalige linke Genossen organisierte, nicht leben. Auch nicht von Yoga- und Kochkursen, Bachblütenkuren und geführten Wanderurlauben im toskanischen Naturschutzgebiet.

Am liebsten waren ihr Klienten, die sich individuell beraten ließen. Dazu hatte Pfarrer Fischer gehört, im vergangenen Sommer, der mit seiner anders begabten Schwester und den greisen Großeltern Ferien machte. Er ließ sich bereitwillig darauf ein, dass Giulia die Familie auf einem großzügigen Campingplatz unterbrachte. Der Urlaub wurde zu einem Erfolg, weil alle von der Erfahrung profitierten. Giulia hatte sich weit mehr auf die Fischers eingelassen, als es ihr professionelles Image erforderte. Ihr hatten diese Menschen imponiert, und es war ein Stück Heimat gewesen, sie in ihrer Bodenseelandschaft geistig verortet zu sehen. Giulia war schließlich selbst hingefahren und hatte manches gelernt. Wobei sie bis zuletzt nicht wusste, wie sie mit Justus Fischer umgehen sollte. Er war zehn, zwölf Jahre jünger als sie und außerordentlich attraktiv. Selbst mit Anfang, Mitte 40 hatte er sich etwas Jungenhaftes bewahrt. Sie sah ihn bildlich vor sich. Er hatte volle, braune Locken, ausdrucksvolle graue Augen, die seine randlose Brille noch vergrößerte, eine makellose Nase und einen geschwungenen, sinnlichen Mund. Er sprach ein wunderbar warmes Alemannisch. Obwohl er bisweilen nach Worten rang und stotterte, hatte er eine angenehme, volltönende Stimme, die Giulia jetzt am Telefon kaum wiedererkannt hatte. Er war wortkarg gewesen, und das Wenige, das er sagte, klang gepresst. Geschunden und fremd. Etwas war vorgefallen. Seinen spitzbübischen Charme hatte er nahezu eingebüßt, und vielleicht war er auch sonst nicht mehr der Alte.

Sie war es ganz gewiss auch nicht. Giulia kam sich nach dem guten Jahr arg fertig vor. Die Wechseljahre waren schuld daran und das Leben an sich. Giulia wusste, wenn sie Fischer wiedersah, würde das nicht einfach sein. Für beide nicht. Dafür waren sie sich zu nahegekommen. Und eben auch nicht. Die Sache zwischen ihnen war nicht ausgestanden. Auch deshalb hatte sie sich über ein Jahr hinweg nicht gemeldet. Nun empfand sie Vorfreude, Furcht und eine diffuse Spannung.

Nachdem sie ihn in der Frühe behelligt hatte, er war laufen gewesen, angeblich, rief sie ihn gegen halb neun nochmals an. Sie hatte die Mails gecheckt, das Büro zugesperrt und in ihrem winzigen Appartamento ihre Sachen gepackt, das Auto geholt und am Eck zur Bar notdürftig geparkt. Nicht nur wegen der Namensgleichheit fuhr sie eine »Giulia«, eine coupéartige Sportlimousine von Alfa Romeo. Das Modell, das Lorenzo Ramaciotti entworfen hatte, ein Philosoph unter den Autodesignern, war noch ziemlich neu. Das Design wirkte taufrisch und sanft wie der Umriss einer Wolke; im Innern tobte eine bestialische Kraft. Bevor sie ausstieg, nestelte Giulia in ihrer Tasche und kramte nach dem Telefonino. »Ich fahr jetzt los.«

»Ist gut«, sagte Fischer. »Du kannst hier wohnen oder bei den Großeltern, wie es dir passt. Wenn es nicht zu spät wird, essen wir noch eine Kleinigkeit. Wie lange bleibst du? Wen bringst du mit?«

»Das wird man sehen«, erwiderte sie. »Der Idiot ist abgehauen. Hast du eine Ahnung, wie ich ihn finde?«

»Gottvertrauen.« Fischer pausierte. »Ist gemeinhin das Einzige, was hilft.«

Giulia war katholisch getauft, aber sie behielt das für sich, denn sie glaubte nicht an Gott. Deshalb beherzigte sie keinesfalls Fischers Rat. Ohne jede Hoffnung blieb sie im Parkverbot stehen, stieg aus und genehmigte sich einen Espresso. Am Tresen stand, wie bestellt und nicht abgeholt, Tamir. Er drehte sich zu ihr um und strahlte.

»Bitte nicht, bitte nicht Konstanz, alles außer Konstanz!« Tamir raufte sich die Haare, die nach allen Seiten vom Kopf abstanden.

»Was hast du gegen Konstanz?« Giulia saß am Steuer, kaute Kaugummi und warf ihm einen Seitenblick zu. »Dort leben viele Syrer, allerdings sind das geflohene Christen. In der Altstadt gibt es sogar eine Art syrisch-katholische Gemeinde.«

Dass Tamir schwitzte, konnte man deutlich riechen. Er roch nach Muscheln, Muskat, Kardamom und Zimt. Und sah stumm aus dem Fenster.

»Keine Panik. Justus, der Pfarrer, ist ein halber Heiliger, der wird dir schon helfen.«

Als sie Konstanz erreichten, war es nachts um halb drei. Tamir hatte an jeder Mautstation und vor jedweder Grenze ein Riesentheater gemacht. Es war nicht auszuhalten gewesen. Mehrmals war er drauf und dran, aus dem Auto zu springen. Er schwieg oder schrie. Am Ende war Giulia nur noch genervt und total übermüdet. Sie hatte etliche Umwege über Landstraßen und die Dörfer nehmen müssen. Eigentlich hatte sie kaum noch etwas gesehen. Das Navi hatte sie umgeleitet, wieder und wieder, wenn sie runter von der Autobahn musste, und sie war seinem Rat wie blind gefolgt. Tamir hatte randaliert und kein Wort gesprochen.

Schweigend hatten sie etwas gegessen, an einem entlegenen Ortsausgang in der Schweiz. Tamir hatte genickt, als sie ihn fragte, ob er etwas Vegetarisches wolle. Vermutlich war er Moslem und aß vorsichtshalber kein Fleisch. Beide nahmen Spaghetti mit Tomatensoße. Dazu trank Giulia eine Cola, Tamir trank nichts. Er hatte die Angewohnheit, aus dem Wasserhahn zu trinken. Bald fuhren sie weiter. Normalerweise liebte Giulia lange Autofahrten, sie registrierte den Wechsel von Wetter und Landschaft, nahm pausenlos neue Eindrücke auf, winzige Details, die sie mit alten Erinnerungen abglich. Nun konzentrierte sie sich ausschließlich auf den Verkehr. Sie sah weder Berge noch Seen, weder Wolken noch Sonne. Es nachtete ein. Da Tamir alles verstehen konnte, aber selber nicht sprach, war Giulia versucht, ihm Dinge zu erzählen, die ihn nichts angingen. Sie entschied sich dagegen und machte das Radio an. Tamir auf dem Beifahrersitz übernahm die Aufgabe, einen neuen Sender zu suchen, wenn der alte anfing zu stören. Er schien dabei keinerlei Vorlieben zu hegen. Zwischendurch hörte er sich sogar Teile eines Gottesdienstes an. Mit Popwellen kam er genauso gut klar wie mit Klassik. Jazz ging ebenfalls, aber Giulia kam es so vor, als bevorzuge er, sobald sie im deutschsprachigen Raum anlangten, Wortprogramme. Er schien die Sätze förmlich aufzusaugen, egal, um was es ging, und ihr dünkte, er sei auch des Schweizerdeutschen mächtig. Meine Fresse, dachte Giulia, ich fang schon an, seine geschwollene Ausdrucksweise zu imitieren. Als der Sprecher aus dem Züricher Raum einen Witz machte, lachte Tamir laut und herzlich. Für Giulia wurde die Route immer verschwommener. Dann kam das Schild Richtung Deutschland, wieder Bohei, und man war in Konstanz. Giulia fand das Parkhaus, das fußläufig zur Altstadt lag, und sie erreichten in wenigen Minuten das Pfarrhaus. Tamir trug ihre Reisetasche. Selber hatte er nur einen Rucksack dabei, mit dem Emblem einer Fluggesellschaft.

Giulia klingelte. Fischer war noch wach. Er öffnete die Tür des barocken Fachwerkhäuschens, das einen Bewegungsmelder hatte. Giulia und Tamir standen im flutenden Licht, während Fischers Erscheinung verschattet war. Sie konnte ihn kaum erkennen. Er machte die Flurlampe an.

»Wir sind's.« Giulia blinzelte. Sie fand ihn unverändert. Justus Fischer sah noch genauso aus wie im Jahr zuvor. Zu dunkelgrauen Jeans trug er ein schwarzes Hemd, er war barfuß und ohne Brille. Sein Gesicht war ihr spontan wieder vertraut. Vielleicht hatte er ein paar Schatten um die Augen, die er damals noch nicht gehabt hatte, aber es war auch schon spät.

»Das sehe ich. Willkommen«, sagte Fischer. Er umarmte Giulia, küsste sie auf beide Wangen und gab Tamir die Hand. »Ich bin der Justus. Grüß Gott! Der Herr segne euch. Auch wenn ihr euch unterwegs mal hättet melden können.«

»Es war eine Scheißfahrt«, erwiderte Giulia. »Das ist Tamir. Er versteht alles, aber er ist stur wie ein Bock und redet kein Wort.«

»Das macht nichts.« Fischer wies ins Innere. »Kommt rein.«

»Er kommt angeblich aus Syrien und ist erst 17. Wer's glaubt. Dann bin ich 25! Erst schwätzt er wie ein Buch, er kann nämlich fast perfekt Deutsch, von ein paar Merkwürdigkeiten mal abgesehen, und dann legt der ein Schweigegelübde ab. Schweigt wie ein Grab. Aber wie auch immer. An jedem Pfosten fängt er an zu spinnen. Schreit. Tobt. Schlägt um sich. Boxt. Greift mich an. Reißt immer wieder die Tür auf. Schier gar hab ich zig Unfälle gebaut. Mehrmals hab ich gedacht, wir überleben das nicht.«

Hinter Fischer und Tamir stolperte Giulia ins Pfarrhaus. »Was macht Sarah?«

»Sie schläft. Sie hat für euch Pizza gebacken, die ist jetzt kalt.«

Nachdem Fischer ihnen das Gästezimmer gezeigt hatte, das im Souterrain lag und ein winziges Bad besaß, beugte sich Tamir über das Waschbecken und trank. Dann hob er den Kopf, drehte sich zur Tür und nickte. Den Rucksack trug er noch immer über der Schulter, und es war klar, dass er sich zurückziehen wollte.

»Gute Nacht, Tamir«, sagte Fischer. »Du bist müde. Du kannst morgen früh ausschlafen, so lang du willst. Es gibt überhaupt nichts, was du machen musst.«

Hinter Fischer ging Giulia die Stiegen hoch. »Ich weiß, es ist sauspät. Aber ich hätte wahnsinnig gern ein Glas Wein.«

»Ich auch«, sagte Fischer. »Du schläfst, wenn es dir nichts ausmacht, im Arbeitszimmer. Du hast es ganz für dich allein. Ich brauche es zurzeit eh nicht.«

»Wie kommt's?«

»Nur so. Es gibt nicht so arg viel zu tun.«

Fischer sprach ein Bodenseealemannisch, das sie mochte und das ihr Heimat gab, weil sie dann automatisch zu der von Kind auf geläufigen schwäbischen Färbung zurückfand, die ihr in drei Jahrzehnten Florenz noch immer nicht abhandengekommen war. Doch in seiner Stimme lag etwas, das Giulia nicht gefiel. Eine Unruhe, oder eine Angst. Eine Qual. Sie würde dahinterkommen. Sie brachte ihre Tasche in das große, niedrige Zimmer, das im Erdgeschoss am Ende des Flurs lag. Ein alter Schreibtisch, Parkett, Teppiche, ein ausgezogenes Sofa. Ringsum Regale mit Büchern, in der Mitte ein Raumteiler, ebenfalls voller Bücher, die in zwei Reihen standen; davor Fotografien, und auf dem Boden, an die Regale gelehnt, einige großformatige Bilder, die sie sich am Morgen anschauen wollte.

»Ich bin ein Küchenhocker«, sagte Fischer, als sie durch den dunklen Gang auf das Licht zutappte. »Sobald es mir draußen auf der Terrasse zu kalt wird, sitz ich hier drinnen. Komm nur rein. Hock dich hin. Auf der Eckbank hat nur Sarah einen festen Platz. Sie muss in die Mitte. Am Kopf sitzt immer der Chef.«

Giulia setzte sich an den Kopf, auf ein rotkariertes Kissen. Die Küche war sanft erleuchtet. Auf dem Tisch brannte eine Kerze. Es gab keine Musik, obwohl CDs herumlagen, Klassik, Jazz. Fischer hatte, bis sie kamen, irgendwelche Aufnahmen gehört. Die Anlage war noch an.

Er stand am Tisch und war dabei, eine Flasche zu entkorken. Sie war wohl mit Bedacht gewählt. Er hatte wie sie ein Faible für gutes Essen und guten Wein. »Du siehst alt aus«, sagte er.

»Hä?« Giulia glaubte, sie habe sich verhört.

»Ich meine es, wie ich es sage. Du wirkst zehn Jahre älter als im vorigen Jahr. Das ist nicht negativ. Wie alt bist du? 52? 55? Das ist doch keine Schande. Letzten Sommer musstest du immer noch so tun, als seist du 39. Für eine Frau das Alter der ›optimalen Genussreife‹. Das habe nicht ich gesagt, das war ein Zitat. Von einem Autor, aus einem Roman, den ich besonders schätze.«[4]

Giulia musste lachen. Er hatte recht. Sie wollte auf keinen Fall 40 werden. »Und was habe ich nun gewonnen?«

»Freiheit«, sagte Fischer, »befristet zwar, doch immerhin.«

»Und du?«

»Mir geht es blendend«, sagte Fischer, »das siehst du doch.« Er goss einen Schluck in sein Glas, kostete, goss beide Gläser halbvoll, schwenkte. Er hatte einen Rotwein ausgesucht, der eine satte Farbe hatte.

»Du hast dich nicht verändert.« Giulia nahm das Glas. Hob es unter die Nase. Roch Tamirs Schweiß.

»Oh«, sagte Fischer.

»Herr Keuner.« Giulia lachte. »Kennst du Brecht? Klar hast du Brecht gelesen. Haben alle Pfaffen doch. Oder nicht?«

Fischer lachte nicht. Er setzte sich zu ihr übereck. Sie stießen an. Sahen einander in die Augen. Tranken. Der erste Schluck schmeckte zum Umfallen. Giulia fiel einfach um. Glaubte sie zumindest. Dann war sie wieder da. »Schmeckt nach Zimt. Und nach den Lederschulranzen aus der Kindheit.«

Jetzt lachte Fischer, weniger spitzbübisch vielleicht, als sie ihn in Erinnerung hatte. »Ich habe einiges durchgemacht, du sichtlich auch, aber wir sollten da anknüpfen, wo wir uns verloren haben. Das war, wenn ich es recht weiß, irgendwo am Meer.«

»Hör auf. Es ist mir peinlich. Ja, ich schäme mich dafür. Du weißt schon, warum. Bitte verzeih mir. Jetzt müssen wir uns um Tamir kümmern.«

»Was hat er? Leidet er unter Mutismus?«

»Ich weiß es nicht. Er hat mir seine Sprachlosigkeit angekündigt. Er redet absichtlich nicht, das macht er mit Fleiß! Das spricht doch eher dagegen, oder?« Giulia merkte, dass sie unbeabsichtigt eine überkommene Wendung eingebaut hatte. Sie redeten flüssig und innig verbunden miteinander, als träfen sie sich regelmäßig, als sei ihr Dialog nie abgerissen.

»Keine Ahnung. Ich bin kein Psychologe. Aber wir haben in unserer Gemeinde öfter mit Geflüchteten zu tun, die aus einem Trauma heraus in bestimmten Situationen nicht mehr sprechen können.« Fischer sah sie an. »Möchtest du etwas essen? Ich mach dir gern die Pizza heiß.«

»Nein, danke.« Giulia griff nach dem Sprudel und goss sich ein Glas voll. »Danke, dass du uns hier einfach so aufnimmst. Was mit Tamir wirklich los ist, weiß ich nicht. Er kann kaum ein Wort Italienisch. Und er wollte unbedingt raus aus Italien und weiter nach Deutschland. Aber auf keinen Fall nach Konstanz.«

»Wie hat er dich gefunden?«

Giulia grinste. »Das bleibt erst mal sein Geheimnis.«

»Wir finden für ihn sicher eine Pflegefamilie«, sagte Fischer. »Oder wir bringen ihn im Katharinenhaus unter. Er ist ja nicht der erste unbegleitete Jugendliche, der aus Syrien hierherkommt.«

»Er ist allein geflüchtet. Zumindest behauptet er das. Ich wette, er ist 25 und kommt aus Afghanistan oder was-weiß-ich-woher. Im Übrigen sagt er, also wo er noch geredet hat, die italienischen Behörden hätten ihm vorgeworfen, er sei Terrorist.«

»O je.« Fischer stotterte. »Wi... wi... wird er denn offiziell gesucht?«

Giulia trank gierig das Sprudelglas leer. Knallte es auf den Tisch. »Was weiß ich denn, verdammt. Das soll er uns gefälligst selbst sagen. Bestimmt spricht er nicht mehr, weil er kein Wort Arabisch kann. Er hofft, damit durchzukommen, wenn er sich blöd stellt.«

»Wo auch immer er herkommt, irgendwas wird er schon verstehen. Das Hocharabisch soll ja relativ universell sein. Unsere Geflüchteten reden aber auch Syrisch. Das ist allerdings nirgendwo die Landessprache, sondern Syrisch wird von christlichen Minderheiten gesprochen, in der Osttürkei, im Nordirak und im Nordosten von Syrien. Weil sie dort überall verfolgt wurden, mussten viele emigrieren. Wir haben in Konstanz ein paar Hundert von ihnen aufgenommen, sie wurden quasi lautlos integriert.«

»Ich weiß«, sagte Giulia. »Das ist mit ein Grund, weshalb wir hier sind. Doch vielleicht war es ein Fehler. Tamir will nicht zu diesen Leuten. Er hat Angst vor ihnen. Vielleicht fürchtet er, dass sie ihn durchschauen. Dass seine Motive auffliegen. Wo auch immer er herkommt, sein Hintergrund ist garantiert ein ganz anderer, als er behauptet.«

»Inzwischen haben sie Ausbildungen absolviert, sie arbeiten irgendwas, sie haben Familien gegründet. Freilich bekommen sie noch Hilfen von uns, wo es nottut, aber in den meisten Fällen sind sie längst selbstständig und stehen auf eigenen Beinen.«

Als Fischer von den syrischen Christen erzählte, die offenbar Asyl erhalten hatten oder zumindest dableiben durften, klang er seltsam unbeteiligt. Er spricht praktisch, als ob er aus der Zeitung zitieren würde, dachte Giulia. Es juckt ihn nicht wirklich. Sie hatte im Internet einige ältere Artikel gefunden über Asylbewerber, die in Fischers Gemeindehaus wohnten. Sie waren nach Konstanz geflüchtet, weil der Stiftungsrat der St.-Katharinen-Stiftung, dem Fischer angehörte, ihnen dafür die finanzielle Hilfe ermöglicht hatte. Die Stiftung, die sich eigentlich um Menschen mit Behinderungen kümmerte, hatte vor einigen Jahren Christen im Nahen Osten geholfen, sich vor dem islamistischen Terror in Sicherheit zu bringen. Die Geflohenen kamen im Katharinenhaus unter und wurden dort betreut und unterstützt. Fischer war zitiert worden mit dem Satz, es sei bedauerlich, dass leider kaum Kirchgänger dabei seien, womit die Neuzugänge in seiner Gemeinde keinen Niederschlag fänden.

Er ist ausgebrannt, dachte Giulia. Zumindest war er das. Vielleicht fängt er sich gerade wieder. Sie sah auf die Uhr. Kurz vor halb vier. Sie gähnte. »Ich muss ins Bett. Wie sieht morgen dein Tag aus?«

»Um sieben kommt Hannah, um Sarah zu helfen. Danach geht sie noch mal, kümmert sich um die Großeltern und um ihre Kinder, dann hilft sie hier im Pfarrbüro und im Haushalt. Sarah war in letzter Zeit nicht wirklich gut drauf. Sie ist ziemlich antriebsschwach. Dass sie diese Pizza gemacht hat, wundert mich, aber deine Ankunft hier hat ihr scheint's einen Schub gegeben. Weil ich in letzter Zeit häufig nicht da war, schafft sie halbtags im Café Sonnenschein, das ist eine inklusive Einrichtung, die betrieben wird von einem Kulturverein, keine zehn Minuten von hier. Es gefällt ihr dort aber nicht, und sie will kündigen.« Er seufzte. »Wenn ich jetzt wieder mehr Zeit für sie habe und dauernd daheim bin, kann sie mir auch wieder den Haushalt machen. Vielleicht haben wir ihre Selbstständigkeit außer Haus zu wenig gefördert. Jedenfalls kommt sie mit fremden Leuten nicht zurecht.«

Giulia merkte, dass Fischer ihr etwas verschwieg. Oder über eine Sache nicht reden wollte. Nicht gesehen werden zu wollen, ist vielleicht die größte aller Eitelkeiten. Das passte auf sie beide. »Gute Nacht, Justus.« Sie trank ihr Glas leer, beugte sich zu ihm hinüber und küsste ihn auf die Wange.

Giulia konnte noch lange nicht einschlafen. Sie wälzte sich schwitzend auf dem Sofa. An der Wand tickte wie in der Kindheit eine Uhr. Sie schlug viermal, fünfmal. Giulia stellte sich alles Mögliche vor, was sie nun erwarten, worum sie sich kümmern musste. Sicher waren Behördengänge nötig. Fischer würde schon wissen, was zu tun wäre, aber würde Tamir ihm folgen? Oder war er zu bockig dazu, vernünftig zu sein und das Notwendige und Unumgängliche in Angriff zu nehmen? Giulia verfing sich in wirren Träumen, die sie aus dem Dämmer in einen unruhigen Schlaf hinabzogen. Sie fühlte sich wie in einem Keller, in dem sie von schwarzen Gestalten überfallen wurde. Einer von ihnen war Roberto. Der Fürst der Finsternis. Der Deibel war in Roberto gefahren. Mehrfach zuckte sie zusammen, spannte die Muskeln an, raste herum, stöhnte.

Sie erwachte, als die Uhr zehnmal schlug. Ihr Brustkorb tat weh, als hätte ihr jemand auf den Rippen gesessen. Sie war völlig verspannt. Giulia quälte sich aus dem Bett. Im Nachthemd tappte sie hinüber in die Küche. »Justus?«

Sie lauschte. Keine Antwort. Auf dem Tisch stand eine Thermoskanne mit Tee. Giulia nahm einen Becher vom Regal und goss sich ein. Sie griff zur Lokalzeitung, die auf der Eckbank lag, setzte sich und schlug sie auf. In Dettingen war ein Einfamilienhaus abgebrannt, das ein Siebenjähriger angezündet hatte, verletzt worden war keiner. Am Mühlweiher hatte es eine Messerstecherei gegeben, in der Nähe einer Grillparty, das Opfer hatte überlebt, Zeugen sollten sich melden. In

Petershausen-West war ein Kleinwagen in einen Discounter-Markt gebrettert, der Fahrer hatte die Scheibe zerstört und war seitdem flüchtig. Die Polizei ging davon aus, dass es sich möglicherweise um einen älteren Verkehrsteilnehmer handelte, der den Rückwärtsgang nicht gefunden hatte und in Panik davongondelte. Im Paradies hatte eine Bewohnerin des Studierendenwohnheims eine Initiative für alternative Wohnformen gegründet. Im Klinikum Konstanz wurden mehrere Patienten mit Denguefieber behandelt. Nachdem sich die Tigermücke in Freiburg und Heidelberg eingenistet hatte, wurde sie zum Ende des Sommers auch in Konstanz heimisch. Normalerweise seien die Symptome ähnlich wie bei der Grippe, es komme dabei zu hohem Fieber mit Schüttelfrost und starken Kopf-, Muskel- und Gliederschmerzen. Dazu geselle sich bisweilen ein Ausschlag mit Haarausfall. Gelegentlich allerdings nehme die Krankheit einen schweren Verlauf, der im ungünstigsten Fall tödlich ende. Infolge von inneren Blutungen, Flüssigkeitsverlust, Teerstuhl, Leberschwellung, Bluterbrechen, Krampfanfällen, Kreislaufzusammenbruch, Schock, Koma.

Giulia fiel auf, dass in der Küche kein Kruzifix hing. Es gab keinen Herrgottswinkel. Neben der Tür war nicht mal ein Weihwasserkessel. Über dem Esstisch hing ein halb abstraktes Gemälde, das in Rot- und Orangetönen gehalten war. Man konnte Früchte darauf erkennen, oder Sonnen. »Das hat Sarah gemalt«, sagte Fischer. »Es ist das ewige Leben. Im Übrigen gilt einstweilen Matthäus, Kapitel 10, Vers 8: ›Heilt Kranke, weckt Tote auf, macht Aussätzige rein, treibt Dämonen aus! Umsonst habt ihr empfangen, umsonst sollt ihr geben.‹«

Giulia, die ihn nicht kommen gehört hatte, erschrak. Sie zuckte leicht zusammen, wie ertappt fuhr sie herum. Fischer sah erschöpft aus, aber gleichzeitig verjüngt. Obwohl er leichenblass war. Er hielt eine Bäckertüte in der Hand, aus der er eine Brezel nahm und hineinbiss. »Du wirst es nicht glauben, aber der Tod macht hungrig. Ich bin bei der Frau Herzog gewesen, um ihr die Krankensalbung zu spenden. Sie ist erst Ende 40, Brustkrebs. Ihr Zustand nähert sich unumkehrbar dem Ende. Innerhalb weniger Tage hat sie sich so sehr verändert, dass ich sie nicht mehr erkannt hab.«

Zusammen deckten sie den Tisch. Giulia nahm Salbeibutter, Kräuterquark, selbstgekochtes Griesengsälz und veganen Brotaufstrich mit Gelben Rüben, Süßkartoffeln und Ingwer aus dem Kühlschrank. Zuletzt fand sie noch eine angegärte Flasche Holundersprudel. »Seid ihr Vegetarier geworden?«

»Nein, aber wir essen, was die Oma uns mitgibt. Sie rührt alles Mögliche zusammen. Zeugs aus dem Garten, das der Opa ihr bringt. Oder vom Wochenmarkt. Dahin geht sie noch mit. Sonst kann sie nichts mehr. Sie strickt nicht einmal mehr Socken.«

»Ach?« Giulia gab es einen Stich. Sie hatte Fischers Großmutter als eine zwar etwas senile, aber zupackende und beherzte Greisin in Erinnerung, die sagenhaft kochte. »Die arme Frau. Das ist mir arg. Soll das heißen, sie ist jetzt vollends dement?«

»Wir machen nachher einen Besuch«, beschied Fischer knapp. Er legte bestickte Stoffservietten auf den Tisch und wies auf den Kopf der Eckbank.

»Jetzt habe ich Sarah wieder verpasst.« Giulia setzte sich an den gedeckten Tisch. »Wo ist Tamir? Schläft er noch?«

»Er wird schon kommen.« Fischer warf den Rest seiner Brezel auf den Teller. Er holte seine Tasse, ging zur Arbeitsplatte und machte den Kaffeeautomaten an. »Möchtest du auch einen Espresso?«

»Gern. Und ein Glas sauren Sprudel. Hast du dir schon überlegt, was wir heute alles erledigen müssen? Es ist ja zum

Glück erst Montag, wir haben die ganze Woche vor uns, aber über Mittag machen die Ämter sicher zu. Wo sollen wir hin? Was tun wir zuerst?«

»Nichts«, sagte Fischer und drückte einen Knopf. Der Automat brummte.

»Was?« Giulia glaubte wieder mal, sie habe sich verhört.

»Nichts.« Fischer drehte sich zu ihr um. »Wir warten ab. Wir lassen Tamir notfalls so lange in Ruhe, bis er von sich aus die Initiative ergreift.«

»Du willst ihn also hier verstecken?«

»Verstecken nicht. Er ist mein Gast.«

»Hast du nicht Angst, dass es Ärger gibt?«

»Doch«, sagte Fischer. »Wenn er tatsächlich international als Terrorist gesucht wird, kann ich ihm als katholischer Pfarrer nicht mehr helfen. Und falls er tatsächlich Christen auf dem Gewissen hat, wäre es meinen Schützlingen gegenüber auch ein klein wenig unfair. Solange es aber auf so etwas keine ernstzunehmenden Hinweise gibt, kann er vorübergehend hierbleiben.«

»Okay.« Giulia nickte. Sie griff in die Tüte und fischte ein Croissant heraus.

»Oder übersehe ich was? Hat er denn zugegeben, dass er einer terroristischen Vereinigung angehört? Hat er irgendwas gestanden?«

Giulia überlegte. »Nein. Hat er nicht. Er hat nichts dazu gesagt, wie er zu den Vorwürfen steht. Aber ich glaube, er distanziert sich eher davon.«

Fischer nahm seinen Kaffee und setzte sich. »Vielleicht behauptet er das ja auch nur, dass man ihn für einen Terroristen hält, um sich vor irgendwem zu schützen.«

»Versteh ich jetzt nicht.« Giulia zerteilte das Croissant, nahm das Messer und bestrich den Rauft mit Gsälz.

Er sprang auf. »Dein Espresso.«

»Nein, lass. Schon gut. Erklär mir lieber ... was du meinst.«

Fischer pausierte, ehe er etwas zögerlich weitersprach. »Na, womöglich hat er ganz andere Probleme.«

Tamir kam herein. Er trug frische Kleidung, die wahrscheinlich Hannah ihm in der Frühe gebracht hatte, ein weißes Sweatshirt mit dem Aufdruck der Universität Konstanz, Jeans, handgestrickte bunte Socken und zwei Nummern zu große Gesundheitslatschen. In der Hand hielt er ein dickes Buch, aus dem er bereits ein fingerbreites Stück gelesen hatte. Es war ziemlich zerfleddert und aus dem Leim gegangen.

»Thomas Mann, die ›Buddenbrooks‹«, sagte Fischer. »Eine sehr gute Wahl. Komm, hock dich hin.« Er deutete auf einen Stuhl gegenüber der Eckbank.

»Willst du was essen?« Giulia holte ihm Besteck und einen Teller. »Tee, Kaffee?«

Tamir ging zum Schüttstein, drehte den Hahn auf und trank.

Giulia hätte das Haus der alten Fischers fast nicht wiedererkannt, obwohl sie dort im vorigen Sommer ein paar Tage gewohnt hatte. Es lag in der Zollernstraße, in Seenähe beim Stadtgarten. Die Parfümerie im Erdgeschoss war einer Klamottenkette gewichen, der Flur, der mit abblätternden Jugendstilmustern der Jahrhundertwende geschmückt gewesen war, hell renoviert und die Stiege mit einem Treppenlift ausgestattet. Vor Fischer, der die Haustür aufgeschlossen hatte, ging Giulia hoch in die erste Etage. »Wie alt sind sie jetzt? Dein Opa müsste so 92 sein, ist die Oma schon 90?«

»Bald«, sagte Fischer.

Die Großeltern bewohnten die beiden Stockwerke über dem Laden, das Dachgeschoss, das möbliert vermietet gewesen war, stand leer und wartete, wie Fischer erzählte, auf den Einzug einer Pflegekraft. Wobei man sich auf diese Option in der Familie nicht einigen konnte, weil ein Altenheim mit variabler Pflegestufe unterm Strich vernünftiger wäre als eine Polin. Zumindest hatten die Befürworter letzterer Lösung die schlagkräftigeren Argumente.

Fischer klingelte, und als keiner aufmachte, drückte er die Messingklinke der Wohnungstür. Sie war nicht abgeschlossen. »Grüß Gott. Opa, Oma? Ich bin's, der Justus. Ich hab euch noch unsere Freundin aus der Toskana mitgebracht. Die Giulia. Die kennt ihr doch noch vom letzten Sommer.«

Hinter ihm schlüpfte sie in den Flur. Unter einer chromblitzenden, vergoldeten Garderobe aus den 1930er-Jahren mit mannshohem Spiegel standen zwei Überseekoffer. Die Jugendstilwohnung war immer noch herrschaftlich, mit Erkern, Stuck und Parkett, doch der düstere Glanz war einer freundlichen Funktionalität gewichen. Die Wände waren frisch gestrichen worden, die Teppiche fehlten. Nichts erinnerte an das ererbte Mobiliar aus den 1850er-Jahren, Lampen, Uhren und Gemälde waren verschwunden. Alles, was uralt, zeitlos und teuer gewesen war, fehlte. Die Großeltern saßen im Salon, der nicht mehr drei, sondern nur noch ein Sofa hatte. Darauf saßen beide in ihren Sonntagsgewändern und hielten einander ernst bei den Händen. Ahnengalerie und Großbildschirm waren fort. Ebenso die halbhohen handgeschreinerten Regale, die DVDs mit den Kinolegenden und die in Leder gebundenen Bücher.

»Kommt rein«, schmetterte der Großvater, der einen schwarzen Anzug mit einem rosaroten Einstecktuch trug. Seine widerspenstigen weißen Haare hatte er sorgfältig mit Wasser nach hinten gekämmt. »Wir sind bereit.«

»Was habt ihr vor?«, fragte Fischer perplex.

»Wir?«, rief der Opa. »Frag deine Mutter, was die mit uns vorhat. Ihr Plan geht auf, sie hat endlich einen Heimplatz für uns. Wir werden abgeholt. Aber ich hätte nicht gedacht, dass sie so geschmacklos ist und ausgerechnet dich schickt. Und dass du so feige bist und so tust, als wüsstest du von nichts.«

»Jesses Gott.« Darauf folgte eine lange Pause. Fischer rang nach Luft.

»Sie haben die Wohnung schön hergerichtet«, meinte, nach einer gefühlten Ewigkeit, Giulia.

»Schön?«, schrie der alte Fischer. »Was ist daran schön? Aber ich gebe mit wachen Sinnen und warmen Händen. Es ist ja schon seit Wochen abgemacht, nicht wahr? Wir zwei Alten sollen weg. Von mir aus. Aber mit Würde. Nach mir muss niemand diesen Stall ausmisten. Ich habe alles verscherbelt und an die Verwandtschaft verteilt, verhökert, was nicht niet- und nagelfest war.«

»Wir haben das ganze Gelump weggeworfen und das Geschmeide vergraben«, ergänzte die Oma, die ein schwarzweißes Pepitakostüm und einen Pferdeschwanz trug. »Das Eingemachte und sogar den antiken Schreibtisch. Da drüben, das ganze Arbeitszimmer vom Herrn Hitler.«

Der Opa ließ sich nicht beirren. Er ließ die Hand der Großmutter los und zeigte auf Fischer. »Auch du kriegst deinen Anteil, Justus, und er ist nicht gering. Du erbst meine gesamte Bibliothek. Ich habe alles alphabetisch geordnet in Kisten gepackt und eingemottet. Es folgt alles einem genauen System, das die schmalen Grenzen buchhalterischer Logik verlässt. Es geht um ganzheitliche Gesamtzusammenhänge, um die Grundzüge des Menschseins und der Literatur. Für die Kataloge, die ich dazu anlegen musste, habe ich fast zwei Jahre gebraucht.«

»Wie viele Bücher sind es denn?«, wollte Giulia wissen.

»18.384«, sagte der alte Fischer. Er lehnte sich auf dem Sofa zurück und schlug die Beine übereinander. »Aber darauf kommt es nicht an. Bücher sind mehr als die Summe ihrer Teile. Eine Bibliothek ist ein geistiger Kosmos, ein einmaliges Vermächtnis, das danach verlangt, zum Leben erweckt zu werden. Bücher sind immer auch Ausflüchte, Türen zum Sprung aus der Zeit.«[5]

»Die Macht der Fantasie versetzt Berge«, bestätigte Giulia bereitwillig.

Der Großvater hob seinen gichtigen Zeigefinger. »›Und wenn ich prophetisch reden könnte und alle Geheimnisse wüsste und alle Erkenntnis hätte; wenn ich alle Glaubenskraft besäße und Berge damit versetzen könnte, hätte aber die Liebe nicht, wäre ich nichts. 1. Korinther 13,2.«

»Das hast du mir nicht gesagt.« Fischer war blass. »Ich meine, es ist eine Zumutung, dieses Erbe anzutreten. Was für eine grauenvolle Verantwortung.«

»Du brauchst dich nicht zu fürchten, mein Bub.« Der Opa lächelte dünnlippig.

Fischer fragte sich, wann er ihn zum letzten Mal »mein Bub« geheißen hatte. Aus irgendeinem Grund ließ der Großvater das neuerdings bleiben.

Er nickte Fischer aufmunternd zu. »Ich bin ein langsamer Leser und habe es bis heute auch geschafft. Die wenigen Bücher, die ich im Leben noch brauche, nehme ich mit. Die Bibel ist darunter und freilich mein Hölderlin. So, wie es jetzt ist, kann das Haus umstandslos verkauft werden. Und das wolltet ihr doch.«

Die Oma nickte, mit vor Aufregung roten Backen. »So ist es halt, wenn Krieg herrscht. Aber es war voreilig. Denn wir haben ja jetzt die Endlösung.«

»Die wäre?«, fragte Fischer.

»Du!« Die Großmutter zeigte mit dem Finger auf Giulia. »Du bleibst diesmal hier. Wenn du blond bist, ist es für dich einfacher. Ich war auch blond.«

»Giulia«, sagte der Großvater galant, streckte beide Arme aus und erhob sich. »Bitte sieh es mir nach, dass wir dich gar nicht angemessen begrüßen konnten. Die Aufregung hat uns das Hirn ausgeblasen. Ausgepustet einfach! Der Verstand tut es auch nicht mehr so.«

»Sie haben Unermessliches geleistet.« Giulia schluckte.

»Kein Ding«, erwiderte die Oma. Sie strahlte. Dann aber brach sie in Tränen aus.

»Was mit der Oma bloß los ist. Soweit wir wissen, hatte sie es nie so mit den Nazis. Ihre Familie war ja stockkatholisch. Aber sie ist ein Flüchtlingskind, und sie hat es wohl bis heute nicht verkraftet, dass sie gegen Kriegsende im Osten vertrieben wurden. Sie ist nie angekommen in Konstanz, und der Opa ist niemals wirklich von hier fort. Das rächt sich nun im hohen Alter.«

Fischer lief neben Giulia her durch die Altstadt. Er legte ein strammes Tempo vor, und sie hatte Mühe, mit ihm mitzuhalten. Sie schlug den Kragen ihrer dünnen Jacke hoch, unter der sie einen Fleecepulli trug. Für den ersten Oktober war es deutlich zu kalt, und für einen Montagvormittag wirkte die Stadt seltsam unbelebt.

»Ich habe etwas Luft.« Giulia sah auf die Uhr, aber sie war stehengeblieben. »Meinetwegen kann ich bei deinen Großeltern für ein paar Wochen bleiben und mich um das Nötigste kümmern. Was aus Tamir wird, muss man sehen.«

Als sie zurück ins Pfarrhaus kamen, war Fischers Schwester Hannah gerade dabei, einen Korb Wäsche hinunter in die Waschküche zu tragen. An der Kellertür drehte sie sich um und schenkte Giulia einen kühlen Blick. Giulia erkannte sie kaum wieder. Sie wirkte noch größer und aufrechter, noch steifer, verbohrter, noch hellhäutiger. Ihr Haar, das sie zu einem Knoten gebunden trug, war fast weiß.

»Sei gegrüßt«, sagte Giulia und streckte ihr die Hand hin. »Wir kennen uns noch vom letzten Jahr. Du hast mir das Gästezimmer bei den Großeltern vermittelt.«

Hannah stellte den Wäschekorb ab und musterte sie mit wässrigen Augen. Widerstrebend gab sie ihr die eiskalte Hand.

Giulia merkte, dass sie den Tränen nahe war, legte beide Arme um sie und zog sie sanft an sich. Sie fühlte sich überraschend weich an. »Menschenskind, Hannah.«

»Warum erfahre ich nichts? Ich weiß nicht mal, dass du kommst. Wieso habt ihr mir nicht gesagt, dass ein Mann hier ist? Er saß in der Küche und hat Pizza gegessen. Ich habe ihn fast zu Tode erschreckt. Wie der Blitz ist er an mir vorbei und raus.«

»Tamir«, sagte Giulia. »Wo ist er denn hin?«

Er war nicht ausgetauscht worden. So weit war es nicht gekommen. Man hatte ihn eher eingeschleust. Er wurde dazugehörig. Einer von ihnen. Dabei hatte er ein gutbezahltes Beamtendasein beim Landesamt für Verfassungsschutz gefristet. War aufgestiegen. Hätte um ein Haar die Chefin überrundet. Sein Berufsalltag war aufregender, erfüllender und erfolgreicher verlaufen, als er sich das jemals hätte erträumen können, mit dem Nachteil, dass er, vom LfV abgesehen, nicht darüber reden durfte. Gern hätte er Außenstehenden davon erzählt. Seiner Familie. Oder seinen Bundesbrüdern. Er hatte es nie getan, bis zum heutigen Tag hüllte er sich in Schweigen. Er hatte eine Art Gelübde abgelegt, dass er auch mit Pensionären nie offen sprach. Die anderen taten das auch nicht.

Er wusste Dinge, die er mit ins Grab nehmen würde. Und die auf die Geschichte der Bundesrepublik Deutschland ein anderes Licht hätten werfen können. Er kannte Mörder, deren Namen in keiner Akte auftauchten. Attentäter, derer man niemals habhaft wurde. Terroristen, die keiner je dingfest machte. Dass er sich an sein Schweigegebot hielt, zeitigte ernste Konsequenzen. Er hätte nicht nur Schuldige ihrer Strafe zuführen, er hätte auch Unschuldige entlasten können. Das konnte er theoretisch bis zu seinem Ende. Dass er das nicht tat, plagte ihn fast am meisten. Aus diesem Grund litt er sehr darunter, dass bestimmte Unterlagen und Beweismittel ohne sein Zutun nicht zugänglich wurden. Es bestand die Gefahr, dass nach seinem Ableben keiner sie fand. Er sehnte sich nach einer gewissen Gerechtigkeit. Nach einem ehrlichen Lauf der Geschichte. Ohne genau zu wissen, was das eigentlich war. Das Allerschlimmste jedoch war die eigene Bedeutungslosigkeit. Dessen war er sich bewusst, ohne es jemals vor sich selber zuzugeben. Er nannte es Moral. Er nannte es den aufrechten Gang. Aber wäre es nicht wunderbar, wenn die Republik wüsste, wer hinter den Anschlägen der dritten Generation steckte? Wenn endlich ans Licht käme, wer die RAF-Terroristen, die trotz intensiver Fahndung niemals gefasst und in etlichen Fällen nicht einmal identifiziert werden konnten, erst mobilisiert und bewaffnet hatte und dann bis in alle Ewigkeit deckte?

Daran waren Teile des Amts maßgeblich beteiligt gewesen. Sein Job hatte darin bestanden, jene Leute aufzubauen, die man heutzutage »Gefährder« nannte. Es ging nicht nur darum, Kontakte herzustellen und zu pflegen. Es ging um die Einstellung und Erziehung von Rekruten. Das waren labile und meist willige junge Männer und Frauen, die den Boden unter den Füßen verloren hatten. Er motivierte sie einerseits, Straftaten von erheblicher Bedeutung zu begehen, andererseits, sie ideologisch zu rechtfertigen. Dabei ließ er sie bewusst in eine Falle stolpern, denn er verlor nie die Distanz und bewahrte stets die Treue zum Rechtsstaat. Er baute die dritte Generation der RAF mit auf, denn das war notwendig, um den linken Terror für immer zu zerschlagen.

Dass die Rote Armee Fraktion sich Anfang der 1980er-Jahre programmatisch neu aufstellte und ihre Strategie änderte, hatte er mit beeinflusst. Das Amt hatte entsprechende Papiere in Umlauf gebracht, die als echt galten und unter den Genossinnen und Genossen zirkulierten. Er hatte die dritte Generation dazu gebracht, über die bundesrepublikanischen Grenzen hinaus zu denken. Er verfolgte als Erster die Vision, den Terror zu internationalisieren, und brachte das in die Diskussionen ein. Es ging nicht mehr darum, Gefangene zu befreien, sondern den Kampf auf die Metropolen der Macht zu konzentrieren. Die RAF stimmte ihr Vorgehen ab mit der Action Directe. Anfang 1985 starben der französische General René Audran und der Industrielle Ernst Zimmermann. Im August wurde auf die US-Airbase in Frankfurt ein Anschlag verübt: zwei Tote und 23 Verletzte.

1986 wurde das Siemens-Vorstandsmitglied Karl Heinz Beckurts ermordet, mit seinem Fahrer Eckhard Groppler, außerdem Gerold von Braunmühl, Abteilungsleiter im Auswärtigen Amt. 1989 Alfred Herrhausen, der Vorstandssprecher der Deutschen Bank. Zwei weitere Anschläge scheiterten: 1988 auf den Finanzstaatssekretär Hans Tietmeyer und 1990 auf Hans Neusel, Staatssekretär im Bundesinnenministerium. Detlev Karsten Rohwedder, Vorsitzender der Treuhandanstalt, wurde am 1. April 1991 das zweitletzte Opfer der RAF. Das letzte war Michael Newrzella, der GSG-9-Beamte, der am 27. Juni 1993 in Bad Kleinen bei einem Schusswechsel von Wolfgang Grams getötet wurde. Im Beisein des Bundeskriminalamts, der GSG 9 der Bundespolizei und von Klaus Steinmetz, einem V-Mann der Landesbehörde Verfassungsschutz Rheinland-Pfalz, der sich über Birgit Hogefeld Zugang zur Kommandoebene der Roten Armee Fraktion verschafft hatte. Daraufhin beging Grams nach dem nachhaltig gerichtlich überprüften Ergebnis Suizid. Hogefeld wurde verhaftet – das Personenumfeld der dritten RAF-Generation war demnach erstmals ansatzweise zu greifen, was aber nichts dazu beitrug, die Auflösung der RAF fünf Jahre später analysieren zu können. Klaus Steinmetz sagte dazu wohl nichts mehr, denn er landete bereits im Sommer 1993 im Zeugenschutzprogramm. Alles blieb letztlich bloße Spekulation.

Dabei war alles ganz einfach. Das Ganze ging restlos an dem vorbei, was die Rote Armee Fraktion eigentlich erreichen wollte: Das Ziel war nicht geringer als der Umsturz. Das armselige Ergebnis der Anschläge wurde den eigenen revolutionären Ideen jedoch nicht ansatzweise gerecht. Die Sinnlosigkeit des Vorgehens und die Hilflosigkeit der Mit-

tel entblößten das Fehlen jeder Strategie. 1991 war die RAF quasi am Ende.

Ein Jahr später wagte Bundesjustizminister Klaus Kinkel (FDP), Jurist und von 1979 bis 1982 Präsident des Bundesnachrichtendienstes, einen genialen Schachzug. Er verkündete, der Staat sei bereit, sein Verhältnis zur RAF zu überdenken. Kinkel sprach vom Willen zur Versöhnung – zumindest dort, wo es angebracht sei. Daraufhin erklärte die RAF, sie nehme die »Eskalation zurück«. Sie gestand ein, im Kern komplett versagt zu haben. Im März 1998 löste sich die Rote Armee Fraktion in einem öffentlichen Schreiben auf und erklärte, dass die »Stadtguerilla in Form der RAF nun Geschichte« sei.

Daran war er nicht unbeteiligt, ganz im Gegenteil. Darin gipfelte sein Werk, weil er den Linksterrorismus vor unlösbare Aufgaben gestellt hatte, an denen dieser scheitern musste. Die RAF zerbrach am Widerspruch zwischen Erwartung und Vermögen, und damit hatte er gesiegt. Der Krieg war gewonnen. Endlich war Schluss. Er hatte die RAF in den Orkus gestoßen, mithilfe seines Teams, doch letztlich er allein. Ohne ihn wäre das Töten weitergegangen, aber sein Einsatz war nicht ganz umsonst gewesen. Jahrelang hatte er zusehen müssen, wie der Gewalt, die er schürte, Unschuldige zum Opfer fielen. Wenn er richtig zählte, hatte die RAF insgesamt 33 Menschen ermordet, neben Führungskräften auch Fahrer, Polizisten, Zollbeamte und amerikanische Soldaten. Bei Banküberfällen, Sprengstoffattentaten, Entführungen und Geiselnahmen gab es über 200 Verletzte. 24 Mitglieder und Sympathisanten der RAF starben durch Hungerstreik, Suizid oder Fremdeinwirkung.

Wie die Rentner der RAF schweigen, so schweigen auch die Rentner vom Amt. Darin glichen sie einander bis zum heutigen Tag. Es fiel ihm bisweilen schwer, sich an dieses

Schweigegebot zu halten. Der wahre Grund dafür war einfach nur versteckte Eitelkeit. Er hatte eine bedeutsame Rolle in der bundesrepublikanischen Geschichte gespielt, seine subversive Strategie hatte mit dazu geführt, die RAF zu besiegen, und kein Mensch erfuhr jemals davon, denn die Akten waren angeblich vernichtet. Alles, was der Nachwelt Aufschluss geben konnte, war irgendwie fortgeschafft worden. Das schmerzte ihn immer mehr, und es ging ihm dabei ausschließlich um sich selbst. Mit zunehmendem Alter, er war ja immerhin bereits vor etlichen Jahren ausgeschieden, bemerkte er an sich außerdem einen gewissen Wertewandel. Die Liberalität, die er sich auf seine Fahnen geschrieben hatte, funktionierte nicht mehr. Er wurde, wie sein Vater, mehr und mehr konservativ. Vorurteile, die seine Bundesbrüder beklatschten, gewannen die Oberhand. Er durchschaute das und schämte sich dafür. Gleichzeitig ging er weit darüber hinaus. Etwas riss an seinem Bewusstsein. Es war, als sei der Teufel in ihn gefahren, ein fremder Geist, der Besitz von ihm ergriff. Immer wieder träumte ihm, er müsse Deutschland noch einmal retten und er könne das auch. Aber anders diesmal. Nicht nur mit seinem Verstand und seinen Verbindungen. Man muss, sagte er sich, den Staat an seine Grenzen führen. Man muss ihm zeigen, dass es so nicht mehr geht. Wenn wir Flüchtlinge im großen Maßstab anwerben, die nicht nur Turnhallen füllen, sondern mit kriminellen Machenschaften und Terror und Dschihad für Notstand sorgen, wird das zu einem Umdenken führen, das uns innerhalb Europas zur führenden Kraft macht. Weil es nicht die Populisten sind, die Konflikte anzetteln, sondern die Verhältnisse, die zum Handeln aufrufen. Man brauchte, um diese Ströme zu entfesseln, nur ein wenig Kapital. Die Bewegung tat dann das ihre und funktionierte für sich. Er erkannte, dass er damit eben das leisten wollte, was die RAF, die er bis zur Besinnungslosigkeit intern und extern bekämpft hatte, nicht hatte leisten können. Er wollte den Umsturz. Die Revolution. Wenn auch unter umgekehrten Vorzeichen. Er hatte seinen lebenslangen Pakt mit dem Rechtsstaat aufgekündigt.

Mit seinen Bundesbrüdern in der Tübinger Verbindung konnte er diese radikalen Gedanken nicht diskutieren. Sie hätten ihn für verrückt erklärt. Und seine ehemalige Chefin schaute ihm sowieso auf die Finger. Aber er suchte nach Verbündeten. Und er würde sie finden. Einstweilen agierte er allein.

3

Fischer stand allein in seiner Küche und betrachtete das Bildnis Christi, das neben der Glastür gebeppt hatte, bis Hannah es jetzt rahmen ließ und über den Esstisch zum Bild des ewigen Lebens hängte. Sarah hatte es gemalt, vorletzte Ostern: Eine Mischtechnik aus Wasserfarben, Wachsstiften und Leuchtmarkern und ganz in Gelbtönen gehalten. Es stellte den Leib des Herrn dar. Er zerfloss im Licht. Man konnte ihn kaum erkennen. Dennoch fand Sarah nichts Abstraktes daran. Sie blickte in seine barmherzige Seele. Die Seele vom Herrn Jesus, sagte sie, strahle heller als das Kreuz. Deshalb müsse das Kreuz fort. Erst war Fischer verunsichert gewesen. Doch dann faszinierte ihn der Gedanke. Tief in seinem Innern gab er Sarah recht. Er hängte die Kreuze im Pfarrhaus ab und verwandelte das Kreuz in der Kirche in ein Kunstwerk. Das Kreuzzeichen ersetzte er durch ein sanftes Pochen auf Stirn, Herz und Schultern.

Nun faltete er die Hände und versuchte zu beten, was er selten bewusst tat, weil sein Denken stetes Gebet war. Er bat die Kraft, die er seinen Schöpfer nannte, um Gottvertrauen. Denn Fischer fühlte sich in einem Maß überfordert, das er nie für möglich gehalten hätte. Er musste sich zusammenreißen, zwingen. Gleichzeitig merkte er, dass er funktionierte. Und das war ja die Hauptsache. Nicht nur, weil es darum ging, den anderen schönzutun, sondern weil es einen selber am Laufen hielt. Es war kein Fehler, wenn man sich an mechanischen Abläufen festhielt.

Zweimal hintereinander hörte Fischer die Haustür. Erst wurde sie vorsichtig ins Schloss gezogen, wenig später dann mit Fleiß zugeschlagen. Giulia hatte ihre Sachen gepackt und ging zu den Großeltern, um unterm Dach einzuziehen, nach dem Rechten zu sehen und sie zum Essen mitzubringen. Hannah verschwand verschnupft nebenan im Pfarrbüro. Sie war gekränkt, weil sie nicht mehr gebraucht wurde, doch sie würde der Mutter gefasst Bescheid geben, dass sich mit den Großeltern eine neue, befristete Lösung anbahnte. Fischer war bereit, für diesen Aufschub zu kämpfen. Der Heimplatz würde warten müssen. Wenn er verfiel, würde sich etwas anderes auftun. Gottvertrauen war das Einzige, was half. Tamir fehlte und Fischer kochte. Er hatte schon lange nicht mehr für sechs oder sieben Leute gekocht. Er wusste gar nicht mehr, wie das ging.

Komischerweise fand sich alles im Kühlschrank. Fischer hatte keine Ahnung, wer das eingekauft hatte. Vermutlich er selbst, zusammen mit Sarah, auf dem Wochenmarkt. Sie hatte ausgesucht und eingesteckt, er hatte bezahlt. Das Gemüse war jedenfalls noch frisch: Bohnen, Erbsen, Gelbe Rüben, Lauch und Sellerie. Außerdem Zwiebeln und Kartoffeln. Für sieben Leute reichte das nie. Fischer inspizierte den Küchenschrank. Er fand Eierspätzle und zwei Packungen Alb-Leisa vom Bio-Hof. Daraus ließ sich ein wunderbares Gericht zaubern. In der Gefriere gab es sogar noch jede Menge Saitenwürstle vom Metzger Haas, die von einem Gemeindefest übrig geblieben waren.

Als Sarah gegen halb eins erschöpft von ihrer Halbtagsarbeit heimkam, stand Fischer in der Küche am Herd. Das war lange nicht mehr vorgekommen. Sie war wie ausgewechselt, sie klatschte in die Hände, drehte sich im Kreis und lachte glucksend. Ihr dicker schwarzer Pferdeschwanz wippte, die Kirschaugen verengten sich zu Schlitzen. Fischer nahm sie in den Arm. »Heute gibt's dein Lieblingsessen, Prinzessin.«

So hatte er sie früher oft genannt. Aber irgendwann musste er einsehen, dass sie erwachsen wurde. Das brachte auch gewisse Komplikationen mit sich. Sie drückte ihn an sich und küsste ihn in Brusthöhe auf sein T-Shirt, weiter hinauf kam sie nicht.

»Du bist wieder gut«, sagte Sarah. »Du bist wieder mein Mann.«

»Ich bin dein großer Bruder. Der bin ich, der war ich, der werde ich immer sein.« Fischer bemerkte es erst jetzt. Sie trug ein rostrotes Kleid mit Herbstblättern, das die Mutter genäht hatte und das ihr wunderbar stand.

»Ein Bruder kann man nicht heiraten.«

»Nein«, sagte Fischer. »In meinem Fall schon gar nicht.«

Sarah nickte ernst. »Wegen dem Söliba.«

»Du kannst den Tisch decken. Und schau mal, Hannah hat dein Bild rahmen lassen.«

»Schön«, sagte Sarah. Sie betrachtete es lange mit offenem Mund. Ihre Zunge kroch vorwärts wie eine Schnecke, als sie aufmerksam den Kopf nach vorn reckte.

Eine halbe Stunde später saßen alle außer Tamir um den ausgezogenen Küchentisch. Die Großeltern, die Giulia tatsächlich mitgebracht hatte, wirkten leger in ihren alten Outdoor-Klamotten, aber sie fremdelten trotzdem und schwiegen beharrlich. Die Oma hatte sich ein sportliches Band um den Kopf gebunden, an dem sie dauernd nestelte. Dem Opa hatte Giulia die Haare geschnitten, viel zu kurz, wie Fischer fand. Die überzwerche Strähne in der Stirn löste sich trotzdem und fiel ihm in die Augen. Auch Hannah, die sonst ihre Familie und die Großeltern versorgte, aß ausnahmsweise mit. Sarah quetschte begeistert ihre Hand. Hannah hatte Benedikt in seiner Mittagspause nach Hause geschickt, damit er für Mimi und Noah kochte. Fischer hatte ihr kurz erklärt, dass ein Geflüchteter aus

Syrien erwartet werde, und sie wollte gleich schauen, wie sie sich einbringen konnte.

Als Tischgebet sprach Fischer ein paar Bibelverse aus dem Evangelium nach Matthäus. »Deswegen sage ich euch: Sorgt euch nicht um euer Leben und darum, dass ihr etwas zu essen habt, noch um euren Leib und darum, dass ihr etwas anzuziehen habt. Ist nicht das Leben wichtiger als die Nahrung und der Leib wichtiger als die Kleidung? Seht euch die Vögel des Himmels an: Sie säen nicht, sie ernten nicht und sammeln keine Vorräte in Scheunen; euer himmlischer Vater ernährt sie. Seid ihr nicht viel mehr wert als sie? Amen.« Dann schöpfte er Linsen und Spätzle, Sarah verteilte Saitenwurst und Sprudel.

»Was ist los mit dir?«, fragte Hannah. Obwohl sie fast drei Jahre jünger war als Esther, sah sie inzwischen älter aus als ihre Schwester. Sie war erst Mitte 30, doch ihr blondes Haar war von weißen Strähnen durchzogen, und scharfe Falten kerbten ihr Gesicht. Neuerdings trug sie Barfußschuhe. In ihrem sackartigen naturfarbenen Leinenkleid hielt sie sich sehr aufrecht und wurde immer dünner, ohne dass sie zierlich, zart oder gar zerbrechlich wirkte. Das Drahtige hatte sie von der Oma, der Großmutter väterlicherseits. Den Mangel an Frohsinn hatte sie von der Mutter geerbt, bestimmt war er genetisch. Ihre Humorlosigkeit verband sich mit mangelndem Taktgefühl. Dabei machte es ihr durchaus Freude, über andere zu herrschen.

Fischer mochte sie trotzdem. Er sah noch das kleine Mädchen vor sich, das mit dem Fuß aufstampfte, weil es beim Küchendienst übergangen worden war. Hannah hatte kein Helfersyndrom, das Helfen war bei ihr keine Sucht und auch kein Mittel, ihr Ego aufzubauen. Hannah war nur streng mit sich und anderen, und sie besaß Stärke und eine immense Tatkraft. Das unterschied sie von der Mutter, die gern delegierte.

Fischer, der die Bibelstelle absichtlich ausgewählt hatte, um Hannah zu ärgern, zwinkerte ihr zu. »Ich habe meine Tabletten genommen. Die Arznei wirkt Wunder.«

Niemand lachte.

»Die Linsen, wie früher, mit Kartoffeln und ordentlich Gemüse.« Giulia grinste immerhin. »Wie lang hab ich das nicht gegessen.«

»Mit Lorbeer und Nelken«, sagte Fischer. »Wacholderbeeren, Pfeffer und einem Schuss Essig.«

»Rezent muss es sein.« Die Großmutter brach ihre Stille und nickte.

»Komm, Herr Jesus, sei unser Gast / Und segne, was Du uns bescheret hast«, skandierte Sarah. »Wieso betet ihr nicht auch was? Wir beten immer alle. Man muss das danken.«

Fischer stellte sich zwischen Opa und Oma, breitete die Arme aus, alle griffen sich bei den Händen. Die Hand des Großvaters, der hinfällig wirkte, zuckte.

»Das Leben ist kostbar«, bestätigte die Oma, »und man hätte unsereinem das früher schon angedeihen lassen dürfen. Schließlich waren wir auch aus Syrien.«

»Oha.« Der Opa lachte, lehnte sich zurück und strich sich zitternd die hellweiße Strähne aus der Stirn. Dann griff er nach der Hand der Oma. »Schlesien – Syrien. Das wird ja immer komplexer. Du bist und bleibst halt mein liebes Flüchtlingskind.«

»Und katholisch waren wir auch.« Die Oma drückte dem Opa die Hand und strahlte.

Die Großeltern hatten sich besonnen und trugen gute Laune zur Schau. In ihrem Wanderoutfit aus dem ausgehenden letzten Jahrhundert wirkten sie plötzlich wie angekommen. Alle langten zu, als hätte man eine längere Wegstrecke hinter sich gebracht. Man kostete, probierte, schlürfte, schlang.

Hannah aß andächtig wie die Oma. Sie wirkte etwas entspannter, aber Fischer las ihr von den schmalen Lippen ab, dass sie sich Sorgen machte.

Plötzlich ging die Küchentür auf und Tamir kam herein. Er nickte in die Runde. Als sei das selbstverständlich, dass er einfach wieder aufkreuzte.

»Woher hast du einen Schlüssel?«, fragte Fischer.

Tamir hob die Hände und legte den Schlüssel auf den Tisch. Es war der, den Hannah immer innen stecken ließ.

»Er spricht nicht«, erklärte Giulia. »Aber er versteht uns. Er kann hervorragend Deutsch. Auch wenn es manchmal etwas komisch klingt. Altertümlich. Oder angelernt. Ich werde daraus nicht schlau. Keine Peilung, wo er das herhat.«

Mit der linken Hand schlug Sarah auf den leeren Platz neben sich. »Komm, hock hin. Ich hab den extra für dich. Du bist der Tamir! Ich bin die Sarah.«

Sarah war zehn oder vielleicht sogar fünfzehn Jahre älter als er. Sie war 32. In ihr schwarzes Haar mischten sich erste weiße Fäden, und das Gesicht wurde gelb und faltig. Sie alterte rasch. Dennoch wirkte sie plötzlich verjüngt. Neben Tamir sah sie exotisch aus und seltsam schön. Der schwarze Pferdeschwanz wippte. Ihre Augen blitzten. Sie strahlte und schlug die Hände zusammen, ehe sie die Finger ineinanderflocht und die Arme bebend in die Luft schwang. Dabei ließ sie Tamir, der sich neben sie setzte, nicht aus den Augen.

Wenn sie jetzt nur nicht anfängt zu krampfen, dachte Fischer.

Tamir starrte vor sich hin. Blickte zu Sarah hinüber. Dann musste er plötzlich lachen.

»Willst du Sprudel?«, fragte Sarah und griff zur Flasche.

»Er trinkt nur Leitungswasser«, antwortete Giulia für ihn, nahm sein Glas und ging zum Schüttstein.

Fischer schöpfte ihm Linsen und Spätzle auf den Teller. »Du brauchst die Saitenwurst nicht zu essen. Ich habe sie in einem Extratopf warmgemacht. Alles, was du hier bekommst, ist garantiert vegetarisch und ohne Fleischbrühe.«

»Das ist vegan«, erklärte Sarah. »Was essen Veganer? Alles, was auch Hasen essen.«

Sie hatte den Witz schon so oft gemacht, dass sie die Antwort ohne zu zögern selbst gab und auch nicht erwartete, dass jemand lachte. Dann griff sie wieder zu ihrer Gabel und mampfte. Konzentriert schloss sie dabei den Mund. Fischer grinste.

Tamir aß ohne zu zögern und mit Appetit. Er schien das Gericht zu kennen.

»Die haben in Syrien auch Linsen«, sagte Hannah. »Arabisch halt. Scharf vermutlich. Mit Schwarzkümmel womöglich. Man kann Linsen auch anders machen. Die Schwaben haben darauf ja kein Monopol. Na, und scheint's schmeckt's ihm.«

»Vergelt's Gott!« Die Oma blickte höflich lächelnd in die Runde.

»Jetzt horch einmal her, Kerle. Wir reden nicht über dich, als ob du nicht dabei wärst.« Der Großvater sah Tamir fest an. »Das ist die erste Regel.«

Damit kippte die fragile Stimmung.

»Danke«, rief Hannah. »Danke, Opa.«

»Jetzt schrei doch nicht so«, erwiderte der Großvater, »oder bist du taub?«

Sie stand auf, ging zum Mistkübel und schüttete das, was auf ihrem Teller war, in den Biomüll.

»Du bist eine taube Bachel«, meinte die Oma. »Immer gewesen, Annelies, und bekanntlich bessert sich das ja mit dem Alter nicht.«

Dass die Großmutter eine Generation übersprang und Hannah mit ihrer Mutter verwechselte, was sie häufig tat, auch Esther gegenüber, machte die Sache nicht besser. Hannah rannte schluchzend hinaus und knallte erst die Küchentür zu, dann die Eingangstür. Ihren Schlüssel hatte sie liegen lassen.

»Die zweite Regel ist«, sagte der Großvater unbeirrt und mit fester Stimme zu Tamir, »dass du dich an die Regeln hältst. Ist das klar?«

Tamir nickte. Schier unmerklich zwar, doch er nickte.

»Du hältst dich an die zehn Gebote. Die kennst du doch hoffentlich? Sonst werde ich sie dir beibringen. Du ehrst deinen Gott, du magst ihn wie unsereins hier und wie dich selbst, du verteidigst deine Familie und deine Heimat, du verabscheust Gewalt, du lässt die Frauen in Ruhe, du klaust nicht, du lügst nicht, du tust keinem was, du benimmst dich anständig. Keine Wutausbrüche, keine Rachsucht, keine Fuchteleien. Was nicht heißt, dass du uns folgen musst. Du bist ein freier Mensch. Der Rest wird sich richten.«

Sarah klatschte begeistert in die Hände. Fuhr sich in die Haare. Riss daran.

Der Großvater krachte in sich zusammen. Er hatte sich zu sehr verausgabt. Er schloss die Augen und konnte nicht mehr. Augenblicklich fiel er in einen Sekundenschlaf.

»Espresso«, sagte Fischer. »Wer will einen Espresso?«

»Ich nehme einen«, antwortete Tamir. »Sobald ich aufgegessen habe. Danke für das Essen. Und danke für das Gespräch.«

Giulia kümmerte sich um die Großeltern, sie packte die letzten Utensilien (ein vergessenes Duschgel) in ihre Tasche, nahm die beiden Alten wieder mit heim und zog bei ihnen definitiv ins Dachjuchhe. Damit hatte sie ihre Aufgabe. Und Tamir tat, was er wollte. Er kam und ging. Das zeichnete sich ab. Und das war gut so. Wozu vorschnell die Behörden bemühen? Fischer ließ es laufen. Man durfte nichts übers Knie brechen, nichts überstürzen. Die Dinge auf sich zukommen zu lassen, das hatte er in der Psychiatrie gelernt. Auch ohne sedierende Mittel.

Nach dem Essen richtete Sarah die Küche. Sie machte das am liebsten allein. Alles hatte seine Ordnung. Zwanghaft. Das wurde immer schlimmer. Sarah konnte es überhaupt nicht mehr brauchen, wenn einer sie durcheinanderbrachte. Das fanatische Streben nach Wiedererkennbarkeit nahm immer mehr Raum ein. Mit hingebungsvollem Ernst widmete sie sich ihren eigenen wahnhaften Regeln. Dafür nahm sie sich den ganzen Nachmittag Zeit. Heute schien sie es etwas lockerer zu nehmen. Sie hatte wieder pfeifen gelernt. Sie pfiff vor sich hin.

Fischer fragte sich, ob diese übersteigerte Ordnungsliebe und die Leidenschaft für Rituale nur mit ihrer Behinderung zu tun hatten. Oder ob dieser Eifer nicht vielmehr vom Großvater kam. Auch Menschen, bei denen der Chromosomensatz verändert war, erbten ja Gene. Dazu kam die Erziehung. Auch Fischer war zur Pflichterfüllung erzogen worden und hatte sich früh gefügt, als er im Alter von acht Jahren gelobte, Priester zu werden. Damit war ein Herzenswunsch seiner Väter in Erfüllung gegangen, die das gleiche Amt angestrebt hatten, ohne es je zu erreichen. Aus ihnen waren nur Schulmeister geworden, von Generation zu Generation. Sie übersahen, dass Fischer das nur tat, weil er sich quälte und vor Schuldgefühlen schier platzte. Er hatte seine kleine Schwester im Stich gelassen. Er hatte sie vom See nicht mehr heimgebracht. Sie hatten Verschlupferles gespielt, und Rahel war auf ewig verschlupft. Dass es dann bald dreieinhalb Jahrzehnte später herausgekommen war, was sich damals zugetragen hatte, das hatte ihn gelupft.

Fischer ging es noch nicht wirklich gut, er war innerlich nach wie vor angespannt, doch er fühlte sich zum ersten Mal seit Monaten in der Lage, etwas anzugehen, das nicht der unmittelbaren Notwendigkeit entsprach. Er ging ins Arbeitszimmer, klappte das Sofa zusammen, zog die Bettwäsche ab und schmiss sie in den Korb. Dann rief er die Gerhardts an, die neu zur Gemeinde gestoßen waren und erst seit einigen Wochen zur Messe kamen – sie hatten zum katholischen Glauben gefunden, weil sie fürchteten, einen Sohn zu verlieren.

Frau Gerhardt war sofort am Apparat. »Christopher, bist du's?«

Die Gerhardts hatten nur ein Festnetz, was Fischer in ihrer Lage überhaupt nicht verstand. Aber vielleicht schützte sie das. Wahrscheinlich wären sie wahnsinnig geworden, wären sie überall und zu jeder Zeit erreichbar gewesen.

»Gott segne Sie«, sagte Fischer. »Ich bin's nur, der Pfarrer. Es tut mir leid, dass ich mich erst heute wieder melde. Wie geht es Ihnen?«

»Mal so, mal so.« Frau Gerhardt schniefte. Sie litt unter einer Allergie. »Hatten Sie arg viel Geschäft?«

»Nein«, erwiderte Fischer. »Im Gegenteil. Ich bin zu nichts gekommen, weil ich mich erst wieder fangen muss.« Es war besser, wenn er es ihnen erzählte. »Ein Unfall in der Kindheit. Es ist schon 35 Jahre her. Meine kleine Schwester ist umgekommen.« Rahel, dachte er, sie war erst fünf. Sie ist damals einfach verschwunden. Beim Versteckspielen, am Waldsee. Wie vom Erdboden verschluckt, dachte er. »Ich habe mich zeitlebens dafür verantwortlich gefühlt.« Kein Mensch wusste, was passiert ist, dachte er. Ich auch nicht, aber ich habe gespürt, dass man mir das nicht glaubt. Das machte die Schuld noch schlimmer. Ich bin zum Stotterer geworden, und es gibt kein Kraut, das dagegen hilft. »Erst vor gut einem Jahr habe ich erfahren, wie es wirklich war. Das habe ich dann endgültig nicht mehr verkraftet.«

»Sie haben einen herben Verlust erlitten.« Frau Gerhardt zog wieder die Nase hoch.

Fischer nickte. »Das bringt mich Ihnen näher. Rahel war mein Ein und Alles. Ich war der große Bruder, der auf sie aufpasste – schließlich war ich drei Jahre älter als sie.«

»Das meine ich nicht.«

»Sondern?«

»Ich rede von Ihrem heutigen Zustand. Man hat Ihnen die Rechtfertigung Ihres Lebens entzogen. Wie gehen Sie damit um? Kennen Sie die Verantwortlichen?«

»Ja so.« Fischer war irritiert. Er musste nachdenken. »Es ist eine Frau, die über viele Jahre hinweg zu mir in die Beichte kam, absichtlich, jedoch ohne den Mut aufzubringen … Schließlich fand sie ihn über Umwege doch. Es war ein Unfall, demzufolge Fahrerflucht und übelste Vertuschung.«

»Um Gottes willen.« Frau Gerhardt schnaufte. »Das ist ja furchtbar!«

»Tja. Die Täterin hat nach all der Zeit gestanden. Da es kein Mord war, ist der Fall verjährt. Rahels Leiche wurde bis heute nicht gefunden. Wenn ich sie wenigstens beerdigen könnte. Aber wo sie die tote Rahel hingebracht hat, dazu hat die Frau einfach keine Angaben gemacht. Sie war durch nichts dazu zu bewegen.«

»Und jetzt?«

»Sie ist mit ihrem Mann in ein Altenheim gezogen. In Meersburg.«

»Ja, dann. Suchen Sie den Kontakt.« Es war keine Frage, es war eine Feststellung oder fast ein Befehl.

»Man wird sehen. Jetzt mal zu Ihnen. Was treibt Sie an?« Fischer hatte genug. Er lenkte ab.

»Die Sorge. Christopher meldet sich überhaupt nicht mehr. Wir wissen einfach gar nichts.« Frau Gerhardt hatte fast keine Stimme mehr. Sie sprach beinahe tonlos.

Das ist schier gar das Allerschlimmste, dachte Fischer. Noch schlimmer ist nur noch, wenn man alles erfährt. »Das ist leider sein gutes Recht. Er ist volljährig. Deshalb kann uns die Polizei auch nicht helfen. Und wir haben keinerlei Beweise, dass er von diesen Leuten manipuliert wird.«

»Wieso sagen Sie mir das?« Frau Gerhardt klang beleidigt. Die Empörung, mit der sie sich gegen die übertrieben rationale Darstellung des Pfarrers auflehnen wollte, schenkte ihr wieder etwas Kraft. »Sie sind ja nicht ganz gescheit. Sie wissen so gut wie ich, wie das läuft und was die mit ihm anstellen.«

»Ja, Sie haben wohl recht. Ich muss es mir immer wieder ins Gedächtnis rufen. Die Ohnmacht ist total. Der Verstand hilft da nur wenig. Demut und Erbarmen.« Fischer nuschelte. Gleich bliebe ihm die Sprache weg. Dann musste er stottern.

»Was haben Sie gesagt?« Frau Gerhardt fand langsam zu ihrer vollen Form zurück.

»Ach, ni… ni… nichts. Wörter, die ich schön finde. Und wahr.« Fischer nahm seine Brille ab. Wischte sich über die Augen. »Mir wird etwas einfallen. Verlassen Sie sich drauf.«

»Was sind Sie eigentlich für ein Seelsorger. Nachdem Sie mir hier das Herz ausschütten, mit Zeugs, das mich nichts angeht, schwätzen Sie nur Blech.«

»I wo.« Das ist, als wollte sich einer mit einer Heckenschere die Fingernägel schneiden, dachte Fischer. Oder die Wand hochkrebseln. An die Decke kraxeln. Man kommt an die nicht hin. Wer sich in Bedrängnis wähnt, ist für wärmende Worte nicht zu erreichen. Manchmal, wenn sonst nichts mehr hilft, helfen Rituale. »Wir könnten zusammen einen Rosenkranz beten. Was halten Sie davon?«

Gegen halb vier wurde es Zeit. Fischer, der am Morgen nicht dazu gekommen war, wollte noch im Hellen seine übliche Runde drehen. Er lief fast täglich, aber er nutzte unterschiedliche Strecken. Sie waren ihm allesamt vertraut. Es ging nicht darum, Neuland zu erobern. An winzigen Details konnte man beobachten, wie der Sommer in den Herbst überging und wie der Winter kam. Das hatte etwas Auswegloses und Beruhigendes. Fischer ging ins Bad und zog sich um. Seine Joggingkleidung hing über der Badewanne und an der Heizung, die nicht funktionierte, obwohl der Thermostat-Kopf auf 3 stand. Er warf einen Blick nach draußen. Kein Wunder. Die Sonne schien. Ein fast gar wolkenloser Himmel.

Er hatte keine Lust, in einen Zug zu steigen. Bevor er aus der Stadt raus übers Wollmatinger Ried Richtung Reichenau lief, ging er im Katharinenhaus vorbei. Das dreistöckige Gemeindehaus war wie die benachbarte St.-Katharinenkirche in den 1960er-Jahren erbaut worden und, im Gegensatz zur architektonisch robusten Kirche, seit Längerem abrissbereit. Unter dem schwarzen Schindeldach, das undicht und bemoost war, lagen feuchte, schimmlige Hausmauern zwischen kleinen, zugigen Fenstern. Er ging durch die defekte Glastür, die man mit Gewalt zuziehen musste, weil sie nicht mehr richtig schloss. Drinnen schlug Fischer der vertraute Geruch nach Pfefferminztee, Chlor und staubigen Teppichböden entgegen. An den mit Birkenholz vertäfelten Wänden hingen bunte Bastelarbeiten, die Weißsonntagskinder und Freizeitgruppen hinterlassen hatten. Bevor die Geflüchteten ins Katharinenhaus eingezogen waren, hatten hier Gehandicapte und psychisch Versehrte ihre Ferien verbracht. Er stieg die zerkratzte Holztreppe zum Pfarrbüro hinauf, die von seiner frühen Jugend an, als er frisch gefirmt zur Gemeinde gestoßen war, schadhaft gewesen war und knarrte. Schon damals hatte er Pfarrer werden wollen, sein Gelöbnis war bereits um die fünf Jahre alt, aber er hätte sich nicht träumen lassen, dass ihn dieses früh angegammelte Haus die nächsten 30 Jahre bergen und begleiten würde.

Fischer hatte sich dort seit Wochen nicht mehr blicken lassen. Die ganze Verantwortung für die Arbeit mit den Geflüchteten übernahmen Mechthild, Constanze und Esther. Die Tante und die Cousine, die von Mutters Seite kamen, konnten Esther nicht verputzen. Die Gründe dafür lagen auf der Hand. Sie schlug ja der Oma nach, Vaters Mutter, und die gut zwei Jahre jüngere Hannah, die sie gelegentlich unterstützte, war ganz ihr Abbild. Beide waren wesentlich älter als Sarah, sie kamen nach Rahel. Esther und Hannah waren helle, hell und höflich, was bisweilen wie bei der sonst sanftmütigen Großmutter zu eruptiven Ausbrüchen führte. So viel Gutmenschentum hielt ja keine Sau aus. Beide waren bienenfleißig und bemüht, selbstlos bis zur Selbstaufgabe und entsprechend selbstmitleidig. Beide hatten Männer, die sie in die Tasche steckten, und zwei hochbegabte kleine Kinder. Constanze hingegen war auch mit deutlich über 30 noch allein. Sie hatte nie einen Freund vorgezeigt, weshalb einerseits vermutet wurde, sie sei lesbisch. Andererseits sprach man von sublimierter Soziopathie oder einer sanften Form von Autismus. Sie war der brünette Typ, den die einen für schwarzhaarig hielten und die anderen für dunkelblond. Ihre äußerliche Beliebigkeit glich sie durch ein absolut entschiedenes Wesen aus. Wie ihre Mutter, die in ihrem früheren Leben in diversen K-Gruppen gastiert hatte, war Constanze links und politisch korrekt. Was man darunter zu verstehen hatte, entschied nur sie allein. Nicht einmal Mutter Mechthild hatte da was zu melden. Mitleid war Constanze fremd, aber sie engagierte sich. Ihre ungezügelten intellektuellen Einsichten waren scheinbar vernunftgesteuert. Ob Naturschutz und Vogelwelt oder Zuwanderung – sie hatte stets die besseren Argumente, und ihr war nichts zu viel, wenn es darum ging, das Richtige zu tun. Dabei hatte sie nebenher auch noch einen Beruf, von dem allerdings niemand wusste, was es war. Es interessierte auch keinen. Sie hatte etwas mit Sprachen, Pädagogik und Wirtschaft studiert und arbeitete zu Hause am Computer.

Wie Fischer erwartet hatte, saß Constanze im Büro über irgendwelchen Abrechnungen. Sie sah kaum auf, als er hereinkam. »Dass du dich auch mal wieder blicken lässt.«

»Es geht mir besser«, sagte Fischer, ohne Hoffnung, dass er gehört wurde. »Ist Omar da?«

»Ja, wenn du meinst, dass er noch bei uns wohnt. Aber jetzt ist er natürlich bei der Arbeit. Er hat Spätschicht und kommt erst gegen halb elf nach Hause.«

»Er schafft was?«

»Er macht ein Praktikum bei Zlatko und Ivana in der Pizzeria. Saladin und Qabel haben sie auch aufgenommen.«

»Billige Arbeitskräfte«, meinte Fischer.

»Sie lernen dort Pizza und Brot backen.« Constanzes Stimme hatte etwas Zurechtweisendes. »Die Leute, die in unser Land einwandern, helfen einander. Wir sollten das würdigen und von ihnen lernen.«

»Sicher«, sagte Fischer.

Die »Pizzeria Toscana« lag mitten in der Altstadt, in einer kleinen Seitengasse zwischen Sigismundstraße und Bahnhof, schräg gegenüber der Synagoge und unweit vom Hafen. Keiner, der dort arbeitete, kam aus Italien. Die Pächter waren Kroaten, das Personal stammte aus der halben Welt. Dennoch galt das Lokal als authentisch und war szeneberühmt. Nirgendswo schmeckte die Pizza echter, die Pierre, ein tiefschwarzer, athletischer Senegalese, mit der Holzschaufel aus dem Steinofen holte. Niemand machte dünnere Böden, die an den Rändern so üppig aufsprangen wie afrikanische Lippen. Kein Italiener war in der Lage, mit Soße und Beilagen derart virtuos umzugehen. Einige Pizzen waren ein Gedicht. Die Diavolo war himmlisch – die Zutaten blieben ein Geheimnis. Böse Zungen munkelten zwar, der Belag beherberge ekelhafte und giftige Substanzen: Heuschrecken, Tintenfischblut, Schlangengedärm und feinste Fitzel Fingerhut. Dazu schwarzgebrannter Peperoncinosud. Der Schärfegrad sei auf der Scoville-Skala messtechnisch nicht mehr bestimmbar. Aber das war natürlich Unsinn, Teufelszeug, fein gestreut von der Konkurrenz. Fantastisch konnte Pierre mit einheimischen Produkten jonglieren, vor allem mit Fisch. Eigene Kreationen waren Pizzen mit Felchen und Forellen, garniert mit Brunnenkresse, Sauerampfer und Dill. Für diesen Zauber hatte er paradiesische Preise eingeheimst. Die Urkunden hingen über dem Tresen, auf den er mit seinen Muskelpaketen seine hauchdünnen Erzeugnisse knallte, auf klobrillengroße Teller.

»Kann ich Pizza?« Sarah krallte sich in Fischers Unterarm, als sie zu viert das Lokal betraten, im Schlepptau Giulia und Tamir. »Bitte, Justus, kann ich Pizza?«

»Wir haben auf acht einen Tisch bestellt«, sagte Fischer zum Kellner, der herbeieilte. Er war jung, dunkelhäutig, extrem gutaussehend und tadellos gekleidet. Zu schwarzen Jeans und weißem Hemd trug er eine fast bodenlange schwarze Schürze mit rotem Gürtel. Auf einem kleinen eingefassten Namensschild über seiner rechten Brust stand »Saladin«.

»Sie sind zu viert, auf den Namen Fischer.« Saladin strahlte und gab allen die Hand. Sein Gebiss war makellos, die Hand warm und schmal, mit weicher Haut und gepflegten Nägeln. »Ich weiß das, weil ich habe mir gemerkt Ihre Stimme. Außerdem ich kenne Sie von die Kirche.«

Saladin hatte, wie die meisten Geflüchteten aus dem Nahen Osten, einen arabischen Namen, obwohl er Christ war oder vorgab, Christ zu sein. Fischer wusste nicht, ob das so sein musste, weil christliche Vornamen gefahrbringend, verboten oder gar tödlich waren. Er wusste auch nicht, was Saladin bedeutete. Das tat ihm nun leid, weil er ihm gern etwas Wertschätzendes gesagt hätte. Also fragte er nach.

»Saladin leitet sich ab von Salah ed-Din, die Wahrheit des Glaubens«, antwortete der Kellner. »Saladin, der lebte vor bald 900 Jahre und war islamischer Herrscher und Sultan von Ägypten und Syrien, Mann von Stärke, Sie kennen aus ein Drama, wie heißt das noch. Ich immer vergesse.«

»Nathan der Weise«, sagte Fischer. »Lessing. Ein schöner Name, Saladin. Und im Übrigen, er ist bei aller Unerbittlichkeit kein Glaubenskrieger. Sondern Nathans Freund. Obwohl er 20 gefangene Tempelritter hinrichten lässt. Nur einen verschont er, weil er große Ähnlichkeit mit seinem toten Bruder Assad hat.«

»Ich werde mir merken.« Saladin strahlte. »Ich lerne. Ich werde lesen das.«

Das Lokal war halbvoll. Saladin führte sie an einen quadratischen Tisch, der etwas abseits in der Ecke stand und formvollendet gedeckt war: Silberbesteck, schönes Porzellan, Kristallgläser, gestärkte Servietten.

»Was ist das denn?«, fragte Giulia. »Ich dachte, wir gehen auf eine Pizza.«

»Chef hat heute Geburtstag«, sagte Saladin. »Er lädt Sie ein, weil Sie sind Bruder von die Esther. Aber er ist selber nicht in Lokal. Hat heute frei, ist wie Weihnachten.«

Sie nahmen Platz an einem Vierertisch. Tamir setzte sich Sarah gegenüber, Fischer setzte sich zwangsläufig vis-à-vis zu Giulia, und er hatte nichts dagegen.

»Sie sprechen sehr gut Deutsch«, meinte diese. »Wie lange sind Sie schon hier?«

»Ein Jahr, drei Monate, zwei Tage vielleicht.« Saladin lachte. »Ich habe vergessen. Ich war erst sechzehn, als ich kam nach Konstanz. Jetzt habe ich kaufmännische Schule und mache Hauptschulabschluss. Danach man wird sehen.«

Sechzehn, dachte Fischer. Minderjährig und unbegleitet. Er hätte wetten können, dass Saladin inzwischen 25 war. Die feine Furche zwischen Nase und Mund war keinem Trauma geschuldet.

»Das ist Tamir.« Giulia stellte ihn mit einem Kopfnicken vor. »Er kommt aus Syrien.«

Tamir reagierte nicht. Er starrte auf das weiße Tischtuch.

Fischer hatte erwartet, dass Saladin nun einen Schwall arabischer Wörter loslassen und Tamir aufs Herzlichste begrüßen würde, aber nichts geschah.

»Tamir«, sagte Saladin. »Das ist eigentlich hebräischer Name. In Syrien wäre das Tamer. Tamer, das heißt, ein ganzer Mann. Oder, wie sagt man? Ein netter Kerl.«

Tamir blickte auf, und eine Sekunde lang glaubte Fischer, er werde Saladin ins Gesicht spucken.

»Wieso schwätzt du nichts«, fragte Sarah. »Du kannst doch schwätzen.«

Tamir sah sie an, und Fischer bemerkte, wie lange und dichte Wimpern er hatte. Du bist sehr schön, sagten Tamirs Augen zu Sarah, aber halt den Mund, und Sarah verstand. Sie verschluckte schier die Zunge und presste die Lippen aufeinander und lächelte Tamir mit verschluckter Zunge und zusammengepressten Lippen an.

»Er spricht manchmal nicht«, erklärte Fischer, »aber ich bin sicher, er kann deine Sprache verstehen, Saladin. Es kränkt uns nicht, wenn ihr euch unterhaltet.«

»Nein«, sagte Saladin. »Ich bringe jetzt Gruß aus die Küche. Sie sind Gast, wir haben für Sie Menü. Können Sie wählen, Fisch oder Fleisch. Alles auch vegan.«

Fischer merkte, dass er beobachtet wurde. Aber er kapierte nicht, von wem und warum. Er spürte bloß, dass etwas nicht stimmte. Während sie ausgesuchte italienische Weine und Wasser tranken und mehrere Gänge zu sich nahmen, darunter auch Pizza, wahlweise mit Bodenseefisch und Schwarzwälder Wildschweinsalami, verstärkte sich sein ungutes Gefühl. Mehrmals drehte er sich um und suchte unter den Gästen einen, den er kannte. Er fragte sich, ob das mit seiner Krankheit zu tun hatte. Er hatte sie halbwegs überwunden geglaubt. Wahnvorstellungen gehörten eigentlich nicht dazu. Verfolgungsängste auch nicht.

Als sie beim Dessert angelangt waren, Zwetschgen in Grappa mit Mascarpone, wahlweise mit Espresso, wankte ein großer, unförmiger Bär auf sie zu. Er trug einen hellen, zerknitterten Leinenanzug und war kahl, bleich und fleckig im Gesicht. Doktor Peter Müller, der Gerichtspsychiater. Dessen Handy hatte Fischer im vorigen Sommer im Beichtstuhl gefunden, was eine Verkettung unglückseliger Umstände nach sich zog.

»Müller!«, rief Fischer und sprang auf. »Ich glaub es nicht. Wo kommst du denn her? Ich dachte, wir sehen uns nie mehr wieder.«

Sie fielen einander um den Hals. Beklopften sich die Schultern.

»Na, ich wohne ums Eck. Immer noch. Nicht weit jedenfalls. Lange nicht gesehen. Mensch, Justus. Und Giulia – was machst du denn hier?« Müller wirkte ungesund. Aufgebläht. Dick. Vielleicht aber war er nur älter geworden. Und arbeitete zu viel.

»Du kommst wie gerufen«, sagte Fischer. »Setz dich. Ich hole dir einen Stuhl.«

»Nicht nötig.« Tamir schien sich sehr unwohl zu fühlen, offenbar war ihm schlecht. Er stocherte in seinem Nachtisch herum und wirkte aschfahl. Sarah, die sich satt und glücklich über den Bauch strich, bot sich an, ihn heimzubringen. Das nahm Giulia zum Anlass, sich ihrerseits zu verabschieden, mit dem Angebot, die beiden ein Stück zu begleiten.

»Wie geht es deinen Großeltern?«, fragte Müller, als die drei gegangen waren.

Saladin brachte vier Grappa pur und viermal Espresso.

»Drei nehme ich«, sagte Müller.

»Die Rechnung, bitte«, bat Fischer.

»Es geht heute alles aufs Haus. Sie dürfen Chef nicht beleidigen. Wenn noch Wünsche.« Saladin entschwand.

»Ganz gut«, meinte Fischer. »Die Großeltern. Wobei sie nicht mehr allein zurechtkommen. Wir schlagen uns so durch mit der Betreuung, eine verlässliche Lösung gibt es noch nicht. Im Augenblick kümmert sich Giulia um die beiden.«

»Giulia, ach. Haben wir uns eigentlich mal geduzt, Herr Pfarrer?«, fragte Müller.

»Wohl schon. Kann sein. Vielleicht aber auch nicht.« Fischer schnaufte irritiert. Müller spinnt, dachte er. »Justus.« Sie stießen an. Er nippte am Grappa. Dann erzählte er dem Gerichtspsychiater die Geschichte von Tamir. Oder das, was er halt wusste. Viel war es nicht.

»Syrer!«, rief Müller. Er führte sein erstes Glas zum Mund und kippte den Grappa in einem Zug hinunter. »Das ist schlecht. Bürgerkriegsopfer aus Syrien haben nach den Genfer Konventionen keinen generellen Anspruch auf Asyl. Ihnen wird nur subsidiärer Schutz gewährt. So wurde es jedenfalls schon vor längerer Zeit entschieden, und ich glaube kaum, dass sich das wieder geändert hat.«

»Er ist eben erst angekommen. Wir haben noch nichts unternommen«, erwiderte Fischer. »Mit ihm stimmt einiges nicht. Angeblich wirft man ihm vor, er sei Terrorist.«

»Ist dieser Tamer oder Tamir, ist er denn Moslem?«

Müller klang scheinbar arglos, aber Fischer spürte dahinter etwas Lauerndes, als bezwecke er mit dieser Frage etwas. »Du meinst, ob Tamir irgendwie gläubig ist? Nicht einmal das weiß ich. Ich habe ihn nicht danach gefragt. Er spricht Deutsch wie der Teufel. Liest Thomas Mann. Dann leidet er zeitenweise unter einem selektiven Mutismus und wirkt aggressiv und verstockt.«

Müller stürzte das zweite Glas. Dann schüttete er Zucker in seine drei Espressotassen.

Fischer fuhr fort. »Giulia glaubt, dass das mit Syrien gelogen ist. Sie glaubt, dass Tamir nicht von Syrien, sondern von Deutschland nach Italien kam. Und dass er die Flüchtlingsmasche nur erfunden hat. Wie auch die Nummer mit dem Terrorismus.«

Müller knallte das Glas auf den Tisch und griff sich an den Kopf. »Aber wieso der Abstecher nach Italien, wenn er doch nur wieder zurück nach Deutschland wollte? Wieso ließ er sich in Florenz von Giulia aufgabeln?«

»Ich habe nicht den leisesten Schimmer. Sie vermutet, dass er gar kein Arabisch kann. Und dass er deshalb fürchterliche Angst vor echten Asylbewerbern hat. Sobald er mit ihnen konfrontiert wird, fliegt seine Tarnung ja auf.«

»Und wozu braucht er die, deiner Meinung nach?«

»Das frag ich dich«, sagte Fischer.

»In Wirklichkeit«, meinte Müller, »gehört dieser Tamir vielleicht einfach nur zu einer Einbrecherbande.«

»Wie kommst du darauf?« Fischer rührte in seinem Espresso.

»Keine Ahnung. Und ganz sicher bin ich mir auch nicht, ob die Welt tatsächlich so einfach ist.«

Müllers Augen waren immer noch seelenvoll, doch ihr warmes Braun schwamm mehr zwischen den dichten Wimpern, als dass es schimmerte. Sein Blick wirkte trüb, und das Charismatische an ihm, seine fesselnde Ausstrahlung, war wie weggeblasen. Über ihm waren die Gaben des Heiligen Geistes ausgeschüttet worden, hatte Fischer bei ihrer ersten Begegnung gedacht. Nun, nach über einem Jahr, war er sich da nicht mehr so sicher. Etwas stimmte nicht mit Müller. Er war nicht mehr der Mann, den Fischer im Sommer zuvor kennengelernt hatte.

»Welche Möglichkeiten gäbe es denn noch?«

Müller überlegte. »Tamir versucht also, an eine neue Identität zu kommen oder auch nur unterzutauchen. Er könnte ein Krimineller sein mit Angst vor Gefängnis oder ein auspackender Krimineller mit Angst vor Repressalien oder vielleicht sogar ein ehemals verdeckter Ermittler oder Mitarbeiter beim Verfassungsschutz, der nun aber Angst hat, nicht mehr geschützt werden zu können.«

»Nun ja, saumäßig Schiss hat er auf jeden Fall. Und ich fürchte schon auch, er hat ordentlich Dreck am Stecken.« Fischer seufzte. Müllers Mutmaßungen kamen ihm zwar gestelzt vor, aber er wollte sich den Abend nicht verderben. »So ein Theater machst du ja nicht umsonst.«

»Wenn er straffällig geworden ist, wirst du ihn vor irdischer Verfolgung nicht retten können.« Müller grinste. »Ich rate dir auch davon ab, es zu versuchen.«

»Ganz so einfach ist es nicht. Einerseits hast du recht, und ich will mich nicht in Konflikt mit dem Gesetz bringen, das ab einem gewissen Moment auch für einen Geistlichen gilt. Ich fühle mich dem nicht gewachsen. Andererseits kann ich Tamir aber auch nicht abweisen. A… a… auf keinen Fall!« Fischer fühlte das Stottern hochkommen und schluckte es trocken hinunter. »Als Seelsorger habe ich die Pflicht, ihm in meiner Kirche Schutz zu gewähren. Und meine Kirche endet nicht am Portal. Sie steht stets dort, wo ich bin. Es ist nicht meine Aufgabe, den Jungen in die Ecke zu treiben. Ich bin auch nicht gut darin, jemanden auszufragen, der nicht reden will. Ich warte lieber ab und höre zu, wenn der andere bereit ist. Um ihn auszuforschen und herauszufinden, ob Tamir die Wahrheit sagt, wärst du der ideale Experte. Du könntest mir helfen …«

»Ich?«, fragte Müller. Er nahm sein leeres Grappaglas und setzte es an die Lippen. Dann schielte er zum dritten. »Ist das nicht ein wenig scheinheilig von dir? Du bist als Pfarrer fein raus und überlässt mir die Drecksarbeit …«

»So würde ich das nicht nennen, wenn man das Gewissen seines Nächsten erforscht. Das ist doch dein täglich Brot. Du bringst die Leute dazu, dass sie sich von dir durchschauen lassen. Du schreibst doch diese Glaubwürdigkeitsgutachten.«

»Das meinst du nicht ernst.« Müller schnaubte. Sein seltsam vernarbtes Gesicht wurde noch bleicher als sonst. »Du weißt nicht, was du sagst. Der Junge hat keine Papiere. Er ist illegal hier. Man müsste ihn sofort den Behörden übergeben.«

»Halt.« Fischer hob den Arm. »Stopp. Jetzt mal langsam. Wie gesagt: Er steht unter dem Schutz meiner Pfarrei. Und meiner Gemeinde. Schon mal was von Kirchenasyl gehört?«

»Schon mal was von Härtefallkommission gehört?« Müller winkte ab und stand auf. »Was du verzapfst, ist doch von vorgestern. Damit kommst du doch nie durch. Aber von mir aus. Wenn du Tamir ein paar Tage beherbergst, bis er sich wieder gefangen hat, wird dir schon keiner den Kopf abreißen.«

»Eine Dauerlösung bietet das nicht.« Fischer lenkte ein. »Hör mir mal zu, Müller. Ich brauch dich jetzt, und du schuldest mir noch einen Gefallen. Sprich mit Tamir. Komm zu einer Einschätzung, wie es um ihn steht und was mit ihm los ist.«

»Wenn ich das tue, bin ich erledigt. Ruiniert. Beruflich am Ende.« Müller schüttelte den Kopf, schüttete den dritten Grappa im Stehen in sich hinein und wandte sich zum Gehen. »Du kapierst das vermutlich nicht, weil es in deinen krummen Schädel nicht hineinpasst, aber in meinem Job hält sich das ehrenamtliche Wutbürgerengagement in Grenzen. Als Gerichtspsychiater bin ich kein Betroffenheitskasper.«

Fischer hob sein Grappaglas, prostete, schluckte. Auf dem Tisch erkalteten vier Espressi. Müller hastete hinaus.

»Triff dich wenigstens mit ihm«, rief Fischer hinter ihm her. »Das wird ja wohl erlaubt sein. Und es muss nicht einmal herauskommen.«

Fischer lief kopflos stadteinwärts, durch die erleuchteten Gassen, Müller nach. Es war feuchtkalt und windstill, der Himmel war bewölkt. Ein Stück Weg hätten sie beide noch gemeinsam gehabt, aber Müller rannte voraus Richtung Hussenstraße 18, wo er, im Haus des Malers Hans Breinlinger, großzügig wohnte und im Dachgeschoss seine Praxis betrieb. Anfang der 1920er-Jahre, vor bald einem ganzen Jahrhundert, hatte Breinlinger die Fassade expressionistisch-anthroposophisch gestaltet. Sie wirkte immer noch kunstreich und zeitlos modern.

Komischer Kauz. Fischer wusste kaum etwas über Müllers Privatleben, aber er kannte seine Arbeitsbiografie. Müller war 58 und damit 15 Jahre älter als Fischer. Nach dem Medizinstudium hatte er seinen Facharzt gemacht, danach war er lange in der forensischen Psychiatrie tätig gewesen. Seit 20 Jahren war er freiberuflicher Gerichtsgutachter, das hieß, er erstellte Gutachten zur Glaubhaftigkeit und Korrektheit von Aussagen vor Gericht. Oder er untersuchte die

Schuldfähigkeit eines Angeklagten. Bisweilen ging es auch in sogenannten Prognosegutachten darum, die potenzielle Gefährlichkeit bereits verurteilter Straftäter einzuschätzen. Also um die Kriminalprognose bei Tätern, die inhaftiert und im Maßregelvollzug untergebracht waren. Müller hatte ihm das genau erklärt, und Fischer hatte sich das gut merken können, weil es seinem Berufsbild nicht ganz unähnlich war. Auch er war ständig mit der Sünde konfrontiert, deren Motive er begreifen sollte. Allerdings mit einem konträren Ziel. Bei ihm ging es nicht darum, die Schwere der Schuld festzustellen, Vergeltungsmaßnahmen festzulegen, Gerechtigkeit einzufordern, Gefahren abzuwägen oder Schaden zu begrenzen. Er erforschte die Schuld, um sie in Gottes Namen zu verzeihen und die Sünden zu vergeben. Erlassen konnte er den Pönitenten ihre Strafe nicht. Dafür war der Ablass zuständig, lateinisch *indulgentia*.

Die Gedanken ratterten in Fischers Hirn. Worauf es hinauslief, wurde vom Codex Iuris Canonici erfasst, dem Gesetzbuch des römisch-katholischen Kirchenrechts. Dort wurde der Ablass definiert: Nicht zu verwechseln war er mit dem Nachlass der Sünden, also der Sündenvergebung selbst. Der Beichtvater vergab zwar im Namen Christi und der Kirche die Sünden, die Sündenstrafen aufheben konnte er hingegen nicht. Das Bußsakrament verkürzte somit keineswegs das Fegefeuer, das ewige Urteil erfolgte beim Letzten Gericht: Himmel und Hölle wurden vor dem lieben Heiland verhandelt. Gebete, Gottesdienste, Almosen, gute Werke, Pilgerwanderungen und Wallfahrten nützten am Ende so wenig wie die Muttergottes und die Gemeinschaft der Heiligen, die Fürsprache der Verstorbenen und der Bußgerichtshof, eine päpstliche Verwaltungsbehörde, zuständig für die Gewährung von Gnadenerweisen. Der Papst konnte zwar den Generalablass für die gesamte Kirche gewähren, beispielsweise zum Millennium, zum Weltjugendtag oder zum Jahrestag einer Marienerscheinung. Auch mit dem Papstsegen »Urbi et Orbi« wurde allen getauften Christen, die keine schwere Sünde, keine Todsünde oder gar himmelschreiende Sünde begangen hatten, ein vollkommener Ablass gewährt. Niemand musste dafür noch nach Rom pilgern. Statt auf dem Petersplatz konnte der Segen seit 1967 auch über das Radio empfangen werden, seit 1985 auch über das Fernsehen und seit 1995 sogar übers Internet. Doch letztlich wurden die armen Seelen allein durch die Auferstehung des Menschensohns errettet: Nur durch Jesus Christus wurde die Menschheit erlöst, nur er allein ebnete den Weg zur Gottesschau. Und damit, dachte Fischer, war die Ohnmacht total. Ein Katholik musste sich dem Willen des gütigen Gottes beugen. Kein Mensch konnte den allmächtigen Herrgott zur Begnadigung zwingen, selbst dann nicht, wenn der arme Sünder zur Buße Pfarrer wurde.

Fischer, der sich von jeher nach Vergebung sehnte, hätte allzu gerne etwas zu seiner Erlösung beigetragen. Musste er wirklich daran glauben, was die Kirche lehrte, waren Zweifel denn gar nicht erlaubt? Wieder einmal haderte er mit sich. Um dem inneren Konflikt zu entkommen, beschleunigte er seine Schritte noch. Er wollte so schnell wie möglich heim. Seine Sohlen hallten auf dem Pflaster. Wo die Laternen nicht hinkamen, war es dunkel in der Altstadt. Die Häuser lagen in trübem Grau. Der Nebel hatte sich herabgesenkt und verschmolz mit der Düsternis zu einem undurchdringlichen Film. Die Nacht würde schwinden, der Nebel blieb. Er würde sich erst im Frühjahr wieder lichten. Fischer verlor die Orientierung und die Herrschaft über seine Gedanken. Nachdem sie zunächst mit ihm in Reih und Glied marschiert waren, fingen sie an durcheinanderzuwirbeln. Er drehte sich mit ihnen im Kreis. Stolperte die Straße, die er hinuntergelaufen war, zwei Ecken weiter wieder hinauf.

Warum, fragte sich Fischer, waren die Gläubigen – Primaten, die gerade mal das Denken gelernt hatten – denn so eitel und verzweifelt, dass sie glauben mussten, die Ewigkeit würde sich um ihre schäbigen kleinen Sünden scheren?[6]

Ganz so kompliziert, düster und hoffnungslos war es für Müller, der sich allein den weltlichen Sanktionierungspraktiken verschrieben hatte, wohl nicht, dachte Fischer. Das Strafmaß richtete sich nach der Schwere der Schuld. Müller war feige, und er wusste es. Er wollte ein Held sein, aber er hatte sich schon im Vorjahr, als es um den Seligsprechungsprozess ging, vor Angst fast in die Hosen geschissen. Niemand ließ sich gern als Affendackel entlarven, und einem seckelhaften Narzissten wie Müller war es besonders unangenehm.

Jetzt, wo er die Sache endlich durchdrungen und auf den Punkt gebracht hatte, wurde Fischer auf einmal ganz ruhig. Man musste nur Geduld haben. Die Sätze, die einen anfielen und marterten, tanzen und kreisen lassen. Fischer blieb stehen. Er blickte an dem Wohn- und Bürohaus aus den 1960er-Jahren hoch, in dem die Synagoge untergebracht war, und fragte sich, ob er umkehren und noch einen Abstecher zum Hafen machen sollte. Bei Nacht und Nebel war es zwar unwirtlich dort, aber nicht unpoetisch. Er musste, was Tamir anging, etwas unternehmen. Bloß was? Vielleicht kam ihm eine Eingebung, wenn er auf das Wasser stierte.

Fischer verwarf den Gedanken, noch länger herumzustreunen, und zwang sich heimzugehen. Er wandte sich wieder stadteinwärts. Und dachte weiter über die Religion nach, die an sich nichts war als eine Fülle von Geschichten und dass er deshalb wohl so gern las. Die Auslegung der Heiligen Schrift, nach der man sich zu richten hatte, war mitunter quälend. Fischer verbiss sich den Schmerz und suchte Antworten in der Literatur, die menschengemacht war; er fand dort Trost, wenn er sich vergaß und im Lesen verlor, das hatte er bei den Großeltern von Kind auf gelernt. Jetzt hatte der Opa ihm seine Bibliothek vermacht, die er im Katharinenhaus zwischenlagern musste, weil er nirgends Platz für sie hatte.

Als er auf den Kaiserbrunnen zulief, im düsteren Zwielicht der Straßenlaternen, winkten ihn die vier Seehasen zu sich. Wie hypnotisiert wankte Fischer auf sie zu.

»Dominus vobiscum«, segnete ihn einer der beiden Löwenkopfzwergfischähnlichen, eine koboldartige Missgeburt, die noch nie ihr Maul aufgekriegt hatte.

»Halt dei Gosch un fahr zur Hölle!«, bellte Fischer, der verstanden hatte, *du dumme Nuss, wo bist du?*

»Dominus vobiscum«, wiederholte der Kobold den Segen, und mit ihm sein Zwilling, der zwischen den Hasen an seiner Seite saß.

Die Seehasen kicherten.

»Hat dich der Teufel geholt?«, fragte der linke, der sich trotz der Dunkelheit mitsamt seinen Gesellen und der gegenüberliegenden Häuserfassade im Wasser spiegelte.

»Es gibt keinen Teufel«, sagte Fischer. »Es gibt bloß Narren.«

»Wenn du dich da mal nicht täuschst«, erwiderte der Seehase neben ihm.

Der dritte von links, der sich als Marienerscheinung ausgegeben hatte, schwieg.

»Dominus vobiscum«, schmetterten abermals die Kobolde.

Alle vier Seehasen lachten, und Fischer floh. Im Fortlaufen besann er sich auf die Liturgie und murmelte artig den Gegengruß der Gemeinde: »Et cum spiritu tuo.«

Durch die schweigende Altstadt ging er mit entschiedenen Schritten heim. Der Nebel hüllte inzwischen alles ein wie in Watte und schien sogar die Schritte zu dämpfen. Es war fast vollkommen still. Fischer überfielen düstere Visionen. Gewitterstürme, Hagel und Blitz aus Blut und Feuer. Marodierende Leichenzüge. Mit Fahnenfetzen vor Festungstoren erhängte Infanten. Dämonen und verlorene, verfluchte Seelen, die im giftigen Eiswasser der schwarzen Meere zu Tausenden dahintrieben. Aschewolken, Verwesung, Ungeziefer, Schlangen, Ungeheuer und die ewige Verdammnis der Hölle. Es war nicht die Krankheit, nicht die Besessenheit, die wieder von ihm Besitz ergriff. Die Bilder, die vor ihm aufstiegen wie Wände, stammten aus einer der spanischen Schwarten, die er kürzlich gelesen hatte.[7]

Als er das Pfarrhaus erreichte, ging in Sarahs Zimmer das Licht aus. Fischer schloss die Haustür auf, blieb im dunklen Flur stehen und lauschte. Jemand sagte etwas. Es war eine Männerstimme. Sarah lachte. Sie lachte wild und ungebändigt, sie lachte ihr perlendes, juchzendes, johlendes Lachen, das nicht von seinem Handy kam und vollends aus der Welt war. Jenseitig. Fischer schnupperte. Er konnte Tamirs Geruch, den er bisher nicht bewusst wahrgenommen hatte, deutlich riechen. Er roch nach Kardamom, nach Muscheln, Muskat und Zimt. Auf Zehenspitzen stieg Fischer ins Souterrain hinunter und spähte ins Gästezimmer. Tamirs Bett war leer.

Plötzlich legten sich Hände um seinen Hals, schweißig kalte Hände, aber es waren nicht seine eigenen. Es waren fremde Hände, und er legte seine darauf und zählte die Finger, es waren zehn, fünf Finger an jeder Hand. Es waren feingliedrige Finger, sie lagen zart um seinen Hals wie eine Liebkosung, sie verharrten zäh und erhöhten kaum merklich den Druck. Sein Körper versteifte sich, er schwitzte, und er roch den Schweiß des andern. Es war ein harziger, kaum süßlicher Schweiß, er duftete nach einem Edelholz, es war der Schweiß eines jungen Mannes, der nur die besten Speisen aß, der erlesen würzte und Gifte mied, der sich bewegte, pflegte und parfümierte. Es war der Schweiß einer fremden Oberschicht, die er von klein auf erlebt, aber nie wirklich kennengelernt oder gar verstanden hatte.

»Was willst du von mir, du Sohn einer Schlange«, flüsterte er auf Arabisch, oder so etwas Ähnliches. Er rang nach Luft, konnte kaum reden.

»Wenn du sprichst, muss man scheißen«, zischte der Fremde.

Es war ein Fluch, den er von Kind an kannte. Nicht stubenrein, aber harmlos genug, dass ihn vermutlich auch gläubige Muslime benutzten. Was wusste er schon.

»Ist es nicht dunkel und eng genug hier drin? Wir können absolut nichts sehen und kriegen kaum Luft. Müssen wir uns noch gegenseitig das Leben schwermachen?« Erst jetzt, wo er das Schweigen brach, spürte er die Stille um sich. Niemand klagte, kein Mensch weinte, keiner tat einen Mucks. Es waren alles junge Männer. Vielleicht waren einige schon tot. Oder alle. Dann war das der Grund, weshalb keiner sich gegen die Unterhaltung wehrte. Niemand dagegen einschritt.

Der Würger, der abermals leicht seinen Druck erhöhte, lachte. Er konnte seinen Körper spüren, obwohl sie einander nicht berührten. Es war ein schmaler Körper, der dem seinen glich.

»Bruder«, sagte er und schnappte nach Luft.

»Scheiße«, sagte der Mann, den er jetzt bei sich den Würger nannte. »Ich weiß, was du vorhast. Ich habe dich seit Wochen beobachtet.«

»Du bist selber auch kein Flüchtender.« Er wechselte die Sprache, war sich aber nicht sicher, ob auch andere sie dennoch weiterhin verstanden. Dass der Würger perfekt Englisch konnte, war affenklar. »Versuch gar nicht erst, einen auf Moslem zu machen. Woher kommst du? Was treibt dich hierher? Der türkische Geheimdienst?«

Wieder erhöhte der Würger den Druck.

Mossad, dachte er, und er sah seinen Vater vor sich, der stets die größte Hochachtung vor den Israelis gehabt hatte. Der Mossad war einer der bestinformierten Geheimdienste der Welt. Mein Gott, er musste grinsen, wenn ich nicht verrecke und halbwegs heil hier rauskomme, dann hab ich ja wirklich was erlebt.

»Hast du keine Angst?«, fragte der Würger. Sein britisches Englisch war perfekt.

»Doch«, erwiderte er, »aber nicht vor dir. Erdrossel mich doch, wenn dir der Sinn danach steht. Dann bleibt mir das Ende von dem hier erspart.«

»Wir schaffen das«, raunte der Fremde. »Vertrau mir. Aber wenn wir draußen sind, werden wir Freunde. Oder du bist tot.«

»Seltsame Aussichten.« Er ließ sich nicht ins Bockshorn jagen und konnte eh kaum noch klar denken. Er röchelte und bekam fast keinen Ton mehr heraus. »Was willst du überhaupt? Wenn du es ernst meinst, lass mich los.«

»Ich habe den Befehl, dich umzubringen.« Der Würger lockerte endlich seinen Griff. »Wenn du lebend an Land gehst, habe ich ein Problem. Ich denke, dass du mir dann etwas schuldest. Zumindest Dank. Aber damit wird es nicht

getan sein. Ich finde, du hast bislang eine ziemlich gute Arbeit geleistet. Das macht nicht jeder so nebenbei.«

»Ich habe gar nichts.« Er schnaufte. »Und jetzt nimm deine Flossen da weg. Ganz weg. Schluss jetzt mit dem Quatsch. Oder ich lass das Boot hier hochgehn. Sprengstoff. Klar? Natürlich mussten meine Leute davon ausgehen, dass hier Terroristen an Bord sind. Ich war bereit, mit ihnen zu sterben. Gut. Machen wir das. Dann bin ich tot, du bist tot, und alle anderen auch.«

Er bluffte bloß. Aber augenblicklich zog der Würger die Griffel zurück und schlug ihm brachial ins Gesicht. Er verlor das Bewusstsein. Sein letzter Gedanke war, dass er es mit einem Profi zu tun hatte.

Vor ihm tauchte der Schemen einer Gestalt auf, deren Gesicht bis auf die Augenschlitze mit einer schwarzen, silberbestickten Haube bedeckt war. Sie hatte einen Rüssel, und vom Kopf baumelte ein Fuchsschwanz. Kittel und Hose waren ebenfalls schwarz, der Anzug mit bunten Flicken, Glitzerknöpfen und Glöckchen verziert. Vor ihrem Bauch hing ein großes weißes Tuch, und in der Hand schwang die Gestalt eine lange Peitsche. »Ich bin's, der Teufel«, sagte sie, und sie hatte eine Stimme, die ihm bekannt vorkam. »Ich bin gekommen, um dich zu holen.«

»Pah«, machte er und spuckte auf den Boden. »Das glaubst du doch wohl selber nicht. Du und der Teufel? Ich kenn dich doch, du bist meine Chefin.«

Selbst in seinem halb weggetretenen Zustand wunderte er sich noch über ihre Verkleidung, die er irgendwo schon mal gesehen haben musste. Wie auch immer, er hatte nichts dagegen, in die Hölle zu kommen. Alles war besser, als zurückzukehren nach Deutschland. Er hatte einen Riesenschiss davor. Aber es blieb ihm bei Licht besehen kaum etwas anderes übrig. Die Frage war nur, wie er sich dem BfV nähern konnte, ohne dass man ihm dort den Kopf abriss. Die schuldeten ihm noch eine ganze Stange Geld – selbst wenn sie ahnten, wie mies er seinen Job erledigt hatte.

»Du bist tapfer«, lobte der Würger. »Allerdings lass ich mich von dir nicht länger verscheißern. In echt hast du nämlich nichts drauf. Du hast einfach nur ein großes Maul, das ist alles.«

»Ich habe Durst«, stammelte er. Seine Zunge klebte am Gaumen.

Die Tür ging auf, gleißendes Licht fiel herein. Er sprang auf, tat ein paar Schritte, tastete sich vorwärts, torkelte, taumelte, fiel auf den Rücken. Rappelte sich wieder auf, kam vom Vierfüßler auf beide Beine. Er blinzelte, geblendet von der Helligkeit, blickte sich um. Er war allein in dem Kabuff. Außer ihm war niemand da. Kein einziger der bald zwei Dutzend Männer, die mit ihm an Bord gegangen waren. Was war mit ihnen passiert? Und wo war der Würger? Hatte man ihn unter Drogen gesetzt, hatte er sich das alles bloß eingebildet?

Das Boot lag vertäut in einem Hafen. Es schaukelte. Die Wellen glitzerten. Er kletterte die Leiter hoch, wankte an Deck, hielt sich an der Reling fest und sprang an Land. Der Himmel war blau. Die Sonne stand hoch. An der Uferpromenade wuchsen Palmen. Kein Mensch war zu sehen. Er merkte, dass er Schwierigkeiten hatte, sich zu erinnern. Das Kurzzeitgedächtnis schien gar nicht mehr zu funktionieren. Er hatte jedes Zeitgefühl verloren und keine Ahnung, wo er war. Er hoffte, auf Zypern. Vermutlich war es gut, wenn er so schnell wie möglich wieder von hier verschwand.

Er hatte tatsächlich Durst. Wenigstens das stimmte. Er fasste in seine Hosentasche und fand dort sein Smartphone und eine nagelneue Kreditkarte. Er checkte seine SMS und öffnete drei neue Nachrichten: Man hatte ihm eine PIN-Nummer geschickt, eine verschlüsselte Botschaft und die Adresse einer Tourismusagentur, der Agenzia Azzurro Vacanze Verde in Florenz. Jemand teilte ihm mit, dass er über diese Agentur indirekt in Kontakt zum GTAZ kommen konnte. Er hatte davon schon gehört. Das Gemeinsame Terrorismusabwehrzentrum war keine eigene Behörde, sondern eine nationale Kommunikations-Plattform. Zu den 40 Einrichtungen aus dem Bereich der Inneren Sicherheit, die dort kooperierten, zählte auch das BfA. Somit schien er also irgendwo einen Schutzengel zu haben, der wusste, dass er in Schwierigkeiten steckte. Er war sich nicht sicher, ob er den Würger wirklich getroffen hatte. Aber wie lange würde der, wenn es ihn wirklich gab, ihm nachstellen? Wurde er womöglich gejagt? Vielleicht sogar von verschiedenen Seiten?

4

Anfang Oktober. Der Herbst senkte sich nieder. Die ersten Nebel hingen über dem See. Konstanz lag in einem trüben Licht, das an den Nachmittagen noch aufklarte. Giulia sah aus dem Erkerfenster auf die Zollernstraße hinunter. Die Fußgängerzone war spärlich belebt. Es ging gegen Mittag. Giulia hatte eingekauft, und auf dem Herd schmorte der Gulasch. Dazu gab es Kopfsalat und Reis. Nach dem Waschen und dem Frühstück, das aus Milchkaffee, Gsälzbrot und einem weichen Ei im Glas bestanden hatte, war die alte Frau Fischer noch mal ins Bett gegangen. Sie sagte, es sei ihr nicht recht wohl. Der alte Fischer saß in seinem Arbeitszimmer und las Zeitung. Beim Umblättern raschelte es, ab und an räusperte er sich und hustete. Mitunter brabbelte er vor sich hin. »Welthaltigkeit, netzwerken, schockfrosten«, verstand Giulia. »Verschlagwortung. Die sind doch alle nicht mehr ganz sauber.«

Sie dachte über den vergangenen Abend nach. Über das Wiedersehen mit Stadtpfarrer Fischer und die kurze Begegnung mit Peter Müller. Wir sind drei Versehrte, dachte Giulia. Mir merkt man das letzte Jahr deutlich an. Den Tod von Roberto. Carlos Verschwinden. Die Unsicherheit im Job, die Entfremdung der Familie und den Söhnen gegenüber. Das Leben in der Fremde, das eigene Altern. Das alles setzt mir zu. Und Müller kommt auch nicht gut daher. Giulia war erschrocken gewesen, wie schlecht er aussah. Er hatte sein Charisma verloren. Am wenigsten merkte man Justus Fischer an, dass er ringen musste. Was sicher damit zu tun hatte, dass er zwölf Jahre jünger war als sie. Er steckt das noch besser weg, dachte Giulia und seufzte.

Es war aber mit Händen zu greifen, dass Fischer mit seinem Amt in der katholischen St.-Katharinenkirche seit Längerem überfordert war. Er war schon über ein Dreivierteljahr krankgeschrieben und kämpfte mit Joggen gegen seine Depressionen an. Dabei versuchte er, vor seiner Familie zu verbergen, dass er nur schwer aus dem Loch, in das er im letztjährigen Sommer gefallen war, wieder herausfand. Zwar hatte er die Psychopharmaka absetzen dürfen und er ging nur noch zweimal die Woche zu seiner Therapeutin, die Hausärztin sprach von stufenweiser Wiedereingliederung, aber wirklich gesünder fühlte er sich nicht. Dazu kam die familiäre Belastung, bedingt durch die immer noch zunehmende Pflegebedürftigkeit der Großmutter. Und die schiere Uferlosigkeit der seelsorgerischen Aufgaben, denen er auswich und die er vor sich herschob. Giulia verstand das alles sehr genau. Zwar hatte sie ihm nicht viel aus der Nase ziehen können, aber ein bisschen was hatte er doch herausgelassen. Und Beispiele genannt für Dinge, denen er aus dem Weg ging. Sabine Wagner, eine engagierte Mutter aus dem Umfeld von Fischers Gemeinde, fand heraus, dass sie ein Spenderkind war, und suchte nun obsessiv nach ihrem leiblichen Vater. Fischer sollte ihr dabei helfen. Die Gerhardts stießen neu zur Gemeinde – sie fürchteten, einen Sohn zu verlieren. Und so weiter. Wo man hinsah, gab es nur Probleme.

In dieser Situation musste ausgerechnet ich auftauchen, Giulia Franca. Sie seufzte. Fischer hatte sie nicht nur über ein Jahr lang nicht mehr gesehen, sondern auch nicht kontaktiert. Das war gegen ihre Abmachung. Mit dem Versprechen, in Verbindung zu bleiben, hatten sie sich in der Toskana Mitte August verabschiedet – nach einem für Fischer wohl mehr als verwirrenden Italienurlaub, den er mit Sarah und den Großeltern auf dem 4-Sterne-Campingplatz Villaggio Turistico Camping Verde Mare in der Nähe von Albinia zugebracht hatte. Unverrichteter Dinge fuhr er wieder heim. Die kriminellen Machenschaften christlicher Fanatiker konnte er nicht entzerren, und dass er von Seiner Heiligkeit in ein Seligsprechungskommando berufen werden sollte, hielt er wohl nach wie vor für einen Witz. Bei einem noch lebenden Papst sollte eine Wundertätigkeit nachgewiesen werden – die Diagnose fiel positiv aus. Das Wunder war dem Vernehmen nach geschehen. Die Beweismittel, die es in dieser Sache gab, waren im Wortsinn ins Wasser gefallen; Sarah hatte den USB-Stick, auf dem die Vorgänge gespeichert waren, im Beisein aller vernichtet. Von dem Mann, der ihn dahingehend einer Prüfung unterziehen sollte, dem Gerichtspsychiater Doktor Peter Müller, hatte Fischer erklärtermaßen auch nie wieder etwas gehört, obwohl der in der Nachbarschaft wohnte – bis er ihn am Abend zuvor scheint's zufällig in der Pizzeria traf. Giulia fand das mehr als merkwürdig. Aber das alles hatte Fischer wohl nicht über die Maßen beschäftigt. Ihn quälte seine tote Schwester.

Über ein Jahr war vergangen, in dem Giulia mitunter an Fischer gedacht, aber keinen Mut gefunden hatte, sich bei ihm zu melden. Zwischen ihnen war noch etwas offen; vielleicht hatte sie sich einfach nur dumm benommen, als sie sich ihm quasi an den Hals geworfen hatte, oder auch nicht. Da stand etwas Ungeklärtes im Raum. Nun aber stürmte Giulia auf einmal mitten in sein Pfarrhaus, und sie war nicht allein. Sie hatte Tamir dabei, einen jungen Mann, der vielleicht nicht Tamir hieß, und der aus Syrien, so sagte er, nach Italien geflohen war.

»Frau Franca!«, rief der alte Fischer. »Könnten Sie bitte mal kommen?«

Hatte er sie nicht Giulia genannt? War man nicht sogar beim Du gewesen? Zumindest er musste sie doch geduzt haben. Oder nicht? Sie ließ es dabei. Ging zu ihm ins Arbeitszimmer und setzte sich schräg gegenüber in den zweiten Sessel.

Der alte Fischer sah sie an, mit wachen hellen Augen. »Könnte es sein, dass Tamir zu den Jesiden gehört?«

»Ich habe keine Ahnung. Ist das diese religiöse Minderheit im Nordirak?«

»Es waren nur ein paar Hunderttausend. Niemand weiß, wie viele noch übrig sind. Seit vier Jahren sind die Jesiden Opfer eines Genozids. Als sogenannte Ungläubige werden sie von der fundamentalistischen Terrormiliz des Islamischen Staates verfolgt, versklavt und ermordet. Deshalb sind sehr viele von ihnen auf der Flucht.«

Giulia war verwirrt. »Wenn es so wäre, wieso sucht Tamir dann nicht nach seinen Leuten?«

»Vielleicht hat er sich etwas zuschulden kommen lassen und wurde aus der Religionsgemeinschaft ausgeschlossen und von der Familie verstoßen.« Der alte Fischer lächelte mit zittrigen Mundwinkeln. »Es ist freilich alles bloß Spekulation. Hab ich das richtig verstanden: Tamir hat panische Angst vor Syrern und weigert sich generell, andere Flüchtlinge zu treffen. Er hat keinen Pass bei sich, keine Geburtsurkunde, nichts. Auch kann er kein Wort Italienisch, aber dafür fast fließend Deutsch.«

»Ja«, sagte Giulia. »Sein Deutsch ist frei von Modewörtern und Slang, es klingt gebildet, geradezu gelehrt, und wirkt mitunter ungeheuer altmodisch. Wo er das gelernt hat, verrät er nicht. Ich hab nach wie vor keinen Schimmer, ob er wirklich mit dem Flugzeug nach Italien gekommen ist, welcher Zufall oder welches Schicksal ihn zu mir geführt hat und ob er Arabisch und vielleicht auch Syrisch beherrscht. Dazu sagt er keinen Ton. Dafür erzählt er, wenn er grad mal spricht, dass er als Terrorist gesucht werde. Dass er aber keiner sei. Das sei alles nicht wahr. Aber man glaube ihm nicht. Deshalb wolle man ihn ins Gefängnis sperren. Oder ihm dräue Schlimmeres. Somit brauche er ein Versteck und falsche Papiere. Im Übrigen habe er sein Smartphone verloren – ob ich ihm vielleicht ein neues beschaffen könne.«

»Ich will Ihnen nicht zu nahe treten«, sagte der alte Fischer, »aber es riecht leicht angebrannt.«

Giulia stürzte in die Küche. Gerade noch rechtzeitig lupfte sie den Gulasch vom Herd. Dabei vernahm sie ein Rumoren, das oben aus dem Schlafzimmer kommen musste. Es war ein mordsmäßiger Radau. Die alte Frau Fischer war aus dem Bett gefallen oder gestürzt. Giulia hechtete die Treppe hoch. Riss die Tür auf.

»Kommen Sie einfach rein«, sagte die Großmutter freundlich, »Sie brauchen doch nicht anzuklopfen.«

Die alte Frau Fischer hatte alle Schubladen aus der Kommode gezogen und hockte nun nackt inmitten ihrer Unterwäsche. Und rührte mit dem Schuhlöffel darin herum wie Giulia mit dem Kochlöffel im Gulasch.

Konstanz hüllte sich in Nebel. Giulia sehnte sich nach Florenz, nach dem klaren Herbst dort, nach dem intensiven Licht, dem Mond und dem Sternenhimmel, nach ihrer Ruhe. Indes machte sie keinerlei Anstalten abzureisen. Stattdessen kümmerte sie sich um die Großeltern und vor allem die Großmutter, die nicht mehr allein zurechtkam. Der Opa konnte das nicht auffangen, und die Pflege wollte offenbar niemand aus der Familie auf Dauer übernehmen. Giulia fragte sich, was Fischers Eltern trieben, die doch wohl auch schon das Rentenalter erreicht haben mussten, und weshalb er niemals von ihnen sprach. Er hatte etliche Geschwister und zahlreiche Verwandte, die in seinen Erzählungen kaum eine Rolle spielten, obwohl sie, dem Opa zufolge, ein Netz bilden mussten, das hinüberragte in die Schweiz. Etliche waren in Fischers Gemeinde aktiv, sie kamen regelmäßig zum Gottesdienst und übernahmen Ämter, aber er schien sie dennoch nicht recht wahrzunehmen oder nicht mehr.

Giulias Mutter lebte noch, sie war mit über 80 Jahren, soweit Giulia wusste, noch rüstig, der Vater war vor etlichen Jahren gestorben. Sie hatte von seinem Tod nicht viel mitbekommen, weil die Eltern geschieden waren und sie sich auf Mutters Seite geschlagen hatte. Was nicht viel hieß. Nach dem Abitur hatte sie weiter daheim auf dem Bopser gewohnt, in einer privilegierten Randlage Stuttgarts, weil das bequem war. Die Mutter bewirtschaftete eine kleine Villa, die eigentlich das Gartenhaus eines Fabrikanten war. Als Einzelkind kriegte Giulia alles geboten. Sie durfte brotlose Kunst studieren, wie die Mutter das nannte. Kunstgeschichte, Germanistik und Philosophie. Man hatte Freunde in Florenz. Während eines Auslandssemesters verliebte sie sich in einen gutaussehenden jungen Mann aus einer wohlhabenden, alteingesessenen Familie. Mit 25 war aus Julia Nast die florentinische Zahnarztgattin Giulia Franca geworden. Sie hatte seinen Vornamen aus ihrem Gedächtnis getilgt, aber seinen Nachnamen behalten. Die Ehe war längst gescheitert, die Kinder hatten sich von ihr entfernt. Doch nach 30 Jahren führten keine Bande nach Stuttgart zurück. Die Mutter hatte sie zuletzt bei ihrem 80. gesehen, das war schon eine ganze Weile her. Es war eine Feier mit 200 geladenen Gästen gewesen, Redner von Rang hatten am laufenden Band gesprochen. Die Tischordnung hatte Giulia an den hintersten Rand verfrachtet, da offenkundig keiner einordnen konnte, dass sie die Tochter war. Es war ihr kaum gelungen, zur Mutter durchzudringen, um sie in den Arm zu nehmen und ihr zu gratulieren.

Giulia fischte das Telefonino aus ihrer Tasche. Die Nummer war noch eingespeichert.

»Kerner«, meldete sich prompt die Mutter. Sie hatte tatsächlich im Alter ihren Geburtsnamen wieder angenommen.

»Hier ist Giulia.« Stille. »Ich habe eben an dich gedacht. Da wollte ich mal anrufen. Geht es dir gut?«

»Ach, die Julia«, rief die Mutter fröhlich, als sei man gestern erst auseinandergegangen. Sie sprach das vertraute joviale Stuttgarter Honoratiorenschwäbisch, das Giulia nach alldem immer noch eine Heimat war. »Ja, alles bestens. Und wie ist es bei dir? Was machst du?«

»Ich bin am Bodensee. Wir könnten uns vielleicht treffen.« Giulia schluckte.

»Von mir aus gern, wenn es nicht gleich heute sein muss. Ich kriege am Abend Gäste. Ein paar Kollegen von früher. Gibt es ein akutes Anliegen? Ich meine, brauchst du Unterstützung? Willst du über deine Erbschaft schwätzen?«

Giulia lachte trocken. Der Pragmatismus ihrer Mutter sprach Bände. Genauso hatten ihre Kindheit und Jugend funktioniert. Erst als sie aus dem Berufsleben ausgeschieden war, hatte die Mutter ihr kurz und bündig erklärt, womit sie all die Jahre ihr Geld verdient hatte. Es war ein Statement gewesen. Fragen waren nicht zugelassen. Kritik war sowieso unerlaubt. Giulia war wie vom Donner gerührt gewesen. Sie hatte geglaubt, ihre Mutter arbeite als Verwaltungsangestellte bei einer Behörde, die dem baden-württembergischen Innenministerium unterstellt war. Das war auch nicht ganz falsch. Aber sie war jeden Morgen aus dem Haus gegangen und in eine andere, bewaffnete Haut geschlüpft, von der Giulia nicht das Geringste ahnte.

»Ich möchte dich um einen Rat fragen.« Giulia biss sich auf die Unterlippe.

»Das habe ich mir gedacht.« Die Mutter wieherte. »Das kommt mir gelegen. Ich konnte dir im Leben so wenig helfen, aber es ist, wie man sieht, fast nie zu spät.«

Giulia schluckte. »Es hat mit deiner Vergangenheit zu tun. Ich meine, mit deiner Berufsgeschichte. Es ist doch jetzt alles schon so lang her, dass du darüber reden kannst.«

»Das wird sich weisen.« Die Mutter atmete tief durch. »Solang die andere Seite nicht redet, schweigen wir eben auch. Da schenken wir einander nix. Aber komm doch heute Abend dazu, wenn du magst. So gegen acht, halb neun. Wir sind ein Rentnerclub bei unseren Montagsmeetings, betreutes Dinieren, wenn du so willst. Denn ich habe ja inzwischen eine Küchenfee und einen Butler, weil einige sich das Glas nicht mehr selbst vollschenken können. Aber es sind brillante Geister darunter, alte Freunde und Kollegen aus dem Staatsschutz. Sie übersetzen die Speisekarte, die ich mit Goldtinte ausgedruckt habe, immer noch spontan ins Altgriechische.«

Fischer, der eigenartig wortkarg und in sich gekehrt gewesen war, hatte angeboten, bei den Großeltern vorbeizuschauen, und ihr einen schönen Abend gewünscht. Giulia hatte sich nach Tamir erkundigt, aber Fischer hatte nur kurz angebunden gemeint, er wisse nicht, wo der sei. Er treibe offenkundig, was er wolle.

Über die A 81 bretterte Giulia im Dämmerlicht nach Stuttgart; es war eine Strecke, die sie im Schlaf kannte, und sie fuhr ziemlich zügig. Sie konnte sich noch an den Bau der 95 Meter hohen Neckarburgbrücke bei Rottweil Mitte der 1970er-Jahre erinnern, die das Neckartal überspannte, mit dem Vater war sie dort gewesen und er hatte ihr alles erklärt. Sie war ungefähr 13 gewesen, sie hatte einen karierten Faltenrock und Korksandalen getragen, und sie waren in die Brücke eingestiegen und Hand in Hand durch den Stahlhohlkasten marschiert, während der Vater dozierte. Es ging um die beiden Brückenbögen, die im Freivorbau mit Hilfsabspannungen montiert wurden. Giulia war sehr stolz gewesen auf den Vater. Seelenlandschaften taten sich auf, die verwandt waren und an die sie sich bis heute entsinnen konnte, auch wenn sie sich dem Vater nach der Scheidung der Eltern fast vollständig entfremdet hatte.

Nach der Neckarburg- kam die Neckartalbrücke, Giulia las die von Kind auf bekannten Namen der Parkplätze und Raststätten. Hasenrain, Schönbuch. Die Schilder kamen ihr unwirklich vor, wie aus einem anderen Leben. Der Verkehr war mäßig, die Rücklichter des Vordermanns blendeten, und im Speckgürtel der Landeshauptstadt verfuhr sich Giulia zweimal. Sie versuchte, das Navi einzuschalten, doch es tat nicht. Sie machte das Radio an und erwischte einen Popsender. Er spielte Songs, die sie nicht kannte. Giulia war zunehmend entnervt. Ihr fiel es immer schwerer, sich zurechtzufinden. Das suburbane Umland war zerfasert, und zwischen den Spaghettischlaufen der Autobahn zogen sich zersiedelte Gewerbegebiete. Hinterleuchtete Firmenschilder strahlten in die Nacht. Giulia erkannte nichts wieder. Ihr Blick klammerte sich an den Schildern fest, die sie ins Zentrum wiesen. Dann irrte sie durch ein völlig fremdes Stuttgart, morsch und mondän, das ihr wie eine einzige ewige Baustelle vorkam, überall Umleitungen, Einbahnstraßen und umzäunte Sackgassen. Sie verlor nicht nur den Orientierungssinn, sondern auch das Zeitgefühl. Als sie in Halbhöhenlage an der Auffahrt der winzigen Bopser-Villa parkte, war sie überrascht, dass sie es geschafft hatte. Es ging gegen halb zehn. Sie ließ das Auto auf dem verwaisten Stellplatz der Nachbarn einfach stehen.

Ein älterer, schmallippiger Herr, der einen Smoking trug, ließ sie mit hochmütiger Miene ein, ehe sie klingeln konnte. Er war großgewachsen, hager und hielt sich sehr aufrecht. Das kurze graumelierte Haar trug er zurückgekämmt, sein klar konturiertes Gesicht war brillenlos. Die blassblauen Augen wirkten klar und kalt. Giulia nahm an, dass es der Butler war, von dem die Mutter gesprochen hatte, denn er half ihr aus dem Mantel und führte sie im Wohnzimmer zum Esstisch, an dem vier betagte Personen saßen. Neben der Mutter, die ihr weißes Haar raspelkurz trug und exotisch bunt gewandet war, hockte eine streng dreinblickende Dame im grauen Hosenanzug, die deutlich jünger war. Giulia schätzte sie auf unter 70. Gegenüber saßen eine gemütlich wirkende, korpulente alte Frau im knappen Kostüm und ein sanftmütiger alter Mann mit Holzfällerhemd und Hosenträgern. Zwei Plätze waren noch frei. Auf einem davon ließ sich der Butler nieder, vis-à-vis dem noch leeren Stuhl.

»Kind, wir haben gedacht, du kommst gar nicht mehr.« Die Mutter sprang auf und umarmte sie überschwänglich. Giulia konnte sich nicht daran erinnern, dass sie das jemals wieder getan hatte, nachdem sie ihr gestanden hatte, sie habe ihre Periode bekommen. In der Pubertät hatte die Mutter sämtliche Zeichen körperlicher Zuneigung eingestellt. »Du hast doch hoffentlich gut hergefunden?«

Giulia sah sich um. Das Wohnzimmer hatte sich nicht verändert. Es war getäfert mit dunklem afrikanischem Holz, und die Kassettendecke war mit handgeschnitzten Tierfiguren verziert, mit Krebsen, Fischen, Schlangen und Skorpionen und mit Meerkatzen, die diabolische Fratzen zogen. Auf dem Parkett lagen dicke orientalische Teppiche, Mitbringsel von ausgedehnten Reisen, darauf standen Kunstobjekte und exotische Vasen. Es gab keine Bücherregale, sondern nur erlesene Bilder an den Wänden, und auf dem gestärkten Tischtuch befanden sich neben steifen Servietten und Silber geschliffene Gläser und edles Porzellan. Giulia fragte sich wie früher schon, wie die Mutter sich das alles von ihrem

Beamtengehalt hatte leisten können. Und – das war neu – was sie später einmal erben würde.

»Wir haben mit dem Essen auf dich gewartet«, verkündete die Mutter, die sie auf Armeslänge festhielt und wohlwollend musterte. Abrupt ließ sie los und drehte sich mit einer gewohnt herrischen Bewegung um. »Hannes, könntest du uns auftragen, was Isolde für uns gekocht hat?«

Hannes. Der Name kam ihr bekannt vor. Der Butler verschwand in der Küche.

»Ich bin die Isolde.« Die steife Dame in Grau gab Giulia, als sie sich setzte, die Hand. Sie war erkennbar noch nicht lang in Rente, sie hatte ein energisches Gesicht, wache Augen und eine machtbewusste Ausstrahlung. Doch ihre Stimme war überraschend warm und volltönend, und sie sprach eine breite, sympathische Mischung aus Schwäbisch und Alemannisch, irgendwas zwischen Stuttgart, Alb und Bodensee. Sie griff zur Flasche und duzte Giulia sofort. »Du trinkst doch Trollinger? Wir haben eine ganze Kiste davon. Er ist vom Weingut meiner Nichte, ich selber habe ja gar keine Kinder, sonst wären das allesamt Wengerter geworden.«

»Gern. Ich muss aber noch fahren.« Giulia hielt ihr das Glas hin, und Isolde goss ein. Auf dem Tisch stand die teure Karaffe mit dem auf Kiesel gebetteten Leitungswasser. Wie immer steckte ein Stängel Minze darin. Sie hatte noch nicht mal einen Sprung.

»Hannes hast du ja schon kennengelernt.« Die Mutter wies in Richtung Küche. Dann deutete sie auf das Paar. »Das sind Edith und Adrian. Sie kennen sich seit einer halben Ewigkeit. Sie haben schon zu RAF-Zeiten zusammengearbeitet. Ulrich, Oskar und Gabriele konnten ja leider nicht kommen. Wir befinden uns bei diesem Montagsmeeting diesmal sozusagen im engsten Kreis.«

Isolde nickte Giulia zu. »Wir treffen uns ja wie in alten Zeiten, immer am ersten Montag im Monat, einfach, um ein wenig zu schwätzen.«

Giulia gab auch Edith und Adrian die Hand. Hannes kam mit einem schweren Suppentopf aus der Küche.

»Zur Vorspeise gibt es saure Kutteln«, erklärte die Mutter. »Zum Hauptgang dann Linsen mit Spätzle. Vegan, wegen Edith. In den Kutteln ist auch kein Gramm Kuhmagen. Du kannst das ruhig essen, Julia. Alles Tofu.«

»Wir essen nur noch, was uns schmeckt«, erklärte Isolde. »Einheimische Gerichte, elsässische Spezialitäten, badische und schwäbische Hausmannskost. Zander auf Sauerkraut, Ochsenschwanz, Maultaschen. Kartoffelsalat mit Endivie. Vielleicht mal ein Schweizer Rösti. Oder ein Marillenknödel. Essen ist vielleicht nicht der Sex des Alters, da wird es deutlich überschätzt, aber man sollte im biblischen Zustand keine Kompromisse mehr machen.«

»Sie kocht göttlich«, eröffnete die Mutter.

Schon wieder Linsen. Davor vegane Kutteln. Die spinnen, die Alten. »Gern«, sagte Giulia. Sie war mit zwölf Vegetarierin gewesen. Die Mutter hatte das wohl nie vergessen.

»Wem darf ich schöpfen?« Butler Hannes füllte die Teller. Giulia sah seine große, ausdrucksstarke linke Hand mit den ovalen, formschönen Nägeln und der mondsichelförmigen fleischigen Narbe auf dem Rücken. Es war eine Narbe, wie man sie nur von einer fast finalen Verletzung davontrug. Sie erinnerte sich plötzlich daran, wer das war. Johannes Zweigle. Er war Mutters jüngerer Kollege gewesen beim LfV, ihr Untergebener beim Landesamt für Verfassungsschutz. Sie hatten eng zusammengearbeitet. Giulia hatte erst davon erfahren, als die Mutter längst pensioniert war und Zweigle vor ein paar Jahren in den Ruhestand ging. Bis dahin hatte sie gedacht, er sei ihr Geliebter. Gesehen hatte sie ihn zuletzt bei Mutters Sechzigstem. Nun, nach über 20 Jahren, hätte sie ihn ohne die Narbe nicht mehr erkannt. Plötzlich verstand sie, was die Mutter gerade damit sagen wollte, als sie meinte, sie habe ihn bereits kennengelernt. Die anderen am Tisch waren offenkundig ebenfalls alte Mitstreiter, die sich heute, so viele Jahre danach, womöglich zu erkennen geben durften.

»Du bist hier, Julia«, sagte die Mutter, »um uns bei Laune zu halten. Wir gieren immer nach Geschichten. Also sprich.«

Während sie mit Genuss aßen, das Essen war raffiniert gewürzt und schmeckte, erzählte Giulia die Sache mit Tamir. Ohne Umschweife berichtete sie alles, was sie mit ihm erlebt hatte und was sie von ihm wusste. Sie schloss mit den Vermutungen, die der Gerichtspsychiater Müller Pfarrer Fischer gegenüber geäußert hatte: »Tamir taucht unter, um an eine neue Identität zu kommen. Vielleicht ist er kriminell geworden und hat Angst vor der Haft. Oder er hat ausgepackt und fürchtet sich nun vor Repressalien. Manche Mittäter fackeln ja nicht lang. Vielleicht geht es aber auch in eine ganz andere Richtung. Womöglich hat er als verdeckter Ermittler oder Informant beim Verfassungsschutz mitgemacht und kann nun nicht mehr geschützt werden.«

»Wir schützen jeden«, sagte Adrian, dem ein veganer Kuttelfaden zwischen den Schneidezähnen hing, den er mit spitzen Fingern entfernte, besah, in den Mund steckte und schluckte.

»Die Geschichte ist mir zu glatt«, meinte Isolde.

»Glatt?« Giulia fasste sich an den Kopf.

»Glatt«, sagte Isolde. »Weißt du nicht mehr, was glatt ist? Zu gescheit. Zu ausgedacht. Zu originell.«

»Ich bin da auch misstrauisch«, äußerte sich Edith, die den Löffel weglegte und sich diskret die Stirn abtupfte. »Aber glauben wir das mal. Nehmen wir an, das ist ein V-Mann, kein Agent, der in einem Dauerkontakt steht. Dann sucht den jetzt keiner. Es hilft ihm auch niemand. Also gut. Angenommen, er hatte vom Bundesamt den Auftrag, herauszufinden, ob über Flüchtlingsbewegungen Terroristen eingeschleust werden. An der Grenze übernahm der BND. Dieser Tamir wurde genau instruiert. In Syrien, Nordafrika sollte er dschihadistische Schleuser aufdecken. Vermutlich kann er Arabisch oder wenigstens Türkisch, auch wenn er sich blöd stellt.«

»Könnte sein.« Hannes kratzte sich am Kopf. Er verfiel zunehmend in den Dialekt, der in diesem Kreis keinen Makel darstellte, sondern ein Zeichen der Zugehörigkeit. »Es gibt eine undichte Stelle. Ebber will ihm ans Leder. Wie auch immer. Dann wendet er sich also nicht an den Auftraggeber, das BfV, weil er Schiss vor ebbis hat. Offenbar hat er panische Angst vor Flüchtlingen, er kann keinem trauen, er ist komplett auf sich gestellt. Aber wer steckt dahinter? Was ist der Grund? Wer droht ihm? Vielleicht sind das die Islamisten oder ein Netz von illegalen Schleusern, vielleicht sind es auch Leute vom Staatsschutz. Dabei ist es ja affenklar, wieso er zur Julia wollte. Das sind die alten Seilschaften, er suchte den Kontakt zu Deutschland, zum alten Amt, zu deren Mutter, also zu uns. Aber wieso Stuttgart? Ich nehme mal an, hier liegt der Hund begraben.«

»Können wir mal aufhören?«, fragte autoritär die Mutter. »Das sind doch Verschwörungstheorien. Die restlichen Linsen brennen an, nicht wahr, Hannes?«

Der Pseudobutler stand auf und eilte in die Küche.

Der Moment verzitterte. Dann verhudelte die Zeit. Bis in die Nacht hinein saß Giulia mit Isolde und der Mutter am Tisch. Adrian, Edith und Hannes waren längst gegangen, als sie sich noch immer bei der vorerst letzten Flasche im Kreis drehten.

»Ich trau dem nicht«, bekräftigte die Mutter zum dreizehnten Mal, und sie lallte keineswegs. »Auf den Hannes müssen wir aufpassen. Der ist nicht koscher.«

»Wieso noch mal?« Giulia erkannte, dass sie es mit einer Generation der um die Siebzig- bis Achtzigjährigen zu tun hatte, die beruflich den Löffel abgab, ohne gleich senil oder dement zu werden. Das waren noch lange keine Greise. Das waren Leute, die mit geistigen Hanteln wuchteten. Sie zeigten durchaus Kondition. Die Mutter wollte nicht sagen, was sie dachte. Was sie möglicherweise ahnte, was sie befürchtete oder sogar wusste. Eine Welt lag zwischen Mutters Mitstreitern und den hinfälligen Fischers, die gerade mal zehn, zwanzig Jahre älter waren und definitiv auf ihr Ende zugingen. Letztere hatten ein überbiblisches Alter erreicht und fanden ihren Weg aus der Welt. Die Großmutter Fischer fiel aus dem Erwartbaren, und über den Großvater senkte sich eine Müdigkeit, die er kaum noch verbergen konnte. Dass er sich vor seiner Frau vom Diesseitigen verabschieden wollte, war spürbar, auch wenn er sich zusammenriss. So schnell konnte es dann gehen.

Giulia hoffte, dass die alten Fischers dieses Jahr noch zuwege brachten. Dann wandte sie sich wieder der inzwischen doppelgesichtigen Situation zu.

»Dem ist nicht zu trauen. Weil«, erklärte die Mutter, »der Hannes keine Ruhe gibt. Das ist sein Ding jetzt. Julia, du entsinnst dich an Gernot?«

»Nein.« Giulia gähnte.

»Morgen«, sagte die Mutter. »Isolde, wir gehen ins Bett.«

Als Giulia in der Frühe auf dem Gästesofa erwachte, unter einer unbezogenen und nach Moschus stinkenden Decke, verkatert und kaum ausgezogen, griff sie sofort zum Telefonino. Die Lamellen waren halb geschlossen, es roch nach

Staub. Draußen war es noch dunkel, und das Display zeigte halb sechs.

»Hör zu«, sagte sie umstandslos zu Fischer, der sofort ranging. »Ich hätte dir noch eine SMS schicken sollen, aber …«

»Du hast mir eine SMS geschickt«, unterbrach er, noch nachtwach oder früh fit. »Es ist gut, dass du in angetrunkenem Zustand nicht mehr gefahren bist. Hier ist alles in Ordnung. Ich bin schon auf den Füßen, bereite eben das Frühstück vor. Nachher gehe ich rüber zu den Großeltern. Sie wollen ja immer so früh raus. Hannah braucht mal wieder mehr Zeit für sich und die Familie. Sarah kommt alleine klar, sie ist wie umgetauscht, monatelang war sie nicht mehr so gut drauf. Sie hat ihr Phlegma hinter sich gelassen und spricht wie ein Buch. Nie so geistreiche Sätze von ihr gehört. Dabei dachte ich schon, sie rutscht ins Alter. Das geht ja schnell. Tamir ist in der Nacht noch nach Hause gekommen. Er ist wieder da.«

»Wo war er denn?« Giulia spürte einen pulsierenden Kopfschmerz, sie hatte Durst und musste pinkeln.

»Weg«, sagte Fischer. »Vermutlich ist er kopflos durch die Gegend gerannt. Ich hab ihn rausgeschmissen.«

»Was?«, schrie Giulia.

»Er hat mit Sarah geschlafen. Sarah hat sich in ihn verliebt.« Fischers Sprache wackelte.

»Das ist nicht wahr.«

»Wenn ich es dir sage.« Fischer stotterte nicht.

»Was für ein Schwein.«

»Halt!«, rief Fischer, und kein Zittern lag in seiner Stimme. Nur Bestimmtheit. Er hatte sich besonnen, und Giulia spürte, dass er dabei bleiben würde und dass sie ihm darin folgen musste. »Das ist er eben nicht. Wir haben gestritten. Wir haben getobt. Er hat sie verteidigt. Er hat behauptet, sie sei die Einzige, die wo ihn normal behandelt. Wir andern würden ihn alle nur scheel angucken, taxieren. Wir empfänden Mitleid, Argwohn, Misstrauen, Missgunst, sogar Neid. Wir würden ihn benutzen, um uns selber zu erhöhen. Uns fehle der Respekt. Und jedes Einfühlungsvermögen. Ihr nicht. Sie allein sehe und achte ihn als den Menschen, der er sei.«

Wieso war er so aufgekratzt? Hatte er eine Arznei genommen?

»Tamir hat mich gefragt: ›Und wo ist ihre Behinderung?‹ Er sehe sie eben nicht. Offenbar hat ihn kein Mensch über Trisomie 21 aufgeklärt. Kannst du dir das vorstellen? So was Weltfremdes? Er hat gar nicht kapiert, dass sie behindert ist! Er dachte, sie sei vielleicht adoptiert, asiatische Eltern! Na ja, hässlich ist Sarah nicht, sie ist ein Vorzeigefall, entschuldige, aber wer Augen im Kopf hat. Wie blind kann man denn sein?« Fischer pausierte, rang hörbar nach Luft. »Ich habe mich dann aber auch gefragt, wo ist ihr Handicap? Sie arbeitet, verdient ein wenig, kommt einigermaßen zurecht, sie stabilisiert die Familie, pflegt einige vage Freundschaften und ist gesünder, als wir je zu hoffen wagten. Schon wahr. Sie ist empathischer und emotionaler als wir alle. Meistens ist sie sogar lustiger. Gut, sie war in letzter Zeit ziemlich antriebsarm. Aber wenn sie in ein Loch fällt, kommt sie von selber wieder da raus. Das sehen wir ja jetzt. Sie ist auf wundervolle Weise tauglich.«

»Und wo ist dann das Problem?« Giulia griff sich an den Kopf. Sie konnte nicht mehr denken. Sie musste wirklich aufs Klo.

»Ich glaube, ich kann Sarah keine Sexualität zubilligen, schon gar nicht mit einem jungen Geflüchteten, der angeblich halb so alt ist wie sie. Mit einem undurchsichtigen Hintergrund. Ansonsten ganz normal und vermutlich hochintelligent. Meine Berufung steht mir da sicher zusätzlich im

Weg. Aber ich habe mich wieder etwas abgeregt, und ich öffne mich der Vorstellung, dass er sie nicht missbraucht.«

»Hat er tatsächlich nicht gesehen, dass sie behindert ist?« Giulia klang ganz bewusst entgeistert. Sie fing an zu kreisen, weil sie das Gespräch trotz des Harndrangs nicht beenden wollte. Nicht an dieser Stelle. Aber sie wollte es auch nicht entgleisen lassen. Auf keinen Fall durfte es ins Gestrüpphafte abgleiten. In wild wuchernde Zonen, die sie nicht kontrollieren konnte. Sie wollte Fischers Stimme nicht verlieren. Sie musste sie zähmen, damit sie bei ihr blieb, ohne sie zu verwirren, ohne sie zu verletzen.

»Wie schon gesagt.« Fischer seufzte. Er schien ihre Strategie zu durchschauen. Sie ermüdete ihn. Jedenfalls klang er zermürbt. »Möglicherweise nicht. Er hat wohl wirklich nichts gemerkt. Behauptet er jedenfalls. Ich kann das nicht richtig beurteilen, aber Sarah ist vermutlich attraktiv. So zierlich, klein und kompakt, dazu diese Tollkirschenaugen und die langen schwarzen Haare. Und meistens gut drauf. Sie sieht ja immer noch wahnsinnig jung aus. Auch wenn sie graue Strähnen kriegt.«

»Sie hält sich gut.« Giulia gähnte. Sie fühlte sich angestrengt. Und beschloss, ein wenig in die Offensive zu gehen. »Seit dem letzten Sommer hat sie abgenommen. Sie hat eine schöne weibliche Figur. Mensch, gönn das Sarah doch. Offenbar mag sie Sex. War sie bisher Jungfrau?«

»Was weiß ich denn. Geht es mich etwas an? Sarah bekommt ganz normal ihre Tage. Von den Wechseljahren, die bei ihr früher eintreten werden als gewöhnlich, ist sie mit Anfang 30 noch weit entfernt. Sie ist bestimmt fruchtbar. Sie wollte immer ein Kind. Das wird sie jetzt schaffen. Verlass dich drauf.«

Jetzt ist irgendwie Schluss mit der Willkommenskultur, dachte Giulia. »Okay, verstanden. Mir reicht's jetzt jedenfalls. Drei Kreuze! Ich komme und nehme Tamir wieder mit. Er wollte eh nie nach Konstanz. Ab nach Hause. Wir fahren zurück nach Italien.«

»Du lässt alles stehen und liegen? Du gehst einfach so zurück nach Florenz?« Die Mutter musterte Giulia besorgt. »Hast du denn gar kein schlechtes Gewissen? Was wird aus den beiden Alten? Die kommen ja noch vollends draus. Welch ein Firlefanz. Dunder und Doria. Das sieht dir aber gar nicht gleich. So bist du doch sonst nicht.«

»Woher weißt du, wie ich bin?« Giulia sprang rabiat auf. Vor ihr stand ein astreines Frühstück, das Isolde serviert hatte. Knusprige, noch warme Weckle und Brezeln, selbstgemachte Marmeladen, gesalzene Butter, Gartengemüse, bestehend aus Paprika, Tomaten und Kräutern, mehrere Käsesorten, Speck, Essiggurken, für jede von ihnen eine Scheibe Wildlachs, Meerrettich und ein wachsweiches Ei. Dazu gab es erlesenen Grüntee, Bio-Kaffee, der vor sich hin bitterte, und frischgepressten Orangensaft.

»Jetzt iss erst mal was.« Isolde, im nadelgestreiften anthrazitfarbenen Herrenschlafanzug, setzte sich Giulia gegenüber und zeigte auf den leeren Teller. »Nach einer solchen Nacht muss man gescheit frühstücken.«

Die Mutter, die am Kopf des Küchentisches saß, löffelte zur Vorspeise ein Müsli mit den letzten frischen Brombeeren. Sie hatte es sich extra zubereitet und die Beeren im Garten geschwind gepflückt. Der Wein hatte ihr offenbar nichts anhaben können. Sie wirkte ausgeschlafen und konzentriert. Sie roch gut und hatte sich dezent geschminkt. Ihr kurzes weißes Haar war noch feucht, das Gesicht fast faltenfrei. Unter ihrem Kimono zeichneten sich weiche, geschmeidige Rundungen ab. Offenbar achtete sie auf sich. Vor einigen Jahren hatte sie viel schlechter ausgesehen. Verhärmt und fertig. »Ich seh schon, es läuft verkehrt. Vermutlich ist es eine gute Idee, wenn ihr von hier wieder verschwindet. Natürlich ist es kein Zufall, dass dieser Tamir in dein Büro gestolpert ist. Möglicherweise weiß er aber nicht, wieso er dich kontaktieren sollte.«

Isolde nippte versonnen am Kaffee. Sie konnte das Meer der Möglichkeiten, das sie aufgetischt hatte, selber nicht überblicken.

»Ich dachte erst, es ist wegen Fischer.« Giulia griff gehorsam nach einem Weckle, das sie aufschnitt, butterte und mit Kräutern bestreute. »Weil der doch diese Flüchtlingsarbeit macht. Weil ich den doch kenne.«

»Woher sollen irgendwelche Leute wissen, dass du in Deutschland jemanden kennst, der Geflüchteten hilft?« Isolde schüttelte den Kopf. Im Gegensatz zur Mutter wirkte sie ein wenig zerrüttet. Obwohl sie an die fünfzehn Jahre jünger sein musste, steckte sie den Alkohol und den Schlafmangel nicht so leicht weg. Die Strenge des Vorabends war einer zerknitterten Zerfahrenheit gewichen, die etwas zunehmend Sympathisches hatte.

»Das müsstet ihr mir doch erklären können«, meinte Giulia, die nachrechnete, dass die späte Lebensgefährtin ihrer Mutter vielleicht nur zwölf, dreizehn Jahre älter war als sie. »Bestimmt wird Fischer vom Verfassungsschutz überwacht.«

»Das ist denkbar.« Isolde köpfte ihr Ei, trotz alledem präzise wie ein Henker, und nickte. »Das glaube ich auch. Aber so etwas läuft nicht so gezielt ab, wie du dir das vielleicht vorstellst. Und dann gibt es da noch den Hannes. Der plant irgendwas. Schon seit einer ganzen Weile. Das ist mit Händen zu greifen. Hundertprozentig.«

Vielleicht überkommt ihn ja jetzt der Wahnsinn, dass Tamir davon Wind hat und hinter ihm her ist. »Was war mit diesem Guntram?«, fragte Giulia die Mutter.

»Gernot«, korrigierte sie. Und verfiel in ihr amtliches Honoratiorenschwäbisch, das nichts Tumbes hatte, sondern etwas Autoritäres. »Julia, des gehört jetz net da her. Ich verzähl es dir ein andermal.«

»Hat es was mit dem Hannes zu tun?«

»Meine Güte.« Die Mutter schnaufte. »Du bist immer noch so. Also gut. Gernot war Hannes. Bist du jetzt zufrieden?«

Giulia war klar, dass die Mutter schon mehr offenbart hatte, als sie je hatte sagen wollen. Auch wenn es in der Nacht so geklungen hatte, als öffne sich da am Morgen eine Tür. »Was könnte Tamir hier passieren?«

»Darüber spekulieren wir lieber nicht.« Isolde legte ihr die Hand auf den Arm. »Aber du könntest für ihn etwas sein, ein … ein … Schutzengel. Sieh es mal so. Deine Mutter hat recht, du solltest ihn von uns fortbringen. Nach Italien, ob es ihm passt oder nicht. Schindet Zeit. Und nehmt diesen Pfarrer Fischer mit, der ja offenbar krank ist und nichts mehr auf die Reihe bekommt, und seine behinderte Schwester. Und da war doch noch einer, der neben der Rolle ist, von dem hast du erst spät angefangen, ich weiß es nicht mehr.«

»Müller.« Giulia schluckte. »O Gott. Drei restlos Irre. Dann sind wir ja wieder da, wo wir im letzten Sommer waren.«

»Das seid ihr nicht. Ihr werdet die alten Herrschaften zurücklassen müssen. In der Obhut von dieser Edith. Oder Esther. Und der dritten Schwester, wie heißt die noch?«

»Keine Ahnung.« Giulia griff sich an den Kopf. »Hannah? Und was mach ich mit den Leuten in der Toskana?«

»Urlaub. Du schaffst, die andern feiern. Ihr wartet, bis sie euch finden.« Isolde lächelte, ihr Mund zitterte leicht, ihr linkes Auge zuckte, und durch ihre neue Zerbrechlichkeit schimmerte die alte Eiseskälte. »Ihr bleibt schön brav in Florenz. Es ist besser, wenn sie Tamir im Ausland erwischen. Ich hör mich mal um. Sobald ich was rausgefunden habe, schicke ich dir eine SMS.«

Giulia würgte an ihrem Weckle. »Warum sagt uns Tamir nicht, wer er ist und was er erlebt hat? Wieso erzählt er mir nur Mist? Und nichts von einem möglichen Auftrag? Oder was weiß ich?«

»Weil er das mit Sicherheit«, sagte die Mutter und brachte lächelnd ein Honigglas zum Vorschein, »nicht überleben würde.«

Wir fahren nicht nach Florenz. Giulia grinste still vor sich hin. Wir fahren nach Marina di Santo Stefano. Aber das behalt ich für mich. Ich werde Tamir im »Da Roberto« unterbringen.

Zwei Tage später waren sie da. Am Donnerstagabend erreichten sie die Toskana. Sie waren mit zwei Autos unterwegs. Müller fuhr in seinem noblen schwarzen Daimler, einer Luxuslimousine der S-Klasse, er nahm Fischer, Sarah und Tamir mit, Giulia fuhr allein. Isolde hatte das so verfügt, die Mutter hatte nicht widersprochen. Müller kannte den Weg, er verzichtete bewusst auf das Navi. Beide Wägen starteten versetzt, sie bewegten sich unabhängig voneinander fort und kamen unterschiedlich schnell zum Ziel. Falls ihnen jemand folgte, sollte er sich an eine einzelne Spur heften und sie nicht miteinander in Verbindung bringen. Alle Mobiltelefone, die sie im Gepäck hatten, blieben ausgeschaltet. Außerdem hatten sie die SIM-Karten und die Akkus entfernt. Keiner der drei Laptops durfte angemacht werden, weil jedes Gerät, das schon mal online gegangen war, geortet werden konnte. Das hatte die Mutter sehr wortreich erläutert. Giulia wusste weder, ob das nötig war, noch, ob es etwas brachte. Aber sie gehorchte und kam, da sie ziemlich zufuhr und kaum pausierte, mit Sicherheit zuerst an.

Sie hörte eine Oper von Schostakowitsch, »Lady Macbeth von Mzensk«, die Stalin so wenig gemocht hatte, dass er während einer Aufführung das Theater verließ. Am Schluss des vierten Aktes, beim Transport ins Zwangsarbeiterlager, will die junge und schöne Katerina endlich mit dem Schürzenjäger Sergej schlafen, doch der ist hinter Sonjetka her. Daraufhin schubst Katerina ihre Rivalin Sonjetka von einer Brücke und springt hinter ihr her in den reißenden Fluss.

Die Toskana empfing Giulia im letzten Licht des Tages, das, im Gegensatz zum dunstigen Bodensee, vollständig klar war. Als sie die Serpentinen der Küstenstraße entlangkurvte, die am nördlichen Felskap der Halbinsel Monte Argentario nach Santo Stefano führte, schimmerten die Wellen in Platin- und Blaugrautönen wie ein perlender Vorhang. Kurz vor Marina di Santo Stefano ging über dem Meer die Sonne unter. Der Himmel verfärbte sich rotgolden und lila. Giulia empfand Heimat. Sie durchquerte den verlassen wirkenden Ort und fuhr nicht zu ihrer winzigen Wohnung in dem malvenfarbenen Häuslein mitten in Marina, sondern direkt zum »Da Roberto«, das vor einigen Felsen zum Strand hin lag. Dort waren die Parkplätze verwaist. Die Straße war verödet. Die Saison war vorbei. Im Ristorante, das sich zum Winterschlaf rüstete, hatte sie sich mit den anderen verabredet. Der Besuch konnte oben im Haus wohnen. Im ersten Stock gab es drei kleine Zimmer mit einem sanierungsbedürftigen, versifften Gemeinschaftsbad, die seit Jahren nicht mehr vermietet worden waren. Giulia hatte neue Fliesenböden verlegt und die Wände gestrichen, Lampen montiert und einige Ikea-Möbel hineingestellt, das Projekt daraufhin aber wieder vertagt, weil es Dringenderes am Haus zu tun gab und vor dem nächsten Frühjahr eh keine Gäste mehr erwartet wurden. Wenn die Mittelsaison Ende September vorbei war, lohnte sich ein Fischlokal nicht mehr. In der Nebensaison konnte sich Giulia kein Personal leisten, und selber verbrachte sie die Winter viel lieber in Florenz.

Es nachtete ein. Das Meer sang, ein seichter Wind pfiff. Der halbbewölkte Himmel war welk. Das letzte Viertel des aufscheinenden Mondes bleigrau. Wirklich warm war es nicht mehr. Giulia fröstelte, als sie aus dem Auto ausstieg. Sie strich über die Gänsehaut an ihren Armen. Das »Da Roberto« war abgeschlossen, sie nestelte nach ihrem Schlüssel. Sie ging am Lokal vorbei, die Stiegen hoch. Es roch nach Moder. Sie drückte den Schalter. Die Beleuchtung sprang nicht an. Die Stufen knarrten. Etwas drückte auf ihre Kehle. Sie dachte an Roberto. Verfluchte dieses Loch. Sie wünschte, sie hätte es nie geerbt. Niemals im Leben hatte sie vorgehabt, den Herbst hier zu verbringen, im muschelfarbenen kalten Matsch, wo es doch jetzt in Florenz so angenehm mild und klar war. Während dort mit der Rückkehr in den Alltag, dem Ritorno, nach den Fluchten des Sommers das normale Leben wiederaufgenommen wurde, gähnte hier die herbstliche Leere. Aber arbeiten konnte sie überall, von wo sie mit ihrem Laptop ins Netz kam. Sobald sie ihn wieder benutzen durfte. Vorerst ging es wohl darum, für Tamir Zeit zu schinden und dabei das Herannahen des Unabänderlichen zu erwarten. Was auch immer es sein mochte, denn keiner kannte Tamirs Mission. Er würde gefunden werden, und er wollte gefunden werden, so spekulierte zumindest die Mutter – die Frage war nur, wo und unter welchen Umständen. Die Bedingungen für ein größeres Zeitfenster waren im entlegenen Marina weit besser als in Florenz, wo Giulia mit ihrer Agentur praktisch auf dem Präsentierteller saß. Sie hatte einen enormen Bekanntenkreis und, bedingt durch ihren geschiedenen Mann und die Kinder, eine weitverzweigte Familie. In Marina di Santo Stefano hatte sie, nach Robertos Tod im Sommer vorigen Jahres, niemanden mehr. Außer ein paar Saisonarbeitskräften und Aushilfen im Ristorante und ihrer Freundin Camilla. Dazu kam, dass die Mutter nichts von Marina wusste. Giulia hatte ihr nie von ihrem Landsitz erzählt, weil sie sich ihren Spott sparen wollte. Mit Aussteigern ging die Mutter gern abfällig um. Sie verachtete Leute, die sich vor ihren Aufgaben drückten. Welche das waren, bestimmte allein sie.

Giulia hatte Schlaf. Die lange Fahrt und davor der anstrengende Besuch bei der Mutter, die Überzeugungskraft, die sie aufbringen musste, um die beiden Fischers samt Tamir und Müller zu dieser Reise zu bewegen – das alles hatte sie erschöpft. Zumal sie nicht verstehen konnte, dass Sarah mitkam, wo Fischer doch solche Bedenken hinsichtlich einer Schwangerschaft hatte. Wenn sie sich wirklich in Tamir verliebt hatte, und er sich womöglich in sie, konnte es nur kompliziert werden. Aber Fischer war ohne seine Schwester wohl nicht denkbar. Da gab es eine Kraft, ein Zusammenspiel, an das nichts heranreichte.

Giulia kehrte auf der Treppe um und ging im Dunkeln runter in die Küche, die kalt war und nach Olivenöl und Schmierseife roch. Sie machte Licht. Eine Neonröhre flackerte. Maria hatte alles blinkend sauber geputzt. Giulia drehte den Hahn auf und ließ kaltes Wasser laufen. Dann beugte sie den Kopf darüber, dachte an Tamir und trank. Im Kühlschrank fand sie eine angebrochene Flasche Weißwein, halbvertrocknete Knoblauchzehen, eine dicke Rinde Parmesankäse und zwei Gläser Basilikum-Pesto. Sie setzte einen großen Topf mit Wasser auf und kochte Spaghetti. Dann deckte sie den Tisch. Im Lokal waren die Stühle hochgestellt, das wirkte unwirtlich, aber für fünf Personen langte die schummrige Nische neben dem Tresen, vor dem Durchgang zur Küche. In dem engen Eck hing, umkränzt von staubigen Plastikblumen, ein Farbfoto von Papst Franziskus. Der hölzerne Rahmen war neu. Früher hatte Pius XI. dort gehangen, den Roberto verehrt hatte. Vielleicht war er heruntergehagelt, und das Glas war kaputt. Dann hätte man Papst Pius XI. neu aufhängen können. Giulia wusste nicht, wer das Bild ausgetauscht hatte und warum. Am unteren Rahmenrand klebte ein Zettel, auf dem der deutsche Satz stand: »Wer nicht zum Herrn betet, betet zum Teufel.«

Auf der Tischplatte lag eine terracottabraune bestickte Decke, die verstaubt war und Rotweinflecken hatte. Darauf lag ein Zettel mit einer Nummer. Giulia steckte ihn hinten in die Jeans, brachte die Teller und stellte sie dann, nach kurzem Zögern, wieder weg. Sie zog die Tischdecke herunter und tat sie in den Wäschekorb. Aus dem Flurschrank hinter der Küche nahm sie ein frisch gestärktes weißes Tuch, faltete es auseinander und legte es auf den Tisch. Nachdem fünf Gedecke darauf standen, mit Stoffservietten, Silberbesteck und zweierlei Gläsern, goss sie sich ein großes Glas Vernaccia ein. Obwohl die Flasche schon ein paar Tage offen gewesen und der Wein etwas fad war, schmeckte er gut gekühlt noch halbwegs frisch. Giulia beschloss, das Wasser kochen zu lassen und mit dem Essen zu warten. Sie setzte sich und nahm ein Buch aus ihrer Tasche: »Der Lärm der Zeit« von Julian Barnes, ein atemberaubender Roman über Dimitri Schostakowitsch. Sie war mit der Lektüre im Leningrad des Jahres 1937 angekommen. Nacht für Nacht verlässt der Komponist seine Wohnung und wartet neben dem Fahrstuhl darauf, dass Stalins Schergen ihn verhaften. Schostakowitsch, ein eher ängstlicher Mensch, fürchtet um sein Leben. Also packt er seinen Koffer und wartet draußen auf die Geheimpolizei, weil er nicht will, dass seine Familie das mitkriegt und dadurch gestört wird. Giulia las: »Eine Seele konnte auf dreierlei Art zerstört werden: durch das, was andere einem Menschen antaten; durch das, was ein Mensch sich selber antat, weil andere ihn dazu trieben; und durch das, was ein Mensch sich aus freien Stücken selber antat.«

An die süße Bitternis von Schostakowitschs Musik konnte dieses resignative Resümee nicht heranreichen. So meisterhaft der Roman war, er brachte keinen Takt zum Klingen. Sie klappte das Buch zu, nahm das Festnetztelefon, zog den Zettel aus den Jeans und wählte die Nummer.

Er ging sofort dran. Alfonso Cazzotto schnaufte wie ein Ross. Giulia vermutete, dass er ein Padrino war, ein Pate, ein Don, dass er eine Familie regierte. Wissen tat sie es nicht. Für eine Deutsche war die Mafia in der Toskana tabu.

»Ich bin's, Giulia.«

»Vaffanculo. Che cazzo vuoi? Was willst du?« Er bellte wie ein Köter und inhalierte. Der Rauch der Zigarette mündete in einen pompösen Hustenanfall.

Idiota. Giulia hatte bei der Mutter sogar auf Deutsch geträumt. Auf Süddeutsch, in der Muttersprache, selbst das Unbewusste der Nacht hatte einen schwäbischen Einschlag. Jetzt spürte sie den Schnitt. Sie merkte, wie sie aufhörte, auf Deutsch zu denken. Sie dachte wieder auf Italienisch. Und sie war wütend. »Was *du* willst? Das frage ich dich, Alfonso. Jemand hat deine Nummer auf meinem Tisch liegen lassen. Du weißt nicht zufällig, wer das war?«

»Qualcosa non va?« Seine Stimme schwenkte um. Sie klang plötzlich besorgt, zärtlich, fast väterlich.

»È evidente! Dass was nicht stimmt, ist leider mehr als offensichtlich.«

»D'accordo. Allora: Brauchst du einen guten Anwalt?«

»Ich weiß es noch nicht. Vielleicht. Hör zu. Hier kommt gleich ein junger Mann an, der Schutz sucht. Zusammen mit drei Deutschen, die ihn hier verstecken.«

»Schutz.« Alfonso krächzte. »Wieso Schutz. Ist der Ragazzo ein Krimineller? Ein Flüchtling? Ausbrecher?

Agent? Spion eines Geheimdiensts? Ein Linker? Comunista? Genosse? Ist er ein Mafioso? Einfach ein Stronzo? Oder ein Bundesbruder aus der weiten Welt der mehr oder minder geheimen Verbindungen?«

»Non capisco. Wir wissen es nicht.«

»Schluss mit dem Wischiwaschi.« Alfonso blies laut in die Leitung. Dann Pause. Offenbar drückte er seine Zigarette aus. Gleich darauf klickte das Feuerzeug. »Was auch immer das Problem ist, Hauptsache, er wehrt sich gegen die unwürdigen Zustände. Er übt sich im Querdenken. Widersprechen. Aufmucken.«

»Wir helfen ihm aus … aus …« Giulia schluckte. »… christlicher Nächstenliebe.« Sie sagte »Nächstenliebe« auf Deutsch. Es ließ sich nicht übersetzen, und Alfonso besaß, abgesehen von einigen Four-Letter-Words, keine Kenntnis einer Fremdsprache. Sie versuchte es mit »amore del prossimo, carità«.

»Che cazzo fai?« Alfonso brüllte. »Che cazzo dici? Was erzählst du für einen Scheiß? Kannst du diesen Fimmel nicht mal bleiben lassen? Wir reden hier von Widerstand, vom Aufbruch, vom Ende der Ohnmacht. Notfalls mit Gewalt.«

»Was ist denn in dich gefahren?« Giulia war sich unsicherer denn je, auf welcher Seite Alfonso politisch stand. Er musste mit der Mafia zu tun haben, da es sich sein Sohn Luca zeitenweise zur Aufgabe gemacht hatte, in Lokalen Schutzgelder einzutreiben. Und Alfonso war kein Typ, der aus der zweiten Reihe schoss. Sie musste grinsen. »Schlägt dein Herz jetzt für die Anarchisten?«

Alfonso tobte weiter. »Du kommst morgen früh um halb zehn in meine verfluchte Kanzlei, aber du kommst mit dem kleinen Schwachkopf allein, ist das klar?«

»Er wird begleitet … Ich weiß nicht, ob nicht der Pfarrer …«

Das brachte Alfonso zur Raserei. »Ein Pfarrer? Und drei Deutsche, sagst du? Porca miseria. Ich brauche diese bigotten Krautschädel nicht, ich kann Krautschädel nicht ausstehen! Und Camilla, du hast doch dieser Eselin Camilla nichts davon erzählt?«

Der Blater, dachte Giulia liebevoll. Obwohl sie ihre einzige Freundin in Porto Santo Stefano sehr mochte, musste sie Alfonso recht geben, wenn er meinte, dass sie mitunter zum Heulen naiv war. »Niente. Va bene. Wir werden pünktlich sein. Grazie, Alfonso.«

Gegen Mitternacht saßen endlich alle am Tisch und prosteten einander zu. Sie hatten die Zimmer und die Betten bezogen – wobei Justus seine Schwester bei sich einquartierte –, Tamir hatte im Bad den Schlauch repariert und notdürftig geduscht. Dann hatte er darauf bestanden, dass sie die Tür verriegelten und die Läden schlossen, und danach alle Riegel, Haken und Griffe kontrolliert. Er setzte sich erst an den Tisch, als auch die Kellerluke verrammelt war.

»Er ist ein Quälgeist«, sagte Fischer, doch es klang nicht böse.

Müller hob das Glas an die Nase und schnüffelte. »Feingliedrig«, sagte er.

Giulia hatte einen Brunello di Montalcino aufgemacht, einen sortenreinen Sangiovese mit der typisch rubinroten Farbe. Es war die letzte Flasche 2011er, die ihre optimale Genussreife fast schon überschritten hatte. Tamir und Sarah hielten sich an Leitungswasser. In der Karaffe steckte auf bunten Kieseln ein Zweig Minze, was Giulia an ihre Mutter erinnerte.

»Erst beten«, forderte Sarah. »Du sollst mit uns beten, Justus.«

Fischer seufzte. Er setzte seine randlose Brille ab und rieb sich die Augen. Er machte einen zerknitterten und müden

Eindruck, obwohl Müller die ganze Strecke gefahren war. Fischer streckte matt beide Arme aus. »Wir brauchen nicht aufzustehen. Wer weiß ein Gebet?«

Sie reichten einander die Hände.

»Tu zuerst das Notwendige, dann das Mögliche, und plötzlich schaffst du das Unmögliche.« Mit dem Kinn zeigte Müller auf Papst Franziskus. »Der Spruch stammt von dem da.«

»Das zählt nicht.« Sarah schüttelte so wild den Kopf, dass ihr schwarzer Pferdeschwanz flog. Dann schrie sie: »Komm, Herr Jesus, sei unser Gast / Und segne, was Du uns bescheret hast.« Sie sprang auf, krakeelte, klatschte und lachte.

»Amen. Der Spruch ist eigentlich von Franz von Assisi«, sagte Fischer. Er dachte, dass eine tiefe Weisheit darin lag. Wer bewältigte, was nötig war, versetzte hinterher Berge.

Giulia goss die Spaghetti ab, stellte den Topf auf den Tisch und schöpfte große runde Haufen auf die Teller. Pesto und Parmigiano machten die Runde.

»Im Garten gibt es noch jede Menge Zwiebeln, Tomaten und Rucola.« Sie nahm den Topf weg und holte eine Riesenschüssel Salat. »Einfach unter die Spaghetti mischen. Wir essen das hier immer so. Im Sommer schmeckt das wunderbar leicht.«

»Der Wein mundet auch ausgezeichnet«, meinte Fischer, der sich sichtlich erholte. »Ich schmecke Brombeeren, Nelken und Veilchen.«

»Ich würde eher von reifen Kirschen, Pfeffer, Tabak und Leder sprechen.« Müller süffelte. Trotz der langen Fahrt wirkte er weniger angegriffen als ein paar Tage zuvor. Offenbar belebte ihn der Beginn dieses außerplanmäßigen Urlaubs.

Tamir und Sarah blinzelten einander zu.

»Da ist Wundertüte drin. Der Wein kann zaubern.« Sarah prustete los.

»Wäre auch grässlich langweilig und befremdlich, wenn der nicht nach Lederschulranzen, sondern nach Trauben schmecken würde«, meinte Tamir und lachte auch.

»Was ist denn daran komisch?« Giulia setzte sich und hob nochmals ihr Glas. »Auf Tamir! Willkommen in der Toskana! Ich finde es toll, dass ihr mir spontan helfen wollt, das Ristorante zu renovieren. Eigentlich war das ja deine Idee, Justus. Aber wir sollten langsam tun und uns nicht überanstrengen. Wir sind alle ein wenig angeschlagen und haben eine Auszeit verdient. Und drei von uns sind sogar krankgeschrieben. Aber manchmal wirkt so eine kleine Luftveränderung ja Wunder. Hinterher ist man wieder viel robuster und ganz neu den Anforderungen des Alltags gewachsen. Möge unser kleines gemeinsames Abenteuer einen guten Ausgang finden.«

Nachdem alle ihre Pesto-Spaghetti mit dem Tomaten-Rucola-Salat verrührt hatten, griffen sie nach ihren Gabeln und fingen an, mit Appetit zu essen. Sarah schenkte Wasser ein und ging zum Hahn, um nachzufüllen. Dann ging sie mit der Karaffe zum Fenster und spähte durch die Lamellen. »Da draußen fliegt ein Ufo«, sagte sie ruhig, als sie sich umdrehte. »Es ist ganz nah gekommen und hat hier hereingeguckt und geblinkt.«

»Wie willst du was erkennen, wenn die Läden dicht sind?« Tamir schüttelte den Kopf.

»Sind sie nicht, da sind so Schlitze offen«, erwiderte Sarah. »Man sieht fein raus, wenn da ein Licht ist.«

»Es gibt keine Ufos«, erwiderte mit vollem Mund Fischer.

»Es gibt sie doch.« Sarah stampfte auf. Wütend sah sie Fischer an. Ihre schmalen Augen verengten sich. Sie knallte die Karaffe auf den Tisch, dass es spritzte.

»Und wenn nicht?« Fischer schüttelte den Kopf. »Wir haben hier keine Außerirdischen.«

»Hab ich nicht gesagt. Es gibt auch solche, da sitzt keiner drin.« Sarah drehte sich um und zeigte zum Fenster. »Da! Da blinkt was.«

Giulia stand auf und lupfte den Riegel. Sie stieß den Laden auf, und es empfing sie tiefe Nacht. »Da ist nichts.«

Gegen halb zwei lief Giulia zu Fuß heim in ihr Häuslein, lüftete und fiel ins Bett. Sie schlief tief und gut. Zum ersten Mal seit Wochen dachte sie nicht an Carlo und Roberto. Die Schicksale ihres Geschäftspartners und ihres Lebensgefährten waren ihr wohltuend egal. Es scherte sie nicht, dass Carlo verschwunden war und dass sie an Robertos Ableben wider alle Wahrscheinlichkeit, denn er war ja beerdigt worden, nicht glaubte. Sie fand Ruhe, und sie sorgte sich auch um Tamir, die Fischers und Müller nicht. Es würde sich alles finden.

Als sie am nächsten Morgen beim Ristorante in den Garten ging, um frische Minze zu holen, sah sie, dass die Engelstrompete, die sie vertrocknen ließ und die deshalb fast eingegangen war, ein zweites Mal blühte. Sie war wild gewachsen, überall hochgiftig und hatte nichts nahe den wuchernden Kräutern verloren. Giulia zog sich Handschuhe an, lockerte mit einer Schaufel die Erde und riss den Strauch, der ihr bereits bis zur Hüfte ging, heraus. Sie schaffte es tatsächlich mit einem Ruck. Dabei hielt sie die Luft an. Schon der Gestank konnte Unruhe, Kopfschmerzen, Halluzinationen und sogar komatöse Zustände auslösen. Giulia achtete darauf, dass keine Pflanzenteile abfielen. Sie legte den Strauch in die hinterste Ecke des Gartens, fernab vom Kompost. Sie würde Maria bitten, ihn zu entsorgen. Giulia durchsuchte die Umgebung, in der die Engelstrompete gewachsen war, nach verwelkten Blüten. Da entdeckte sie die Drohne im Kräuterbeet. Sie lag halb verborgen unter einem vertrockneten

Thymianstrauch. Giulia bückte sich und zog sie heraus. Die Drohne war sehr handlich und weiß, mit hellblauen Leuchten und vier schwarzen Propellern, die an bizarren Streben festmontiert waren und in alle Himmelsrichtungen zeigten. Die Kamera wirkte auf pompöse Weise professionell, wobei Giulia nicht wusste, ob sie Videos filmen konnte oder nur fotografierte. Und gab es auch Ton?

Giulia beschloss, die Sache für sich zu behalten, und begrub die Drohne ganz hinten bei den Kartoffeln. Dann ging sie wieder rein, um Frühstück zu machen.

»Du hattest übrigens recht«, sagte sie zu Sarah, als die, ins Licht blinzelnd, mit wirrem Haar und nur mit einem rosafarbenen T-Shirt bekleidet, in der Küchentür auftauchte. »Ich hab das Ufo auch gesehen. Gerade eben ist es fortgeflogen. Aber sag Justus nichts.«

Sarah hüpfte auf einem Bein, drehte sich im Kreis, gab Giulia einen Luftkuss und grinste.

»Dich soll der Blitz beim Scheißen treffen. Das sagt man nicht. Weiß ich. Aber denken darf man. Alles. Was man will. Weil niemand es hört, außer vielleicht der liebe Jesus. Ich geh das auch nicht beichten. Wenn ich böse bin auf Justus, dann beicht ich dem das nicht. Justus meint immer, er soll alles wissen. Und dann sagt er, was Gott will und man darf. ›Ich helf dir‹, sagt er, aber er meint eben nicht, dass er mir hilft. Er droht mir. Er ist mein großer Bruder. Er war immer schon groß, und ich koche für ihn, wenn er wieder arbeitet. Jetzt schaff ich wie ein Brunnenputzer im Café Sonnenschein und bin da weg, und wir machen Urlaub. Justus nimmt mich mit, aber hat jetzt Angst, ich kann nicht auf mich aufpassen. Er hat Angst, dass wir aus allem rausgerissen werden. Er denkt, wir machen ein Baby. Aber wir machen nichts Schnelles.«

Er verstand, was sie meinte, und er dachte, dass er sie beschützen müsste. Bevor er sie dann irgendwann unweigerlich enttäuschte. Bloß wie konnte er auf sie, in der hilflosen Lage, in der er war, wirklich achtgeben? Sie hatte, wie er, ein Recht auf ein eigenes Leben. Er hatte gleich gesehen, dass sie anders war. Er merkte, sie war nicht wie der Rest. Aber dass es dafür ein Wort gab, hatte er nicht gewusst. Er war nie auf Menschen gestoßen, die dieses Syndrom aufwiesen. In der Welt, in die er hineinwuchs, gab es das nicht. Ihm war nicht aufgefallen, dass sie abhängiger war als andere und leichter ausgenutzt werden konnte. Im Gegenteil. Sie war die Einzige gewesen, die ihn nicht argwöhnisch beäugt und mit einem Haufen Vorurteile überschüttet hatte. Gleich von Anfang an hatte sie ihn normal behandelt und nicht wie einen, mit dem man Mitleid haben und dem man helfen musste, weil er etwas ausgefressen hatte.

Sie lagen angezogen auf Tamirs Bett, nebeneinander auf dem Rücken. Die Nachttischlampe brannte. Sie roch nach Mandelblüten, und sie sah asiatisch aus. Er mochte Asiatin-

nen. Er hatte eine koreanische Kinderfrau gehabt, die gut zu ihm war. Seo Yong, gesprochen Sayong. Sie war klein und rund gewesen wie Sarah. Er streichelte ihre winzige Hand, sie schnarchte leise, aber er spürte, dass sie noch wach war. Er fragte sich, ob er ihr seine Geschichte erzählen sollte, den Teil seiner Geschichte, den er selber verstand.

»Mein richtiger Name ist Martin, Martin Schuster, ich bin 25 und von Haus aus Germanist. Allerdings bin ich in Damaskus aufgewachsen, als Einzelkind, ich habe keine Geschwister. Mein Vater war dort deutscher Diplomat, die Mutter arbeitete am Goethe-Institut. Ihre Muttersprache war Arabisch, aber wir sprachen zu Hause meistens Deutsch. Sie redete nur Arabisch mit mir, wenn wir allein waren. Ich konnte nur wenige Wendungen, es waren immer dieselben. Wir redeten über das Essen, ich beherrsche passiv zahllose Wörter für die Beschaffenheit von Gerichten, auch erlesene Adjektive, die einfache Leute nicht kennen. Meine Mutter hat mir Geschichten erzählt, die über viele Generationen hinweg weitergegeben wurden und die ihr wohl Märchen nennt und die in einer seltsamen altertümlichen Sprache daherkommen. Unser Deutsch war aber auch merkwürdig, weil wir uns nur über bestimmte Dinge unterhielten, die meistens sehr abstrakt waren, und mir fehlten viele Wörter, die ich auch in der Schule nicht lernte. Natürlich ging ich auf eine deutsche Privatschule, und später wurde ich nach Deutschland geschickt und kam dann am Bodensee in ein Internat. Obwohl ich schon seit zehn Jahren nicht mehr in Syrien lebe, ist mein Deutsch nicht fehlerfrei, und ich habe einen eigenartigen Akzent. Das weiß ich wohl. Ich komme mit dieser Sprache nicht klar, obgleich ich mehr Literatur gelesen habe als die meisten Leute in diesem Land. Ich möchte begreifen, doch das gelingt mir nicht. Vielleicht habe ich die ersten Jahre nur dieses märchenhafte Küchenarabisch gelernt, womöglich von der Kinderfrau sogar Korea-

nisch, der Vater war ja nie da, aber ich kann mich daran nicht erinnern. Meine Mutter hatte auch immer viele Pflichten. Sie starb, ohne dass ich sie wiedersah, als ich im Internat war, an einer unerklärlichen Krankheit. Vielleicht war es ein Aneurysma, das wurde nicht untersucht. Mein Vater ging dann in den Vorruhestand, noch ehe es in Syrien gefährlich und die deutsche Botschaft geschlossen wurde, und zog sich in irgendein schwäbisches Kaff zurück, wo ich ihn niemals besuchte. Womöglich hatte er dort seine Wurzeln. Er hatte die Schnauze voll von der Politik und war von Grund auf verbittert. Umso erstaunter war ich, als ich im vorigen Jahr las, er habe sich, zusammen mit einigen ehemaligen Kollegen, Diplomaten, die aus Syrien ausgewiesen wurden, in die Auseinandersetzungen zwischen dem syrischen Regime und Aufständischen eingemischt und dabei sogar etwas bewirkt.«

»Hast du als ein Kind viele Freunde gehabt?«, fragte Sarah mit schwerer Zunge. Ihre Zunge war zu groß, und sie hing ihr manchmal aus dem Mund. Wenn sie es bemerkte, leckte sie sich die Oberlippe.

Er lachte. »Bestimmt nicht. Das heißt, ich war mit einem unserer Fahrer befreundet, das war mein Lieblingschauffeur. Er hieß George, er kam aus Europa, und er konnte einigermaßen Deutsch. Ich habe ziemlich viel Zeit in seiner Karre verbracht, und er ließ mich auch fahren. Also nicht unbedingt in der Stadt, aber auf dem Botschaftsgelände. Du wirst es nicht glauben, aber ich fuhr als Kind eine schwarze Luxuskarosse, eine Mercedeslimousine, fast so prächtig wie die von Doktor Müller.«

»Toll«, sagte Sarah. »Das war dein Freund. Hat er dir auch Geschichten erzählt?«

»Nein. Nie. Wir haben kaum geredet. George war ungefähr ein halbes Jahrhundert älter als ich. Das stand schon zwischen uns. Außerdem durften meine Eltern nicht wis-

sen, dass er homosexuell war. Ich habe das ziemlich schnell gemerkt. Dass mit ihm was nicht stimmte. Er hatte immer so komische Kumpel, die er im Auto heimlich mitnahm. Für mich hat er sich aber, was das anging, nicht interessiert. Er hatte nichts mit Kindern. Daran habe ich damals natürlich nicht gedacht. Ich wusste davon nichts. Ich wusste überhaupt nichts von Gefühlen. Später war ich auch mit einem Kind befreundet, mit einem kleinen Jungen, der sieben Jahre jünger war als ich. Das war am Bodensee. Ich war schon Oberstufe, er kam ganz neu in Klasse 5. Wir haben uns im Orchester getroffen, er spielte ganz zauberhaft und wie besoffen Geige. Aber er kam im Internat nicht klar. Irgendwie haben die ihn dort schikaniert. Chris war ganz klein und dünn und überhaupt kein richtiger Junge. Ich habe damals geboxt. Ich habe so gut geboxt, dass ein Schlag gegen die Schläfe tödlich sein konnte …«

Er durfte an diesem Punkt nicht weiter. Niemals. Obwohl es nicht der Schlag war, der den Sportlehrer getroffen hatte. Er hatte Doktor Maier geheißen, er war promoviert gewesen wie Doktor Müller, warum auch immer, und sie hatten seinen Namen beim Training mitsamt dem Titel genannt. Doktor Maier war eine Autorität. Er brachte ihm das Skifahren, das Kraulen und das Boxen bei, das waren Disziplinen, die nur die Sportlichen schafften. Wer dazu nicht taugte, hatte es bei Doktor Maier verscherzt. Der kleine Chris floh in die Hügel, um dort heimlich Geige zu spielen. Das war schon lächerlich genug. Nicht, dass jemand etwas gegen das Erlernen von Instrumenten gehabt hätte. Im Gegenteil. Aber doch nicht so! Chris malträtierte die Geige wie ein Zigeuner. Das gehörte sich nicht. Und wo hatte er das eigentlich her? Dieses Fanatische, Geniale. Es war befremdlich. Chris hatte ein unergründliches Talent. Bis er die Geige nahm und sie entzweibrach. Er wollte so sein wie die anderen. Er wollte den Anforderungen des Sportlehrers genügen. Das war der Tag, an dem Doktor Maier starb. Und an dem er, Martin, aus dem Orchester ausschied.

Sarah drehte sich sacht auf die Seite. Sie war eingeschlafen, und er trug sie hinüber in ihr Zimmer. Fischers Bett war noch unberührt. Tamir zog ihr die Jeans aus und deckte sie sanft zu. Dann ging er zurück, entkleidete sich bis auf die Unterhose und schlüpfte unter die Decke. Er las Isaac Rosa, »Das Leben in Rot«, einen Roman, den er zufällig im Haus gefunden hatte. Es ging um die Franco-Diktatur in Spanien. Tamir las den Satz: »Eine blutende Wunde über der Augenbraue, das ist es, was wir mit Gewissheit von Professor Denis berichten können, möglicherweise ein letztes zuverlässiges Lebenszeichen von ihm, so wurde er zuletzt gesehen von den Leuten, die ihn – mal abgesehen von denen, die ihn verhaftet haben, falls er verhaftet worden ist, und den hypothetischen neuen Nachbarn und Freunden in seinem ungewissen Exil – möglicherweise als Letzte zu Gesicht bekamen.«[8]

Darüber fand Tamir in den Schlaf. Er träumte von den Seehasen am Kaiserbrunnen.

5

»Man kriecht nicht in den Staub, wenn man sich entschuldigt. Man kehrt nur zur Normalität zurück.« Tamir sah ihn von der Seite an. Fischer zog den Reißverschluss seines Anoraks hoch. Ohne sein Handy fühlte er sich schutzlos und isoliert, doch Giulia hatte ernst erklärt, welche Gefahr damit verbunden sei, es zu benutzen. Dass Tamir Kontakt zu Fischer aufgenommen hatte, war der Gegenseite (wer immer das war) vermutlich bekannt. Sobald man das Handy orten konnte, ergab sich eine Spur. Tamir durfte aber erst mal nicht gefunden werden.

Es war noch früh und sehr kühl, dabei schon vollständig hell. Der dicht bewölkte Himmel wirkte hinterleuchtet. Über den Hügeln hingen Nebelschwaden, über dem Meer war die Sicht klar. Die Wellen züngelten flach, es rauschte verhalten. Zu zweit liefen sie den fast verlassenen Strand entlang. Vereinzelt kamen ihnen Hundebesitzer entgegen und Jogger.

»Ich habe mich entschuldigt«, erwiderte Fischer, der diskret sein wollte. Weil er nicht gleich die richtigen Worte fand, redete er um den heißen Brei herum. »Ich möchte, dass du mit meiner Schwester verantwortungsvoll umgehst. Respektiere sie gefälligst und achte ihre Würde. Und ihr ganz besonderes Recht auf Selbstbestimmung. Du wirst schon selbst herausfinden, was das heißt.«

Er dachte daran, wie sein Vater ihn als Kind genannt hatte, wenn er unfolgsam war: Lumpazivagabundus. Das war ein böser Geist, der zur Lumperei verführte. Justus hatte voller Angst in den Spiegel geschaut, ob man ihm die Verwandlung schon ansah, ob ihm an den Schläfen vielleicht Hörner wuchsen. Er wusste nicht, warum ihm das jetzt gerade einfiel.

»Wie ist dein Verhältnis zu deinen Eltern?«, fragte Tamir, als könne er Gedanken lesen. »So gut wie zu deinen Großeltern? Beide sind sehr weise. Deine Großmutter besitzt die Klugheit des Herzens. Niemand wird ihr das nehmen können. Und dein Großvater ist einfach über und über ein Bildungsbürger.«

»Du meinst, durch und durch.« Fischer lachte. »Wie kommst du darauf?«

»Ich habe die beiden besucht.«

Was Wunder. Aber Fischer wunderte so langsam gar nichts mehr. Er erzählte hastig, fast atemlos. »Ich habe einen Stall voller Geschwister, wir wären zusammen sieben, zwei sind tragisch ums Leben gekommen, einmal ein plötzlicher Kindstod, ein andermal war ich selbst daran schuld, da war ich noch ziemlich klein, aber das haben mir die Eltern wohl nie verziehen, und so bin ich hauptsächlich bei Opa und Oma aufgewachsen. Mit meinem Vater verbindet mich so gut wie gar nichts. Meine Mutter macht mir ab und zu Vorwürfe. Sie war mir schon immer ziemlich fremd. Dafür habe ich zu meinen drei Schwestern ein enges Verhältnis.«

»Du hast noch Brüder?«

»Einen«, sagte Fischer. »August.«

Damit war dieses Thema erschöpft, und sie stolperten stumm nebeneinander her. Der nasse, grobkörnige, löchrige Sand schluckte ihre unebenen Schritte. Fischer trug Leichtwanderschuhe, Tamir Chucks. Sie mussten völlig durchweicht sein.

»Und bei dir?«, fragte Fischer. Erwartungsgemäß gab Tamir keine Antwort. Jetzt wird er mich fragen, weshalb ich Pfarrer geworden bin.

»Kann ich dich mal was ganz Spezielles fragen?«

»Freilich.«

»›… sondern erlöse uns von dem Bösen.‹ So heißt es doch in eurem Gebet, nicht wahr? Was ist das, dieses Böse?«

Fischer seufzte. Er hatte lange nicht mehr gestottert, und er fürchtete, dass ihm jetzt die Sprache wegblieb. »Das ist eine zentrale Bitte im Vaterunser. Dort sitzt das Böse nicht allein in den Gedanken, sondern es steht für eine leibhaftige Person: Diávolos, den Teufel, den Satan, Beelzebub, für Luzifer als den gefallenen Engel, der gegen Gott rebelliert. Der Teufel widersetzt sich dem göttlichen Ratschluss und wirkt dem in Christus begründeten Heilswerk entgegen.«

»Und, glaubst du an diesen Teufel?«

»N… n… nein.« Fischer schluckte. »Für mich gehört das Böse einfach zum Menschsein dazu. Es ist die Gottesferne, die ja auch zu unseren Freiheiten zählt. Einen Widersacher der Schöpfung braucht es dafür nicht. Zumindest keinen, der ein eigenes Gesicht hat. Das ist aber nur meine ganz persönliche Meinung. Es entspricht nicht dem Katechismus der katholischen Kirche. Wie ist das bei euch im Koran?«

»Ich verstehe nicht viel davon. Es gibt da die Dschinn, aber die stellen, meine ich, keine sehr ernste Gefahr dar.« Tamir bückte sich und hob eine Muschel auf. Es gab nicht viele davon. Diese war fast handtellergroß, sie hatte die Form einer Mariengrotte und schillerte in vulvaartigen Violetttönen. »Und wieso sagst du: ›bei euch‹? Ich habe nie behauptet, dass ich Moslem bin.«

»Was bist du dann?«

»Ich bin nichts«, sagte Tamir und blickte sich um nach der Sonne. »Wir müssen zurück. Giulia geht mit mir in Porto Santo Stefano zu einem Rechtsanwalt.«

Fischer ahnte, es brachte nichts, ihn auszufragen. Tamir würde immer genau das preisgeben, was er richtig fand.

Nie war es in der Toskana schöner als im Oktober. Wenn die Saison fast final war und die Aschefarben der Landschaft nach einem kurzen Regenguss im Licht ein letztes Mal aufglommen, war das eine satte, sommergetränkte Frische, die reifer und voller war als im April. Der Himmel war dunkelblau, der Sand braun. Das Meer streckte und spannte sich wie ein glänzendes Laken. Alles wurde nochmals verjüngt und beseelt. Und erstrahlte im matten Schein der schon leicht aufgerauten Sonne. Ehe am Abend die Schatten wuchsen, die in eine sternenklare Nacht übergingen und am Morgen als Nebelwände hinter den Felsen aufstiegen.

Nach dem Mittagessen, *pranzo*, das sie auf der Terrasse einnahmen, hielt Müller einen Vortrag, der praktisch wieder da ansetzte, wo er im August des vergangenen Jahres geendet hatte. Mit dem Unterschied, dass seitdem einiges passiert war. Die beiden Frauen hatten gekocht und machten nun, um Sarahs Aussage nach Maßstäbe zu setzen, die Küche sauber, Tamir, der keine Silbe über den Anwaltstermin am Vormittag verloren hatte, kochte Kaffee, und so blieb nur Fischer als Zuhörer übrig.

Während der Exorzismus in Deutschland, Österreich und der Schweiz nur noch selten angewandt werde, so Müller, erfreue er sich in Italien wieder stetig wachsender Beliebtheit. Gerade in der Toskana ließen sich deutschsprachige Befreiungsdienste nieder, die von dämonisierten Spezialurlaubern tapfer frequentiert würden. Das – meist gut getarnte – Einwirken von bösartigen Fremdeinflüssen könne zur Beeinträchtigung vieler Bereiche und Funktionen des menschlichen Körpers bis zur völligen organischen oder seelischen Zerrüttung führen. Diese Symptome würden nicht länger als Folge einer psychischen Störung gewertet, sondern als eine Art Schädlingsbefall von außen. Dieser Markt werde vom Klerus befeuert. Infolgedessen entstehe an den

Bilderbuchstränden der Maremma ein Teufelsaustreibungstourismus, den Papst Benedikt XVI. entfacht habe und der von Franziskus weiter geschürt werde. Gläubige strömten demnach im Herbst in Tagungsstätten und Hotelburgen, das Gebet von Papst Pius X., dem Heiligen, im Gepäck, der 1904 ein Dekret erlassen habe, wonach ein vollkommener Ablass für die Sterbestunde gewährt werde, wenn nach aufrichtiger Reue mit wahrer Liebe zu Gott die Worte gesprochen wurden: »Herr, mein Gott, schon jetzt nehme ich jede Art des Todes, wie es Dir gefallen wird, mit allen ihren Ängsten, Leiden und Schmerzen von Deiner Hand mit voller Ergebung und Bereitwilligkeit an.«

»Rechnen die denn damit, beim Exorzismus-Ritual ums Leben zu kommen?«, fragte Fischer fassungslos. Nachdem ihn Müllers Monolog zunächst gelangweilt hatte, faszinierte ihn diese Wahnwelt allmählich doch.

»Horch!«, rief Müller, der wie gewohnt keine Antwort gab und Fischer turnusmäßig wieder duzte. »Ich erzähl das, um dir zu verraten, wieso ich mitgefahren bin. Sprich, ich bin da an was dran. Das ist aber eine komplett andere Baustelle. Du kennst doch Sabine Wagner und die Gerhardts?«

»Das sind Mitglieder meiner Gemeinde. Oder zumindest aus dem Umfeld.«

»Du wirst staunen«, sagte Müller. »Ich nehm dich heute Abend mit. Sie machen das dort immer am ersten Freitag des Monats. Aber behalt es bitte bei dir.«

Dann stand er auf und fuhr mit Fischer zum Baumarkt. Müller war mit seinem beigefarbenen Leinenanzug nicht ganz passend gekleidet, Fischer trug Jeans und ein schwarzes Hemd. Beide waren in angeschlagenem Zustand in die Toskana gekommen. Nun wirkten sie entspannt und heiter. Die anstehenden Aufgaben schienen sie zu beflügeln. Giulia hatte ihnen eine elend lange Liste mitgegeben. Sie sollten Werkzeug, diverse Putze und Farben kaufen. Bevor die Innenwände frisch gerichtet werden konnten, musste aber erst der Elektriker kommen. Giulia hatte ihn auf Montagmorgen bestellt. Ebenso den Dachdecker. Am Wochenende machten sie sich an die Sockel der Außenwände.

Da sie auf dem Monte Argentario nicht fündig wurden, weder in Porto Santo Stefano noch in Orbetello, bretterten sie mit dem schwarzen Mercedes über die Strada Provinciale, die das Nordende der Halbinsel mit dem Festland verband. Der Tombolo della Giannella war etwa sechs Kilometer lang, zu beiden Seiten der Nehrung zog sich das Buschwerk in einem satten Grün. Dann ging es auf der Strada Statale 1, der Via Aurelia, an Albinia vorbei weiter gen Norden. Als sie Grosseto erreichten, war es halb drei.

»Mitten in der Siesta«, sagte Fischer.

Müller lachte. »Doch nicht bei Obi. Der ist globalisiert.«

Wie blöd, dachte Fischer, wenn man ohne Handy und Navi auskommen muss. Überhaupt ohne Internet. Giulia hatte verfügt, dass die Geräte bis auf Weiteres ausgeschaltet blieben. »Kriegen wir das Zeugs überhaupt alles rein in deine Karre?«

»Wir lassen liefern«, meinte Müller.

Eine gute Stunde später waren sie unterwegs nach Monticello Amiata, in ein 500-Seelen-Dorf auf einem malerischen Hügel am Fuß des Monte Amiata, des höchsten Bergs der Toskana. Mit 1.738 Metern war er nochmals 1.000 Meter höher.

»Ein Vulkanberg«, sagte Müller. »Wir waren dort schon zum Skilaufen.«

Sie nahmen die SS223 und hatten den Zielort in einer Dreiviertelstunde erreicht. Monticello lag 50 Kilometer entfernt im Landesinnern und gehörte zur Provinz Grosseto. Sie fuhren durch den historischen Ortskern bis zur Kirche. Die

Chiesa di San Michele Arcangelo hatte einen zierlichen Glockenturm und stammte aus dem 13. Jahrhundert. Müller ließ den Daimler vor dem Portal stehen, wo er zwar nichts verloren hatte, was er aber am sichersten fand.

»Da parkt normal bloß der Pfarrer.« Fischer spürte eine gewisse Solidarität mit seinem Amtsbruder. Er hatte in Konstanz das gleiche Platzproblem und gönnte sich daher bloß einen Smart.

»Das juckt keinen toten Bären. Leider sind wir eine Woche zu früh dran.« Im Gehen zeigte Müller auf ein großes buntes Plakat vor der Kirchenmauer. »Nächstes Wochenende ist hier die traditionelle Festa della Castagna.«

»Das Kastanienfest? Findet das nicht überall in der Toskana statt?«

»Vielerorts schon. Aber ob es uns auf der Insel erreicht? Ich esse zu gern gebrannte Maroni.«

Sie kamen an einem schmalen Hauseck mit einem Brunnen vorbei. In den Putz eingelassen war ein Bild von der Madonna mitsamt dem Jesuskind. In einer Bar tranken sie am Tresen einen Espresso und ein Wasser. Müller zahlte. Er geleitete Fischer zu Fuß aus dem Ort, durch die verwinkelten Pflastergassen und an den gemauerten Feldsteinhäusern vorbei zu einem niedrigen Tor. Ein befestigter Weg führte in Serpentinen den Hang hinunter. Zwischen dem rissigen Asphalt wuchs Gras, ringsumher wucherten Wiesen, Weiden und Macchia. Die Sicht war spektakulär. Man überblickte weite, weich geschwungene Hügelketten in mannigfachen Grün-, Braun- und Ockertönen, dahinter erhob sich im graublauen Dunst der Monte Amiata. Es war ein schier endloses Panorama. Die tiefstehende Sonne schien. Der fast wolkenlose Himmel strahlte und verlor sich am Horizont in ein ungewisses Blau, als läge darunter ein ewiges Meer.

»Ganz schön warm.« Fischer schwitzte und krempelte die Hemdsärmel hoch. »Fast wie im Sommer.«

»Der wärmste Teil des Tages ist vorbei.« Müller blickte auf die Uhr. »Wir sind früh dran. Prima. Der erste Termin ist um sechs.«

»Wo müssen wir eigentlich hin?«

»Du wirst schon sehen. Von Vorteil ist jedenfalls, wenn uns keiner sieht.«

Fischer fragte sich, woher Müller sich hier so gut auskannte. Und was er vorhatte. Klar war, dass er mit dem Seligsprechungs- und Teufelsaustreibungskommando des Vatikans, das Fischer im letzten Sommer anwerben wollte, immer noch irgendwie zu schaffen hatte. Vermutlich leitete er als freier Mitarbeiter wieder irgendeine Kommission. Fischer hatte keine Ahnung, wie solche Organisationen strukturiert waren. »Was treibst du eigentlich? Ich meine, als Gerichtspsychiater?«

»Das weißt du doch.« Sie waren diesmal wohl definitiv beim Du angekommen. Müller fasste Fischer vertraulich am Unterarm. »Meine Schwerpunkte liegen in der Tötungs- und Sexualdelinquenz, da geht es dann gewöhnlich um die strafrechtliche Schuldfähigkeit, also die Verantwortlichkeit hinsichtlich der Paragrafen 20 und 21 StGB, um die Unterbringung in der Psychiatrie oder speziell in der Entwöhnungstherapie in einer Entziehungsanstalt gemäß Paragraf 63 StGB und Paragraf 64 StGB und um die Anordnung der Sicherungsverwahrung gemäß Paragraf 66 StGB.«

Das hatte Fischer ziemlich wörtlich schon mal gehört. Es klang wie auswendig gelernt. »Machst du als Freiberufler auch noch etwas Freudvolleres? Arbeitest du beispielsweise immer noch für den Heiligen Stuhl? Für die Oberschicht der Katholen? Oder bekämpfst du sie inzwischen? Ich meine, für wen müssen wir denn jetzt da hin? In wessen Auftrag?«

Müller schwieg. Sie nahmen eine weitere Haarnadelkurve. Ein älterer Mountainbiker kam ihnen entgegen. Er schnaufte und grüßte mit *salve*. Fischer las es ihm von den Lippen ab.

»Ich habe gedacht«, sagte Fischer, »wir seien wegen Tamir hier.«

»Du bist wegen dir hier«, entgegnete Müller. Es fehlte bloß noch, dass er sagte: wegen deinem Seelenheil. »Wenn du schiffen musst, mach es jetzt.«

Müller stellte sich an den Wegrand und pinkelte. Sie passierten einen spärlich belegten Parkplatz und bogen in einen überwachsenen Pfad ein, der durch ein Gestrüpp führte. Sie liefen scheinbar im Kreis. Dann standen sie plötzlich davor.

»Da drin finden die Zusammenkünfte der Internationalen Kathoanalytischen Vereinigung statt«, erklärte Müller. »Sie wird begründet von mehrfach promovierten Ordensschwestern. Die kommen aus Süddeutschland, Österreich und der Schweiz und praktizieren so was wie psychoanalytische Magie. Nur ist ihr Urvater nicht Freud, sondern der heilige Franziskus, und ihr Allheilmittel ist die Dreifaltigkeit.«

»O je, dieser Tempel ist ja eine waschechte Westplatte.« Fischer zeigte darauf und musste lachen.

Das Tagungsgebäude war ein weißer Bungalow im Bauhausstil. Es hatte wenige große Fenster und war umgeben von Buchsbäumen auf Marmorklötzen. Fischer und Müller gingen hundert Meter über die stoppelgrüne Wiese auf die Rückseite zu. Die Ränder waren bekiest, weshalb Müller versuchte, seine Schritte zu dämpfen, als er die spaltbreit geöffnete Terrassentür aufschob. Fischer folgte ihm ins Innere. Der Bau wirkte verlassen. Sie traten in einen geräumigen Vortragssaal mit Parkettboden und etwa hundert leeren Stühlen. Neben dem Rednerpult stand ein mannshohes Bouquet aus Sonnenblumen und Gladiolen. Dahinter hing ein hölzernes Kreuz. Es roch süßlich und nach Staub. Nach

Müller durchquerte Fischer den Raum. Ihre Schritte hallten. Am Ende eines schmalen Flurs betraten sie ein düsteres Kabuff. Darin stand ein Schaltpult mit zwei Schreibtischstühlen. Nach außen hin war es fensterlos. Durch eine wandgroße Scheibe blickte man in die Nachbarkammer, die einen Wohnbereich simulierte. Sie war mit Sofa, zwei Sesseln und einem Tisch möbliert, auf dem ein dickes ledergebundenes Buch lag. Sonst gab es nichts, keine Bilder, keine Blumen, nicht mal ein Kissen oder ein Kreuz. Fischer begriff, dass die Scheibe verspiegelt war und dass sie sich im Supervisionsraum eines mikrofonierten und mit Kameras ausgestatteten Therapiezimmers befanden. Man konnte hineinsehen, aber nicht zu ihnen heraus. Müller drehte den Schlüssel im Schloss, machte die Aufzeichnungsanlage an und gab Fischer einen der zwei bereitliegenden Kopfhörer.

»Da… da… das machst du nicht zum ersten Mal«, sagte Fischer. »Warum ni… ni… nimmst du mich mit?«

»Weil ich einen Zeugen brauche. Einen geistlichen Zeugen. Wir schneiden das mit.« Müller setzte seinen Kopfhörer auf.

Fischer tat es ihm nach. »Sind diese Leute gefährlich?«

Müller zeigte stumm auf die gegenüberliegende Tür, die langsam aufging. Sabine Wagner wurde von zwei Ordensschwestern in die Kammer begleitet und zur Sitzecke geführt. Sie wirkte ausgezehrt. Ihr hellbrauner Pagenkopf war zerzaust, das Harmonische und Perfekte ihres Gesichts kaputt, ihre Ausstrahlung hin. Die Augen glühten fanatisch. Sie nahm auf dem Sofa Platz, die Schwestern auf den beiden Sesseln links und rechts. Sie trugen einen knöchellangen schwarzen Habit mit einem schwarzen und einem weißen Schleier, der Haare und Hals vollständig bedeckte. Beide waren noch jung – Fischer schätzte sie auf maximal Mitte dreißig – und vermutlich eher rotblond. Eine hatte Sommersprossen, die andere treue veilchenblaue Augen, die Fischer seltsam bekannt vorkamen. Sie wirkten eher kalt und unheimlich und nicht gerade mediterran.

»Es ist gut, dass du den Weg zu uns gefunden hast«, meinte die Linke, sommersprossige, die sich mit Schwester Agatha vorstellte. Sie trug den schwarzen Schleier und hatte einen alemannischen Akzent, den sie sich vermutlich in der Schweiz geholt hatte.

Agatha von Catania, dachte Fischer, eine Märtyrin. Sie hatte die Jungfräulichkeit um des Himmelreiches willen gelobt und ließ sich die Brüste abschneiden. Ihr heiliger Schleier brachte nach ihrem Tod den Lavastrom des Ätna zum Stillstand.

»Frau Gerhardt hat mir empfohlen, mich an Sie zu wenden.« Sabine Wagner strich den ziemlich züchtigen Rock über den Schenkeln glatt. »Die Gerhardts haben mich auch im Wohnmobil mit hierhergebracht.«

»Schwester Reinhild wird dich nach unserem Kennenlernen zum Hotel begleiten.« Agatha zeigte auf ihre Kollegin mit dem weißen Schleier, der sie als Novizin auswies.

Noch eine Märtyrin. Reinhild von Westerkappeln wurde von ihrer Mutter ermordet.

»Wir wohnen auf dem Camping Lucherino«, erwiderte Sabine Wagner.

Agatha nickte. »Jetzt erzähl uns, was dich bedrückt, Sabine. Aber vorher wollen wir beten und Jesus Christus bekennen, und die Kirche, die Braut Christi. ›Wenn man Jesus Christus nicht bekennt‹, und jetzt spreche ich die Worte unseres Heiligen Vaters, ›bekennt man die Weltlichkeit des Teufels, die Weltlichkeit des Bösen‹. Franziskus hat in diesem Zusammenhang Léon Bloy zitiert: ›Wer nicht zum Herrn betet, betet zum Teufel.‹«

Sie falteten die Hände und stierten stumm vor sich hin.

Nach einer Minute schlug Reinhild das Buch auf und las: »Der Herr, der eure Sünden weggenommen und eure Verfehlungen vergeben hat, ist imstande, euch vor den Listen des Teufels, der gegen euch kämpft, zu schützen und zu behüten, damit der Feind, der gewohnt ist, Sünde zu erzeugen, euch nicht überrasche. Wer sich Gott anvertraut, fürchtet den Teufel nicht. ›Ist Gott für uns, wer ist dann gegen uns?‹«

»Amen«, sagte Agatha.

»Ich fühle mich von fremden, zerstörerischen Kräften gelenkt, die nicht ich sind und die von mir Besitz ergriffen haben«, eröffnete Sabine. Sie erzählte von einem smarten Herrn im schwarzen Filzmantel, mit dem Fuß eines Rappens und einem garbenseildünnen Schwanz, der mit farbigem und silbrigem Geschmeide bestückt sei und eine Haube trage. Er schwinge eine lange Peitsche, mit der er sie geschlagen habe. Er flüstere ihr obszöne Flüche ein und versuche, sie zum Verhungern zu bewegen. Sie nestelte in ihrem Rucksack und legte eine Phantomzeichnung auf den Tisch. Agatha und Reinhild beugten sich interessiert darüber.

»Lächerlich«, raunte Müller.

»Nein«, sagte Fischer, »das ist der Überlinger Hänsele. Er ist leider raum- und inzwischen wohl auch zeitunabhängig von seiner eigentlichen Bestimmung unterwegs.«

»Das würde die Zunft nie zulassen.«

»Natürlich nicht. Aber ein paar schwarze Schafe gibt es immer.« Fischer schluckte. »Im Übrigen symbolisieren die Hänsele tatsächlich den Teufel. Damit erschrecken sie die Leut. Ich weiß, wovon ich spreche, Peter. Am Fasnetssamstagabend sind mir selber zwei begegnet.«

Müller prustete vor Lachen und hielt sich erschrocken den Mund.

»Der Teufel hat mich entführt und von mir verlangt, dass ich meinen Zwillingen bei lebendigem Leib das Herz aus der Brust reiße.« Sabine schluchzte. Dann ging mit ihr zumal die Fantasie durch. »Ich fürchte, dass mein Vater dahintersteckt. Er hat seinen Samen gespendet und sich damit gegen Gottes Schöpfung versündigt. Als Spenderkind bin ich verflucht. Das muss ich nun ausbaden und leiden.«

Daher weht also der Wind, dachte Fischer. Er musste pissen.

Agatha schaute auf das Display ihres Smartphones. »In der Heiligen Schrift steht, nach Johannes: ›Ihr habt den Teufel zum Vater und ihr wollt das tun, wonach es euren Vater verlangt. Er war ein Mörder von Anfang an. Und er steht nicht in der Wahrheit; denn es ist keine Wahrheit in ihm. Wenn er lügt, sagt er das, was aus ihm selbst kommt; denn er ist ein Lügner und ist der Vater der Lüge. Mir aber glaubt ihr nicht, weil ich die Wahrheit sage.‹«

»Und was ist die Wahrheit?«, fragte Sabine.

»Wehr dich gegen deinen Vater.« Agatha erhob sich. »Töte den Teufel. Steh auf und töte ihn.«

Die Eltern Gerhardt, sportliche Endvierziger im Outdoor-Outfit, suchten ihren abgängigen Sohn Christopher in der Toskana. Auf den Sitz der Schwestern waren sie gestoßen, weil eine letzte Spur ins benachbarte Arcidosso führte. Beide waren beseelt von dem Gedanken, dass Christopher vom Teufel besessen sei, und in Abwesenheit wurde er ihm ausgetrieben. Sie hatten sein goldgerahmtes Foto dabei. Es zeigte einen mageren, bartlosen Buben in Baggy Jeans und mit Basecap, der präpotent grinste. Mit seiner Zahnspange sah er aus wie zwölf, war aber schon achtzehn. Es war bereits die wiederholte Sitzung, und Agatha, die nun allein war, wirkte vergleichsweise energielos und schlapp. Sie hatte mittlerweile ihr ganzes Pulver verschossen, da es Sabine Wagner erst noch zu rekrutieren galt, die Gerhardts waren ja schon treue Kunden. Agatha brachte Plattheiten aus der Bibel an wie die, der Satan habe die ganze Erdkugel verführt und durch ihn seien

Sünde und Tod in die Welt gekommen. Durch seine endgültige Niederlage werde die Schöpfung von der Verderbnis der Sünde und des Todes befreit. Wieder kam sie auf Johannes zu sprechen: »Wir wissen: Wer von Gott stammt, sündigt nicht, sondern der von Gott Gezeugte bewahrt ihn und der Böse tastet ihn nicht an. Wir wissen: Wir sind aus Gott, aber die ganze Welt steht unter der Macht des Bösen. Wir wissen aber: Der Sohn Gottes ist gekommen und er hat uns Einsicht geschenkt, damit wir Gott den Wahren erkennen. Und wir sind in diesem Wahren, in seinem Sohn Jesus Christus. Er ist der wahre Gott und das ewige Leben. Meine Kinder, hütet euch vor den Götzen!«

Den Gerhardts tat das Gebet sichtlich wohl, und sie erhoben sich erleichtert, um die Fürbitten zu sprechen.

»Wehrt euch gegen den Dämon eures Sohns!« Agatha breitete die Arme aus und blickte beide fest an. »Tötet den Teufel. Steht auf und tötet ihn.«

Als sie den Teufelsaustreibungstempel verließen, ging es gegen acht. Draußen war es stockdunkel und zog. Der Wind pfiff durchs Geäst. Die bleiche Sichel des abnehmenden Mondes schielte zwischen den Wolken hindurch. Man erhaschte keinen einzigen Stern.

»Und was ist jetzt daran so schlimm?«, fragte Fischer, der ausdauernd gegen einen Baum pisste. »Die waren doch ganz lieb miteinander. Kein Fixieren, kein Schlagen, kein Auspeitschen, keine sexuelle Gewalt. Keiner ist irgendwo festgebunden oder an ein Kreuz genagelt worden. Die Kunden kommen freiwillig und dürfen wieder fort. Es spricht doch nichts dagegen, dass man den Teufel tötet. Hast du im Übrigen deine Aufzeichnungen?«

»Freilich. Du wirst es kaum glauben«, meinte Müller, der, die Hände in den Hosentaschen, breitbeinig hinter ihm stand.

»Doch in erster Linie geht es gar nicht um die Handhabung bestimmter Verfahren. Das Problem liegt woanders. Der Kurie missfällt vor allem, dass Frauen sie anwenden. Kirchenrechtlich sind sie ja Laiinnen, zumal diesem kathoanalytischen Orden sowieso was Amateurmäßiges anhaftet. Deshalb sollen seine Praktiken verboten werden.«

»Dann geht es also nicht darum, dass Scharlatane Geld scheffeln? Als Teufelseintreibungskampagne?«

»Nein«, sagte Müller. »Zumindest wäre mir das nicht bekannt. Für den Vatikan ist es völlig in Ordnung, wenn psychisch kranke Menschen lieber besessen sein wollen als austherapiert, behandlungsresistent und heillos verrückt. Oder wenn sich ansonsten rational handelndes Volk von Geistern manipuliert fühlt und sich vom lieben Herrgott helfen lässt. Oder von der Macht Mariens. Ich wundere mich eh, dass die hier noch keine Rolle spielt.«

»Stimmt.« Fischer knöpfte den Hosenschlitz zu und nickte. »Der Gedanke ist mir auch schon gekommen.«

Müller fasste ihn an der Schulter, um ihn zum rechten Pfad zurückzuführen. »Wie gesagt, der römisch-katholische Exorzismus ist in Italien wieder aktiv. Allerdings soll er von männlichen Machtstrukturen kontrolliert werden, und Mutter Maria wäre ein großartiges Gegengift. Wenn ich die Kathoanalytikerinnen beraten dürfte, würde ich die Madonna als Keule gegen das Verbot schwingen.«

Erneut fragte sich Fischer, welche Rolle Müller spielte. Welche Perspektive er einnahm. »Jetzt mal im Ernst. Ob mit oder ohne Muttergottes, schädlich ist das in jedem Fall. Der Glauben, der hier vertreten wird, ist ziemlich destruktiv. Er orientiert sich an der Höllenlehre von Gut und Böse. Die Dämonen werden auf Teufel komm raus noch weiter entfesselt.« Fischer seufzte. »Aber muss man diesen Blödsinn deshalb verbieten? Manche Gläubigen schreien förmlich danach. Es ist ihnen offenbar ein Bedürfnis. Dass das wieder erstarkt, daran sind auch wir schuld. Die linksliberalen und grün orientierten Katholiken in Deutschland, zu denen ich zähle, akzeptieren ja nicht einmal mehr den Kontakt zu den armen Seelen. Wir glauben an die Wirksamkeit des vollmächtigen Gebets, das es zu erstreiten gilt, negieren aber die Kraft einer satten Verfluchung. Wir predigen das Jenseits und halten uns beharrlich im Diesseits auf. Damit verharren wir im Habhaften, was nicht den Bedürfnissen unserer katholischen Kundschaft entspricht.«

»Das ist unterm Strich aufklärerisch«, meinte Müller. »Das Positive und Positivistische als die Bekräftigung des Bestehenden.«

Fischer verstand nicht, was er meinte, widersprach aber schon aus Prinzip. »Eben nicht. Auch das Übel will seinen Platz auf der Welt. Das Schlechte will bekämpft werden. Das Dunkel erleuchtet. Das Rätsel gelöst. Die Sünde vergeben. Das ist Dialektik. Und im Übrigen, diese Gerhardts sind ja so was von überlenkt. Wir sollten versuchen, ihnen zuvorzukommen und diesen Christopher zu finden. Alles andere ist Mumpitz.«

Das Wetter schlug vollends um. Es stürmte und fing dann an zu nieseln. Sie kämpften sich durch das dunkle Gestrüpp und stolperten die Kurven hinauf nach Monticello. Auf dem Weg zur Kirche kamen sie am Agriturismo Banditella vorbei, vor dem zwei Frauen standen. Sie hatten Plastiktüten auf dem Kopf und näherten sich eilig. »We're Jewish, we're Jewish, we need help!«, riefen sie.

Müller rannte ihnen, Fischer im Schlepptau, zu Hilfe.

Eine der Jüdinnen deutete auf die gewaltige Eichentür. »It's Sabbat, we can't press the button.«

Müller ließ sich instrumentalisieren und drückte den Klingelknopf. Die andere Jüdin erklärte, sie seien aus Tel Aviv und warteten schon geschlagene zwei Stunden.

Die Tür ging auf, die beiden bedankten sich überschwänglich.

»Ich wusste gar nicht, dass der Sabbat schon am Freitagabend beginnt«, meinte Müller.

»Bei Sonnenuntergang«, sagte Fischer. »Es ist ein sogenannter Rüsttag.«

Ein auf deutsch stammelnder Russe taumelte die Gasse hinunter und nuschelte etwas von einer »Wodkarauschscheiße«. Er passte überhaupt nicht ins Bild und machte die Szene noch surrealer. Er wirkte wie das Omen bei der Divination. Fischer streifte intuitiv die ungute Vorahnung, dass der Knaller noch auf ihn wartete. Der Daimler stand unversehrt im funzeligen Laternenlicht neben der Kirche. Auf dem Rücksitz saß die rothaarige Reinhild. Weiche Locken umschmeichelten sanft ihre Schultern. Bis auf das goldene Kreuz um ihren Hals war sie nackt, ihr elastischer junger Körper war bezaubernd, breite Hüften und knospende Brüste, der kalte Schweiß duftete, und aus den Händen und der Seite rann Blut. Fischer erkannte sie an den treuen veilchenblauen Augen. Sie hatte den Blick starr an die Decke geheftet.

Wieder fuhren sie auf der SS223 über Grosseto. Es regnete. Weil er nicht fotografiert werden wollte, hielt sich Müller sklavisch an jede Geschwindigkeitsbegrenzung. Fischer saß bei Reinhild auf dem Rücksitz, wischte ihr die unterm Pflaster hervorquellenden Blutstropfen vom Handrücken und fühlte den flatternden Puls. Der Pulsschlag war ziemlich hoch, aber ihre Hände wurden langsam wieder warm. Müller, der schließlich Arzt war, hatte sie untersucht und ihren Zustand für bedenklich, aber unkritisch befunden. Sie sei, sagte er, transportfähig. Erst als er am rechten Brustkorb einen Druckverband angelegt und die Hände mit Pflaster versorgt hatte, sah er, dass auch die Fußrücken bluteten. Er verband sie. Dann hüllte er Reinhild in einen Häkelteppich aus grellbunten Wollresten, den er aus dem Kofferraum geholt hatte, und fuhr los. Sie hatte die Augen jetzt geschlossen und ihr Atem ging stoßweise und rasselnd. Vielleicht schlief sie. Oder sie war nicht bei Bewusstsein. Jedenfalls war sie nicht ansprechbar.

»Wir sollten sie in ein Krankenhaus bringen«, sagte Fischer zum wiederholten Mal.

»Die glauben uns diese Story nie«, wandte Müller ein. »Zumal mein Italienisch kaum besser ist als deines.«

Als sie Marina erreichten, war es viertel elf. Sie durchquerten den menschenleeren Ort und parkten gegenüber dem Ristorante. Im »Da Roberto« brannte noch Licht. Fischer sprang aus dem Auto. Die Tür war offen. Im Lokal war immer noch aufgestuhlt, die Stühle standen zum Saubermachen umgedreht auf den Tischen, nur die Essecke in der Nische war hergerichtet. Darauf lagen zwei Gedecke. Sie waren für Fischer und Müller bestimmt. Die anderen hatten offenbar schon gegessen.

Giulia kam aus der Küche. Sie wischte sich die Hände an einer Schürze ab. »Wir haben uns wahnsinnige Sorgen gemacht. Wieso kommt ihr so spät? Was ist los?«

»Wir haben eine junge Frau dabei, eine Deutsche. Jemand hat sie in Müllers Auto verfrachtet. Sie ist mit Drogen vollgepumpt oder was weiß ich. Außerdem ist sie verletzt. Sie hat mehrere blutende Wunden und braucht medizinische Versorgung.«

»Tamir und Sarah machen am Meer einen Nachtspaziergang. Ich denke, sie kommen zurecht.« Giulia band sich die Schürze ab, schlüpfte in eine Jacke und lief nach draußen.

Inzwischen war Reinhild aufgewacht und stierte stumm vor sich hin. Ihre Stirn glänzte schweißnass. Im bleichen Licht des Daimlers war ihr Gesicht weiß wie der Mond.

Ihr entwich ein fauchender Laut, ihr Atem roch faulig. Ihr Kinn zitterte.

»Sie steht unter Schock«, sagte Müller, »aber vermutlich versteht sie uns.«

Fischer setzte sich wieder zu Reinhild auf den Rücksitz, er nahm ihre Hand, die jetzt nicht mehr blutete, aber fiebrig heiß war. Giulia stieg vorn ein, Müller fuhr los, zum Ospedale Civile San Giovanni di Dio in Orbetello.

Das Krankenhaus lag in der Via Lungolago dei Pescatori 1, fast direkt am Wasser. Es war ein lang gestreckter, funktionaler zweistöckiger Bau, der im rechten Winkel angeordnet und mit hohen Metallstäben umzäunt war. Zwei Pfleger kamen mit einer Trage heraus, auf der sie Reinhild festgurteten. Müller und Giulia begleiteten sie, Fischer wartete im Wagen. Er schmeckte das Meer, er hörte sein Salz und roch sein Rauschen, es war alles verkehrt und er musste eingenickt sein, denn als die beiden wiederkamen, schien es ihm, als sei keine Zeit vergangen.

»Ich habe an der Kirche vergessen, das Auto abzuschließen«, erklärte Müller beim Einsteigen. »Das passiert mir manchmal.«

Fischer wusste nicht, ob das stimmte, aber er ließ es gelten. Es war am einfachsten so. »Was ist jetzt?«

»Sie schläft«, sagte Giulia. »Sie haben Reinhild in einen Kittel gesteckt und ins Bett gelegt. Mehr wissen wir nicht. Wir haben drinnen gewartet, aber sie haben uns nichts gesagt. Sie haben nicht einmal unsere Personalien aufgenommen. Sie haben nur meinen Namen und mein Festnetz notiert. Wir sollen morgen wiederkommen.«

Auf dem Rückweg brachten sie Giulia in Marina zu ihrem Häuslein, dann fuhren sie zurück zum »Da Roberto«. Als Fischer nach oben in sein Zimmer ging, lag Sarah schlafend in ihrem Bett. Er hatte seit dem Mittag nichts mehr gegessen und spürte plötzlich, dass er Hunger bekam. Also warf er seine Jacke auf den Stuhl, ging nochmals nach unten und stieß in der Küche auf Müller. Er stand am Herd und briet Spiegeleier. Giulia hatte die letzten Schätze des Gartens geplündert und reichlich eingekauft. Auf der Anrichte lagen Zwiebeln, Tomaten, Schnittlauch, Oliven, Käse und Speck.

»Wie viel Zeit ist es?«

»Nach Mitternacht.« Müller schüttelte den Kopf. Er schlug noch zwei Eier in die Pfanne. In der Tat sah er schon viel gesünder aus als noch vor ein paar Tagen. Er hatte etwas Farbe bekommen und seine Bewegungen wurden runder. Von seiner alten charismatischen Ausstrahlung war er noch meilenweit entfernt, doch sein Gesamtbild wirkte mit jeder Minute harmonischer. Die Vorkommnisse belebten ihn. Er sprach mit fester, feiner Stimme. »Menschenskind, das ist echt ein Ding. Im Mittelalter waren vereinzelt auch Männer betroffen. Heutzutage passiert das wohl wirklich nur noch Frauen. Na ja, Pater Pio mal ausgenommen. Als er vor 50 Jahren in den Himmel kam, schien das Phänomen ausgestorben zu sein.«

»Wovon sprichst du?«

»Von den fünf heiligen Wundmalen des Erlösers am Kreuz, den Stigmata, die sich auf wundertätige Weise am Körper der Novizin wiederfinden. Hast du das nicht gesehen?«

»Ich hab ihr das Blut abgewischt. Sie war nackt«, sagte Fischer. »Wieso hat man ihr alle Kleider ausgezogen?«

»Jesus war auch nackt. Na und? Das Einzige, was mich stört, ist die Frage, wieso ihre Stirn unverletzt blieb.«

»Hä?«

»Die Dornenkrone. Sie fehlt.«

»Pater Pios Kopf war auch intakt.« Fischer holte das Brot aus dem Kasten und brach es. »Äußerlich zumindest.«

Müller wandte sich um und zuckte die Schultern. »Diese Stigmata sind sicher mit Schmerzen verbunden. Die Verletzungen sind therapieresistent, keimfrei und regulieren sich selbst.«

»Woher weißt du das?«

»Das hat uns die blutjunge Ärztin in der Notaufnahme erklärt. Sie sagte, sie könne keine Anzeichen einer äußerlichen Gewalteinwirkung erkennen. So hat Giulia mir das jedenfalls übersetzt. Ich konnte es, ehrlich gesagt, auch nicht, aber ich habe mit Erster Hilfe auch kaum Erfahrung.«

»Wieso war diese angehende Medizinerin so altklug? Wie kam sie darauf? Ich meine, Stigmata sind doch kein Gegenstand für eine seriöse Wissenschaft.«

»Hast du eine Ahnung. Stigmata treten als psychosomatische Symptombildung im Zuge intensiver religiöser Fantasien auf. Sie entstehen spontan, ohne Manipulation, bei manchen Unterhautblutungen tritt das Blut wie hier direkt über die unverletzte Haut aus. Das kannte ich vorher aber bloß aus dem Lehrbuch. Gesehen habe ich das noch nie. Es ist auch extrem selten.«

»Erstaunlich.« Die zwei Gedecke lagen immer noch auf dem Tisch. Fischer holte Wein und Wasser. »Natürlich weiß ich, was ein Stigma ist. Aber bei der Stigmatisation handelt es sich offenbar um eine mystische Erfahrung, der ich als Geistlicher nicht so recht folgen kann. Keine Ahnung, was diese Reinhild umtreibt. Und welch ein Zufall, dass ein mutmaßlicher Behördenleiter des Heiligsprechungskommandos vor Ort ist.«

»Stigmata sind kein Kriterium für eine Heiligsprechung«, erwiderte Müller gekränkt. »Von den über 500 Betroffenen, die seit dem 13. Jahrhundert bekannt sind, wurde nur eine Handvoll selig- oder heiliggesprochen.«

»Um was geht es dann?«

»Um die engste Gefolgschaft Jesu. Um das Sinnbild der Vereinigung mit dem gekreuzigten Gott und der Identifikation mit seinem Martyrium.«

»Grundgütiger Himmel«, sagte Fischer. »Perfekte Terminologie. Chapeau, Genosse. Da fragt man sich, wer wahrhaft katholisch ist. Ich oder du.«

Müller gab die Spiegeleier auf die Teller und streute Schnittlauch darüber. »Das ist doch Bruch, Justus. Ich glaube diesen Mist nicht. Ich bin, unter anderem, Psychoanalytiker.«

Fischer wurde wieder einmal bewusst, dass es nichts nützte, ihn zu fragen, was er vorhatte und in wessen Auftrag er unterwegs war. Müller gab nur das preis, was er wollte. Da war er noch schlimmer als Tamir. Schweigend begannen die beiden Männer zu essen.

Als Fischer am Samstagmorgen aufstand und gegen halb neun in die Küche kam, saß Tamir lesend am Tisch und aß ein Gsälzbrot. Obwohl es kühl war, trug er zu den Jeans nur ein weißes T-Shirt und Flipflops. Er roch nach Zimt. Sarah kochte am Herd einen Kakao. Sie hatte ein weiches, hellbraunes Herbstkleid an, das ihr die Mutter schon vor ein paar Jahren genäht hatte und das ihr etwas zu weit war, weil sie abgenommen hatte. Sie stand ruhig da und rührte mit fließenden Bewegungen im Topf, ohne die üblichen Tics und das Gehopse und Theater, das sie meistens um ihre Verrichtungen machte. Schließlich drehte sie sich zu Fischer um, stellte sich auf die Zehenspitzen und gab ihm einen Kuss aufs Kinn.

»Magst du Frühstück, willst du, Justus?«

»Ich fahre gleich mit Müller in die Stadt, wir trinken irgendwo einen Kaffee«, meinte Fischer. »Aber eine Tasse Kakao nehm ich gern.«

Tamir sah auf. »Zu spät. Peter ist schon fort.«

»Er ist vor fünf Minuten da raus«, sagte Sarah und zeigte zur Tür.

Dieser Idiot, dachte Fischer. Er will das mit der Novizin allein regeln. Vermutlich gehört Reinhild jetzt ihm. Da ist dann nichts zu machen. Fischer atmete tief durch. Er beschloss, sich aus sämtlichen Sachen rauszuhalten. Müller machen zu lassen. Nicht in Sarah zu dringen, nicht in Tamir. Offenbar gab es im Hinblick auf die beiden keinen akuten Handlungsbedarf. Sarah wirkte ausgeglichener und stabiler als sonst, sie hatte, seit Tamir aufgetaucht war, noch keinen einzigen Krampfanfall gehabt. Fischer fragte sich, ob das daran lag, dass sie tatsächlich mit ihm schlief. Er konnte sich das kaum vorstellen, und er versuchte, sich keine Details auszumalen. Möglich war es schon. Es gab allerdings keinerlei Anzeichen auf einen Missbrauch, Sarah ging es gut, das war augenfällig, und natürlich hatte sie einen Anspruch auf ihre eigene Sexualität – sogar mit einem Mann, der nicht behindert war. Vielleicht tat Tamir ihr einfach nur gut. Fischer fühlte eine Welle von Wärme und Zuneigung. Und von Hilflosigkeit. Er konnte ihm allenfalls seinen Schutz anbieten. Und die ungefähre Nähe zu seiner Schwester. Man würde beizeiten sehen, was dabei herauskam. Was Behördengänge und so weiter anging, musste das sowieso Giulia regeln. Erst mal wollte man warten. Am Wochenende ging sowieso nichts.

»Was steht heute an?«, fragte Tamir.

»Wir suchen einen jungen Mann«, sagte Fischer, der beschlossen hatte, die Geschichte mit Reinhild auf später zu verschieben. Sarah und Tamir mussten jetzt nicht gleich erfahren, was passiert war. »Er heißt Christopher Gerhardt, ist achtzehn und hat ein Einser-Abitur mit mehreren Preisen absolviert. Er trinkt keinen Alkohol, nimmt keine Drogen und wurde zuletzt vor Wochen in Arcidosso gesehen.«

»Wo ist das?«, fragte Tamir. Er blickte halb von seinem Buch auf. Sein Blick war seltsam verhangen.

»Mit dem Auto sind das eineinhalb Stunden von hier, im Landesinnern.«

»Stell ich mir schwierig vor.« Sarah goss den Kakao in drei weiße Schalen und stellte sie auf den Küchentisch. »Wir haben kein Auto, kein Handy, und wir können kein Italienisch.«

Wo sie recht hatte, hatte sie recht. Fischer grinste. »Wetten, dass demnächst seine Eltern hier aufschlagen? Sie gehören neuerdings zu meiner Gemeinde, aber richtig gefallen tun sie mir nicht. Der Sohn wird schon seine Gründe haben. Angeblich sind sie in rasender Sorge um sein Seelenheil, aber vielleicht steckt noch etwas anderes hinter seinem Verschwinden. Ich könnte wetten, die wissen mehr, als sie zugeben.«

»Wie kommst du darauf, dass sie uns hier besuchen?« Tamir schlug sein Buch zu und sah Fischer jetzt aufmerksam an.

»Sie sind sowieso in der Toskana. Die wollen Unterstützung von mir. Und ich wette, Müller hat ihnen den Tipp gegeben. Was auch immer er sich davon verspricht.«

»Du hast jetzt dreimal eine Wette gemacht.« Sarah lachte auf. Sie lief mit erhobener Hand zu ihm hin.

Fischer hob ebenfalls die Hand und klatschte sie ab. Dann nahm er die volle Biomülltüte aus dem Mistkübel und knotete sie zu. Im Garten gab es zwar einen Komposthaufen, aber der war nur für ökologisch einwandfreie Speiseabfälle. Was die Schweine mochten, nahm Maria mit, der Rest wanderte in die Tonne. »Bin gleich wieder da.«

Vor der Tür parkte der Daimler. Daneben wurzelte Müller. Auf dem Rücksitz saßen, bei heruntergelassenen Scheiben, ein Mann und eine Frau. Die Eltern Gerhardt. Sie hatte parallel das gleiche Schicksal ereilt, und nun hatten sie das, was Reinhild am Vorabend gefehlt hatte: zwei unverkennbare Stigmata im Kopfbereich. Bei beiden lief ein schmaler Faden aus Blut und Hirnflüssigkeit aus der rechten Schläfe. Ihre Münder standen offen und ihre Augen stierten ungläubig und staunend geradeaus. Sie waren entweder genagelt oder durch saubere Kopfschüsse hingerichtet worden. Müller hatte mal wieder seinen Mercedes nicht abgeschlossen.

»Bleib du da weg!«, bellte der.

Fischer trat ein paar Schritte zur Seite. Wieder mal merkte er, dass er nichts über Peter Müller wusste. Gar nichts. Das Meer entzog sich im Dunst, verschmolz mit dem Himmel.

Auf dem Festnetz riefen sie Giulia an, die fünf Minuten später eintraf. Mit dem Alfa raste sie nach Porto Santo Stefano und kam eine halbe Stunde später, gefolgt von einem Polizeiauto, zurück. Fischer hatte Tamir und Sarah nach oben geschickt, verbunden mit der Bitte, gut aufeinander aufzupassen. Sarah sollte die beiden Toten nicht sehen, damit sie nicht traumatisiert wurde, Tamir, um nicht als Zeuge befragt zu werden. Müller stand die ganze Zeit wie angewurzelt neben seiner Luxuskarosse, bis er plötzlich von einem der beiden Polizisten angebellt wurde. Es klang nach einer theatralischen Kaskade aus Anklagen und Beschimpfungen.

»Sie haben doch wohl um Himmels willen nichts angefasst?« Giulia stand mitten auf der Straße und übersetzte.

Aus dem Cinquecento stieg rechts ein stämmiger Carabiniere mit drei Sternen an der Uniform. Er war Mitte, Ende 40, hatte volles schwarzes, leicht angegrautes Haar und seine Augen glänzten murmelblau. Seine milchig weiße Haut war übersät mit Sommersprossen. Er gab Fischer und Müller die Hand: »Capitano Gabriele Calabrese.«

Eine junge blonde Polizistin sprang vom Fahrersitz. Sie hatte ihre Haare hochgesteckt, machte ein strenges Gesicht und trug einen dunkelblauen Hosenanzug. Es war Signor Cazzottos Tochter.

»Sofia Cazzotto!«, rief Fischer. »Grüß Gott! Vielleicht erinnern Sie sich. Im letzten Sommer habe ich Ihnen die Beichte abgenommen.«

Sofia erbleichte und wirkte noch etwas schmallippiger. Fast augenblicklich zog sie die Hand zurück, die Fischer freudig drückte. Calabrese runzelte die Stirn. Nachdem die Carabinieri den Fundort mit den Leichen in Augenschein genommen hatten, wurde ausgiebig und aufgeregt telefoniert. Dann saßen sie im Cinquecento und tranken Kaffee aus der Thermoskanne. Sie blieben wie angenagelt sitzen und mussten kein einziges Mal aufs Klo. Sie verzichteten auch auf Vernehmungen. Zweieinhalb Stunden später rückte auf dem Landweg eine Anti-Terror-Spezialeinheit an, die Gruppo di Intervento Speciale, die ihren Sitz in Livorno hatte. Die Carabinieri der GIS kamen in drei Geländewägen der Marke Land Rover Defender und hatten, wie Calabrese stolz ausführte, als Handfeuerwaffen neben der Beretta und der Glock auch die HK MP7 im Gepäck, eine süddeutsche Maschinenpistole aus dem Hause Heckler & Koch. Sie trugen Flecktarnanzüge mit einem bordeauxroten Barett. Mit etwa 20 Mann sperrten sie im Dauerlauf das Gelände ab, fotografierten, filmten und sicherten Spuren.

Müller und Fischer, die noch immer kein Mensch befragt hatte, wurden angewiesen, sich ins Ristorante zu begeben und sich dort zur Verfügung zu halten. Giulia war längst bei Tamir und Sarah im ersten Stock.

»Niemand hat versucht, sich den Opfern zu nähern und sie gegebenenfalls wiederzubeleben«, sagte Fischer, der am Fenster stand, als nach einer weiteren halben Stunde endlich ein Notarzt eintraf, gefolgt von zwei Leichenwägen.

»Du kannst Gift darauf nehmen, dass sie mausetot waren«, erwiderte Müller. »Ich hab sie gefunden, kurz bevor du aus dem Haus kamst. Da war alles schon passiert.«

»Du bist sicher, dass du nicht mit ihnen durch die Dörfer gefahren bist?«

»Absolut sicher.« Müller tigerte auf und ab.

Fischer sah zu, wie man die Leichen offenbar nach Sprengstoff untersuchte, ehe sie aus dem Auto gehievt wurden. Er war fassungslos. »Und wieso machen die jetzt so einen Aufriss? Das ist doch nicht anders wie bei uns, das sind doch sichtlich Gorillas, die normalerweise den Terrorismus bekämpfen und Geiseln befreien, wenn hochrangige Regierungsmitglieder mal wieder dem Organisierten Verbrechen in die Hände gefallen sind. Warum schicken die eine Eliteeinheit mit einer vergleichsweise geringen Personalstärke, die sonst nur die allerschwierigsten Operationen durchführt?«

»Weil das eine extrem schwierige Operation ist«, sagte Müller. »Wer steckt da dahinter, wenn nicht die OK?«

»Die OK?«

»Organisierte Kriminalität.« Müller blieb breitbeinig mitten im Raum stehen, die Hände in den Hosentaschen. Er grinste gallig.

»Und was machen wir jetzt?«

»Was schlägst du vor?«

»Wollten wir nicht die Außenwände ausbessern und die Sockel neu verputzen?«, fragte Fischer.

Sie hatte schier gar ein ganzes Leben lang ihre Homosexualität verdrängt. Nicht wegen ihrer Familie, die ihr zu wenig bedeutete. Auch nicht wegen ihrer kargen Freundschaften, die sie kaum pflegte. Nicht wegen einer verborgenen Scham oder einer Loyalität den Eltern gegenüber. Sie tat es wegen dem Amt. Eine Lesbe galt in den 1970er-Jahren, und da hatte sie Karriere gemacht, noch als Risiko. In einem Jahrzehnt, in dem die Frauenbewegung obsiegte und selbst Göttinmutter lesbisch wurde, hätte sie sich angreifbar gemacht. Ihr war der Beruf wichtiger als die Neigung. Die konnte sie auch noch später ausleben, mitsamt ihrer Leidenschaft, den Hexen, denen sie sich stets nahe gewähnt hatte. Diese Rechnung ging, wie sie nun erfahren musste, nicht auf. Man konnte ein verpasstes Leben nicht nachholen. Aber mit dem Eintritt ins Rentenalter hatte sie sich vor über 15 Jahren geoutet. Nicht ihrer Tochter gegenüber, die in Florenz ein prekäres Dasein fristete, an der Hand eines Zahnarztgatten, der sie betrog und den sie verlassen musste, zum Nachteil der beiden Kinder. Aber im Kreis der ehemaligen Kollegen, mit denen sie sich weiterhin regelmäßig traf. Sie waren ihre Familie. Isolde war noch lange nach ihr im Dienst. Niemand erfuhr, dass dies ihre Liebe war, obwohl sie bei den Meetings mit dabeisaß. Sie schwieg, bis auch Isolde ausschied.

Man akzeptierte das. Man redete aber nicht darüber. Man tat, als sei es nie anders gewesen. Man redete ja sowieso kaum mal von früher. Die Montagsmeetings fanden nicht statt, um sich zu beweihräuchern. Um sich früherer Taten zu brüsten oder aber zu hadern. Da war null Nostalgie. Es gab diese regelmäßigen monatlichen Treffen, weil man gut essen, gut trinken und zusammen sein wollte. Weil man eine Familie war. Man redete über Bücher, Politik, den Urlaub. Seltener über die Familie, Schicksalseinbrüche oder Krankheiten. Diese intimen Themen hatten auch früher kaum eine

Rolle gespielt. Sie gehörten in die abgespaltene Privatwelt. Wenn man sein Leben zweigleisig verbracht hatte, war das eine Gleis am Ende ungleich breiter. Sie blieb in der Welt des LfV verhaftet, doch längst ohne jeden Anschluss an die Gegenwart. Was die Gemeinschaft zusammenhielt, war in den letzten drei Jahrzehnten des vergangenen Jahrhunderts geschehen, und man hielt sich an eine Art Schweigegelübde. Das zeitigte eine irritierende Nähe zu den Resten der RAF, in die man im großen Maßstab hineingefunkt hatte und die sich wohl ähnlich konsequent verhielt.

Hannes Zweigle war ihr bester Mitarbeiter gewesen und fast wie ein Sohn. Sie hatte ihn aufgebaut und geführt, sie hatte ihm zugehört und Ratschläge gegeben, bis er ihr in den Ruhestand folgte. Als auch er nicht mehr ins Amt ging, wurden ihre Begegnungen zwangloser, aber nicht seltener. Seit einiger Zeit allerdings machte er ihr ernsthaft Sorgen. Er war auf bedenkliche Weise nach rechts gerückt. Womöglich wurde er senil, obwohl diese Erklärung altershalber nicht gerade zwingend wirkte. Dafür war er einfach noch zu jung. Es musste einen anderen Grund geben. Hannes konnte nicht loslassen. Darin unterschied er sich von den andern. Er hielt sich für die einzige Instanz, die noch übrig war, und er war begierig darauf, sich auf unlautere Art fortzuentwickeln. Er plante etwas. Irgendeine Schweinerei. Oder hatte sie bereits in die Tat umgesetzt. Sie glaubte, dass es mit Tamir zu tun haben könnte. Der war nicht zufällig ins Büro ihrer Tochter gestolpert und hatte sich nach Deutschland mitnehmen lassen. Schlau wäre es, wenn sie in die Toskana fuhr und sich diesen jungen Mann vorknöpfte. Gemeinsam mit Isolde.

Hannes hatte seltsame Freunde. Komische Kontakte hatte er immer gepflegt. Beispielsweise über seine Bundesbrüder. Sie verabscheute schlagende Verbindungen. Das war die Gegenwelt der guten Göttinnen, die eine Art Ursuppe der

Hexen abgaben. Von Isis, Hera bis zum entsinnlichten Geist Mariens, sie hatten verwerfliche Strömungen abgeschmettert. Die Himmelsschwestern würden über die Bundesbrüder siegen. In deren Gefolge wollte sie kämpfen, aber wie? Nein, sie würde Isolde nicht mitnehmen. Isolde war eine praktische Hand. Sie parierte. Eine echte Ideengeberin war sie nicht. Sie konnte sich nur auf sich selbst verlassen.

Ein Dorn im Auge war ihr Sigrid Gerhardt, die rechtspopulistische Bürgermeisterin von Wengen, einer kleinen Ortschaft am Bodensee, mit der Hannes vor ein paar Jahren angebandelt hatte. Und mit ihrem Mann, Karl-Heinz, der Historiker war und Journalist. Die Gerhardts waren eine Generation jünger, sie hatten von nichts eine Ahnung, spukten aber überall mit. Plötzlich fiel es ihr ein. Hannes hatte irgendwas von Italien erzählt. Sie rief beim Wengener Rathaus an und erfuhr, die Gerhardts seien in die Toskana abgereist. Bingo. Vielleicht gab es da irgendeinen Zusammenhang.

Sie tätigte einige Telefonate. Sie hatte noch ein paar Kontakte zur GTAZ-Arbeitsgruppe »Aufklärung des islamistisch-terroristischen Personenpotenzials«. Diese befasste sich mit relevanten Personengruppen und potenziellen Rekrutierungs- und Unterstützungsstrukturen. Außerdem wurde dort die Nutzung möglicher Synergieeffekte analysiert, hinsichtlich behördlicher Ressourcenbündelung, insbesondere im Hinblick auf Internetrecherche und islamwissenschaftliche Beratungs- und Übersetzungskapazitäten.

Sie hatte die Terminologie noch drauf. Doch niemand wollte ihr, der Pensionärin, irgendwelche Auskünfte erteilen. Ihre Fragen, die sie mit der gleichen Kompetenz und Autorität stellte, die sie immer gehabt hatte, wurden einfach abgeschmettert. Nicht einmal freundlich ignoriert. Man begegnete ihr mit jener Nichtachtung, die man Individuen entgegenbrachte, die nichts zu sagen hatten. Die belanglos waren. Die man übergehen konnte. Wenn sie wenigstens eine Kraft gewesen wäre, die von außen kam, die man ausgrenzen konnte, die man bekämpfen, gegen die man sich abschirmen musste. Doch nicht einmal das. Sie war einfach nichts mehr wert, eine Null. Sie war lange genug nicht mehr dabei, um damit klarzukommen. Weh tat es trotzdem, zumal es jetzt um etwas ging, was weit Wichtigeres beinhaltete als die eigene Eitelkeit.

Sie konnte an die alten Strukturen nicht mehr anknüpfen. Das brachte sie zurück zum Thema Hannes, der sich wohl auch nur noch an den äußersten Rändern bewegte. Er bekam ebenfalls keine behördlichen Informationen mehr und verließ sich hauptsächlich auf sich selber. Er kreiste im eigenen Sumpf. Und verlor sich darin, weil er seine Bedeutsamkeit auf krankhafte Weise übersteigern musste, um mit dem freien Fall in die Geschichtslosigkeit des Alters klarzukommen. Wenn sie ihn richtig verstanden hatte, bildete er sich ein, die Ideologie der dritten RAF-Generation maßgeblich gelenkt zu haben. Das war mit Sicherheit wahnhaft, aber sie schloss inzwischen nicht mehr aus, dass Hannes hinter ihrem Rücken Dinge getrieben hatte, die weit über seinen Auftrag hinausgingen und über die er niemandem gegenüber Rechenschaft abgelegt hatte. Obwohl sie es nicht beweisen konnte, fühlte sie sich von ihrem Lieblingsmitarbeiter im Nachhinein hintergangen und betrogen. Dass er nun mit einem gewissen, lediglich raunenden Bekenntnisdrang Dinge kundtat, die vollkommen unangemessen und unstatthaft wirkten, Größenfantasien paarten sich mit rechtsradikalen Verschwörungstheorien, konnte mit ungesunden Entwicklungen seiner Psyche zu tun haben. Und mit einer prekären Befindlichkeit, die ihn dazu verleitete, einen frevelhaften politischen Weg einzuschlagen.

Was wusste man schon vom andern. Sie dachte daran, wie fremd ihr ihre Tochter erschien. Das Wesen, das sie einst gebo-

ren hatte. Das kleine Mensch, das aus ihr selber kam. Das einzige Geschöpf, mit dem sie einst eins gewesen und das ihr selbst entschlüpft war. Ihre Tochter war ein Einzelkind geblieben, weil sie sich mit dem Vater nicht mehr vereinigen konnte. Es kam ihr unwirklich vor, dass es überhaupt einen Vater gab. Vor Jahren war sie auf seiner Beerdigung gewesen, heimlich, sie hatte in der letzten Reihe gestanden, und keiner hatte sie erkannt. Vielleicht hatte sie einfach die Gewissheit haben wollen, dass er nicht mehr auf der Welt war. Dabei war er zuletzt umnachtet gewesen. Er war fünfzehn Jahre älter als sie, und die Demenz hatte ihn beizeiten fortgeholt. Vorher war er ein brillanter Kopf gewesen, gescheit und ein furioser Redner. Julia hatte sehr viel von ihm, auch wenn sie etwas anderes daraus machte. Sie würde ihr das offenbaren müssen, wenn sie stark genug und fair war. Jeder brauchte doch Wurzeln. Sie hatte ihrer Tochter von jeher wenig Halt geben können. Was den Alltag anging, machte sie ihr von früh auf kaum Angebote. Dafür hatte sie einfach keine Zeit. Ihr fehlte die Geduld. Die Tochter schien äußerlich robust zu sein, doch im Innern war sie zu zart. Vermutlich war sie intelligenter gewesen als viele andere Kinder, heute würde man vorschnell sagen, sie war hochbegabt. Dabei war sie bis heute nicht in der Lage, ihre Erlebnisse einzuordnen und mit ihren Gefühlen zu haushalten. Sie hatte sich nie anmerken lassen, dass sie an ihrer Tochter verzweifelte, wenn sie wieder mal in Tränen aufgelöst an einer simplen Mathematikaufgabe saß. Sie spielte die strenge, aber gerechte und liebende Mutter. Sie zwang die Tochter, sich vom Vater zu entfernen, aber selber gab sie ihr nichts.

6

Als am späten Samstagnachmittag das Glockengeläut der Chiesa di Santo Stefano erklang, erwachte Giulia aus einem unruhigen Schlaf. Sie hatte versucht, eine Siesta zu halten, und fischte nach ihrem Telefonino, das neben dem Bett auf dem Boden lag, wischte über das Display. Augenblicklich erstarb das Gebimmel. »Pronto!«

»Ich bin auf dem Weg zu dir«, sagte die Mutter.

»Das ist keine gute Idee«, erwiderte Giulia, »ich bin nicht in Florenz, sondern in Marina di Santo Stefano. Das ist weiter unten in der Maremma. Es hat hier zwei Tote gegeben. Sigrid und Karl-Heinz Gerhardt aus Wengen am Bodensee, du kennst sie nicht zufällig?«

»Was ist passiert?«

»Das wüssten wir auch gern.« Giulia gähnte und sah auf die Uhr. Es war fast halb fünf. Sie erklärte der Mutter kurz die Situation am Fundort. Sie beschrieb die beiden Leichen in Müllers Karosse, die – vermutlich von einem Profi – exekutiert worden waren. Wie das Paar da hineingekommen und wo das passiert war, blieb unklar.

»Was soll ich dazu sagen.« Die Mutter.

Nichts, dachte Giulia. Wann sagst du schon mal was. Die Sache mit Tamir war jetzt gerade mal eine Woche und einen Tag alt, und schon kannte man sich nirgends mehr aus. Und hatte mehr und intensiver Kontakt zur Mutter als in den letzten 30 Jahren. »Dann komm halt. Wo bist du?«

»Keine Ahnung«, erwiderte die Mutter. »Irgendwo kurz vor Genua.«

»Ist Isolde bei dir?«

»Nein. Ich glaube, ich sollte sie aus dieser Sache heraushalten. Wieso hast du überhaupt dein Handy an? Ihr seid nicht zufällig ins Internet gegangen?«

»I wo. Du hast mir doch eingeschärft, dass wir uns fernhalten sollen.« Giulia dachte an das schicke Café in Porto, in dem Tamir seine Mails gecheckt hatte. Vielleicht war das ein Fehler gewesen.

Müllers Mercedes war abtransportiert, und am Fundort erinnerte nichts an das, was passiert war. Keine Absperrbänder, keine Kreidestriche. Dennoch hatte der leere Parkplatz etwas Unheimliches. Giulia ging schnell hinein. Im Ristorante saßen alle bei einem extrem späten Mittagessen. Fischer und Müller sahen erschöpft aus. Von den Gorillas waren sie einzeln auseinandergenommen worden, ohne dass Giulia als Übersetzerin akzeptiert wurde. Die Spezialeinheit verfügte über eigenes Fachpersonal. Giulia wurden keine Fragen gestellt, auch von den Carabinieri nicht, und es gelang ihr, Sarah und Tamir komplett rauszuhalten. Niemand durchsuchte das Haus. Die beiden wussten wohl immer noch nicht, was passiert war. Vielleicht hatten sie nicht mal was von der Sache mit Reinhild erfahren. Sie hatten Rührei mit Tomaten und frischen Kräutern aufgetischt, es gab ungesalzenes Brot dazu, und Giulia aß den Rest aus der Pfanne. Sarah servierte eine Runde Espresso, Tamir schäumte Milch auf und kredenzte frisches Leitungswasser mit Minze aus dem Garten. Die Lage wirkte nahezu normal, und man hätte meinen können, alle seien einfach nur ein bisschen müde.

»Meine Mutter kommt«, eröffnete Giulia, die ihr Telefonino checkte. Es war aus. »Wir sollten vielleicht ein kleines Ausflugsprogramm für sie vorbereiten.«

Die Tür flog auf, und herein stapfte Alfonso Cazzotto, der Don, der dem Vernehmen nach ein Padrino der toskanischen Mafia war und eine weitverzweigte Familie unterhielt. Mitten im Raum stockte er und stand dann da wie ein Schrank. Alfonso Cazzotto war kleinwüchsig und nahm sich sehr massig aus in seinem maßgeschneiderten, aber viel zu engen Nadelstreifenanzug, der ihm bei einem entlegenen Anlass einstmals wohl gepasst hatte. Das Einstecktuch war mit dem Wappen der Toskana bestickt: ein nach links aufspringender silberner Pegasus. Alfonso sah schlechter aus denn je. Er ging gerade mal auf die 60 zu, wirkte aber wie 80. Die graue Stoppelglatze war einem falsch eingestellten Apparat zum Opfer gefallen, sein Kopf war kahl und glänzte rosafarben wie eine Qualle. Die Augenbrauen fehlten. Seine Augen waren rot geädert und entzündet, die Lider geschwollen, zerknitterte Tränensäcke hingen über den Hefeteigwangen. Sein Gesicht war eine Kraterlandschaft aus Talgdrüsenzysten, Narben, Warzen und Altersflecken. Die Nase glich einer Geschwulst. Unter der weibischen Mundpartie quoll das Doppelkinn. Alfonso schwitzte. Der Schweiß rann ihm in fetten Perlen über Stirn und Wangen. Außerdem hatte er sich wie immer nicht rasiert und stank nach Grappa.

»Vaffanculo. Che cazzo vuoi?«

»Vaffanculo«, schmetterte Sarah, sprang auf ihn zu und streckte die Hand aus. Sie hielt das offenbar für eine Begrüßungsformel.

Alfonso ignorierte sie und nestelte in der Hosentasche. Er zog ein zerknautschtes Päckchen hervor, fischte mit seinen gelben Fingern eine Zigarette heraus, steckte sie zwischen seine Blumenkohllippen, zündete sie mit einem simplen Streichholz an und warf es auf den Boden. »Ich hab dir doch gesagt, ich kann euch da nicht helfen. Was rufst du mich schon wieder an? Quatschst mir endlos auf die Mailbox …«

»Was ich möchte? Die Lage hat sich verschlimmert. Wir brauchen jetzt einen Staranwalt, da haben wir natürlich an dich gedacht«, sagte Giulia auf Deutsch und übersetzte. Im Folgenden sprach sie ein Italienisch, von dem sie annahm, dass zumindest Müller ein paar Brocken verstand. »Die Sache ist verfahren genug. Ich habe dir das Wesentliche mitgeteilt von dem, was passiert ist. Ich könnte mir vorstellen, dass nun nicht nur Tamir juristischen Beistand benötigt.«

»Selbstverständlich.« Alfonso inhalierte. Er sprach Italienisch mit allerlei lokalen Besonderheiten, in einem toskanischen Tonfall, bei dem er sich sicher sein konnte, dass nur Giulia ihm folgte. »Ich stehe in deiner Schuld. Du hast im Sommer vor einem Jahr meinem Sohn Luca einen großen Gefallen getan.«

»Das habe ich nicht!«, rief Giulia.

Alfonso lächelte sauerkrautfein. Er winkte ab. Zog an der Zigarette. Schnippte die Asche zu Boden. Tänzelte. Dann ratterte er los wie ein Maschinengewehr. Niemand außer Giulia verstand auch nur eine Silbe, und selbst sie überhörte den falschen Gebrauch der Möglichkeitsform, der im Schwäbischen seine Entsprechung hatte. »Er hat sich selber keiner Verfehlung schuldig gemacht. Aber sagen wir mal so. Er hat einen Kreis von Idioten gestreift, die ihn häben in arge Bedrängnis bringen können, wärest du nicht zugegen gewesen und häbest sämtliche Beweismittel pflichtgetreu vernichtet. Nein, nein, widersprich mir jetzt nicht. Ich habe alles punktgenau verfolgt. Nicht, dass ich dich häbe in meine Kreise aufnehmen wollen, und auch jetzt widerstrebt es mir, einer Deutschen, einer Tedesca, die Tür aufzuhalten. Andererseits. Man muss Ausnahmen machen. Gesetze verlangen danach, dass man sie übertritt. Dabei wolltest du dir gar keine Tür öffnen. Du verlangtest keinen Einlass, du hast nach moralischen Maßstäben gehandelt, die meinen entsprechen. Du hast mir eine sehr große Freude damit bereitet, dass Luca dem Einfluss der terrorinfiltrierten Katholizisten entkam. Dieser fanatischen Ichthýs-Truppe. Du hast seine Seele gerettet. Nur deshalb steht dein Ristorante mit der erbärmlichen Elektrik und dem tropfenden Gasherd noch.«

Mit offenem Mund und schreckgeweiteten Augen wich Sarah vor Alfonso zurück. Sie hatte die Hände erhoben und lief rückwärts. Tamir ging zu ihr hin und legte ihr den Arm um die Schulter. Er führte sie zu einem der hinteren Tische.

»Luca …«, begann Giulia, wurde aber derb unterbrochen.

»Apropos Luca: Ich habe ihn an einem schwarmintelligenzfernen Wohlfühlort zwischengeparkt, vertrau mir da. Meine Wirkmacht reicht an Stellen, da wird nichts mehr durchgegoogelt. Du findest ihn nie. Niemand findet ihn. Er wird erst wieder zu uns zurückkehren, wenn der Papst persönlich ihm die Beichte abnimmt. Aber er ist glücklich. Er ist Kreativwissenschaftler in einer Wissensgesellschaft, die sich um die Willkommenskultur der malariaresistenten Moskitos bemüht. Er studiert in Mailand irgendwas mit Biologie. Keine Ahnung, verstehe davon nichts. Diese neumodischen Fächer mit ihren globalen Abschlüssen sind ja so was von Dreck. Aber für Jura ist der Junge zu sensibel. Das machen keine Weicheier, sondern Männer wie wir. Ich halte Wort. Deshalb erlaube mir eine letzte, eine allerletzte Bemerkung: Du gehörst mir und ich hau euch alle da raus.«

»Ich bin kein Mann und habe mit Jura nichts am Hut. Und wenn du glaubst, ich sei dein Eigentum …« Giulia schnappte nach Luft.

Alfonso inhalierte und stieß schweigend den Rauch aus.

»Vogliono un espresso?«, fragte Fischer matt.

Wünschen Sie einen Espresso? Es war einer der Sätze aus seinem Italienisch-Reiseführer, dachte Giulia, und er war sich nicht sicher, ob er ihn korrekt wiedergab.

»Espresso.« Alfonso nickte, inhalierte ein letztes Mal, trat die Zigarette aus und setzte sich an den Tisch.

Tamir stand auf und ging zur Maschine. Sarah folgte ihm, holte eine Tasse und etwas Gebäck. Fischer und Müller hockten da, in sich zusammengesunken.

»Was redet er?«, fragte Müller. »Wie der so daherkommt, und dann schwätzt er einen Haufen Blech.«

Giulia setzte sich zu ihnen. »Er sagt«, übersetzte sie, »er werde uns helfen. Mit allen Mitteln, unbedingt. Wir können auf ihn als Rechtsanwalt zählen. In allen Belangen, die nötig sind. Über das Honorar haben wir noch nicht verhandelt. Aber er wird keines nehmen, so gut kenne ich ihn. Das Ganze ist für ihn Ehrensache.«

»Was hast du gesagt?«, fragte Alfonso.

»Dass du der Beste bist deines Fachs. Dass es keinen besseren Anwalt gibt. Weder in der Toskana noch in ganz Italien.«

»Du lügst«, sagte Alfonso und grinste gurkig. »Aber es stimmt natürlich.«

»Heiliges Weltreich mit sieben Buchstaben.« Sarah saß mit der Kopflampe über einem ihrer geliebten Kreuzworträtsel, die sie mit einer erstaunlichen Akribie über Stunden hinweg lösen konnte. »Der zweite ist ein A, der vierte ein I, der sechste wieder ein A.«

»Kalifat«, sagte Tamir.

»Quatsch«, erwiderte Sarah. »Ich hab's. Vatikan.«

Fischer lachte. Sie saßen warm angezogen am Strand, auf Stühlen in einer Reihe, die Gesichter zum Meer: Tamir, Sarah, Giulia und Fischer. Die Sonne war längst untergegangen, es nachtete allmählich ein. Müller hatte sich mit Alfonso in die Kanzlei zurückgezogen, um irgendwas Geschäftliches zu regeln und zentrale, strafrechtlich relevante Aussagen zu machen. Alfonso war keiner Fremdsprache mächtig, sein

Englisch beschränkte sich auf ein paar Four-Letter-Words. In welcher Sprache sie sich ohne sie verständigen wollten, blieb Giulia schleierhaft. Doch Alfonso hielt das Zepter fest in der Hand, und vielleicht buchte er einen Dolmetscher. Bestimmt drehte er die Dinge so hin, dass am Ende alles wieder gut war. Die Toskana ein Hort des sozialen Friedens. Die Erde eine Scheibe. Alfonso würde Müllers Aussagen so lange hindirigieren, bis sie bei der Vernehmung stimmten.

»Jetzt erzähl doch mal, wie du Alfonso findest.«

Fischer sah sie an. »Wieso bist du so wunderfitzig?«

»So halt.«

Gegen Abend waren Müller und Fischer mit Giulia und Alfonso zusammen zu den Carabinieri einbestellt worden. Die saßen in einem heruntergekommenen Zweckbau in der Via Barellai 50 in Porto Santo Stefano, ganz in Hafennähe. Giulia gab das wenige, das sie wusste, zu Protokoll. Sie übersetzte, damit auch Alfonso und Capitano Gabriele Calabrese etwas verstanden, und hatte sich als Zeugin weiter zur Verfügung zu halten. Tamir und Sarah waren von Fischer inzwischen rudimentär über die Vorkommnisse aufgeklärt worden. Mehr aber auch nicht. In den Aussagen tauchten sie nirgends auf, und Alfonso schien sie nicht bemerkt zu haben. Er sorgte ebenfalls dafür, dass sie vor den Augen der Polizei verborgen blieben. Dass die ermittelnde Beamtin Sofia Cazzotto, die ein holpriges eingeschlepptes Bayerisch sprach, rein zufällig seine Tochter war, auf die der Don ein Auge hatte, erwies sich dabei bestimmt nicht als Nachteil.

Es windete leicht, doch der Himmel klarte auf. Die Wolken verzogen sich, und morgen gegen Mittag würde es wieder warm genug werden, um kurz in die Wellen zu springen. Giulia blickte über das lilaschwarze Wasser, das seine blaugrüne und bernsteinfarbene Frische verloren hatte und sich farblich der Nacht zuneigte. Das hatte etwas Begütigendes. Sie erkannte mit einem Mal, wie mild und schön es in Marina im Oktober sein konnte. An das, was geschehen war, mochte sie plötzlich nicht mehr denken. Zumal sie nicht wusste, was genau bei Tamir und Sarah angekommen war. Richtig eingeweiht hatte sie wohl keiner. Auch Fischer nicht. Das belastete Giulia.

Sie bekam den Eindruck, dass ihr selbst die Situation mehr und mehr entglitt. An die Nacht und den Morgen erinnerte sie sich wie an einen Film, und der wurde immer entrückter und unwirklicher. Es war wie ein böser Traum, auf den man den Deckel hielt. Vor einem guten Jahr hatte sie ihren Lebensgefährten Roberto beerdigt. Aber vielleicht hatte man nur einen Sack Steine beigesetzt. Der Sarg war verschlossen gewesen, und sie hatte seine Leiche nach seinem vermeintlichen oder wirklichen Ableben nicht mehr identifiziert. Niemand, von dem sie wusste, hatte das getan. Seine Verwandten hatten am Grab nicht mit ihr gesprochen. Sie war behandelt worden wie eine Fremde. Diese Sache, in die Roberto verwickelt gewesen sein mochte, war nun vorbei. Und schon kam ein neues Ding. Aber diesmal hatte es wohl nichts mit Italien zu tun, nichts mit der Toskana. Aber wohl wieder mit der katholischen Kirche. Vielleicht brachte Müller diesen Fluch einfach mit. Giulia überlegte, dass es klug wäre, sich an ihn heranzumachen, um an ein paar hintergründige Fakten zu kommen, da fiel ihr ein, dass ihre Mutter demnächst eintraf. Und ihr wurde bewusst, dass sie aufhören musste, im Nebel zu stochern. Das hatte die Mutter noch nie leiden können.

Vielleicht lebte Roberto noch. Womöglich war er Nutznießer irgendeiner Kronzeugenregelung, vergleichbar mit der, von der die Mutter im Hinblick auf die RAF erzählt hatte; dann befand er sich jetzt in einer Art Zeugenschutzprogramm. Wahrscheinlich gab es das bei der Mafia, beim Heiligen Stuhl oder in der Basiskirche ja auch. Oder er wohnte auf der einsamen Gefängnisinsel Gorgona, der nördlichsten und kleinsten Insel des Toskanischen Archipels, inmitten der Macchia, 34 Kilometer von der Küste entfernt. Und widmete sich dort dem Weinbau, der Tierzucht und der Landwirtschaft. Dabei war Fischerei stets seine Leidenschaft gewesen. Doch damit war es nun wohl aus, denn die See war stürmisch und ein Boot eher selten. Die Insel galt als absolut ausbruchsicher. Giulia schickte manchmal Klienten da hin, die ausgefallene Wünsche hatten, war aber noch nie dort gewesen. Da sie die Insel selber gar nicht kannte, sprach sie keine echten Empfehlungen aus und nahm auch keine Buchungen vor.

Giulia rechnete damit, dass Roberto eines Tages wieder vor ihr stand. Sie wusste nicht, ob es Wahn war oder Wut. Wenn er lebte, hätte er die Möglichkeiten gehabt, ihr das mitzuteilen. Er hatte ihr das Ristorante vermacht, auf geschickten Wegen, die Alfonso eingefädelt hatte, ohne dass sie rechtmäßig erben musste und ohne dass es die Familie etwas anging. Entweder hatte er sie versorgen wollen oder er sicherte sich so seine Rückkehr. Auf jeden Fall hatte er geahnt, dass er abtauchen oder sterben musste. Von alledem wusste die Mutter nichts. Giulia verwarf sofort den Gedanken, sie einzuweihen, noch ehe er ihr voll ins Bewusstsein rückte.

Kurz vor acht fuhr Müller mit Fischer ins Krankenhaus, um endlich nach Reinhild zu sehen. Die Besuchszeit war zwar längst um, aber mit ein paar Tricks würde es schon klappen. Da sein schicker schwarzer Daimler von der Anti-Terror-Spezialeinheit, der Gruppo di Intervento Speciale, erwartbarerweise beschlagnahmt worden war, nahmen sie Giulias weißen Alfa Romeo. Tamir, der aschfahl war und erbärmliche Ringe unter den Augen hatte, wirkte übermüdet und wortkarg. Verstockt zog er sich in sein Zimmer zurück, um zu lesen.

»Falls meine Mutter auftaucht, sag ihr, wir kommen bald«, bat Giulia.

Mit Sarah blieb sie noch unten am Strand. Beide zogen Schuhe und Strümpfe aus, nahmen einander bei der Hand und wateten an der Bucht entlang durch das Wasser. Es war kalt, aber nicht eisig. Das Meer war grau und glatt. Die Wellen sangen. Ihre Schritte platschten. Manchmal machten sie ein saugendes, röhrendes Geräusch, hohl und rau. Giulia spürte, wie klein und fest Sarahs Hand war. Sie blinzelte in die Nacht, konnte aber kaum was erkennen. Bis im Süden der nächste Felsen kam, ging es etwa einen halben Kilometer.

Sarah tappte mit gesenktem Kopf neben Giulia her. »Er ist traurig«, murmelte sie. Sie ließ Kinn und Schultern fallen, ihre Arme baumelten. Dann richtete sie sich wieder auf. »Tamir hat geweint, und ich kann ihm nicht helfen. Kannst du, Giulilie? Bitte, kannst du?«

Niemand kann ihm helfen, dachte Giulia. Zumindest noch nicht. »Er will seine Ruhe. Wir müssen warten, bis er von sich aus bereit ist, mit uns zu reden.«

»Was ist in der Nacht passiert?« Sarah legte den Kopf schief und sah Giulia an. Ihre mandelförmigen Augen glänzten im letzten Licht der Nacht wie schwarze Tollkirschen. Die Unterlippe bebte ein bisschen. »Was war da los? Sag es mir, sag. Bitte, Giulie.«

»Ich weiß es nicht«, erwiderte Giulia und dachte, dass das zutreffend war. Sie brauchte nicht einmal zu lügen. »Aber vielleicht kann es uns meine Mutter erklären. Sie kommt irgendwann im Lauf des Abends hier an. Vermutlich bleibt sie ein paar Tage.«

»Wieso deine Mutter?« Sarah zog die Brauen zusammen. Ihre Augen verengten sich zu schmalen Schlitzen.

Giulia konnte das nicht sehen, aber sie kannte Sarah inzwischen so gut, dass sie ihre Mimik erahnte. »Sie war mal so was wie die Polizei. Man nennt das den Verfassungsschutz. Die lösen dort Fälle, indem sie bei Verbrechern heimlich Leute einschleusen. Da hat sie gelernt, wie man Geheimnissen auf die Spur kommt.«

»Stark«, sagte Sarah. »Dann ist sie Detektiv? Kann ich auch Detektiv sein?«

»Ich weiß es nicht. Mal sehen.« Giulia sah Sarah an und seufzte. »Es wird mir jetzt doch arg kalt an den Füßen. Komm, wir kehren um.«

Barfuß gingen sie zum Ristorante zurück. Plötzlich schlug sich Sarah mit der flachen Hand an die Kopflampe, die prompt aufleuchtete. »Wir haben Socken und Turnschuhe vergessen. Ich mach das.«

Während sie den felsigen Hang hinunterlief, der nach etwa 50 Metern zum Strand führte, nahm Giulia eine Plastikschüssel und ging in den Garten. Dort wuchsen reihenweise mehr als mannshohe Tomatenpflanzen. Es gab verschiedene Sorten. Im Zwielicht der Straßenlaternen und des Lichtscheins, der aus Tamirs Zimmer kam, pflückte sie dunkelrote und grüne San-Marzano-Tomaten und legte sie in die Schüssel. Sie dufteten intensiv und fruchtig. Diese Flaschentomaten reiften in Schüben bis in den späten Oktober. Giulia mochte sie besonders, denn sie hatten kaum Kerne und waren vielfältig verwendbar. Wenn man sie zu Soße zerkochte, entwickelten sie ein herrliches Aroma und eine wunderbar sämige Konsistenz. Als Salat wässerten sie nicht und saugten Essig und Öl auf. Auf der Pizza blieben sie fest und saftig. Ihr Fleisch zerging auf der Zunge.

»Peng!«, schrie Sarah. »Peng, peng, peng!«

Giulia schrak zusammen und fuhr herum. Sarah stolperte im Dunkeln über den Feldsteinweg, der die Terrasse mit dem Garten verband. Auf dem Arm trug sie eine mehr als rechenschiebergroße Waffe, die über einen halben Meter lang und so schwer war, dass Sarah keuchte. Der lange Lauf zielte auf Giulias Brust. Sarah kicherte klirrend. »Ich hab ein Wasserpistole. Ich spritz dich!«

»Gib das her«, sagte Giulia ohne das leiseste Zittern in der Stimme. Sie stellte die Schüssel auf den Boden, richtete sich wieder auf und streckte die Hand aus. »Los, mach schon. Das ist kein Spielzeug.«

»Bums!« Sarah tänzelte, legte den Finger an den Abzug, jauchzte und drückte ab.

»Meine Uroma war eine weise Frau. Man hieß sie eine Hexe oder Kurpfuscherin, weil sie abtreiben konnte und sich mit Verhütung auskannte. Als Hebamme entband sie und nahm auch Nottaufen vor, sie stellte sogar Totenscheine aus. Vor allem aber war sie Heilerin. Sie sammelte Kräuter, Pflanzen und Wurzeln, aus denen sie Arzneien herstellte. Tropfen und Pulver bewahrte sie in Gläsern und Flaschen auf, die ich noch Jahrzehnte nach ihrem Tod im Keller fand.« Leichthin schwätzte Giulia drauflos und erzählte Familiengeschichten, um die Ankunft ihrer Mutter vorzubereiten und sich von dem Schrecken abzulenken. Sie lächelte boshaft. »Selbstverständlich wurde die Hexe den Kamin hinaufgejagt, man hat sie erst ins Irrenhaus gesperrt und dann vergast und auf dem Scheiterhaufen verbrannt. Leider verstehe ich gar nichts von Naturheilkunde, aber meine Mutter weiß manches, sie hat eine geradezu zauberische empirische Ader, und vielleicht kann sie Reinhild ja helfen, dass sie wieder zu Kräften kommt.«

Es ging gegen halb zehn. Sie aßen auf der Terrasse, Sarah hatte hübsch gedeckt mit einem gestärkten weißen Tischtuch, dem guten Geschirr und der Kristallkaraffe. Im Leitungswasser schwamm wieder frisch gepflückte Minze. Tamir stocherte im Salat und verschmähte die Ränder seiner Pizza,

Fischer und Müller kauten bedächtig, Sarah langte zu und aß mit gutem Appetit. Sie hatte nicht begriffen, was sie verbrochen hatte, und heftig geweint. Nach einem kurzen Zornausbruch hatte sie sich von der »schlimmen Schimpfe« aber schnell erholt. Giulia, die immer noch innerlich bebte, ließ sich nichts anmerken und schöpfte noch ein paar Tomatenscheiben, die sie mit Mozzarella und Basilikum belegt und mit Balsamico und Olivenöl angemacht hatte. Sie salzte nach und drehte die Pfeffermühle.

»Sie haben sie wohl sediert«, sagte Müller. »Sie verschlief den ganzen Tag und kam auch am Abend nicht zu sich. Gleichwohl durften wir sie besuchen.«

»Reinhild war allein«, berichtete Fischer. »Niemand kam zu ihr in den Raum, auch die Nachtschwester nicht, die uns die Zimmernummer nannte. Der Empfang war nicht mehr besetzt, wir haben aber geklingelt, dann sind wir rein.«

»Sie hängt am Tropf«, erläuterte Müller. »Jemand hat ihr ein geblümtes Nachthemd geliehen. Vielleicht stammt es von einer alten Frau, die gestorben ist.«

Beide wechselten sich mit ihren Schilderungen ab, bis sich ein ziemlich genaues Bild der Lage ergab. Giulia hörte halb zu. Sie war noch immer starr vor Schreck, obwohl sie nach außen funktionierte. Sie hätte tot sein können. Auch Sarah hätte sich womöglich ernsthaft verletzt, denn der Rückstoß einer Maschinenpistole musste enorm sein. Sie hatten beide Glück gehabt, mutmaßte Giulia. Ob die Waffe gesichert oder gar nicht geladen gewesen war, konnte sie nicht beurteilen. Sie kannte sich damit nicht aus und wollte nichts riskieren. Ohne sie näher zu untersuchen, versteckte sie die Waffe unter einem Stapel Tischtücher in einer Truhe ganz hinten in der Kammer. Allerdings hatte sie alle Vorsichtsmaßnahmen der virtuellen Welt verworfen und im Internet rasch herausgefunden, dass es sich um eine HK MP7 handelte, eine Maschinenpistole von Heckler & Koch. Damit wurden in verschiedenen Ländern Antiterroreinheiten der Polizei ausgestattet sowie Truppen für den Nahkampf. Dazu zählten so unterschiedliche Staaten wie Jordanien, Südkorea, Irland, Norwegen und Malaysia. Italien gehörte nicht dazu. Auch sonst fand Giulia keine Beispiele für eine Nutzung hierzulande. In Deutschland hingegen wurde die MP7 nicht nur von der Bundeswehr verwendet, sondern auch von der Polizei: Neben den Spezialeinsatzkommandos und der GSG 9 der Bundespolizei hatte die baden-württembergische Polizei sämtliche Einsatzwägen mit der heimischen MP7 bestückt.

Über die toten Gerhardts und die Ermittlungen der toskanischen Polizei konnte im Beisein von Tamir und Sarah nicht geredet werden, also hielten Müller und Fischer die Klappe. Giulia ihrerseits traute hier keinem. Und hatte nicht vor, irgendwen am Tisch in Sarahs Fund einzuweihen. Sie musste das mit der Mutter besprechen. Die würde mutmaßen können, ob die MP7 zumindest theoretisch als Tatwaffe infrage kam und was es damit womöglich sonst noch auf sich hatte.

»Und du?«, fragte Fischer. »Wie ist es dir ergangen, kleine Schwester?«

»Ich hab ein Pistole gefunden, die war so voll mit Wasser, die war ganz schwer.« Sarah, hin- und hergerissen zwischen Geheimnis und Geständnis, stockte. Unversehens geriet sie in Not und musste stark schnaufen. Offenbar ging ihr allmählich auf, dass etwas nicht stimmte. Dass sie etwas nicht begriffen, einen Fehler gemacht hatte.

»Die arme Sarah ist furchtbar erschrocken«, fuhr Giulia schnell dazwischen. »Das graue Teil sah ja auch ganz schön böse aus. Also wirklich, mit was für martialischem Spielzeug diese toskanischen Zwergmachos heutzutage ausgerüstet werden! Ich hab das Ding unten an der Straße in die Recyclingtonne geworfen.«

»Dann wird der Winzprinz aber traurig sein.« Müller grinste.

Tamir bedachte Giulia mit einem verschleierten, kaum deutbaren Blick. Ihr Instinkt sagte ihr, dass sie ihn nur schwerlich täuschen konnte. Er wusste etwas, oder er spürte einfach, dass sie log. Müller und Fischer hingegen waren ahnungslos wie Waisenknaben. Da nutzte alle Profession nichts. Der Herr Doktor und der Herr Pfarrer waren so sehr mit sich selbst beschäftigt, dass sie das, was um sie herum geschah, gar nicht aufnehmen konnten. Sie bemerkten nicht die Unstimmigkeiten, Zwiste, Konflikte und Lügen, die sich um sie herum aufbauschten.

Als die Mutter endlich aufschlug, war es schon nach zehn. Die Mondsichel versackte hinter dem Felsen, vor dem im bleichen Licht der Straßenfunzel der alte Opel Astra auftauchte. Er war senfgelb und stammte noch vom Ende des letzten Jahrtausends. Die Mutter brauste ums Eck und bremste jäh. Anstatt einzuparken, ließ sie die verlumpte Karre einfach am Straßenrand stehen.

Giulia stürzte aus dem Haus. »Du kommst aber arg spät. Wir haben uns schon Sorgen gemacht.«

»Ich bin einiges über 80 und muss Pausen einlegen«, erwiderte die Mutter pragmatisch. Sie stieg aus, packte ihren Rucksack und nahm Giulia, die ihr über die Straße entgegenkam, kurz und sachlich in den Arm. »Wo sind denn die andern?«

»Müller und Fischer sind im Ort was trinken gegangen. Tamir sitzt in seinem Zimmer und liest, und Sarah schläft.« Giulia begutachtete staunend ihre Mutter, die eine weinrote Cordhose und ein kariertes Hemd trug. Trotz ihrer raspelkurzen weißen Haare, ihres fortgeschrittenen Alters und ihres androgynen Auftretens wirkte sie keinesfalls gendermäßig desorientiert, sondern wundersam weiblich. Ihr markantes Gesicht war im späten Licht wie in Stein gemeißelt. Giulia, die weichere Züge hatte, sah ihr nicht ähnlich, aber sie hatten beide die gleiche sportliche, nicht zu schlanke Figur.

»Du kannst deine Sachen im Auto lassen. Du musst nämlich bei mir wohnen. Hier sind alle Zimmer schon belegt. Viel Platz habe ich nicht, aber es wird schon gehen. Wenn es dir lieber ist, kannst du auch bei meiner Freundin Camilla unterkommen. Die ist im Augenblick nur nicht da, und ihr Haus liegt etwas abgeschieden.«

»Das ist nicht nötig. Ich hab mir in Porto Santo Stefano bereits ein Bed and Breakfast gemietet. Es liegt mit Meerblick mitten in der Altstadt.«

»Na dann.« Giulia schluckte. In ihre Erleichterung mischte sich das Gefühl der Unterlegenheit, das sie der Mutter gegenüber von jeher empfunden hatte. »Möchtest du etwas trinken?«

»Natürlich will ich das«, schmetterte die Mutter in ihrem bequemen, ausgelatschten Honoratiorenschwäbisch. »Ich nehme alles, egal was. Gerne was Alkoholfreies und dazu einen Kaffee und einen Schnaps. Hauptsache, es gibt keinen Trollinger.«

»Erst muss ich dir was zeigen.« Noch waren sie unter sich. Giulia beschloss, die Gunst der Stunde zu nutzen, und führte die Mutter in die Kammer zu der Truhe. Giulia öffnete sie und zog die Decke weg.

»Ah, Sound of Silence.« Ohne sie zu berühren, begutachtete diese die Waffe, die auf einem mit schwarzen Oliven und Zitronen bedruckten Baumwolltischtuch lag. Sie zeigte auf das Rohr, das auf dem Lauf saß. »Das Baby trägt einen Schalldämpfer.«

»Kann man jemandem mit so einer Maschinenpistole sauber in den Kopf schießen?«

»Allerdings. Die MP7 gilt als unübertroffen und leistungsstark. Eine sogenannte persönliche Verteidigungswaffe, ganz neu entwickelt. Sie wiegt um die zwei Kilo und hat das Kaliber 4.6mmx30. Das ist ballistisch gesehen eine kleine Gewehrpatrone. Patronengewicht und Rückstoßimpuls sind nur halb so groß wie bei der 9mmx19, der Action-1-Patrone, die wir damals benutzt haben. Für den Anti-Terror-Kampf gegen die RAF sind erstmals bleifreie Deformationsgeschosse eingeführt worden, um unbeteiligte Dritte bei Schusswechseln nicht zu verletzen. Das 4.6mm-Action-Geschoss perfektioniert das noch. Es deformiert bei Verschuss mit absolut geradem Wundkanal.« Die Mutter lächelte, als habe sie den Inhalt der Packungsbeilage eines absolut harmlosen Schlafmittels vorgetragen. »Ach, auch wenn ich schon lange nicht mehr im Amt bin, so was verfolge ich noch. Einmal Waffennarr, immer Waffennarr.«

»Aha. Beide wurden in die rechte Schläfe getroffen.«

»Dann ist das vielleicht gar kein Tötungsdelikt und schon gar keine Hinrichtung. Das deutet dann eher auf Selbstmord hin. Erweiterten Suizid.«

»Hä?« Giulia runzelte die Stirn.

Die Mutter drehte sich zu ihr um und hob den Finger. »Die hohe Dominanz der rechten Schläfenregion bei suizidaler Schussbeibringung lässt diesen Schluss natürlich nicht automatisch zu. Die Einschusslokalisation beim Schusswaffengebrauch dient in diesem Fall lediglich als Indiz für einen Suizid. Deshalb würde ich zunächst dahingehend ermitteln.«

Giulia versuchte, der Diktion der Mutter zu folgen. »Wie kam die Waffe dann runter ans Meer? Und wieso hat die Polizei den Strand nicht abgesucht?«

»Vielleicht hat sie das ja. Die Gerhardts saßen im Auto? Wer war auf der Fahrerseite? Frau Gerhardt?«

»Man fand sie auf dem Rücksitz. Es muss gar keiner gefahren sein. Möglicherweise sind sie einfach ins offene Auto gestiegen.«

»Der Schütze saß bei einem Mitnahmesuizid rechts und war Rechtshänder. Ich nehme an, es war Herr Gerhardt. Schusswaffensuizide werden meistens von Männern verübt. Vielleicht wollte er dem Halter mit der zweifachen Tötung etwas mitteilen. Oder ihn vor eine Aufgabe stellen. Was ist es denn für ein Wagen?«

»Ein schicker schwarzer Daimler. Er gehört Peter Müller, dem Gerichtspsychiater.« Staunend sah Giulia die Mutter an. »Sag mal, woher weißt du denn das alles?«

Die Mutter lächelte. Ihre jetzt grünen Augen glänzten kalt und klar. »Du weißt doch, ich bin kriminologisch bewandert. Und ich habe mich immer für Waffen interessiert. Aber es ist alles nur rein theoretisch. Selber habe ich praktisch nie eine Maschinenpistole getragen. Und ich habe noch nie eine echte MP7 gesehen. Ich kann dieses Ding« – sie zeigte mit dem Kinn auf die Monsterknarre – »nicht mal von einem originalgetreuen Nachbau unterscheiden. Es gibt die Maschinenpistole nämlich auch als Airsoft-Variante, als sogenannte Swat-Version. Die kann sich jeder Vierzehnjährige im Internet für ein paar Bucks besorgen. Es würde mich nicht wundernehmen, wenn das bloß ein Spielzeug ist.«

»Dann ist das nicht die Tatwaffe. So funktioniert kein tödlicher Kopfschuss.«

»Du wirst es nicht glauben, aber auch das ist möglich. Ich kenne einen Fall mit einem aufgesetzten Schuss aus einem Schreckschussrevolver, da wurden durch den Gasdruck die rechte Schläfenschuppe und angrenzende Großhirnareale zerstört. Aber du hast recht. Das gibt dann nämlich keine sauberen Einschusslöcher.«

»Mal was anderes«, sagte Giulia. »Werden solche MP7-Gewehre auch an den Islamischen Staat geliefert?«

»Wenn ich das richtig verstehe, bist du das Opfer einer Hexenjagd«, sagte die Mutter zu Tamir, als sie spät im Schein einer milchigen Funzel und eingehüllt in Wolldecken zu sechst auf der Terrasse saßen. Auf dem Tisch standen Weißwein und Wasser, die Mutter löffelte eine Minestrone.

»Ich weiß nicht«, erwiderte Tamir unsicher.

Sarah, die schon geschlafen hatte und von den lauten Stimmen geweckt worden war, streichelte seine Hand.

»Es ist ein illustres Setting hier.« Die Mutter musterte die Runde. »Wir sind gesamt sechs Leute aus drei Generationen, drei Frauen und drei Männer. Wir sitzen hier mit einem geweihten Vertreter der katholischen Kirche, einem Mystiker und Glaubensmann, und einem Karrieristen der modernen Medizin. Er vertritt sowohl die Psyche als auch den Rechtsstaat, also die individuelle wie die gesellschaftliche Norm. Beide sind, was ihre Haltung angeht, von ihrer jeweiligen monströsen Institution geprägt und entsprechend starr und unflexibel. Der Geist, der sie beherrscht, ist durch die Jahrhunderte und Jahrtausende zu einem Unterdrückungsinstrument für Leib und Leben geworden, zu einem teuflischen Apparat …«

»Aber«, schnappte Fischer. Er stotterte. »F… F… Frau Kerner …«

»Lassen Sie mich ausreden.« Die Mutter wischte seinen Einwand weg wie eine lästige Fliege. »Sie beide, Herr Fischer und Herr Doktor Müller, sind geprägt vom männlichen Prinzip. Mit dem Sie freilich ringen und gegen das Sie aufbegehren, aber Sie sind viel zu schwach, um irgendetwas auszurichten. Man sollte keine Kriege führen, die man nicht gewinnen kann; aber nichts anderes tun Sie unablässig. Sie sind die

Meister der Inquisition, die willigen Vollstrecker. Sie sind Teil der Macht. Dabei kämpfen Sie gegen die Kastrationsangst, Sie ringen mit der Furcht vor der alles verschlingenden Mutter. Sie verleugnen Ihre Homosexualität. Sie sind nicht bei sich. Daher werden Sie Tamir letztlich nicht helfen.«

Giulia versuchte, der Mutter ein Zeichen zu geben. Sie war dabei, sich zu vergaloppieren. Daran war der Alkohol schuld, den sie in sich hineinschüttete.

»Nur noch ein letzter Satz dazu«, fuhr die Mutter fort. »Es fehlt ja noch die andere Seite. Wir sprachen erst vom Herrschaftsdiskurs. Dem entgegen steht das weibliche Prinzip, verkörpert von Sarah, Giulia und mir. Es ist ein konträrer Ansatz, den wir drei auf unterschiedliche Weise vertreten. Er ist geprägt durch unsere Ohnmacht, die aber nicht gleichzusetzen ist mit Unvermögen. Wir handeln aus einer gewissen Chancenlosigkeit heraus, aber wir tun was. Wir sind keine Teufelinnen, sondern wesenseins mit der großen Muttergöttin.«

»Ich verstehe nicht«, entgegnete Tamir. »Wozu gehöre ich? Zu welcher Seite? Ich bin ein Mann, aber ich habe keinerlei Macht. Wenn einer ohnmächtig ist, bin ich es.«

Das Meer rauschte. Nahebei zirpte eine nachtwache Zikade. Giulia kam in den Kopf, dass ihnen vielleicht jemand zuhörte. Dass in der Nacht einer stand und lauschte.

»Wo du hingehörst? Das weiß ich nicht, und du willst es uns nicht sagen.« Die Mutter lächelte. »Das ist dein gutes Recht. Es reicht, wenn wir wissen, dass du in Bedrängnis bist. Wir geben dir Schutz, soweit wir das vermögen, und der Rest fügt sich dann schon. Was ich aber auch zu ahnen meine, ist deine Unentschlossenheit. Du wechselst mehrmals am Tag die Seiten. Die Tarnkappe ist dir zum Kampfhelm geworden, und dann wieder wirfst du ihn weg. Im Augenblick trägst du den Narrenhut, er steht dir nicht besonders.

Doch wie schon Manfred Rommel sagte, im Angesicht der Selbstmorde von Stammheim: ›Mit dem Tod hört alle Feindschaft auf.‹ Wenn man sich bewusst macht, was das heißt, kann man auch gleich damit anfangen.«

»Ich verstehe nicht.« Tamir runzelte die Stirn. »Anfangen zu sterben?«

»Nein, man kann Frieden schließen.«

»Und wieso Narrenhut? Was ist das?«

»Siehst du, das meine ich. Du weißt das ganz genau.«

»Wieso duzt du ihn einfach?« Giulia fand, dass die Mutter genug getrunken hatte. Sie verkorkte die Weißweinflasche. Fischer und Müller hatten sich zurückgehalten. Auch Giulia nippte nur an ihrem Glas. Sarah und Tamir tranken Wasser. Sarah, die zwischendurch eingenickt war, streichelte wieder Tamirs Hand. Er legte ihr den Arm um die Schulter und zog sie an sich.

»Weil wir uns kennen«, sagte die Mutter kryptisch. »Nicht persönlich, aber wir sind aus demselben Holz.« Sie stand auf, hielt sich am Tisch fest, gab Tamir die Hand. »Mein Sohn, ich bin die Klara.« Dann verschwand sie schwankend im Haus.

»Frau Kerner!«, rief ihr Müller hinterher, der geistesabwesend geschwiegen hatte.

Dann knallte ostentativ die Klotür.

»Sie ist besauft. Ich pass auf, dass ihr nichts passiert, kann ich, Justus?« Sarah sprang auf und stolperte hinter ihr her.

»Nein, bleib ruhig da. Sie muss doch nur mal auf die Toilette. Ich fahr sie dann heim ins Bett.« Giulia streifte der Gedanke, dass die Mutter ihren Zustand nur spielte. Und dass sie vorhatte, die Maschinenpistole aus der Truhe zu entfernen.

Die Idee, einen Sonntagsausflug zur Gefangeneninsel Gorgona zu machen, kam am Morgen von Müller. Er hatte sich als Forensiker mit dem dortigen Strafvollzug beschäftigt und wollte Weißwein kaufen. Die Häftlinge, die auf der kleinen Insel im toskanischen Archipel, 18 Meilen westlich von Livorno, ihre letzten Monate vor der Entlassung verbrachten, kultivierten dort nämlich einen Weinberg. Er maß nur einen Hektar und befand sich in einer geschützten Lage. Dort wurde aus den Rebsorten Vermentino und Ansonica der streng ökologische Spitzenwein »Frescobaldi Gorgona« hergestellt. Der Weinberg wurde von den Häftlingen selbstverwaltet, und eine der pro Jahrgang produzierten 2.700 Flaschen kostete um die 90 Euro.

Giulia, die sich die Gefängnisinsel schon lange anschauen wollte, um ihren Klienten dann gezieltere Empfehlungen zu geben, fand das eine gute Idee. Sie dachte an Roberto, an die fixe Vorstellung, dass er sich dort aufhalten könnte. Es gab in ganz Italien kein sichereres Versteck.

»Von mir aus«, sagte am Telefon die Mutter, »bin ich dabei. Am Sonntag ist bei den Behörden sowieso toter Hase. Das wird in Italien nicht anders sein. Die Carabinieri laufen uns ebenso wenig davon wie die Asylämter, falls Tamir inzwischen bereit ist, sich um seine Zukunft zu kümmern. Vielleicht hat er ja auch andere Pläne. Der Einzige, den ich auf der Stelle kennenlernen möchte, ist Alfonso Cazzotto. Aber vielleicht kommt er ja mit?«

Giulia wählte wieder auf dem Festnetz. Alfonso war nicht zu erreichen. Sie hinterließ eine Nachricht auf dem Anrufbeantworter. Tamir und Sarah wollten daheimbleiben. Bei Tamir war das auch besser so, weil er keine gescheiten Papiere hatte, und Sarah wollte ihm Gesellschaft leisten. Fischer rang sichtlich mit sich, ob er die beiden allein lassen sollte. Das war, bei Licht betrachtet, irrational, weil sie sowieso keiner an dem hindern konnte, was sie möglicherweise zu tun gedachten. Fischer glaubte, dass die beiden miteinander Sex hatten. Oder gehabt hatten. Giulia hatte keine Meinung dazu. Sie war sich nicht einmal sicher, ob Sarah in Tamir verliebt war. Sie merkte nichts davon, denn Sarah schmuste und kuschelte auch mit Justus, und sie hielt gerne Giulias Hand; doch Fischer meinte, das sei sonnenklar. Und er halte es für nahezu ausgeschlossen, dass Tamir in Sarah verliebt sei. Seine zärtlichen Gesten, meinte Fischer, seien kein Ausdruck von Liebe.

»Was dann?«, fragte Giulia.

»Ich weiß es nicht.«

Giulia fragte sich, was mit diesem Mann los war, den sie immer noch sehr attraktiv fand. Letzten Sommer hatte sie vergeblich versucht, ihn zu verführen. Stattdessen fand sie an dem einsamen Strand, an den sie ihn gelockt hatte, eine abgehackte Hand. Ansonsten war so gut wie nichts passiert; offenbar hatte er wirklich keine Ahnung. Doch selbst als katholischer Pfarrer hätte er hin und wieder ein paar Erfahrungen mit Frauen machen können. War doch schade, wenn er Liebe und Leidenschaft gar nicht kannte. Vielleicht ergab sich doch noch eine Gelegenheit für ihn, den Zölibat zwischendurch zu vergessen.

Giulia hatte vor, sich zurückzuhalten, doch sie spürte, dass sie ihn mochte. Geschwind bot sie an, den Alfa zu nehmen, und da die Reise nebst Fährstrecke viereinhalb Stunden dauern würde, brachen sie noch vor neun auf. Die »Giulia« schnurrte die Panoramastraße oberhalb der Küste entlang. Auf dem Meer fuhren Schiffe zu den Nachbarinseln Giglio und Giannutri. Das Licht war weich und fließend, obwohl es noch kühl war, und es versprach, ein sonniger, schier spätsommerlicher Tag zu werden. In Porto sammelten sie die Mutter auf, die an der Via Panoramica wartete und winkte. Sie trug dieselben Klamotten wie am Vortag, kariertes Hemd und weinrote Cordhose, und hatte wieder ihren

Rucksack dabei, der ihr fast leer und schlaff über die Schulter hing. Obwohl sie eine kurze Nacht gehabt hatte, wirkte sie erfrischt und verjüngt. Anstatt sich von Giulia fahren zu lassen, war sie, vermutlich mit der schweren Maschinenpistole im Gepäck, von Marina nach Porto Santo Stefano gelaufen. Beim Einsteigen umwehte sie ein teurer Duftschwall, mit dem sie sich opulent besprüht hatte.

»Habt ihr eure Dokumente mit? Personalausweis, Führerschein, Fahrzeugschein? Ich denke, wir werden gründlich kontrolliert.« Kaum hockte sie auf dem Beifahrersitz, übernahm sie die Führung.

»Wo denkst du hin«, erwiderte Giulia. »Und bitte schnall dich an.«

Fischer und Müller sahen hinten rechts und links aus dem Fenster und schwiegen.

»Ihr habt alle keinen Plan!«, rief die Mutter. »Das ist nicht weiter verwunderlich, denn ich habe auch keinen. Allerdings wäre mir wohler, wenn ich irgendeine Fantasie entwickeln könnte, was mit Tamir los ist, wo er herkommt, wo er hinwill. Was er eigentlich erlebt hat und wovor er auf der Flucht ist. Dass mir dazu nichts einfällt, ist absolut verwerflich.«

Giulia wiederholte: »Schnall dich an. Du hast ja noch kaum mit ihm geredet.«

»Das hab ich wohl, auch wenn du nicht dabei warst. Er hat mir die gleiche Geschichte aufgetischt, mit der er schon die ganze Zeit hausieren geht. Man halte ihn in Italien für einen Terroristen, deshalb wolle er lieber wieder zurück nach Deutschland. Aber in Konstanz hat er ja auch nicht gutgetan.«

»Er ist dauernd ausgebüxt und war total durch den Wind.« Giulia setzte den Blinker und fädelte sich in den Verkehr ein.

»Könnte es sein, dass er den Bodensee besser kennt, als für ihn gut ist?« Die Mutter fuhr den Sitz zurück und streckte die Beine aus, wodurch sie Fischer, der hinter ihr hockte, aufs Ärgste beschnitt.

»Wie meinst du das?« Wenigstens, dachte Giulia, ist Fischer kleiner als Müller. Sie stieg auf die Kupplung und nahm eine Haarnadelkurve. Der Vierzylinder hatte 200 PS und schluckte als Turbobenziner unter sechs Liter. Kostenpunkt zwei Jahre zuvor: 38.150 Euro.

»So, wie ich es sage. Tamir muss Farbe bekennen. Oder ich rede mit ihm Tacheles. Ich kann mir schon vorstellen, dass er ein fettes Problem hat. Da geht's vielleicht um Leben und Tod, und ohne uns ist er aufgeschmissen. Er hat sakrisch Schiss, das ist spürbar. Aber wir können nicht ewig mit ihm einen auf Revolutionstourismus machen. Die Zeit, in der eine konspirative Wohnung sexy war, ist auch abgelaufen. Und jetzt klärt mich gefälligst mal auf, was es mit der scheintoten Nonne und den zwei Leichen auf sich hat. Alles sehr mystisch. Und allesamt saßen sie auf dem Rücksitz von Müllers Mercedes.«

»Anschnallen, Mama!«

Die Mutter folgte. Endlich schnallte sie sich an.

Als sie zweieinhalb Stunden später den Hafen von Livorno erreichten und die Gefängnisinsel grau und böse vor ihnen lag, rollte die »Giulia« gemächlich auf die Fähren zu. Vor ihnen stand mitten auf dem Asphalt Alfonso Cazzotto, der sie vor der Zufahrt zur Anlegestelle erwartet hatte. Er trug den petrolblauen Sommeranzug eines heimischen Designers, dazu hellbraune Kalbslederslippers, blinzelte in die Sonne und schien nicht einmal zu schwitzen. Allerdings wirkte er krank und verwanzt in diesen teuren Kleidern. Halb geschlagen und dennoch seltsam siegessicher. Er grüßte und stieg ein. Übertrieben munter quetschte er sich neben Müller und Fischer ganz rechts auf den Rücksitz.

»Ciao. Das ist ja eine Überraschung. Wie hast du es denn jetzt geschafft, noch vor uns da zu sein?« Giulia war baff. Sie sprach ihr bestes Toskanisch, von dem sie hoffte, dass nur Alfonso es verstand. Es war nicht allzu weit weg vom schönsten Mittelschicht-Italienisch, aber weit genug vom Anfängerkurs an der Volkshochschule.

Alfonso begriff und nuschelte noch schlimmer als sonst. »Ihr schleicht wie die Schildkröten. Ich habe euch noch vor dem Festland überholt. Jetzt stehe ich dort drüben, aber ich denke, ihr solltet die Insel nicht betreten. Ihr solltet wieder umkehren.«

»Was ist los?«

»Im Gefängnis sitzen einige Leute, denen dein Freund Pietro offenbar begegnen will. Ich rate ihm davon ab. Es ist nicht gut, wenn er ihnen sein Gesicht zeigt.«

Pietro, fragte sich Giulia. Ach so, Peter Müller. »Dürfen sie denn raus?«

»Davon ist auszugehen. Einer arbeitet im Laden.«

»Pietro will Wein kaufen.«

»Certo. Davon bin ich überzeugt.« Alfonso nestelte eine Zigarette aus der Packung, steckte sie sich zwischen die wulstigen weibischen Lippen, zündete sie aber nicht an. Stattdessen molk er sein Doppelkinn.

»Was redet er?«, fragte alarmiert Peter Müller, der die italienische Variante seines Vornamens herausdestilliert hatte.

»Er sagt, dass auf Gorgona eine gefährliche Mutation vom Norovirus grassiert«, übersetzte die Mutter, die offenbar zugehört und auch verstanden hatte. »Man muss brechen und scheidet literweise aus und stirbt an Flüssigkeitsmangel. Es sind schon mehrere Personen übern Ombrone gegangen. Die Ansteckung kann über kontaminierte Gegenstände erfolgen. Die halten hier den Ball flach, aber dieser Cazzotto berät den Pressesprecher, und wir sollten wohl lieber wieder abhauen.«

»Der lügt doch«, sagte Fischer.

»Stimmt.« Alfonso, der das Verb *lügen* in allen Weltsprachen konjugieren konnte, wieherte. »Scusate, war 'n Scherz. Ihr kommt da heute bloß nicht hin. Die Fähre nach Gorgona läuft nur dienstags aus, und dann auch nur bei halbwegs wirtlichem Wetter. Bei stürmischer See geht gar nichts. Das Boot ist ja nicht so ein Riesentrumm wie die Dinger hier Richtung Korsika oder Sardinien.«

Giulia übersetzte.

»Verstehe«, sagte Müller, der über den Beton hinweg in die Wogen stierte. Entfernt brachen sich weiße Schaumkronen. »Und jetzt?«

»Kehren wir um«, bestimmte die Mutter.

Giulia wendete. Sie kehrten dem Tyrrhenischen Meer den Rücken zu.

»Ciao.« Alfonso stieg wieder aus.

»Halt, du Lump!« Müller sprang nach ihm aus dem Auto und ging ihm an die Gurgel.

»Lass sie machen!«, befahl die Mutter. »Julia, fahr los. Die regeln das schon unter sich. Ich jedenfalls freue mich auf den Weißwein heute Abend, auch wenn er nur aus der Flasche kommt.«

Die Sonne stand ziemlich hoch. Der Himmel war beständig und blau, und über dem nun grünlich schimmernden Meer zerstoben die letzten Dunstfetzen. Das Licht war frisch und klar, die Luft salzig und spätsommerlich mild. Am Horizont sank scheinbar ein Segelschiff, das bewies, dass die Erde rund war.

Ohne Müller trödelten sie am Meer entlang südwärts und landeten an einem unbedeutenden und namenlosen Kiesstrand irgendwo bei San Vinzenco. Schön waren die Steine, die schillerten und gleißten im Licht. Jeder von ihnen war einzigartig. Bis auf Fischer hatten alle ihr Badezeug dabei.

Er sonnte sich in der Unterhose und baute babylonische Türmchen. Sonntagsfamilien hingen vereinzelt herum und planschten verhalten. Niemand gab sich unnötig Mühe. Alles wirkte völlig unangestrengt. Es reichte, einfach bei sich und am Leben zu sein. Nur die Mutter stapfte zielsicher ins Wasser.

»Voll das Dolce Vita hier.« Sarah streichelte Giulias Hand. Plötzlich ließ sie los und lief ein paar Schritte ins Meer. Giulia genoss weiter das Dolcefarniente.

»Komm!« Sarah drehte sich um und winkte aufmunternd. »Das Wasser ist warm. Wir schwimmen ein bisschen. Dann fahren wir heim und kochen zusammen zu Mittag.«

»Mittag ist doch schon vorbei.« Giulia gähnte und richtete sich auf. Sarah war nirgendwo zu sehen. Giulia war eingeschlafen und hatte von ihr geträumt. Taumelnd stand sie auf und sah der Mutter zu, die stramm ins Meer hinausschwamm.

Nachdem Aida und Suleika zum Jahresanfang nach Deutschland zurückgekehrt waren, wurde es für ihn stinklangweilig in Raqqa. Er beklagte sich darüber nicht, sondern lief weiterhin vollverschleiert durch die Gegend. Die Reste der Reinen Muslimas hatten ihm nahegelegt, dass er (wie sie) heiraten musste. Sie waren, wie jede versprengte Bewegung, konterrevolutionärem Gedankengut ausgeliefert, und er spielte die Feministin und ging ihnen aus dem Weg. Man ließ ihn machen, weil er Geld hatte und jeden, der ihm blöd kam, schmieren konnte. Erstaunlicherweise klappte es mit dem Nachschub. Das Honorar erreichte ihn selbst dann noch zuverlässig, als es in Raqqa, um Raqqa und um Raqqa herum immer ungemütlicher wurde. Der Krieg spitzte sich zu. Die Kämpfe drängten die IS-Dschihadisten immer weiter zurück. Über der Stadt kreisten Militärflugzeuge. Er bekam davon allerdings nicht viel mit, weil er längst in seiner Garage Internet hatte und sie nur noch verließ, um die nötigsten Besorgungen zu machen.

Er war für den Job in Syrien keine Idealbesetzung, mit seinem schlechten Arabisch und seinen fehlenden Kenntnissen des Islams. Doch das BfV hatte ihn für geeignet befunden, ihn überredet und entsendet, der BND hatte ihn begeistert und vertrauensvoll übernommen. Er war weder stark noch mutig und vermutlich eher durchschnittlich intelligent, aber er konnte mit Brüchen in seiner Biografie umgehen, er konnte verzichten, leiden und schweigen. Er ertrug einiges. Und er konnte andere überzeugen, wenn er es darauf anlegte. Das hatte er immer gekonnt. Er wusste nicht, wo er diese Gabe hernahm. Wenn es zum Schwur kam, zog er die anderen auf seine Seite. Wer auch immer diese anderen waren. Selbst dann, wenn sie ihm nicht glaubten, vertrauten sie ihm letztlich. Darauf hatte das Amt wohl gebaut, als sie ihn als Kontaktperson in die Dschihadistenszene schickten. Ohne klaren Auftrag, zumindest hatte er ihn nicht begriffen. Einerseits sollte er über die sozialen Netzwerke Leute rekrutieren, junge Männer, Migranten vor allem, die in Europa darauf warteten, Heilige Kriege zu führen. Andererseits sollte er kriminelle Schleuser und keimende Selbstmordattentäter aufspüren, die den Flüchtlingsstrom unterwanderten, Schiffe untergehen ließen und Terroranschläge planten.

Was auch immer das bedeutete. Wichtig war, dass er Spuren legte. Dass die Kontakte, die er in Internetplattformen, Foren und sozialen Netzwerken knüpfte, sichtbar und nachvollziehbar wurden. Er postete simple Storys aus dem Dschihad. Mit dem Ziel, dass sich dadurch etwas aufbaute und aufbauschte, das man hinterher bekämpfen konnte. Wie auch immer er es anstellte, alles war zweischneidig, denn er goss freilich Öl ins Feuer. Er war ein Headhunter, er zündelte, er spornte IS-Sympathisanten an, zu Gefährdern zu werden, er ermunterte einsame Wölfe, sich zu Rudeln zu vereinigen, er ermutigte willige Touriterroristen und potenzielle Selbstmordattentäter, die einen vagen Schädigungsimperativ in sich trugen, er schickte ihnen salbungsvolle Gebetsteppiche und Bauanleitungen zum Bombenbasteln. Er errichtete sein eigenes virtuelles Kalifat. Das tat er nicht ungern, weil er es liebte zu kommunizieren. Oder, anders gesagt, er hatte ein Faible dafür, auf anonymen Wegen Intimität herzustellen. Dazu gehörte auch, dass er neben seinem Blog verschlüsselte Berichte schrieb, die einen nicht unbeträchtlichen Anteil an Fake News aufwiesen. Damit wandte er sich längst nicht mehr nur an seinen Auftraggeber. Neben dem BND belieferte er so unterschiedliche Nachrichtendienste wie WhatsApp und CIA, außerdem gab er erfundene Informationen weiter an Shu Batal-Mukhabarat Al-Askariya, den militärischen Geheimdienst in Syrien, der unter anderem für die Überwachung und Durchführung von Anschlägen auf poli-

tische Dissidenten im Ausland zuständig war. Er besaß eine extreme Sensibilität für die Bedürfnisse anderer, was vielleicht in der Kindheit angelegt war, wo er ohne diese Begabung nicht hätte existieren können, oder es wurde ihm in die Wiege gelegt.

Es war ihm nicht wohl dabei, denn er wusste, was er tat. Aber er wollte glauben, dass es für Europa war, für Deutschland, für die Freiheit, den Frieden und für seinen Vater, der Diplomat gewesen war und zu dem er schon lange keinen Kontakt mehr hatte. Er vertraute dem Amt, das ihn angeworben hatte, und dem Dienst, der ihn steuern sollte. Außerdem war es ein Kitzel, es gab ihm einen Kick. Es erinnerte ihn an die Doppelbödigkeiten seiner Kindheit, in der man auch manches hatte vorgeben müssen. Alles hätte so weiterlaufen und zu einem passablen Ende gebracht werden können, wäre nicht nach einigen Wochen auf seinem Blog eine Botschaft eingegangen eines Jungen namens Heilsbringer. Er huldigte dem Salafismus und suchte den Weg nach Syrien, um sich dort als Kämpfer und Foreign Fighter ausbilden zu lassen. Er sei, schrieb Heilsbringer, bereit, die Pfirsichbrüste der 72 Jungfrauen, die ihn im Paradies erwarteten, zu liebkosen. Nebenbei bat er ihn um die Noten eines völlig entlegenen Duetts für Klavier und Geige, der Sonate c-Moll Wq. 78 von Carl Philipp Emanuel Bach. Und da wusste er, sie hatten sich wieder.

Wie Chris ihn identifizieren konnte, blieb ihm schleierhaft. Wobei es vielleicht einen Hinweis gab, weil er unter der albernen Adresse eines Abu 78462 antrat, das war der Vater der Postleitzahl der Konstanzer Altstadt. Und genau darin lag vermutlich der Schlüssel für das Geheimnis. Chris kannte offenbar einen, der dort wohnte. Schließlich hatte er einen gebraucht, der ihm auf die Sprünge half. Wer konnte das gewesen sein? Ein früherer Nachbar, ein Kommilitone?

Oder wie verstand Chris sonst bloß die Anspielung darauf, dass er selbst dort gelebt hatte, ehe er nach Syrien ging?

Dass der kleine Chris, der schon als Internatsschüler solches Pech gehabt hatte, nun Dschihadkrieger werden wollte, verblüffte ihn nicht. So liefen ja meistens Biografien. Die Schwachen, die schon als Kinder verdächtigt wurden, ein Verbrechen begangen zu haben, radikalisierten sich. Die Entwurzelten fanden erstmals zu einer Horde. Dabei war es eine Verquickung tragischer Umstände. Chris hatte den Sportlehrer Doktor Maier damals mit dem Geigenbogen nicht erstochen. Er war es gewesen, der ihn ins Herz traf. Aus Versehen eigentlich. Es war ein Unglück passiert, kein Mord. Er hatte das Schwein doch nicht umbringen wollen. Höchstens etwas einschüchtern. Er war wütend geworden. Hatte die Kontrolle verloren. Und dann war Doktor Maier in sich zusammengesunken. Er hatte ihn getötet. Chris war noch ein Kind gewesen. Und hatte den Unfall auf sich genommen. Er schuldete ihm seither etwas.

Was für ein Spinner. Bei allem, was sich erklären ließ: Wie konnte Chris auf so eine absurde Idee kommen? Er wusste, dass er abbrechen und zurück nach Deutschland musste, koste es, was es wolle. Er musste herausfinden, wer Chris auf seine Spur gebracht hatte. Das war möglicherweise jemand, der zu viel wusste. Er wusste, was Chris mit ihm verband. Und er musste vor allem Chris finden, bevor ein weiteres Unglück geschah. Überhastet floh er nach bald eineinhalb Jahren aus Raqqa und gelangte von Syrien direkt nach Italien. Die Reise kostete ihn über 5.000 Euro, bei der Ankunft besaß er noch 48 Cent. Von Apulien schlug er sich durch in die Toskana, wo er Chris vermutete. Der befand sich seinen eigenen Angaben zufolge in einem paramilitärischen Trainingslager, das künftige IS-Kämpfer schulte und motivierten Rückkehrern neue Aufgaben zuwies. Er wusste nicht, wo er suchen musste. Er wusste nur, es lag inmitten einer malerischen Landschaft. In einer Idylle. Oder in einem Naturschutzgebiet. Dann kam eine SMS. Chris schrieb, er sei auf Besuch am Bodensee.

Der BND versagte ihm jede Unterstützung. Er galt plötzlich als psychisch instabil, als labil und nicht belastbar. Und als Verräter. Er durfte sich dort nicht mehr blicken lassen. Auch Frau Sauer vom BfV sollte er besser nicht unter die Augen kommen. Am besten wusste keiner, wo er sich aufhielt. Kurz überlegte er, ob er sich an seinen Vater wenden sollte, verwarf den Gedanken aber wieder.

7

Klara Kerner brachte Fischer völlig aus dem Tritt. Sie gab ihm den Rest. Sie riss alles an sich. Was auch immer das war, Giulias Mutter schien genau zu wissen, worauf es ankam. Und wie man es zu bewerkstelligen hatte. Fischer hingegen wusste nicht, was er in der Toskana zu suchen hatte. Mit lauter Leuten, von denen jeder sein eigenes Ding machte. Müller hielt sich bedeckter denn je. Seit drei Leute auf seinem Rücksitz drapiert worden waren, eine nackte Nonne und ein erschossenes Ehepaar, spielte er den stummen Bedenkenträger. Sein Schweigen lenkte kaum davon ab, dass er etwas zu verbergen hatte. Fischer hatte keine Ahnung, was. Er kannte sich sowieso nicht mehr aus. Nichts schien ihm sicher. Außer, dass er seine kleine Schwester vor dem Zugriff dieses vermeintlichen Terroristen retten musste. Aber wie? Tamirs Situation sprach dagegen. Ein Geflüchteter mit dubiosem Hintergrund brauchte Hilfe. Fischer hatte als Pfarrer seine Auszeit, weil er erkrankt war, und seine Familie stand ihm bei und konnte das Nötigste abfedern. Nun hatte er Sarah und Tamir allein gelassen. Fischer befand sich in Gewissensnöten. Gleichzeitig wusste er, dass es richtig war. Tamir war seltsam, aber er war kein Idiot. Von ihm wurde Sarah nicht missbraucht. Möglicherweise schenkte er ihr ein Lebens- oder gar Liebesglück, mit dem sie nie hatte rechnen dürfen. Und er, Pfarrer Fischer, sollte es mit seiner zölibatären Moral nicht verhindern. Ihm fiel auf, dass Sarah ihm nie so fern gewesen war wie in den letzten Tagen. Normalerweise klebte sie mit kindlicher Unbedingtheit an ihm, mit einer möglicherweise übertriebenen und ungesunden Leidenschaft. Sie hatte sich völlig auf ihn fixiert, was sie daran gehindert hatte, auf ihre besondere Weise erwachsen zu werden.

Wenn er dachte, hieß das, dass er betete. Sein Denken war das Gebet, beständig befeuert vom Gottvertrauen. Fischer fühlte, dass es ihn für einige Zeit verlassen hatte, jetzt kehrte es mit Macht zurück. Er richtete seine Gedanken an das große Ganze, das ihn umfing und hielt. Und gewann dadurch die Zuversicht, dass das, was er zu erkennen meinte und glaubte, schon richtig war.

Wieder war Sonntag, und es war genau eine Woche her, dass Giulia mit Tamir bei ihm aufgekreuzt war. Seitdem war viel passiert. Am Morgen hatte Fischer auf dem Festnetz mit dem Großvater telefoniert und erfahren, dass so weit alles in Ordnung war. »Wir sind in Gottes Hand«, hatte der Opa gesagt. »Es gibt nur Licht und Finsternis, nur Himmel und Hölle, nur ewiges Leben oder ewige Verdammnis und Verderben. Stell dir das mal vor!«

Fischer war verwirrt. Schon als ein Kind hatte er nicht akzeptieren wollen, dass sein Leben endlich, dass er lediglich lebendig war, und am Opa hatte er geschätzt, dass er sagte, der Mensch sei lebig. Dem kleinen Justus, der endlos lange leben wollte, hatte das Trost und Hoffnung gegeben. Der Tod war ihm von frühauf zuwider gewesen, in tiefster Seele verhasst und gefürchtet, von dem Tag an, wo er denken konnte, lange vor Rahels Verschwinden. Und der Großvater hatte dagegengehalten. Nun, im Alter, machte er plötzlich diese Rechnung auf, von der alle populistischen Fanatiker profitierten.

»Was soll dieses Schwarz-Weiß-Denken, es gibt auch noch abertausend verschiedene Grautöne«, wandte Fischer ein.

»Und die unendliche Fülle der Buntheit«, bekräftigte der Opa. »Ich beschäftige mich gerade mit der Begriffsgeschichte des Dualismus. Da spielt das alles keine allzu herausragende Rolle. Angefangen bei Thomas Hyde, der den Begriff im 17. Jahrhundert geprägt hat. Er war Orientalist und Sprachwissenschaftler in Oxford. Er verband arabische, persische und syrische Texte zur Londoner Ausgabe der Polyglott-Bibel.«

»Und die Oma?«

»Sie ist mit Hannah in die Kirche gegangen.«

Fischer versagte es sich, nach seinen Eltern zu fragen. Der Opa hatte den Vater stets um Längen überragt, und das Resultat war, dass er sich nun, wo die Großeltern abbauten, restlos zurückzog. Die Mutter, die vielleicht sogar die Stärkere war, tat es ihm gleich. Für die Altenpflege waren einige wenige der zahlreichen Enkel zuständig. Den meisten langte der Händedruck beim Friedensgruß.

»Genieß deine Ferien«, sagte der Opa. »Danach wird weiterverhandelt. Und grüß diese Giulia von uns. Sie ist eine patente Frau. Ach, und dann hat im Pfarrbüro ein Gemeindemitglied angeläutet. Eine Sabine Wagner. Hannah sagt, du sollst sie auf dem Handy anrufen. Ich geb dir mal die Nummer.«

Als sie zum Ristorante zurückkehrten, ging die Sonne unter. Sarah hüpfte davon. Sie wollte sich auf eine Klippe unten am Meer setzen und meditieren. Sie hatte ein ausgefeiltes Gespür für die Dramaturgie von Sonnenuntergängen, wobei sie die Vorliebe für dieses Schauspiel mit ihrer dementen Großmutter teilte. Fischer vermisste die Großeltern plötzlich stark, zumal ein gemeinsamer Urlaub im Süden wohl kaum noch denkbar war. Klara Kerner verkündete, dass sie kochen wollte; Müller, der mit Alfonso vor ihnen heimgekehrt war und sie wortkarg und in sich gekehrt auf der Straße erwartet hatte, erbot sich, ihr zu helfen. Fischer beschloss, ihn sich zur Brust zu nehmen, weil er das ganze undurchsichtige Gebaren nicht mehr ertrug. Möglicherweise war Müller auch einfach nur überfordert und ratlos. Und sehnte sich nach seinem beschlagnahmten Mercedes. Doch dann sollte er wenigstens nicht den Geheimnisumwitterten spielen.

»Würdest du vielleicht ins Krankenhaus mitkommen?«, fragte Fischer, als er neben Giulia her zum Haus ging. »Ich würde gern nach Reinhild schauen und sehen, wie es ihr geht.«

»Du kannst den Alfa haben«, bot sie an und blieb stehen. »Ach was, ich gehe mit. Ich ziehe mir nur schnell eine lange Hose an.«

Die Sonne schlüpfte in einen Sack. Sarah lachte. Plötzlich gesellte sich Tamir zu ihr. Schmiegte sich an ihre Seite. Sarah und Tamir tänzelten über die Steine.

»Wir fahren kurz zum Ospedale«, erklärte Fischer.

»Aber nicht lang fortbleiben, Justus.« Sarah wirbelte noch einmal herum. Sie lief zu ihm, baute sich vor ihm auf, ohne ihn zu berühren, und sah ihn an. Ihr Mund roch nach Anis und Lakritze. »Tamir und ich haben gestern wilde Fenchelfrüchte gesammelt. Wir backen damit Pfannkuchen.«

»Maria kam vorbei und brachte uns frisch gefangenen Fisch«, erklärte Tamir. »Das passt sehr gut zusammen.«

»Meine Mutter will kochen. Mit Peter.« Giulia schlüpfte schnell ins Haus.

»Ich mach mit!« Sarah lief hinterher. »Ich geh nicht mehr Meer. Tamir, und du?«

»Steig ein«, meinte Fischer, der Tamirs Zögern bemerkt hatte.

Mit einer einladenden Geste öffnete er die Beifahrertür, aber Tamir setzte sich nach hinten. Giulia kam zurück und startete den Wagen. Am Wasser entlang fuhren sie nach Orbetello.

»Das Wetter schlägt um«, sagte Giulia, als sie auf der Strada Provinciale 161 die Lagune durchquerten. Links und rechts der Leitplanken gab es nur wenige Meter Böschung. Dahinter lag zu beiden Seiten der Straße das Wasser. Das Licht trübte ein. Am Horizont bauschten sich Wolkenfelder.

Das Tor stand offen. Sie parkten auf dem Krankenhausgelände und liefen rasch durch die Glastür. Fischer hatte damit gerechnet, dass er sich außerhalb der Besuchszeiten als Geistlicher Zutritt verschaffen musste, doch die Pforte war nicht besetzt, und niemand hielt sie auf.

»In welchem Zimmer liegt sie denn?«, fragte Fischer.

»Hä? Ich dachte, du hast Reinhild gestern Morgen mit Müller besucht?«

»Er wollte nicht, dass ich mit reingehe.« Fischer fingerte in der Hosentasche nach seinem Rosenkranz, den er für Notfälle und um sich auszuweisen bei sich führte.

»Das gibt's doch nicht.« Giulia schüttelte den Kopf. »Du warst gar nicht bei ihr? Aber ich entsinne mich. Als wir sie eingeliefert haben. Sie haben sie hier hochgebracht. Ich glaube, es ist ganz oben die letzte Tür.«

Sie gingen die Treppe hinauf in den zweiten Stock. Das Licht war schummrig. Eine Neonröhre flackerte. Es roch nach Pfefferminztee, Verbandszeug und Desinfektionsmittel.

»Ich warte unten am Auto.« Tamir, der die ganze Zeit geschwiegen hatte, blieb auf dem Treppenabsatz stehen und wollte umkehren.

Fischer lief zu ihm hinunter und packte ihn am Ärmel. »Komm bitte mit. Wenn du alleine unten rumstehst, fällst du nur auf.«

Zimmer 313. Giulia öffnete die Tür mit der Milchglasscheibe. Drinnen beugten sich zwei hübsche junge Inderinnen, die farbenfrohe Sari trugen, im letzten Licht über ihre funktionalen Rollkoffer.

»Na, wird gepackt?«, fragte Giulia fröhlich. »Wo soll's denn als Nächstes hingehen?«

Die beiden fuhren herum. Da Giulia, Fischer und Tamir die Tür verstellten, blieb ihnen nur die Flucht aus dem Fenster. Sie sahen sich an und schüttelten unisono den Kopf.

»Annika und Meike«, stammelte Tamir. »Was macht *ihr* denn hier?«

»Tamira!«, riefen beide wie aus einem Mund. »Was ist denn gendermäßig mit dir passiert?«

»Du kennst sie?«, fragte Fischer verblüfft. »Tamir, du kennst Agatha und Reinhild?«

»Er ist ein Haipfler«, sagte Agatha verächtlich.

»Ein Junior Sales Manager«, übersetzte Reinhild. »Jedenfalls so ein windiger Typ, der einem Paradekissen aus Plastik andreht. Bei uns auf der Schwäbischen Alb haben solche Seckel die Textilindustrie lahmgelegt, die Entenzucht entvölkert und ganze Dörfer mit Chinaprodukten überschwemmt. Er ist ein hormoneller Aufschneider. Es würde mich nicht wundernehmen, wenn er den bewaffneten Geschlechterkampf verraten hätte. Zugunsten eines billigen Heimvorteils.«

Plötzlich wusste Fischer, wieso ihm Reinhilds treue veilchenblaue Augen gleich bekannt vorgekommen waren: Reinhild war einer der zwei Hänsele gewesen, die ihn am Fasnetssamstag überfallen hatten. Das Blau hatte durch die Sehschlitze der Haube geblitzt. In den anderen Hänsele war vielleicht Agatha geschlüpft, falls Reinhild nicht noch mehr Freundinnen hatte. Bei Reinhild war er sich auf einmal hundertprozentig sicher. Er wunderte sich, weshalb er nicht gleich darauf gekommen war. Aber es hatte wohl dieses Zwielicht gebraucht, in dem er jetzt stand.

»Das sind Aida und Suleika«, stellte Tamir klar. »Ich habe sie in Raqqa getroffen. Es sind erstklassige Dschihadistinnen, radikale Kämpferinnen der Reinen Muslimas. Sie trugen ihre Kalaschnikows mit der Eleganz von lackierten Handtäschchen.«

»Muttergottes«, sagte Fischer, »Agatha und Reinhild sind multipel studierte Ordensschwestern. Die weisen Begründerinnen der Internationalen Kathoanalytischen Vereinigung.«

»Vermutlich ist das nichts weiter als eine Tarnorganisation. Vielleicht vom IS, oder sie gehört zu irgendeinem Geheimdienst.« Tamir blinzelte und seufzte.

»U... u... und Mü... Mü... Müller hat nichts gemerkt.« Fischer konnte es nicht fassen. Er wurde sich immer sicherer, dass Müller mal wieder sein eigenes Süppchen kochte.

»Sie heißen Annika und Meike und bleiben Pietistinnen von der Schwäbischen Alb«, entschied Giulia. »Man hört es, sobald sie das Maul aufmachen. Da langt mir schon ein einziger Satz. Beide halten sich für ziemlich schlau und durchtrieben, sind aber in Wirklichkeit zu blöd, ein Loch in den Schnee zu pissen.«

»Ich bin gesund«, sagte Meike-Suleika-Reinhild und zeigte ihre schier makellosen Hände. Eine Wunderheilung. Der Schorf der Stigmata war einer Hennabemalung gewichen. »Ich bin entlassen und kann gehen, wohin ich will.«

»Eben«, blökte Annika-Aida-Agatha, »wir heißen Asha und Rajni und sind unterwegs in den Ashram, und nun lasst uns mal hübsch durch.«

»Halt!«, rief Tamir und trat einen Schritt vor. »Erst sagt ihr mir, wo wir Chris finden.«

»Welche Chris?«, fragte Fischer tumb. Er fühlte sich einfältig und geistig nicht auf der Höhe. Wie so oft, wenn es brenzlig wurde, schweifte er ab. Ihm ging durch den Kopf, dass der Ashram der Ort der Anstrengung war und dass Dschihad ebenfalls Anstrengung bedeutete. Vielleicht taten die beiden Mädels einfach immer nur das Gleiche. Als Märtyrinnen konnten ihre Bemühungen nur kein gutes Ende nehmen. Reinhild, dachte Fischer, wird in den Brunnen gestoßen und hinterher erwürgt, Agatha schneidet man die Brüste ab und legt sie auf glühende Kohlen, bis sie tot ist.[9]

Er überlegte, ob er Agatha und Reinhild die Gelegenheit geben sollte, zu beichten. Eine astreine katholische Taufe war als Voraussetzung für ein lückenloses Bekenntnis vor Gott, unserem Herrn, nicht unbedingt vonnöten – und falls sie dennoch gewünscht wurde, konnte man sie ad hoc vollziehen. Da kannte Fischer nichts. Eine gültige Beichte hatte schon mannigfaltige Wunder bewirkt, darauf ließ sich auch diesmal hoffen, und die Wahrheit blieb dabei absolut im Verborgenen. Denn dafür waren fünf Dinge unerlässlich: Gewissenserforschung, Reue, guter Vorsatz, Bekenntnis und der Wille zur Wiedergutmachung. Diese Voraussetzungen erschienen Fischer im Fall der beiden Älblerinnen nicht gegeben. Sie wollten nichts bereuen, sie wollten nicht verzeihen, und sie wollten unbedingt so weitermachen wie bisher.

Wenn das, was sie ihm am Fasnetssamstag angetan hatten, ein Anschlag auf einen Geistlichen war, dann war es jedenfalls eine entsetzliche Stümperei gewesen. Eine fast schon lässliche Sünde, abgesehen davon, dass sie ein heidnisches Instrumentarium, das Hänselehäs, missbraucht hatten, um sich narrenzunftwidrig als Teufel zu ergehen. Sie hatten sich in erster Linie am Häs vergangen. Wäre Fischer besser beieinander gewesen, hätte er die beiden Kostümdiebinnen, die ihn körperlich belästigt und zu Fall gebracht hatten, überwältigt, und sie wären bis hinauf an den Neckar blamiert gewesen. Vermutlich hätte man noch in ihrem pietistischen Geburtsort, der die Fasnet nicht einmal kannte, laut über sie gelacht.

Fischer war jedenfalls willig, die Sache auf die leichte Schulter zu nehmen. Dass die beiden ihn ernstlich verletzt hatten, dass er traumatisiert gewesen war und wochenlang keine Luft mehr bekam, dass er eine angebrochene Rippe und eine halbe Lungenentzündung gehabt hatte, dass er hätte erfrieren können, bagatellisierte er bewusst. Das Einzige, was ihn noch interessierte, war die Frage, ob er als Opfer absichtlich ausgewählt worden war. Weil er syrische Christen aufnahm, weil die St.-Katharinen-Stiftung den Verfolgten die Flucht finanzierte. Sollte es sich um ein Attentat handeln, das dahingehend motiviert gewesen war, dass Geflüchtete dafür den Grund abgaben, würde er den beiden jungen Frauen keine ruhige Minute mehr gönnen, so viel war sicher.

»Wir laden Sie gerne zum Nachtessen ein«, schlug Fischer vor und trat einen Schritt beiseite. »Sie müssen fürchterlich Hunger haben, und bei uns sind Berge gekocht. Alles Weitere können wir ja im Ristorante besprechen.«

Das »Da Roberto« lag da in samtenem Glanz. Das Lokal war hell und warm erleuchtet. Maria hatte nicht nur Fisch gebracht, sondern auch am heiligen Sonntag die Fenster geputzt. Giulia parkte dicht an der Hausmauer, Tamir und die beiden jungen Frauen kletterten aus dem Fond. Drinnen empfing sie eine festlich bestückte Tafel, die um zwei Gedecke erweitert wurde. Es roch fein nach Fisch und Fenchel.

»Nehmt Platz.« Klara Kerner stellte einen Topf mit Pellkartoffeln auf den Tisch und musterte die beiden kreischend gewandeten Älblerinnen. »Na, was seid ihr denn für Grazien? Hat es euch etwa die Sprache verschlagen?«

Die zwei Mädels setzten sich schweigend.

»Schwer zu sagen«, antwortete stellvertretend Fischer. »Also, um wen es sich handelt. Aber für uns hier ist das die Reinhild, die nach der Nagelung ins Krankenhaus musste, und wenn das die Reinhild ist, dann ist die andere die Agatha.«

Sarah kam mit der Karaffe, in der ausnahmsweise kein Minzzweig steckte, und goss die Wassergläser voll. »Erst beten, Justus.«

Müller, der sich den Anschein gab, dass er etwas feiern wollte, zauberte eine Flasche Bordeaux herbei, die er aus seinem entführten Auto gerettet hatte. »Das ist ein Cos d'Estournel«, erklärte er, »vom ganz und gar außergewöhnlichen Jahrgang 1990. Ein Merlot-betonter Wein, kombiniert mit reifem Cabernet Sauvignon. Dieser konzentrierte, reintönige Verschnitt besitzt ein nach Lakritze und geschmorten Kräutern duftendes Bukett. Zwischenzeitlich wurde die Flasche für über 1.000 Euro gehandelt, im Augenblick liegt ihr Wert aber nur noch bei etwa 700 Euro. Das heißt, man kann sie noch trinken, aber sie muss weg.«

Giulia holte den Korkenzieher.

»Wisst ihr eigentlich, dass sogar ein Drehverschluss Kork haben kann? Er muss nur im selben Raum aufbewahrt werden …« Müller öffnete die Flasche und roch am Korken. Er schüttete einen Fingerbreit Wein in sein Glas, schwenkte und verzog leicht das Gesicht. »Dieser Tropfen muss atmen. Falls er jetzt braun wird, ist er schon tot, aber ich prophezeie euch, der Körper hat immer noch eine ausgezeichnete Dimension und eine monolithische Persönlichkeit.«

Im Raum breitete sich ein übler Gestank aus. Es roch, als habe einer nach einem halben Jahrhundert die Kellertür geöffnet. Und drunten moderte manches. Es roch nach Kompost, Kuhstall, Krematorium und Katakombe.

Müller nahm einen leichten Schluck.

»Igitt!«, rief Sarah. »Ich muss brechen.«

»Ach was.« Fischer lachte. »Das Blut Christi ist das vielleicht nicht, aber stell dir vor, es ist eine Lache vom Waldboden.«

»Harze«, rief Müller, »genau! Harze und Hölzer. Nadelhölzer. Fichte … Dieser doch noch fast vollends genussreife Bordeaux schmeckt hervorragend nach Fichte.«

Als alle am Tisch saßen, erhob sich Fischer. »Wir wollen aufstehen und beten.«

Sie sprachen gemeinsam ein Vaterunser. Danach legte Giulia eine alte CD ein, die bereits 1987 erschienen war und mit dem Bordeaux eine gute Assemblage abgab. Paolo Conte sang »Non sense«: »Che soddisfazione / questo minestrone, / tutto il circondario saprà … saprà … / come vivo io? Non lo so neanch'io … / Ma se me lo dicono … lo so …«

»Er singt Unsinn«, erklärte Giulia. »Er war vermutlich betrunken, als er das geschrieben hat.«

Müller goss die Weingläser halbvoll, nur Sarah und Tamir verzichteten. Der Cos d'Estournel behielt stur seine märtyrerblutrote Farbe. »Hab ich's doch gesagt, er ist noch trinklich!«

Sie aßen frischen Fisch und Fenchelpfannkuchen, dazu gab es Kartoffeln und bunten Salat. Reinhild und Agatha verzehrten ihre Portionen mit vorbildlichem Appetit. Hinterher putzten sie noch sämtliche Platten leer.

»Jetzt könnten wir langsam zum Punkt kommen«, meinte Fischer, als sie beim Nachtisch – Weintrauben mit Pecorino – angekommen waren. »Also, wer ist diese Chris?«

»Chris ist ein Junge«, korrigierte Tamir. »Sein Name ist Christopher Gerhardt.«

»Ach du liebe Zeit! Von *dem* sprichst du! Warum hast du uns nicht eher gesagt, dass du ihn kennst?« Fischer war völlig von den Socken.

»Er steckt in Maleschen, er war oder ist in der Toskana unterwegs, und ich muss ihn unbedingt finden. Worum es genau geht, tut hier nichts zur Sache, aber er ist mein Freund, und ihr zwei könnt vielleicht helfen.« Tamir ignorierte Fischer und sah die beiden Älblerinnen fest an.

»Wir wissen nichts«, entgegnete Agatha eine Spur zu rasch.

»Du täuschst dich.«

»Überhaupt nichts«, echote Reinhild. »Da täuschst du dich wirklich.«

»Schon mal was von einem Bruder namens Heilsbringer gehört?« Tamir stand auf und beugte sich über den Tisch. Er holte aus, als wollte er zuschlagen. Doch dann griff er sich nur einen Traubenstängel.

»Keine Ahnung.« Reinhild sah Agatha an und zuckte die Schultern. »Müssten wir den kennen?«

Fischer überlief es siedend heiß. Dass es einen Zusammenhang zwischen dem verschwundenen Gerhardt-Sohn und Tamir gab, war ihm neu. Das rückte alles in ein anderes Licht. Und es schuf viele mögliche Bezüge. Denn immerhin waren zwei Menschen erschossen worden. Was wohl die beiden ideologieanfälligen Märtyrinnen damit zu tun hatten? Er blinzelte und blickte übern Tisch. Müller, Giulia und ihre Mutter nickten in einem geheimen Einverständnis. Sie besaßen vermutlich einen unterschiedlichen Kenntnisstand über das, was vorgefallen war, und wollten sich erst untereinander austauschen, ehe Details nach außen drangen. Darin war man sich offenbar vollkommen einig. Sowieso war es heikel, in diesem großen Kreis von acht Leuten über den nicht natürlichen Tod von zwei weiteren zu sprechen. Agatha und Reinhild waren per se verdächtig, zu diesem Tötungsfall beigetragen zu haben, auch wenn sie vermutlich nichts davon ahnten. Die Gerhardts hatten immerhin zu ihren Klienten gezählt, und wenn sie etwas über den Verbleib von Christopher wussten, war das doppelt prekär. Tamir, der die Ermittlungen verschlafen und von den Toten wahrscheinlich ebenfalls nichts mitbekommen hatte, hätte vielleicht sogar ein Motiv für einen Doppelmord gehabt, falls es darum ging, Christopher vor seinen Eltern in Sicherheit zu bringen. Und Sarah, die mit Sicherheit ahnungslos war, galt es weiterhin zu schützen. Fischer fiel ein, dass er Sabine Wagner noch immer nicht zurückgerufen hatte. Vielleicht hatte sie eine Information, die die toten Gerhardts betraf. Weil sie ihre Mobilgeräte immer noch nicht wieder benutzen durften, aus Gründen der Vorsicht und um nicht geortet zu werden, lief er auf dem Weg zur Toilette zum Festnetz. Sabine Wagner ging nicht an ihr Handy, und er hinterließ keine Nachricht auf der Mailbox.

Als er zurückkam, erzählte Reinhild gerade, sie sei von zwei Carabinieri, einem Mann und einer Frau, auf offener Straße überfallen, unter Drogen gesetzt und verschleppt worden. Agatha fügte hinzu, sie habe das Ganze zwar beobachtet, aber nichts tun können.

Nachdem Klara Kerner die beiden in ihr B&B gebracht hatte, kehrte sie noch auf ein letztes Glas zurück.

»Kannst du danach überhaupt noch fahren?« Giulia machte einen Vino della Casa rosso auf und füllte ihn in einen Krug.

»Also bitte. Ich habe noch fast gar nichts getrunken. Und danach nehme ich gerne einen Espresso.«

Tamir und Sarah hatten die Küche aufgeräumt und sich dann zurückgezogen.

Müller saß mit Fischer stumm am Tisch.

»Ich finde«, sagte Fischer, »wir sollten uns mal auf den gleichen Stand bringen.«

Am Montagmorgen erwachte Fischer mit einem schmerzenden Schädel und konnte sich an nichts mehr erinnern. Zumindest an nichts Zielführendes. Die letzte Flasche war wohl schlecht gewesen. Sie hatten die halbe Nacht geredet und dabei alte Canzoni von Salvatore Adamo gehört, »Matilda« und »Liberta'« und »Affida una lacrima al vento« aus dem Jahr 1968, als Italien Europameister wurde. Dabei hatten sie sich über Fußball unterhalten, über die Weltmeisterschaft in

Mexiko im Juni 1970. Klara Kerner erzählte vom sogenannten Jahrhundertspiel: Im Halbfinale gewann Italien nach der Verlängerung mit 4:3 gegen Deutschland. »Das war sicher das dramatischste Spiel der Fußballgeschichte.«

Das hatte sich fünf Jahre vor Fischers Geburt zugetragen. Giulia war ein kleines Kind gewesen und Müller höchstens halbwüchsig. Er hatte damals selber gekickt und konnte sich bestens entsinnen, wie Gerd Müller in der Verlängerung den Ausgleich zum 3:3 schuf: »Auf dem Platz waren praktisch nur noch neun Feldspieler, da Franz Beckenbauer sich in der 65. Minute die Schulter gebrochen hatte. Mit einem Crash an der Strafraumgrenze wollte er einen Elfmeter schinden, und stattdessen gab es dann den Freistoß.«

Klara Kerner nickte. »Hinterher ist man immer schlauer. Die RAF, die praktisch zeitgleich an den Start ging, hat in 22 Jahren 34 Menschen umgebracht. Das ist zwar schrecklich, doch der Fußball wirkt noch weit tödlicher. Daran denkt bloß kein Mensch, aber stellt euch mal vor. Beim WM-Finale traten erstmals zwei zweifache Weltmeister gegeneinander an. Daher stand bereits vor dem Endspiel fest, dass der Pokal zum letzten Mal vergeben würde. Brasilien besiegte Italien und durfte ihn behalten. Er zeigte übrigens die griechische Siegesgöttin Nike. Sie streckte beide Arme nach oben und besaß Flügel. Wie ein Engel also. Das hat alles nichts genützt. Bei den Siegesfeiern starben allein in Rio de Janeiro 44 Menschen.«

Dieser Satz blieb noch haften, obwohl er schon länger nicht mehr recht folgen konnte, doch von dem, was danach kam, wusste Fischer einfach nichts mehr. Dass die Runde sich austauschen wollte, wie er erst angenommen hatte, war ein Irrtum gewesen. Peter Müller hatte gleich zum Anfang der Sitzung verlautbart, dass er für einen Informationsabgleich nicht zur Verfügung stand. Es war das erste Mal, dass er offen zugab, er spielte mit verdeckten Karten. Klara Kerner, die ja Erfahrung mit Ämtern und der Arbeit von Geheimdiensten hatte, ließ ihn gewähren. Vielleicht saßen sie zusammen in einem Boot. Auch Giulia insistierte nicht. Fischer hätte schon gern gewusst, in wessen Auftrag Doktor Müller unterwegs und hinter was er eigentlich her war. Es musste nicht gleich ein Nachrichtendienst sein, für den er sich verdingte. Vielleicht spielte er einfach nur ein bisschen Detektiv. Aber möglicherweise war das Wiedersehen von Anfang an kein Zufall gewesen. Jedenfalls gab sich Müller äußerst unternehmungslustig. Viele Impulse und Aktivitäten gingen von ihm aus, auch wenn er sich bedeckt hielt, scheinbar unbeteiligt blieb und andere vorschob.

Es ging gegen acht. Sarah saß schon beim Frühstück. Das Wetter hatte tatsächlich umgeschlagen. Über Nacht war es zehn Grad kälter geworden, und am Himmel dräuten schwere Wolken. Als Fischer aufstand, seinen Bademantel überwarf und vor dem Haus in den Regen trat, um ein wenig frische Luft zu schnappen, kam Klara Kerner ums Eck in ihrem senfgelben Opel Astra, der punktgenau neben ihm hielt. Sie kurbelte die Scheibe runter. »Steig ein.«

»Was?«

»Steig ein, mein Junge. Oder willst du warten, bis der Elektriker und der Dachdecker kommen? Das kann dann dauern. Italienische Handwerker sind berühmt dafür, dass sie endlos den Betrieb aufhalten.« Sie wirkte putzmunter und fröhlich in ihrem Jägeroutfit. Über dem Holzfällerhemd trug sie einen gedeckten Anorak. Dazu einen grünen Filzhut mit einem Gamsbart an der Seite, mit dem sie aussah, als sei sie auf der Pirsch.

»Wo wollen Sie denn so früh hin?«

»Wir waren beim Du. Schon vergessen?«

»Nei… nei… nein. A… a… aber ich kann so nicht mit. Ich muss mir erst die Zähne putzen. Ich brauche einen Kaffee.

Und ein frisches Hemd. Und dann muss ich gucken, was Sarah heute so treibt.«

»Die Situation ist äußerst angespannt«, meinte Klara. »Also gut, mach! Ich warte. Aber nicht länger als eine Viertelstunde!«

Als er nach 20 Minuten zum Auto zurückkam, hing Sarah an seinem Arm. Sie trug rote Ballerinas und ein zu dünnes Sommerkleid mit Mohnblumenmuster und sah verquollen und erschöpft aus.

Fischer beugte sich zur Fahrerseite hinunter. »Sie hat einen Krampfanfall gehabt. Nicht schlimm, kommt halt ab und zu vor. Aber Tamir hat sie oben auf der Treppe aufgelesen und einen Riesenschreck gekriegt, und ich kann sie jetzt nicht allein lassen.«

Klara lächelte aufmunternd. »Dann kommst du halt mit, Sarah. Du kannst hinten sitzen und schlafen. Aber zieh dich lieber um.«

»Wo fahren wir denn hin?«, fragte Sarah schleppend.

»Das wirst du schon sehen. Nehmt warme Kleidung mit. Und genügend Proviant.«

»Tamir soll auch mitkommen.« Sarah gähnte.

»Das wird leider nicht gehen. Er wird sich heute um Agatha und Reinhild kümmern. Vielleicht finden sie ja zusammen diesen Christopher. Ich wette, die beiden Grazien trauen sich nicht nach Hause zurück, ehe sie die Sache nicht zum Abschluss gebracht haben. Und nein, ich habe da nicht nachgeholfen. Das passiert alles ganz freiwillig. Keine weiteren Fragen, bitte.« Klara legte den Zeigefinger an die Lippen. »Und pst! Was wir jetzt machen, bleibt unser Geheimnis.«

Fischer hatte das dumpfe Gefühl, dass er dieser Reise in der Nacht noch zugestimmt hatte. Und dass er hätte wissen müssen, wohin sie nun ging.

Klara bretterte über die Strada Provinciale della Giannella, die hinter Albinia in die Strada Statale 1 mündete, die Via Aurelia. Am Meer entlang ging es, an zahllosen Campingplätzen vorbei, gen Norden. Links lagen, hinter Pinien, Tennisplätze und Freizeitanlagen, rechts dehnten sich weit die Felder, zerschnitten von schnurgeraden Zypressenzäunen. Ein Raubvogel stand in der Luft. Hinter ihm ragte eine Gutsruine auf. Im Autoradio lief Eros Ramazzotti. Bei Fonteblanda verließen sie auf der Via Aurelia Nord die Küste und ließen den Parco Regionale della Maremma links liegen.

»In diesem herrlichen Naturschutzgebiet hat Giulia im letztjährigen Sommer eine abgehackte Hand gefunden.« Fischer drehte sich um zum Rücksitz und vergewisserte sich, dass Sarah tatsächlich schlief. »Sie lag an einem einsamen Strand im Gestrüpp. Es war eine rechte Männerhand, und es wurde nie zweifelsfrei geklärt, zu wem sie gehörte.«

»Woher weißt du denn das alles?« Klara setzte den Blinker, um einen monströsen Lastwagen zu überholen.

»Weil ich zufällig dabei war.«

Klara fragte nicht, was zu diesem Zufall geführt hatte. Oder wohin er hätte führen sollen. Sie wollte auch nicht wissen, was das für ein dubioses Verbrechen war, in das sie quasi hineingestolpert waren. In der engstirnigen Art schwerhöriger alter Leute wechselte sie spontan das Thema. »Hannes macht mir Sorgen. Er war einer meiner engsten Mitarbeiter im Amt, er war wie ein Sohn für mich, der Sohn, den ich nie hatte, wobei er dafür eigentlich zu alt ist. Er ist ja jetzt auch schon seit gut vier Jahren im Ruhestand, aber seitdem scheint er eigene Wege zu gehen.«

Die Straße führte wieder weg von der Macchia und entlang einer Eisenbahnlinie an öden ockergelben und graugrünen Äckern vorbei, die in tausend Schattierungen matt schimmerten. Auf manchen Feldern lagerten, vereinzelt oder in

Gruppen gebündelt, mit Plastikdraht zusammengeschnürte Heuräder, deren willkürliche Anordnung einen wohlgestalteten und künstlerischen Eindruck machte. Ein Regenschauer leuchtete im aufflackernden Sonnenlicht. Klara betätigte den Scheibenwischer.

»Wie kommen Sie ... kommst du jetzt darauf? Auf diesen Hannes, meine ich.«

»Wegen der abgehackten Hand. Hannes hat auch fast eine Hand verloren. Allerdings war es die linke.«

»Fahren wir wieder nach Montecello?«

»Monticello Amiata. Wohin denn sonst. Dein Vorschlag, das Tagungshaus dieses kathoanalytischen Vereins nochmals genau unter die Lupe zu nehmen, war brillant. Ich bin überzeugt, dass wir fündig werden. Angeblich wird ja dort von examiniertem Fachpersonal der Teufel ausgetrieben. Allein, ich glaube nicht daran. Die tarnen sich doch nur als Exorzisten. In Wirklichkeit ...«

»Ja?« Fischer sah Klara von der Seite an und wartete.

Sie seufzte. »Ich weiß nicht, was da tatsächlich passiert. Aber ich könnte mir vorstellen, dass wir Hannes dort antreffen. Er kennt die Gerhardts, er ist oder war mit denen befreundet. Ja, sie sind ein ganzes Stück jünger, aber es ging wohl um politische Interessen. Sigrid Gerhardt war ja am Bodensee Bürgermeisterin, in Wengen, und ihr Mann Karl-Heinz arbeitete als freier Journalist. Beide waren Rechtspopulisten. Nicht parteilich gebunden, das nicht. Aber mit dem üblichen Programm unterwegs. Hannes hat sich nach der Berentung immer weiter nach rechts entwickelt. Konservativ ist schon gar kein Ausdruck mehr. Fortschrittsfeindlich ist nur der Vorname. Er ist ein Erzreaktionär. Ein Ewiggestriger. Rechtslastig mit rechtsradikalen Tendenzen. Karl-Heinz gehört zu der gleichen schlagenden Verbindung wie Hannes. Darüber haben sie sich wohl gefunden.«

»Dann glaubst du, dieser ehemalige Kollege von dir hat was mit dem Tod des Ehepaars zu tun?« Fischer hatte noch nicht ganz verdaut, dass er in der Nacht offenbar sachdienliche Vorschläge gemacht hatte, die nun zu konkreten Ermittlungen führten. »Ich dachte, du gehst aus von einem Mitnahmesuizid.«

»Wie kommst du darauf?«

»Giulia hat mal so was erwähnt.«

Klara lachte. »Ich wollte ihr nur eine Lösung anbieten, mit der sie leichter leben kann. Giulia war von klein auf nicht wirklich belastbar. Sie ist naiv und steigert sich leicht in Dinge hinein. Und vollzieht dann Schritte, die sie hinterher nicht mehr steuern kann. So wurde ihr ganzes Leben zu einer Art Selbstläufer.«

»Ich finde sie recht patent.« Fischer wählte den Begriff seines Opas. »Sie hat eine praktische Ader, sie ist beherzt, sie geht mutig auf Dinge zu, sie ist lebensklug.«

»Es ist schön, wie du sie siehst.« Ein Kaninchen querte die Fahrbahn. Klara trat auf die Bremse. »Aus dir spricht der katholische Geistliche. Nur weil du ein guter Mensch bist, glaubst du, die anderen seien das auch.«

Fischer hatte keine Ahnung, wovon sie sprach, ließ es aber so stehen. Er legte eine CD ein mit Mozarts unvollständiger c-Moll-Messe, eine Neuaufnahme des Dirigenten Frieder Bernius mit dem Kammerchor und der Hofkapelle Stuttgart. Klara beschleunigte. Beim Gloria flogen sie vorbei an Grosseto. Vor der Ausfahrt Est Centro war links ein riesiger Bauernmarkt mit Silotürmen und einer stattlichen Reihe Gewächshäuser.

»Was macht eigentlich Müller privat?«, fragte Fischer.

»Er hat kein Privatleben«, entgegnete Klara abschätzig, »seine Familie, die zweifelsfrei existiert, interessiert ihn nicht. Das ist ein Mann, der nur für seinen Job lebt. Worin der genau besteht, kapiert nur er allein. Im Prinzip kreist er ausschließlich um sich selbst. Solche Überflieger muss es geben. Sie agieren äußerst erfolgreich und treiben mit sich die halbe Welt um.«

»Und was tut er hier?«

»Dasselbe wie wir. Er bringt sich in Schwierigkeiten und wühlt sich irgendwie wieder da raus. Das Finden und Erfinden von Schlupflöchern und Ausflüchten ist schließlich das, was uns hienieden umtreibt.«

Fischer musste lachen.

»Jetzt mal im Ernst.« Klaras Stimme hatte alle Beiläufigkeit verloren. »Es könnte sein, dass Hannes ein Amt fingiert. Ein Amt, das dazu dient, junge Menschen zu Terroristen auszubilden.«

»Was für ein Amt denn?«

»Na, es ist schon mehr als Hochstapelei. Es geht mindestens mal um Amtsanmaßung, also einen klassischen Straftatbestand. Darüber hinaus geht es um den Missbrauch von Titeln, um Betrug und um die Bildung einer kriminellen Vereinigung. Darauf steht Knast. Da sind schnell mal ein paar Jahre zusammen.«

Fischer war verwirrt. »Wie das? Und wieso gehst du dagegen nicht vor?«

»Das tue ich doch! Und mir geht ja auch erst jetzt so langsam ein Licht auf.« Klara langte sich ans Hirn. »Also, pass auf. Beispielsweise lügt er zusammen, er sei vom Bundesamt für Verfassungsschutz. Oder er schafft beim BND. Er macht sich an jugendliche Idealisten ran und behauptet, er sucht Kontaktleute für den Staatsschutz und zur Terrorbekämpfung. Wahrscheinlich hat er noch ein paar Adlaten in irgendeinem Callcenter, damit es nach mehr aussieht. Damit betreibt er dann seine kriminelle Firma.«

»Völliger Wahnsinn. Aber wie kommst du eigentlich darauf?« Sie hat ihn bespitzelt, dachte Fischer. Wie das geht, das hat sie ja gelernt. Er wusste nicht genau, für was sie als Abteilungsleiterin beim Landesamt für Verfassungsschutz zuständig gewesen war. Aber es hatte mit Links- und Rechtsextremismus und Terrorismus zu tun, und er nahm an, dass man dort keine Telefonbücher las. Auch wenn sie jetzt schon über eineinhalb Jahrzehnte im Ruhestand war, wirkte Klara noch rüstig genug, um sich an operative Maßnahmen zu erinnern. Fischer begriff. »Du hast uns den Zugang zur virtuellen Welt untersagt, um diesen Hannes daran zu hindern, zu Tamir Kontakt aufzunehmen.«

»Unter anderem. Ich könnte mir vorstellen, dass Tamir auf Hannes hereingefallen ist und nun glaubt, er arbeite für irgendwelche wichtigen Stellen. In Wahrheit arbeitet er nur einem Kriminellen zu, der versucht, zu zündeln und junge Menschen in den Tod zu schicken. Mit dem Schüren des IS-Tourismus will Hannes, jetzt mal verkürzt gesagt, die deutsche Demokratie destabilisieren. Je mehr Leute von Deutschland aus in den Heiligen Krieg ziehen und je mehr Soldaten als Selbstmordattentäter aus Syrien und so weiter zurückkehren, desto stärker gerät das System ins Wanken. Und je verunsicherter die Republik und je machtloser die Politiker sind, desto williger laufen die Wähler den Rechtspopulisten in die Arme. Möglicherweise hat Hannes Hunderte, wenn nicht Tausende Soldaten angeheuert, was ja an und für sich weiters keine Kunst ist, da sie sich übers Netz schneeballsystemisch vermehren und durch direkte Erreichbarkeit selber rekrutieren.« Klara lupfte ihren Gamsbarthut und wischte sich mit der rechten Hand über die Stirn. Mit der linken hielt sie den Lenker.

Fischer gab ihr ein Tempotaschentuch. »Und Müller versucht nun, Tamirs Seele zu retten? Oder hat er sich bei den Verfolgungsbehörden verdingt, die hinter Schleusern, Aufwieglern und Betrügern her sind? Als Gerichtspsychiater ist er hier ebenso wenig vonnöten wie ich als katholischer Pfarrer.«

»Sag das mal nicht. Danke.« Sie tupfte sich die Stirn trocken und rückte den Hut wieder zurecht. »Ihr seid doch beide von ausgesprochenem Nutzen. Und wieso sollte er nicht mal ein gutes Buch schreiben dürfen?«

»Über IS-Rückkehrer?«

»Zum Beispiel. Das ist gerade sehr gefragt. Erst kamen ja nur diese Schnellschüsse heraus, die den Markt mit Trash überschwemmten. Es geht um fundierte Analysen, die Prognosen fördern und weit in die politische Praxis hineinreichen. Und da braucht er freilich Futter, das über seinen Gutachteralltag hinausgeht. Zumal er von dort auch nicht alles auspacken kann.«

Fischer drehte sich wieder zu Sarah um, die mit offenem Mund schlief. »Das leuchtet ein, aber ich halte Müller als Autor für nicht sehr begabt. Im letzten Jahr hat er nebenberuflich für irgendwelche zwielichtigen Ableger des Vatikans gearbeitet. So haben wir uns im Übrigen kennengelernt. Meines Wissens hat er über die Sache keine Zeile veröffentlicht. Er hatte da nicht den geringsten Ehrgeiz. Möglicherweise hat er sogar Material vernichtet. Mich zumindest hat das, was ich angeblich erfahren sollte, niemals erreicht. Ich weiß nur, dass der Fokus sich von der Heiligsprechung zur Teufelsaustreibung verschob. Vielleicht ist Müller bei seinen Recherchen jetzt einfach nochmals weitergekommen bis hin zum Islamischen Staat.«

»Dann wäre das kaum ein Zufall. Es würde meine These belegen, dass sich hinter den Kathoanalytischen Kriminelle verstecken, die ganz andere Ziele haben. Anstatt den Teufel auszutreiben, treiben sie ihn ein. Sie bringen verzweifelte junge Leute dazu, sich als Terroristen verheizen zu lassen. Möglicherweise ist ihnen nach Tamir auch dieser Christopher auf den Leim gegangen. Die Eltern Gerhardt haben das schließlich geschnallt und rausgefunden, welch toller Freund dieser Hannes ist. Er hat ihr eigenes Kind in die Wüste geschickt, damit es sich selbst und noch ein paar andere mit einem Sprengsatz in die Luft jagt.«

»Vielleicht«, meinte Fischer nachdenklich. »Oder die Gerhardts machten mit diesem Hannes gemeinsame Sache. Dann ist es freilich besonders bitter, wenn es nun den eigenen Sohn trifft.«

»Das juckt die Eltern nun auch nicht mehr.«

Ein Schild wies nach Livorno, wohin die E80 abbog. Sie fuhren weiter auf der SS223. In einer Pfütze, auf die sie zurasten, spiegelte sich der Himmel.

»Und wer hat die beiden nun umgebracht?« Fischer kratzte sich am Kopf.

»Wenn ich das wüsste.«

Es luftete. Die niedrigen Bäume bogen sich im Wind. Es war noch ein paar Grad kälter als in Marina, aber dafür lag Monticello Amiata auch oben auf einer Bergkuppe, auf über 730 Metern. Eine Wespe taumelte gegen die Frontscheibe des Opels. Sie parkten hinter dem Ortsausgang, an einer Ausweichstelle am Hang, die mit Plastikmüll, Kippen, einem Kothaufen und einigen zerknüllten und durchweichten Seiten der »Gazzetta dello Sport« verunstaltet war, stellten ein Warndreieck auf und näherten sich von der Rückseite dem Tagungsgebäude. Der Bauhausbunker lag hinter einer breiten Einfriedung aus Buschwerk. Zu beiden Seiten öffnete sich das Panorama. Man sah weit in die hügelige Landschaft. Sie verlor sich hinter Olivenplantagen, Weinreben, vertrockneten Sonnenblumenfeldern und Reihen steinalter, scharf sich abzeichnender Zypressen in einem milchigen, verwaschenen Blau, das am Horizont ein Meer vorgaukelte. Keine Zikade zirpte, kein Vogel sang. Es roch nach staubigen Wildkräutern, Scheiße und Benzin. Sarah, die nur widerwillig aufgewacht war und unsicher und murrend an Fischers Seite am Straßenrand entlangbalancierte, musste mal pinkeln. Er nahm die Hand von ihrer Schulter. Sie überquerte allein die Fahrbahn und lief rechts, wo es keine Leitplanke gab, ein paar Schritte den Weg hinauf. In der Auffahrt zu einem kleinen Gut duckte sie sich hinter eine Feldsteinmauer.

Sie warteten an der Gabelung.

»Wie viel Zeit ist es?« Fischer hatte seine Armbanduhr vergessen, die Sonne war von den Wolken verdeckt, aber es ging bestimmt bald gegen Mittag.

Klara gab keine Antwort. Sie hatte einen Trekkingrucksack aus dem Kofferraum genommen, einen Toplader für mehrtägige Bergtouren, in dem sie vermutlich ansonsten ihr gesamtes Gepäck transportierte. Er war nur spärlich gefüllt. An der Außenseite war eine Trinkflasche befestigt, die Klara nun herauszog und aus der sie große Schlucke nahm. Fischer fühlte eine Panik aufsteigen, die er kannte. Er dachte an Rahel, die erst fünf Jahre alt gewesen war, als sie beim Verschlupferlesspielen verschwand. Sarah wird nicht zurückkehren, dachte er. Wenn wir zur Mauer gehen und nachsehen, ist sie weg.

Da sprang sie aber schon um die Ecke, sichtlich erleichtert. Strahlend klatschte sie in die Hände und hüpfte auf einem Bein. Sie wirkte wie verwandelt. Es waren diese prompten Stimmungsumschwünge, die Fischer immer wieder sprachlos machten.

»Du solltest auch was trinken.« Fischer holte die Sprudelflasche aus seinem kleinen Wanderrucksack und reichte sie Sarah.

Sie trank in gierigen, kurzen Zügen. »Ich hab ein Geheimnis.« Sie zeigte auf einen Olivenbaum, der hinter der Feldsteinmauer stand. »Da.«

»Ach ja«, sagte Fischer.

»Was ist es denn?«, fragte Klara.

Sarah gab die Flasche zurück. Sie schnaufte und prustete. »Ein Schatz. Ich hab aber nix weggenommen.«

»Kommt, wir gehen weiter.« Fischer zog den Reißverschluss zu.

»Nein, warte.« Klara stapfte das Weglein hinauf. »Einen Schatz hat man nicht alle Tage. Den will ich mir ansehen. Ist es Schmuck oder Geld?«

Fischer störte, dass Klara mit Sarah sprach wie mit einem Kind. Sie nahm seine kleine Schwester nicht ernst. Er merkte, dass er ungerecht war. Klara verhielt sich selber kindisch. Es war nicht nur die Namensähnlichkeit, Klara – Sarah. Die beiden hatten auch sonst etwas gemein. Vielleicht war es eine besondere Begeisterungsfähigkeit, die sich bei Klara erst zeigte, wenn sie in Fahrt kam.

»Ein Schatz«, wiederholte Sarah. »Aber nix mit Münzen oder so. Ein goldenes Buch, wo schon ganz alt ist. Mit einem Kreuz vorne drauf. Das ist in ein Tüte vom Edeka.«

»Ich warte hier.« Fischer blieb stehen.

Klara und Sarah liefen Hand in Hand hinter die Feldsteinmauer.

»Sind es die vermeintlich vernichteten Prozessakten der Inquisition gegen Giordano Bruno, der auf dem Campo de' Fiori als Ketzer auf dem Scheiterhaufen verbrannt wurde?«, fragte Fischer grimmig, als die beiden Minuten später leichenbleich wiederkamen. »Oder etwas anderes in der Preisklasse?«

»Es war, als ginge ein Wind«, erzählte Klara staunend. »In der Mauer ist eine Art Grotte. Dort drin stand plötzlich eine junge Frau in einem weißen Kleid mit einem blauen Gürtel und einem blauen Schleier. In der rechten Hand hielt sie einen goldenen Rosenkranz, dazu trug sie goldene Pantoffeln.«

»Und dann war sie wieder weg«, sagte Sarah.

»War das der Schatz?« Fischer hatte langsam genug.

»Nein, natürlich nicht.« Sarah streckte die Zunge heraus, schnaufte und griff sich an den Kopf. »Mensch, das war eine Marienerscheinung. Den Schatz hat sie doch mitgenommen.«

»Dort unten läuft sie.« Klara stand an der Leitplanke und zeigte auf die Serpentinen hinunter. »Ihr nach!«

Sie rannten zum Auto zurück. Klara warf Fischer den Schlüssel zu. »Du fährst!«

Sarah schlüpfte nach hinten, Klara nestelte unter dem Beifahrersitz in ihrem Riesenrucksack. Fischer startete den Opel, würgte ihn ab, drehte erneut den Schlüssel im Zündschloss. Bald hatten sie die blauweißgewandete Madonna eingeholt, die schnellen Schritts gen Tal eilte. Sie trug allerdings beige Birkenstockclogs, ein blauschwarzes Palästinensertuch und statt des Rosenkranzes einen Stahlschlagring mit langen Dornen. Fischer bremste. Klara kurbelte das Fenster herunter und richtete eine HK MP7 auf sie. Mit allem, auch mit Schalldämpfer. »Waffe weg! Hände hoch!«

Die Madonna ließ die Edeka-Tüte fallen und zog den dornenbewehrten Ring runter. Rums die Geige! Es schepperte. Auf dem Asphalt lag neben einem heiligen Buch eine Hiebwaffe, die todbringend ins Fleisch eindringen konnte. Die Frau fuhr herum.

»Das ist ja die Sabine, die kenn ich«, rief Sarah. »Du, Sabine, hab dich vorher gar nicht erkannt!«

»Frau Wagner«, sagte Fischer perplex. »Was treiben Sie denn hier? Und noch dazu im Habit einer kathoanalytischen Ordensschwester! Und dann gleich mit dem blauen Gürtel. Ist das eine Auszeichnung im asiatischen Kampfsport? Kommen Sie, steigen Sie ein.«

»Kann ich das da mitnehmen?« Sabine Wagner deutete auf die Accessoires.

»Aber sicher, wir tun das in den Kofferraum.« Fischer stieg aus und versorgte Sabine Wagners Handgepäck, während Klara sie mit der Maschinenpistole weiter in Schach hielt.

»Also gut, jetzt haben Sie mich entwaffnet. Aber dann tun Sie dieses Monster bitte ebenfalls weg.« Sabine glitt neben Sarah auf den Rücksitz.

»Auch noch Ansprüche stellen.« Klara steckte die MP7 zurück in den Rucksack. »Aber keine Panik. Im Gegensatz zu Ihnen ist dies nur die nachgebaute Airsoft-Variante einer Handfeuerwaffe. Wenn ich Ihnen damit direkt in den Kopf schieße, ist er zwar auch Matsch, aber sicherlich ohne die saubere Penetrierung, die Sie mit dieser läppischen Gerätschaft und etwas Technik hinbekommen. Ein Hieb mit Ihrem Schlagring, und das Loch in der Schläfe sitzt.«

Fischer fragte sich, ob Sabine Wagner das Ehepaar Gerhardt exekutiert hatte, und wenn ja, warum. Er bezweifelte, dass Klara sie den italienischen Behörden übergeben wollte. Vielleicht war es tatsächlich besser, wenn Klara sich erst einmal selber etwas mehr Gewissheit verschaffte. Wie auch immer, er würde sie machen lassen. Ihm war völlig unklar, was zu irdischer Gerechtigkeit führte.

Sie parkten diesmal direkt am Eingang. Sorgfältig verriegelte Klara den Opel. Das Tagungsgebäude stand völlig verlassen da. Darüber kreiste ein heuschreckengrüner Helikopter.

»Der ist vom Mossad«, sagte Sabine, die ihnen von sich aus das Du angeboten hatte, als im Autoradio Gianna Nannini lief.

Über Nacht war das Gras gewachsen, es stand offenbar so hoch, dass er nicht landen konnte. Oder was auch immer ihn oben hielt. Sarah sprang umher und pflückte Gänseblümchen, ohne sich für den Hubschrauberlärm zu interessieren.

»Wie kommst du darauf?«, fragte Klara konzentriert, die offenbar gar nichts außer Acht lassen wollte. Sie klingelte und spähte durch die Scheibe. Drinnen tat sich nichts. Sie klingelte wieder, diesmal mit mehr Nachdruck.

»Ganz einfach. Der israelische Auslandsgeheimdienst ist sicherlich der gnadenloseste auf der ganzen Welt. Er wird dich und die Deinen bis ins siebte Glied verfolgen, wenn du einem der zwölf Stämme Israels etwas angetan hast.«

»Nicht viel anders als bei uns. Das Alte Testament, Zweites Buch Mose, Kapitel 20. ›Gott sprach‹«, zitierte Fischer aus dem Kopf, »›ich bin Jahwe, dein Gott, der dich herausgeführt hat aus Ägypten, diesem Sklavenstall. Du sollst mich lieben und neben mir keinen anderen Göttern nachlaufen. Du sollst dich vor keinem niederwerfen und keinem dienen. Du sollst den Sabbat heiligen und die Gebote befolgen, von denen gleich noch ausführlich die Rede sein wird. Denn ich, der Herr, dein Gott, bin ein gerechter Gott: Bei denen, die mir feind sind, verfolge ich die Schuld bis in die dritte und vierte Generation.‹«

»Da hast du es«, sagte Sabine und verfiel, um es Fischer gleichzutun, in das herbste Bodenseealemannisch. »Wir hören bei den Urenkeln bereits auf. Ich sag doch, die sind ewig beleidigt und viel nachtragender wie mir.«

Blitzartig fielen Fischer die beiden Jüdinnen ein, die am Rüsttag zum Sabbat abends in Monticello vor dem Agriturismo Banditella gestanden hatten, mit Plastiktüten auf dem Kopf. Sie warteten stundenlang im Regen, ehe sie in die Dunkelheit riefen: »We're Jewish, we're Jewish, we need help!« Sie waren aus Tel Aviv, und Fischer ging nun auf, dass der Mossad dort seinen Hauptsitz hatte. Was konnte einer der schlagkräftigsten Geheimdienste der Welt mit zwei Mitarbeiterinnen anfangen, die am Sabbat keinen Schalter umlegen durften, um zu klingeln?

»Du bist uns jetzt eine Erklärung schuldig«, entschied Klara, die noch ein letztes Mal die Klingel betätigte, ehe sie schulterzuckend abließ.

Sabine stand da wie angenagelt und seufzte. »Alles begann mit der Geiselnahme von München. Als die palästinensische Terrororganisation ›Schwarzer September‹ 1972 bei der Olympiade zuschlug, kostete das elf israelischen Sportlern und einem Polizisten das Leben. Der damalige Mossad-Chef Zvi Zamir war selber vor Ort und konnte das Chaos nicht fassen. Er beschrieb das Vorgehen der deutschen Sicherheitskräfte als unprofessionell und gleichgültig. Niemand sei das minimalste Risiko eingegangen, um Leben zu retten. Die Deutschen wollten einfach nur, dass die Olympiade weiterging. Die Premierministerin Golda Meir war entsetzt. Der Mossad ging nun mit einer Sondereinheit gezielt dazu über, durch halb Europa zu ziehen und die PLO-Leute hinzurichten, die für das Attentat verantwortlich waren. Dabei wurden freilich Fehler gemacht, nicht nur einmal hat es den Falschen erwischt, und man blieb dabei wohl auch nicht stehen. Denn in das Attentat war nicht nur Jassir Arafat, der ›Allah schütze euch!‹ rief, sondern dem Vernehmen nach auch der BND verwickelt. Die Terroristen wurden zudem von deutschen Neonazis unterstützt. Das ist beim Bundesamt für Verfassungsschutz aktenkundig. Auf der Liste der Todeskandidaten standen somit wohl auch einige Nicht-PLO-Mitglieder. Das Gemetzel hat bis in die 1990er-Jahre hinein gedauert, danach Besinnung auf die Klassiker, Telefonüberwachung und Wanzen, aber der Mossad würde nicht mit der Wimper zucken, wenn ihm heute noch einer vor die Füße liefe.«

»Mein früherer Kollege Johannes Zweigle war damals als junger Beamter in München dabei«, sagte Klara. »Er käme also als Opfer einer späten Racheaktion in Betracht. Du hast Hannes nicht zufällig da drinnen getroffen?«

Sabine lächelte madonnenfein.

»Ich dachte, du bist einfach eine engagierte Mutter.« Fischer sah aus den Augenwinkeln, wie Sarah zu ihnen zurückkehrte, einen Strauß Gänseblümchen in der Hand. »Aber was machst du eigentlich beruflich, Sabine? Und was wolltest du mir am Telefon sagen?«

Sabine strahlte. »Du wirst es nicht glauben, aber ich habe meinen Vater gefunden. Er heißt Gernot Trost und stammt aus Schiltach im Schwarzwald.«

»Komm, gang mir weg«, rief Klara. »Gernot? Das ist Hannes!«

»Er war hier«, erklärte Sabine. »Aber das ist jetzt schon eine kleine Weile her.«

Die Reise zur Gefängnisinsel Gorgona war eine Sackgasse gewesen, in die Müller sie geführt hatte, und Fischer fragte sich, ob man es am darauffolgenden Tag, dem Dienstag, noch einmal probieren sollte. Die Frage war, ob bei strammem Seegang die wöchentlich nur einmal verkehrende Fähre fuhr, und Unwetter waren zu erwarten. Fischer verwarf den Gedanken somit wieder und blieb in der Überlegung stecken, was für ein Spiel Müller da gespielt hatte.

Als sie am späten Montagnachmittag mit Sabine Wagner im Schlepptau zum Ristorante zurückkehrten, wurden sie bereits erwartet. Im Lokal saßen der sommersprossige Capitano Gabriele Calabrese sowie seine junge Kollegin Sofia Cazzotto. Die beiden Carabinieri trugen frisch gebügelte dunkelblaue Uniformen, die auch vor Feierabend noch nach Kartoffelstärke rochen, Sofia dazu ein akkurat sitzendes Hütchen. Die zwei löffelten Zucker in ihren Espresso, wobei Calabrese häufelte und sie rührte. Fischer fragte sich, was das zu bedeuten hatte. Sofia konnte zwar ein wenig Deutsch, oder besser etwas Bairisch; doch Calabrese, der komplett sprachunkundig war, bestand darauf, dass er die Führung übernahm und die Ermittlungen leitete. Giulia saß ihnen gegenüber und übersetzte. Das Wochenende sei vorbei, man sei nun schon seit dem Vormittag wieder dienstlich im Einsatz, auch seien die Zuständigkeiten mit den übergeordneten Behörden geklärt. Man werde nun zu den noch ausstehenden Vernehmungen schreiten, weil das, was bisher zu Protokoll gegeben worden sei, nicht annähernd ausreiche.

Dünn, dachte Fischer, lachhaft. Bürokratischer Blödsinn. Schlimmer als bei uns!

»Sind Sie faul oder nur feige?« Klara lächelte charmant.

Sarah, die manchmal Ironie verstand, klatschte in die Hände.

»Vuoi ancora un caffè?«, übersetzte Giulia.

Sabine Wagner, die immer noch ihre lächerliche Verkleidung trug, wirkte nervös. Klara nahm endlich ihren Jägerhut ab. Beide blieben blöd mitten im Raum stehen. Sarah zapfte Wasser und stellte die Gänseblümchen, die auf dem Tisch lagen, in eine kurze, bauchige Vase. Dann hockte sie sich mit Holzfarben abseits an einen Tisch und fing an zu malen. Sie verstand, dass die Polizei gekommen war, weil etwas nicht stimmte, zeigte jedoch keinerlei Anzeichen von Verstörung, noch nicht einmal Verunsicherung. Was um sie herum geschah, prallte völlig an ihr ab.

Fischer war ihr dankbar, dass sie nicht nach Tamir fragte, ihn nicht einmal zu vermissen schien. Wieder einmal vermutete er, dass er sie unterschätzte. Sarah hatte nicht nur eine ungewöhnlich milde Ausprägung des Down Syndroms, sie besaß zudem seelische Fähigkeiten, die sich mit ihrer Andersbegabung nicht erklären ließen.

Agatha und Reinhild saßen stumm in der Ecke, sie schienen Sabine in ihrer albernen Tracht nicht wiederzuerkennen. Calabrese glaubte offenbar, es seien zufällige Gäste, und schickte sie fort. Sie sollten sich aber zur Verfügung halten. Müller fehlte. Tamir war rechtzeitig abgetaucht, und Fischer hoffte, dass die Carabinieri von seiner Existenz nichts ahnten. Alfonso hatte seiner Tochter bestimmt keinen Wink gegeben. Stattdessen hielt er dicht und fand für alles eine Lösung. Es war ja nicht ganz umsonst. Alfonso hatte nach allen Seiten Kontakte. Er konnte vielleicht sogar Christopher finden. Und damit wäre Tamirs Mission zumindest teilweise erfüllt.

»Dio mio.« Calabrese eröffnete, man werde einzeln einbestellen. Er verkündete eine umständliche Belehrung und verlas einige Paragrafen zur Wahrheitsfindung und Interessenwahrung, über das Zeugnisverweigerungsrecht und das Recht auf Verteidigung. Fischer kam sich vor wie beim Standgericht. Ihm schien es, als sollten sie nicht alle nur als Zeugen angehört werden, aber wen von den Anwesenden wollte der Carabiniere denn beschuldigen? Calabrese zeigte auf Fischer. Dann schickte er Klara, Sabine und Sarah hinaus. Giulia blieb als Dolmetscherin, Sofia klappte den Laptop auf und protokollierte. Calabrese bat ihn um seine Personalien sowie um gültige Papiere.

»Documenti? Certo.« Fischer gab ihm seinen Ausweis. Er erklärte, dass seine behinderte Schwester nur in seinem Beisein als Zeugin befragt werden dürfe, dass er und demzufolge auch sie nur im Beisein seines Anwalts, eines Herrn Hasler aus Heimstadt, befragt werden dürften und dass er im Übrigen rund um die Uhr ausschließlich als Geistlicher hier anwesend sei. Da er sämtliche Beobachtungen in seiner Funktion als katholischer Pfarrer und Seelsorger gemacht habe, sei er nicht verpflichtet, als Zeuge etwas auszusagen, und er halte sich an den Rat Gottes. Er komme lediglich seiner pflichtmäßigen Verschwiegenheit nach, die ihm von der Kirche auferlegt sei. Von ihm sei keinerlei Aussage zu erwarten, zumal ihn das in Konflikt mit dem Kirchenrecht bringen würde. Von seiner Schwester seien ebenfalls keine relevanten Angaben zu erwarten, da sie zum Tatzeitpunkt geschlafen habe und im Allgemeinen nicht befähigt sei, sinnhafte Beobachtungen wiederzugeben oder daraus logische Schlussfolgerungen zu ziehen. Unterm Strich habe er aber nichts zu verbergen.

»Sie können gehen«, sagte Calabrese. Seine blauen Murmelaugen funkelten jähzornig. Es war ihm deutlich anzusehen, er konnte auch anders. Aber irgendwer hatte ihn wohl gebeten, seine cholerischen Anteile mit Macht zu unterdrücken. Er war bleich vor Erschöpfung und hatte kaum noch Sommersprossen. Er wirkte so fleckenfrei wie das Sams, nachdem es Herrn Taschenbier alle Wünsche erfüllt hatte.

Er trieb sich schon seit Tagen in den Bergen herum. Es war sehr still da oben und stank mitunter nach Schwefel. Inzwischen hatte er die Orientierung verloren und wusste nicht mehr genau, wo er war. Vielleicht immer noch auf dem Monte Amiata. Womöglich war er im Kreis herumgeirrt. Da er sein Handy nicht aufladen konnte, hatte er kein GPS mehr. Außerdem gab es hier womöglich keinen Empfang. Lange würde es nicht mehr dauern, und er musste zurück. Quellwasser gab es genug, doch sein Proviant ging zur Neige; er hatte nur noch Nüsse, getrocknete Aprikosen, eine halbe Salami und etwas Milch. Zwar wusste er, dass er von den Maronen, die an den Kastanienhainen an den Hängen weiter unten kultiviert wurden, zur Not noch wochenlang würde leben können, aber sie schmeckten ihm nicht besonders, und in den Nächten wurde es zu nass und zu kalt. Sein Schlafsack blieb feucht, und wenn er so weitermachte, würde er sich am Ende noch erkälten.

Erst war er sich vorgekommen wie aus der Zeit gefallen. Es war ein erhebendes Gefühl gewesen, einfach loszumarschieren und sich aus eigener Kraft von dem Ort zu entfernen, der ihm diese schreckliche Niederlage eingebracht hatte. Er mochte nicht mehr daran denken. Es waren bestimmt an die 50 Kilometer gewesen, die er am ersten Tag zurückgelegt hatte. Er war den Berg hinaufgestiegen, immer weiter hinauf bis zum Gipfel, wo ein über 20 Meter hohes eisernes Kreuz aufragte. Unweit davon stand eine riesenhafte marmorne Madonnenstatue. Er schlug sich in die Büsche, lief durch einen Buchenwald und träumte von Che Guevara, wie er durch die bewaldete bolivianische Bergwelt wanderte. Che war keine schlappe Jesusfigur gewesen, wie sie ihm in seiner Kindheit als Vorbild aufgezwungen worden war, kein feiger Pazifist. Als Guerillero hatte er gemahnt, sich von »unbeugsamem Hass« für den Kampf motivieren zu lassen, um als »effektive, gewaltsame, selektive und kalte Tötungsmaschine« zu funk-

tionieren. Das hatte Che selber so gesagt, und das nahm alles vorweg, was die Kämpfer heute machten. Damit war Che Guevara quasi einer von ihnen. Er stellte sich zerlumpte, aber aufrechte und treue Genossen vor, die Che auf dem Fuß folgten; eine stolze Kriegerin wie Tamara Bunke, Tarnname Tania, die Kämpferische, fand sich in seinen Fantasien aber nicht. Guevara hatte nie gewollt, dass sie sich der Guerillatruppe anschloss, sie widersetzte sich seinem ausdrücklichen Befehl, sich fernzuhalten. Vielleicht war sie in ihn verliebt gewesen oder sie hatte sich einfach nur überschätzt. Als einzige Frau unter 60 Kämpfern musste sie alles vermasseln, dachte er, weil durch ihre mangelnde Vorsicht die Tarnung aufflog und sie schließlich mit ein paar versprengten Desperados durch die Anden irrte und einsam, allein und verzweifelt im unwegsamen Gebirgsklamm starb.

Das ganze Ding war schon über ein halbes Jahrhundert her, aber Gernot hatte ihm davon erzählt, und es war eine spannende Geschichte gewesen, so ähnlich wie Karl May. Auch dort hatten Frauen unliebsame Rollen gespielt, wenn er sich richtig erinnerte, Nscho-tschi zum Beispiel, Winnetous Schwester. Sie wollte Old Shatterhand heiraten und wurde, in der Prärie auf dem steinigen Weg zu den Weißen, von Santer ermordet. Genau wie Tamara Bunke, die in einen Hinterhalt geriet, wurde sie von einem Konterrevolutionär vor einem Felsenpanorama erschossen. Nscho-tschi und Tania hatten vieles gemeinsam, nicht nur die langen schwarzen Haare. Sie fügten sich nicht in ihre weibliche Rolle, und das war falsch und endete tödlich. Frauen waren nicht für die Wildnis gemacht, sie taugten nicht für den Untergrund und schon gar nicht zum bewaffneten Kampf. Bräute, die sich nicht unterordnen konnten, waren Hexen.

Er sehnte sich nach einer Welt, in der keine Frauen vorkamen, die komplett frauenlos war oder in der die Frauen zumindest nichts zu sagen hatten. Es durfte keine Frauen dort geben, die so peinlich waren wie seine Mutter. Seiner Mutter fehlte jedes Taktgefühl, wenn es darum ging, einen Gesprächspartner ausreden zu lassen. Bei Diskussionen hörte sie grundsätzlich nicht zu, und auf Fragen antwortete sie nicht, sondern lenkte um auf die Bahnen, die sie selber beherrschen konnte. Der Vater, der ganz anders war, konnte sich dagegen nicht durchsetzen. Was auch wiederum peinlich wirkte, weil er eine jämmerliche Figur abgab, und er war froh, dass er das Thema Eltern erst einmal abgehakt hatte.

Gernot hatte ihm gezeigt, dass man sich auch auf gleicher Höhe unterhalten konnte. Dabei war er schon steinalt, fast so alt wie sein Opa. Aber er hatte eine Menge erlebt, und er hatte einfach eine Ahnung, worauf es ankam. Wenn er nicht abgetaucht wäre, dann wäre sicherlich alles anders gekommen, und er säße nun nicht mutterseelenallein im toskanischen Bergland. Doch wer hatte eigentlich verfügt, dass man erst nach Syrien oder in den Irak gehen musste, um sich als Kämpfer schulen zu lassen? Konnte man nicht einfach losziehen? Er fand, dass das eine gewisse Logik hatte. Jeder konnte sich doch in einen Lastwagen setzen und aufs Gas treten und ab. Allerdings musste er zugeben, dass er sich nach einer Führung sehnte, nach Kameraden, nach Disziplin und einer fundierten theoretischen Ausbildung. Dazu gehörte der Glaube, dazu zählte aber auch jede Menge Wissen. Er war keiner von den Idioten, die einfach losschlugen, und die Nähe zu diesen Leuten war ihm unangenehm. Man konnte sich auf sie nicht verlassen.

Er sehnte sich nach Martin. Er vermisste ihn stärker als je zuvor. Gleichzeitig spürte er ihn nahe bei sich. Martin war für ihn immer wie ein älterer Bruder gewesen, und es überraschte ihn nicht, dass er ihn bei der großen Sache wiedergefunden hatte. Es zeigte ihm, dass sein Weg rich-

tig war. Martin war vor ihm aufgebrochen und er folgte ihm nach. Als er zu den Soldaten stieß, war Martin schon einer von ihnen. Davor hatten sie sich ein paar Jahre lang aus den Augen verloren gehabt, doch das spielte nun keine Rolle mehr. Er brauchte ihn jetzt dringender denn je. Vielleicht konnte er Martin irgendwie erreichen, wenn sein Telefon wieder ging.

Gernot hatte ihm erzählt, dass es hier oben Wölfe gab. Sie streiften nachts auf der Suche nach Nahrung umher. Er hatte ihr Heulen schon vernommen. Als es am Spätnachmittag zu nieseln aufhörte, kroch er aus seinem Unterstand, schulterte seinen Rucksack und lief aufs Geratewohl los. Der Weg führte hinunter nach Piancastagnaio. Der Ort, der mit seinen Steinhäusern und den ziegelroten Dächern am Hang klebte, war zehnmal so groß wie Monticello und lag gegenüber, südöstlich des Monte Amiata. Auf etwa 15 Kilometer kam ein Kilometer Gefälle. Als er Piancastagnaio erreichte, war es bereits dunkel. Im Ortskern fand er einen Lageplan mit dreisprachigen Ausführungen, der ihm half, die Orientierung zurückzugewinnen. Dahinter erhob sich eine mittelalterliche Burg, das Castello degli Aldobrandeschi, das von Scheinwerfern hell angestrahlt wurde. Von der Piazza zweigten Gassen ab in verschiedene Richtungen. Er lief ein paar schmale Stiegen hinunter und kam an einem überdachten Innenhof vorbei. Es war die Terrasse einer kleinen Pizzeria. Zwischen Heizpilzen saßen an vier Holztischen Paare und kleine Gruppen, zwei Tische waren nicht besetzt. Von der Decke baumelte eine Lichterkette mit bunten Glühbirnen. Die Gäste hatten Karaffen, Gläser und Gedecke vor sich, einige aßen bereits, in der Mitte der Tische standen Flaschen mit Peperoncinoöl und Brotkörbe. Der Kellner, ein Bub mit schwarzer Schürze und blütenweißem Hemd, brachte zwei klodeckelgroße Pizzen zu einem jüngeren Paar.

Beide waren rotwangig und korpulent. Sie trugen Karohemden, Stoffhosen und Anoraks. Neben den Tellern lag jeweils ein Smartphone.

Auf einmal spürte er, dass sein Magen knurrte. Er hatte kaum noch Geld, aber für eine Pizza Margherita und eine Cola würde es noch reichen. Also öffnete er die Tür des Gartenzauns und tappte auf den Terrakottafliesen zu einem freien Tisch, stellte den Rucksack auf einen Stuhl und setzte sich. Das Paar neben ihm sprach deutsch. Es klang ein wenig seltsam, und er konnte die Färbung nicht zuordnen. Vielleicht war es Sächsisch. Als der Kellner kam, bemühte er sich um sein bestes Italienisch.

»Okay, einmal Margherita. Cola groß oder klein?«, fragte der Bub auf Deutsch.

»Groß«, sagte er.

»Wo kommst du her?«, fragte der Mann neben ihm, als der Kellner die Bestellung aufgenommen hatte.

»Aus Santiago de Compostela.«

»Ach! Ich wusste gar nicht, dass der Jakobsweg hier langgeht.«

»Viele Wege führen da hin. Ich bin schon auf dem Rückweg. Über den Schlenker Nizza, Genua, Lucca, Siena, Rom wandere ich nach Assisi. Und wandle weiter auf den Spuren meines heiligen Bruders Franz. Er hat die Wölfe gezähmt und den Vögeln gepredigt.«

»Erstaunlich«, meinte die Frau. Sie meinte die Route, das war augenfällig.

»Nun ja, ich gebe zu, dass ich mich etwas verlaufen habe. Aber ich wollte schon immer auf den Monte Amiata.«

Die beiden lachten. »Wie lang bist du denn schon unterwegs?«

Er dachte nach. »Knapp fünf Monate? Am Pfingstmontag bin ich los.«

»Stark«, sagte die Frau. »Dafür siehst du ja noch ganz anständig aus.«

»Als Pilger muss man auf sich achten. Nur neue Leichtwanderschuhe muss ich mir kaufen.« Er lächelte. »Kann ich vielleicht mal kurz Ihr Handy haben?«

8

»Mi incazzo! Ich raste aus!« Alfonso Cazzotto stand breitbeinig auf dem Pflaster vor seiner Kanzlei in der Via San Paolo und brüllte. Pedantisch bedachte er Giulia mit einem Schwall toskanischer Schimpfwörter. In seinem gedeckten Straßenanzug sah er noch kleinwüchsiger und gedrungener aus und seine sonst so ungesunde Gesichtsfarbe wirkte überaus belebt. Talgdrüsenzysten, Warzen und Altersflecken ergaben die Sternbilder Steinbock, Andromeda und Pegasus. Die faltigen Tränensäcke waren entzündeter, die Wangen ledriger, die Lippen wulstiger denn je, und überm feisten Doppelkinn und dem weibischen Mund erigierte auf der Patatanase ein von Kratern durchzogener Supermond, der neu war. Sein Schädel glänzte ockerrot wie die Haut einer Mortadella.

»Amore«, sagte Giulia und beugte sich hinunter, um ihm ein Küsschen zu geben. Er roch nach Schweinezunge, braunem Pfeffer und Pistazien. »Come stai? Es tut gut, dich zu sehen.«

»Stronza pazza.« Er knurrte und wich zurück. Sein Blick glich dem einer zur Schlachtbank getriebenen Sau.

Gegen Abend hatte es aufgeklart, ein laues Lüftchen blies, gutgelaunte Wolkenzipfel verschwammen im tiefen Blau des Himmels. Hinter der Kuppel der Chiesa di Santo Stefano ging die Sonne unter, im farbenfrohen Gegenabendrot leuchtete der Himmel über den zum Meer hin abfallenden, ziegelrot glitzernden Dächern, die pastellfarbenen Hauswände schimmerten, der neue Holzperlenvorhang vor der Eingangstür klimperte; daneben wuchs in einem dekorativen Tontopf ein robustes Olivenbäumchen, ein mediterranes Symbol des Friedens und der Versöhnung. Die Stimmung war sanft und harmonisch, doch das besänftigte ihn kein bisschen. Alfonso war kurz vor dem Kontrollverlust. »Che cazzo fai? Was machst du bloß für eine Scheiße?«

»Was hätte ich denn tun sollen?« Giulia raufte sich die Haare. »Mal spricht er mit uns, mal nicht. Und er läuft immer wieder weg. Das ist nichts Neues. Wir können ihn nicht anbinden.«

»Von wem redest du?«

»Von Tamir.«

»Capisco. Aber der ist doch total unwichtig.« Alfonso rollte mit den Augen und langte sich ans Hirn. Theatralik pur.

Aus Alfonso wäre ein fabelhafter Schauspieler geworden. Sein Hang zur Imitation barg Talent. Giulia fragte sich, welche Vorlage er kopierte. »Der Pate« war es nicht. Don Vito Corleone war ein Ausbund an Besonnenheit dagegen. Schon eher eine Szene aus dem »Faust«. Vielleicht die, in der Mephisto über Gretchen herzieht und an Fausts Verblendung schier verzweifelt. »Du hast also Calabrese und deiner Tochter nichts von Tamir gesagt ... Oder?«

Alfonso wischte die Frage weg wie eine lästige Fliege. »Ma che palle! Che testa di cazzo! Che cazzata!« Er wippte auf den Fußballen, streckte die Arme hoch, grunzte und hob die Schweinsäuglein gen Himmel. »Ich bin entsetzt. Wie kann man denn nur so blöd sein. Überhaupt ihr Deutschen, ich habe langsam genug von euch. Vero, es sind mir zu viele Deutsche hier, haut doch alle wieder ab. Na los, raus hier, ab dafür, ihr Brezelscheißer, geht alle zurück an euren Sauerkrauttrog! Uns sagt man nach, wir bilden eine Mafia, aber das ist doch nichts im Vergleich dazu, wie ihr euch hier aufführt. Ihr lasst nichts raus, ihr Speckschädel, nichts! Komplette Omertà. Dabei wissen alle außer dir, Giulia, wer die zwei Leichen auf dem Gewissen hat, wetten?

Die gehören doch alle zusammen, die Deutschen. Wenn ich nur wüsste, wie! Und du steckst mit drin. Sofia ist sauwütend. Diese kollektive Aussageverweigerung wird euch noch den Kopf kosten. Zudem seid ihr beratungsresistent. Ich habe diesem Seelenklempner, diesem Müller, den wirklich gutgemeinten Rat gegeben, von hier abzuhauen, und zwar subito. Und was macht der? Essatamente. Nichts, er macht einfach nichts. Er kümmert sich nicht mal um seine beschissene Karre.«

Alfonso fing an, fürchterlich zu husten. Er fasste in seine Anzugtasche und holte ein Mentholbonbon heraus, das er sorgfältig aus dem hellgrünen Papier wickelte.

Giulia fasste ihn sacht am Ärmel. »Lass uns runter zum Hafen gehen. Wir wollten einen Aperitif trinken.«

»Perché?«, fragte Alfonso. »Was bringt das? Ich kann euch nicht helfen, wenn ihr mir nicht vertraut.«

Langsam gingen sie den Hang hinunter. Unterwegs kamen sie vorbei an einem erleuchteten Marienbildnis, das mit blutroten Plastikrosen umkränzt war. Keusch senkte sich die Nacht hernieder und nahm sie auf in ihren Schoß. Das Meer raunte. Über den Wellen glühten letzte Wolkenfetzen wie Feuer. Eine verkrüppelte Taube trippelte am Kai entlang. Im Schnabel trug sie zwar keinen Ölzweig, aber immerhin einen rostigen Rosenkranz. Es roch schal nach kaltem Stein, Weihwasser und Jüngstem Gericht. Da die Mutter am Nachmittag völlig überraschend die Netzsperre aufgehoben hatte, war Giulia wieder mobil erreichbar. Sie checkte ihre Nachrichten, bislang hatte sich keiner von den anderen gemeldet. Tamir hatte sein Telefonino zwar mitgenommen, doch es blieb weiter ausgeschaltet. In seinem Fall war das sicher vernünftig – was auch immer er gerade trieb. Aber wie auch immer es weiterging, die Sache lief auf kein gutes Ende zu.

Giulia stand an der Hafenpromenade, wo im Dämmer die Lichter aufglommen, und sah über dem Meer das dräuende Unheil aufsteigen.

Ein Fischer zurrte sein Segelboot fest. Kurz glaubte Giulia, in seinen fließenden Bewegungen Roberto zu erkennen, doch freilich Fehlanzeige. Alfonso schnaufte. Giulia zeigte auf die »Zanzibar«, ihre Lieblingshafenbar. Wortlos setzten sie sich auf zwei feuchte Metallstühle draußen neben dem Eingang, die links und rechts von einem fleckigen Bistrotisch an der Hausmauer standen. Der Barista brachte ihnen Decken. Sie waren die einzigen Gäste. Beim zweiten Drink, einem Campari Soda, den sie, warm eingehüllt, nach einem Aperol Spritz in kleinen Schlucken genoss, fühlte sich Giulia zunehmend sorglos. Alfonso nahm einen Caffè und einen doppelten Grappa di Brunello di Montalcino. Danach trank er Toskanabier. Sie sahen auf das schwarze Wasser, auf dem die Schiffe schaukelten. In der Luft sirrte eine Alarmanlage, ein Scheinwerfer huschte über die sich kräuselnden Wellen, und plötzlich stank es laut nach Tang, Fäulnis und Fisch.

»Du rauchst nicht mehr«, stellte Giulia fest.

»Pia hat gedroht, mich zu verlassen. Ich kann nach einem halben Jahrhundert ohne Zigaretten leben, aber nicht ohne Pia.«

Giulia stellte fest, dass sie Alfonso mochte. »Wie geht es deiner Mutter?«

»Mamma geht es schlecht. Sehr schlecht. Es geht ihr immer schlecht, aber die Zustände haben sich noch verschlechtert.« Alfonso tauchte den Silberlöffel in die Schale mit den Erdnüssen. Er schaufelte sich ein paar auf die Hand und schmiss sie in den Mund. Mit seinen stumpfen grauen Zähnen kaute er grimmig. »Sie nässt ein, vero, aber nicht nur das. Sie lässt alles in ihr Bett fallen. Und sie nimmt alles aus dem Bett heraus. Federn. Sie verteilt die verkoteten Federn im ganzen Schlafzimmer.«

»Schlimm.« Giulia genehmigte sich noch einen Schluck. Schlimmer, dachte sie, ist vielleicht nur noch die Staatsverschuldung. Da sind wir vermutlich Scheißweltmeister.

»Sehr schlimm. Und Pia pflegt sie wie eine Tochter. Nur eine leibliche Tochter, die am Busen der Mutter genährt wurde, erträgt das. Wir werden Mamma nie in ein Heim geben, niemals.«

Ach so, dachte Giulia. Das ist natürlich ein Motiv, in vorgerücktem Alter mit dem Rauchen aufzuhören. Sie drehte den Kopf und stierte auf die Palmen, die in einiger Entfernung emporragten, im sämigen Licht der Laternen. Dann fixierte sie Alfonso. »Voglio qualque informazione. Sag mir, was treibt eigentlich Peter?«

»Pietro? Tutto bene.« Alfonso stierte vor sich hin und schippte Erdnüsse.

»Sag mal, muss ich dir eigentlich alles aus der Nase ziehen?« Giulia hatte langsam die Schnauze voll.

Alfonso segnete sie mit seinem Schweigen. Schließlich seufzte er und sah sie durchdringend an. »Signor Müller ist bei einem Geheimdienst des Vatikans beschäftigt. Come dice, non lo so. Wie er heißt, weiß ich nicht. Es gibt da ja wohl mehrere. Er kümmert sich um sogenannte Selbstverwalter. Das sind Einzelpersonen und Gruppierungen, die innerhalb der katholischen Kirche aktiv sind, aber den Papst ablehnen. Dazu zählt der Kathoanalytikerorden.«

»Okay. Va bene, capisco.« Um Giulia drehte sich alles. Wenn das stimmte, dann wusste ihre Mutter davon. Die hatte bestimmt längst begriffen, was Sache war. Wieso hatte sie Giulia nicht darüber aufgeklärt? »Wie hast du das herausgefunden?«

Alfonso kaute akribisch auf den Erdnüssen herum. Wenn es zum Schwur kam, war er wirklich ein Pedant. »Reiner Zufall. Ein paar Telefonate mit Rom … Müllers Italienisch ist katastrophal. Aber ich kenne zufällig den Übersetzer. Und diese Sekte kommt primär aus Süddeutschland. Ich denke, man hat Müller deshalb gezielt angeworben. Er hatte ja vorher schon für den Heiligen Stuhl gearbeitet. Jetzt wurde er beauftragt, in diesen Orden einzudringen, ihn sozusagen zu unterwandern, und ein genaues Gutachten über dessen Umtriebe zu erstellen. Mitgliederstärke, Zielvorgaben, Strategiepläne, Wirkungsbereich, Gefährdungslage für Seine Heiligkeit. Als Gerichtspsychiater bringt Müller alle Fähigkeiten mit, die es für so einen umfassenden Job braucht. Es gibt ihm Ruhm und Bedeutung. Und als Freiberufler nimmt er die Kohle, mit allem Pipapo.«

»Aber was haben die Kathoanalytiker nun mit den Dschihadisten zu tun?« Giulia überlegte, ob sie noch was zu trinken brauchte. Sie entschied sich dagegen.

»Nichts, niente«, sagte Alfonso. »Das ist es ja, was ich nicht schnalle. Und Müller schnallt es auch nicht. Er sucht verzweifelt nach dem Schlupfloch, durch das er sich zwängen kann, um sich an die Zusammenhänge heranzupirschen. Denn mit den beiden multikultigen Märtyrinnen haben wir ja quasi das Bindeglied. Sie laufen über vom einen Heiligen Krieg zum andern. Aber wenn die Fanatiker der Weltreligionen so durchlässig agieren würden, dass er da rankommt, ohne sich das Maul zu verbrennen, hätten wir den Weltfrieden längst erreicht.«

»Du meinst, Müller ist als Agent schon enttarnt worden und Agatha und Reinhild wurden vor ihm gewarnt?«

Alfonso schwieg. Aus seinem Mund zogen imaginäre Rauchkringel auf.

»Du kannst dich darauf verlassen, Alfonso, dass diese Informationen bei mir bleiben.«

»Nichts anderes habe ich erwartet«, erwiderte er und griff sich an die Kehle. Er hüstelte verhalten. »Du kennst unser Gesetz.«

Sie saßen da, ohne ein weiteres Wort zu sprechen. Eine Viertelstunde, eine halbe. Der Hafen war menschenleer. Bis auf ein leises Gluckern war es vollends ruhig. »Ich liebe diese Stille.«

»Nessun evento al momento in calendario per il mese di Ottobre.« Alfonso blickte wohlwollend um sich. »Nichts los im Moment in diesem Scheißkaff. Absolut niente.«

Giulia sprang auf. »Lass uns zusammen eine Pizza essen. Ich lade dich ein. Dann überlegen wir gemeinsam eine Strategie, wie wir Müller dazu bringen, uns reinen Wein einzuschenken. Vielleicht weiß er, wie die Gerhardts zu Tode kamen. Möglicherweise kennt er deren Sohn. Und das Geheimnis von Tamir. Dann ahnt er wahrscheinlich sogar, wo der hin ist.«

Alfonso winkte ab. »Pizza ein andermal. Ich trink auch keins mehr, ich geh nach Hause. Aber keine Sorge. Wir werden Tamir finden. Wir werden ihn aufspüren und ihm folgen. Nach dem, was du erzählst, Cara, ist es die einzige Chance, an diesen Christopher heranzukommen und vielleicht auch an irgendwelche Hintermänner.«

»Du meinst, Tamir ist hinter Christopher her?« Giulia setzte sich wieder. »Wir haben keine Ahnung, was die beiden miteinander zu schaffen haben und ob das was mit dem Tod der Gerhardts zu tun hat.«

Alfonso grinste, bis der Mund auf Cornettogröße anschwoll und der Supermond auf seiner Nase tanzte. Seine Augen blitzten, die Haltung straffte sich. »Ich suche nach dem Drahtzieher, verstehst du? Nach dem Boss, der diese Jungs losschickt, wohin auch immer. Ich kenne Leute, die sich auf Darknet-Plattformen tummeln.«

Giulia hoffte, dass er von verbeamteten Hackern sprach, die Internetkriminelle verfolgten. Die wiederum bewegten sich auf Webseiten, auf denen mit Waffen, Drogen, Kreditkartendaten und Falschgeld gehandelt wurde. Urkundenfälschung, Unterschlagung, Diebstahl und Betrug waren für sie völlig normal, Einbruch, Schmuggel, Erpressung, Prostitution und jede Form von Bestechung, Nötigung und Gewalt gehörten zum Alltag. Sie hatten auch überhaupt keine Probleme mit Körperverletzung oder Tötungsdelikten, sie zettelten gern Kriege an, und somit waren selbsternannte Soldaten und Selbstmordattentäter an der Tagesordnung.

»Diese Freunde helfen mir bestimmt, wenn ich sie um den Gefallen bitte.«

»Sind da auch deutschsprachige Seiten darunter? Ich nehme an, dass die beiden Jungs dort eher zu Hause sind.«

»Darauf kannst du Gift nehmen. Die toskanische Mafia vernetzt sich im deutschen Darknet und benutzt es für den Olivenexport.« Was das anging, wusste Alfonso Cazzotto bereits, wie der Hase lief. Denn dann erzählte er einiges von dem, was er einer Tedesca über die Mafia sagen konnte, ohne sich unmittelbar zu gefährden. Er tat das, weil er Giulia eine Erklärung schuldete. Sie wusste nicht genau, warum. Vermutlich aus Dankbarkeit. Denn dass sein Sohn Luca lebte und dem Vernehmen nach in Mailand Biologie studierte, hatte wohl damit zu tun, dass sie ihn als Zeugin mehrfach entlastet hatte. Er hatte keine Schutzgelder eingetrieben, keine Hände abgehackt und niemanden ums Leben gebracht.

»Sie strahlt und sagt, sie hat den Kopf einer Schlange gestreichelt.«

»Das hat sie offenbar nicht als unangenehm empfunden.« Giulia maß Fischer mit einem schrägen Blick. Sie traute sich nicht, das Thema zu vertiefen, und wich rasch aus. »Aber vielleicht war es wirklich ein Schlangenkopf. Hier gibt es ja genug von den Viechern. Sie sonnen sich manchmal auch im Oktober noch auf den Steinen. Die meisten Arten gelten als vollkommen ungefährlich. Ich hab mich an sie gewöhnt, ohne mich damit auszukennen. Was das angeht, bin ich restlos eingebürgert. Die Italiener verstehen was von Schlangenlederarmbändern, aber sie glauben, die wachsen auf Bäumen.«

Fischer stierte in die Nacht und schwieg.

»Hast du Sarah gefragt?«

»Was soll ich sie denn gefragt haben? Ob sie mit Tamir Liebe macht? Wie sie Liebe machen? Mit was Tamir verhütet?«

»Klar. Genau das.« Giulia stöhnte. Sie hätte mit Fischer keinen Absacker mehr trinken sollen. Sie hatte bis auf eine Handvoll Erdnüsse nichts gegessen und mehr intus, als ihr guttat. Aber sie war mit dem Auto gekommen – und Fischer, der wohl glaubte, dass sie noch nüchtern war, hatte sie gebeten, sich eine Decke zu nehmen und sich zu ihm auf die Terrasse zu setzen. Er hatte vermutlich Gesprächsbedarf. Auf dem Tisch stand eine halbe Flasche Rotwein. Auf sie wartete schon ein zweites Glas. Giulias Mutter hatte sich bereits verabschiedet, Sarah und Müller spielten drinnen mit Reinhild und Agatha »Mensch ärgere Dich nicht«.

»Hältst du mich manchmal für derb?« Giulia wärmte mit den Händen den Wein, der etwas zu kühl war, und lauschte auf das entfernt rauschende Meer. Sie hoffte, dass sie die Antwort aushalten konnte.

»Im Sinne von grob? Ich weiß es nicht. Dazu kenne ich dich vielleicht nicht gut genug.« Fischer trank einen Schluck. »Sagen wir mal so, du hast etwas verloren in diesem Jahr. Etwas ganz Entscheidendes. Es ist weniger die Jugend. Es ist die Utopie. Ich meine jetzt nicht den Glauben. Ich weiß ja, dass du nicht an Gott glaubst. Dabei bist du sogar katholisch. Oder warst es mal. Darum geht es aber gar nicht. Es geht nicht um das Recht, ungläubig sein zu dürfen, es geht um die Hoffnung. Sie ist dir abhandengekommen. Irgendwas ist in dir zerbrochen.«

»Was hätte ich denn machen sollen?« Am Fußgelenk hatte sie eine Mücke gestochen. Es juckte, und der Knöchel schwoll an. Sie schlüpfte aus dem Sneaker, kratzte sich und rieb die Haut mit Spucke ein. »Ich meine, letztes Jahr im Sommer. Als es plötzlich drunter und drüber ging. Da haben wir doch alle nicht mehr gewusst, wo oben und unten …«

»Und du hast keine Ahnung, wo dein Kollege Carlo abgeblieben ist?«

»Woher denn. Was weiß denn ich. Ich bin mir ja nicht mal sicher, ob sein Abgang mit der Sache mit Roberto und Luca Cazzotto zu tun hat. Dass er ebenfalls Mitglied in dieser seltsamen Sekte war, wie hieß die noch genau …«

»Ichthýs.«

»… und dass ihm die abgehackte Hand gehört, ist doch alles bloß Spekulation.«

»Man verliert sich leicht in Verschwörungstheorien. Das ist die Gefahr dabei.« Fischer hob sein Glas. »Auf dein Wohl, Giulia. Und auf die Schönheit der Schöpfung Gottes. Auf die heilige Mutter Maria und ihren eingeborenen Sohn. Jesus Christus spricht: Ich bin der Weg und die Wahrheit und das Leben, niemand kommt zum Vater denn durch mich.«

»Ich hätte schon gerne Gewissheit. Wo Carlo ist. Und ob Roberto noch lebt.« Giulia seufzte, stieß an und trank. »Es geht ja tausenden Frauen in der Toskana so wie mir. Tausenden Toskanerinnen. Sie wissen nicht, wo ihre Väter sind, ihre Brüder, ihre Männer. Ich war mit Roberto ja nicht verheiratet, aber wenn ich es gewesen wäre, macht es in diesem Fall keinen Unterschied. Frauen vermissen ihre Mitarbeiter, ihre Chefs, ihre Pfarrer.«

»Meinst du nicht, dass du etwas übertreibst?«

»Der Staatsbankrott befeuert die Mafia, und die wiederum ist verfilzt mit Einrichtungen der katholischen Kirche. Gemeinsam verdienen sie sich eine goldene Nase in der Flüchtlingshilfe. Italien ist das Hauptankunftsland für Geflüchtete. Die Zahl bewegt sich im mittleren sechsstelligen Bereich. Italien ist pleite und kassiert für die Flüchtlinge von der EU mehrere Hundert Millionen Euro. Etliche Millionen davon werden von der Mafia abgezweigt.« Giulia stellte das Glas auf den Tisch. »Jede der vier großen Mafiaorganisationen nimmt sich ihren Teil vom Kuchen: In Sizilien die Cosa Nostra, um Neapel die Camorra, in Apulien die Sacra Corona Unita, und weltweit die kalabrische 'Ndrangheta. Das meiste Geld aber fließt in die Toskana.«

»Woher weißt du das überhaupt alles?«

Giulia redete einfach weiter. »Als Anfang der 1990er-Jahre zwei Richter, Giovanni Falcone und Paolo Borsellino, von der Mafia in die Luft gejagt wurden, kam es in Italien zu einer massenhaften Anti-Mafia-Bewegung. In deren Schatten entstand in der Toskana, einem bis dahin blinden Flecken sozusagen, eine neue Mafia, eine fünfte Kraft, die so geheim ist, dass sie in der Öffentlichkeit nicht mal einen Namen hat. Die Zeitungen berichten nicht darüber, es kommt nichts über sie im Fernsehen, und wer sich ihr in den Weg stellt, verschwindet.«

Fischer goss nach und verteilte den Rest der Flasche.

»Wie groß die Organisation ist, weiß keiner. Sie nennt sich Fraternità, Bruderschaft. Ihre Patronin ist die Muttergottes. Das ist nur folgerichtig. Die Italiener heißen ihre Mafia Mamma. Die Toskaner sind in den Flüchtlingshandel ganz groß eingestiegen, aber ich glaube nicht, dass es etwas mit Tamir zu tun hat – es sei denn, die Kathoanalytiker hängen bei den Fraternità-Brüdern irgendwie mit drin. Na ja, das könnte ich vielleicht sogar rausfinden …«

»Aber wieso holst du dann so weit aus, wenn es dir dabei gar nicht um Tamir geht?« Fischer klang nicht betrunken. Er klang gequält. Offenbar sorgte er sich immer noch um seine kleine Schwester, traute sich aber nicht mehr, darüber zu reden. »Ist es wegen Roberto und Carlo?«

»Du bist Pfarrer. Du behältst das für dich. Du wirst davon nur einem berichten, nämlich deinem Opa. Ich habe eine große Bitte: Rede mit ihm nochmals über die Vorkommnisse im letztjährigen Sommer. Über Robertos Verschwinden, sein seltsames Begräbnis, das Abtauchen von Carlo … Über Ichthýs. Dein Großvater wusste einiges über die Geschichte der Basiskirche. Er brachte so viel zusammen, womöglich weiß er noch etwas, vielleicht fällt ihm noch was Entscheidendes ein.«

»Alfonso hat dir das alles erzählt. Vorhin erst. Stimmt's? Er ist mit dir was trinken gegangen, um dich ins Vertrauen zu ziehen. Ist Alfonso ein Guter? Gehört er zu den Anti-Mafia-Anwälten? Oder macht er Waffengeschäfte, treibt Schutzgelder ein, wäscht Geld, hinterzieht Steuern?«

Am Himmel stand eine bleiche, unerhört schmale Mondsichel. Giulia schwieg. Sie dachte an die fleischige Narbe auf Johannes Zweigles Handrücken. Was Hannes hier zu suchen hatte, wollte ihr die Mutter nicht sagen. Aber etwas steckte dahinter. Etwas Großes. Es musste eine gewaltige Geige spielen. Hannes war offenkundig ein Strippenzieher. Im Übrigen war er immer noch als Gernot Trost unterwegs.

Fischer stand auf und betete zur Nacht ein Ave Maria. »Gegrüßet seist du, Maria, voll der Gnade, der Herr ist mit dir. Du bist gebenedeit unter den Frauen, und gebenedeit ist die Frucht deines Leibes, Jesus. Heilige Maria, Mutter Gottes, bitte für uns Sünder jetzt und in der Stunde unseres Todes. Amen.«

Dann trank er sein Glas aus, sah nach Sarah und ging ins Bett.

Giulia ließ sich im Alfa heimbringen. Agatha fuhr nach Marina Centro. Sie parkte den Wagen an der Mauer unterhalb der steinernen Treppe, die von der Via del Sole abbog, was bis zum frühen Morgen keinen toten Bären jucken würde, und ging mit Reinhild zu Fuß weiter nach Porto Santo Stefano. Bis zum B&B waren es bestimmt vier, fünf Kilometer, aber Giulia war nicht besoffen genug, ihnen das Auto zu überlassen. Leicht schwankend ging sie auf die Haustür zu. Sie wohnte in dem winzigen malvenfarbenen Häuslein mit den dunkelgrünen Fensterläden, das zwischen Stiege und Straße klemmte. Es hatte zwei Stockwerke, oben lag ein langes, schmales Zimmer mit einem zierlichen Südbalkon, unten war die geräumige Garage. Giulia hatte Agatha nicht zugetraut, dass sie durch das Holztor kam, das so eng war, dass man die Seitenspiegel einklappen musste.

Als Giulia den Hausschlüssel aus ihrer Tasche zog, beschloss sie, noch nicht ins Bett zu gehen, sondern den Kopf ein wenig auszulüften. Sie stellte den Kragen hoch und zog sich die Jacke fest um die Schultern. Ein kühler Wind strich die Gasse entlang, wo Fahrräder, Motorinos, Pkws und Kleinlaster in einem chaotischen Durcheinander im Halteverbot standen. Vor Giulia her lief eine Ratte, die in einer Kellerluke oder unter einem Kanaldeckel verschwand. Obwohl die meist dreistöckigen Häuser in einer schier endlosen Straßenschlucht aneinandergebaut waren und es keinerlei Entrinnen zu geben schien, war sie plötzlich wie vom Erdboden verschluckt. Bis auf das Sirren der Straßenbeleuchtung war es vollkommen still. Nirgendswo lief ein lauter Fernseher, es gab weder Zank noch Gelächter. Keine Motoren, keine Musik. Da es bereits auf Mitternacht zuging, war kein Mensch mehr unterwegs. In den Sommermonaten war hier der Teufel los gewesen. Nun hatten die Pizzerien und Souvenirläden generell ganztags geschlossen, und nur die kleine Kirche an der Piazza Santa Maria öffnete tagsüber ihre Pforte.

Es war stockdunkel, die spärlichen Straßenlaternen ließen den Durchgang unbeleuchtet. Nachdenklich ging Giulia die Stufen hinunter zur Via della Chiesa. Sie merkte, dass sie anfing, Camilla zu vermissen. Sie war ihre einzige Freundin hier und bedingt ihre Vertraute. Mit ihr hätte sie die wesentlichen Dinge nicht besprechen können, das wäre ihr zu heikel vorgekommen. Camilla war zwar schlau, sie war intellektuell, sie lebte von literarischen Übersetzungen und sprach ein reines, klares Deutsch, aber sie war durch und durch Italienerin. Mitunter verhielt sie sich extrem distanzlos und unüberlegt. Und bisweilen wurde sie sogar hitzköpfig. Ihr fehlte das Gespür für Diskretion, und sie konnte sich nicht vorstellen, dass es Dinge gab, die man besser für sich behielt. Und dass man Menschen dadurch, dass man zu viel vorschnell preisgab, ernsthaft in Gefahr bringen konnte. Dafür hätte Giulia mit ihr endlos darüber reden können, woran es lag, dass sie Fischer nicht mehr begehrenswert fand. Zumindest nicht mehr so sehr wie vor einem Jahr, als sie ihn kennengelernt hatte. Er hatte sie sexuell angezogen, und sie hatte versucht, ihn zu verführen. Das konnte sie sich nun nicht mehr vorstellen. Woran das lag, wusste sie selbst nicht genau. Für einen Mann Anfang, Mitte 40 war er ja immer noch ausnehmend attraktiv – nicht nur aus der Sicht einer ein Dutzend Jahre älteren Frau. Er wirkte weit weniger angespannt als in der Woche davor. Offenbar hatte er sich – trotz oder gerade wegen der Aufregung – zügig von seinem Leid erholt und einen Teil seiner jungenhaften Frische wiedergewonnen. Giulia freute sich darüber, dass es ihm sichtlich besser ging, sie gönnte es ihm von Herzen. Ihr gefielen seine lebensbejahende Haltung, die Freundlichkeit, die positive Ausstrahlung und die Offenheit. Und er sah einfach umwerfend gut aus.

Dennoch verspürte sie keinerlei Ehrgeiz mehr, ihn in Versuchung zu führen. Sie merkte, dass es gut und richtig war, wenn sie nun von ihm abließ. Es entspannte ihr Verhältnis. Sie fragte sich eh, was bei ihm angekommen war. Welche Signale er wahrgenommen, wie er sie gedeutet hatte. Sie hatte nie mit ihm darüber geredet. Er lebte so selbstverständlich nach dem Zölibat, dass sich so ein Gespräch einfach nie ergab. Natürlich hätte Giulia fragen können. Doch sie wollte die Antwort nicht hören. Fischer hätte erklärt, dass er sein Charisma dazu nutzen wolle, in gottgefälliger Weise sein Amt zu verrichten. Dazu gehöre eben auch, sich an die Regeln zu halten. Etwas in der Art. Ob er je einen anderen Menschen, gleich welchen Geschlechts, sexuell begehrt hatte?

Camilla liebte solche Überlegungen, und sie hätte sicher etwas Lebenskluges beizusteuern gehabt. Diskussionen über Neigungen, Vorlieben und Leidenschaften waren mit ihr immer ein Gewinn. Niemand zeigte mehr Mitgefühl und Bedauern, wenn es um den Verlust der Gefühlswelt, um Unvermögen, Verzicht und Entsagung ging. Nun war sie in Deutschland, um im Vorfeld der Frankfurter Buchmesse eine renommierte Autorin zu besuchen, deren neuen Roman sie gerade ins Italienische übersetzte.

Fröstelnd hockte sich Giulia vor der Kirche auf eine Bank. Auf dem Telefonino drückte sie Camillas Nummer. »Ciao. Ich bin's. Giulia.«

Camilla fragte nicht, ob sie wusste, wie spät es war. Sie besaß eine angenehm warme Stimme mit einem vollen, kräftigen Klang. Und sie kam sofort zum Punkt. »Ciao Bella. Was gibt es, Amore? Steckst du wieder in Schwierigkeiten?«

»So könnte man sagen. Peter Müller ist hier, Pfarrer Fischer ist vor Ort mit seiner Schwester Sarah, die kennst du ja alle noch, sie haben jede Menge Mist mitgebracht.«

»Ojojoj.« Camilla sprach plötzlich deutsch. »Hat es wieder Tote gegeben?«

»Ich kann das jetzt so schnell nicht alles erklären, Camilla. Aber du könntest mir einen Gefallen tun. Wie sieht es denn mit deiner Tagesfreizeit aus?«

»Wir sind hier schon durch mit dem Manuskript. Das ging viel schneller, als ich dachte. Morgen hab ich den ganzen Tag für mich. Die Messe beginnt erst Mittwoch.«

»Fein. Prima. Könntest du dann bei den alten Fischers vorbeigehen?«

»Du meinst, ich soll denen einen Besuch abstatten? Aber wohnen die nicht da unten am Bodensee?«

»Genau, in Konstanz.«

»Ich bin in München und muss weiter nach Frankfurt.«

»Dann liegt das doch quasi direkt auf der Strecke. Du hast doch sicher einen Mietwagen? Dann musst du dich nur ein ganz klein wenig südlicher halten …«

»Und was soll ich da?«

»Nach dem Rechten sehen. Sag ihnen, der Justus habe dich geschickt. Du kämst in seinem Auftrag, und sie wüssten schon.«

»Aber mit wem soll ich denn reden? Mit beiden? Die Oma ist doch dement, richtig?«

»Nun ja, sagen wir, sie weiß es nicht mehr so. Zumindest nicht immer. Manchmal ist sie komplett wissenslos. Aber in diesem Fall könnte es sein, dass sie es ziemlich gut draufhat.«

»Was genau denn?« In dieser Frage kam ein leiser, aber unüberhörbarer Unmut zum Ausdruck. Der wohl daher rührte, dass sie die Katze im Sack kaufen sollte.

»Darf ich offen sprechen, Camilla?«

»Ich bitte darum.«

»Non so niente. Keine Ahnung. Ich habe nicht den geringsten Schimmer. Es ist nur so eine Idee von mir. Die

Großeltern sind Justus extrem verbunden. Mit den Eltern hat er ja wohl Stress, scheint mir ziemlich unterkühlt, das Verhältnis, aber mit den beiden Alten ist es dafür sehr eng. Es gibt da ein ganz dickes Band.« Giulia machte eine Pause. »Erschrick nicht, wenn du sie siehst. Ich war vorige Woche bei ihnen. Sie haben beide abgebaut, sie geistig, er körperlich.«

»Was ist denn passiert? Du willst mir jetzt nicht sagen, dass du wieder in der Scheiße steckst.«

Camilla klang inzwischen deutlich genervt, und Giulia konnte es ihr nicht verdenken. »Es ist nicht das, was du glaubst. Es hat nichts mit Roberto zu tun. Es geht auch nicht um mich. Sondern um ein paar Leute, die ihren Kummer in einem Ziehkarren hinter sich herschleppen. Und – ja, zwei Leute mussten sterben, ein Ehepaar, kein Mensch versteht, wie und warum, zumindest kann es mir keiner begreiflich machen.«

»Ermordet?«

»Na ja, irgendein Tötungsdelikt oder Selbstmord. Eines natürlichen Todes gestorben sind die nicht.«

»Also gut.« Camilla seufzte. »Ich mach das. Ich geh da hin, sag, grüß Gott, ich komm vom Justus, bitte vertraut mir euer Ding an, ihr wisst schon, worum es geht, er hockt wie ein Häuflein Elend in der Toskana und wartet.«

»Ganz genau so. Ich könnte mir vorstellen, dass sie dir etwas sagen oder mitgeben können, das für uns hier von Nutzen ist.«

»Ich komme aber erst am späten Freitagabend wieder.«

»Das muss reichen.«

»Und dann sagst du mir gefälligst, was hier gespielt wird.« Camilla klang drohend.

»Certo.« Giulia bedankte sich. Sie steckte das Telefonino weg und grinste. Dass Camilla sich leicht dazu überreden ließ, einen höllenweiten Umweg zu machen, um etwas Nebulöses auszukundschaften, war voraussehbar gewesen. Es war nicht nur ihrer unbotmäßigen Neugier geschuldet, sondern auch ihrem lauteren Hang zur Freundschaft. Und ihrer Vorliebe für dubiose Machenschaften. Sie war absolut die Richtige für diesen unklaren Auftrag. Und das Schöne daran war, dass Camilla es nicht nur für sie tat, sondern selber ihren Spaß daran hatte. Auch wenn sie zunächst unwirsch reagiert hatte, fand sie doch bald Geschmack an der Sache.

Als Giulia die Stufen wieder hoch und zurück zur Via del Sole ging, sah sie im Eck einen Schatten. Er kauerte zwischen den Müllcontainern, die in einer Ausbuchtung der Straße vor einem Drahtgitter standen. Ein leichter Windstoß transportierte den Geruch nach Verwesung und Blut. Giulia bekam Gänsehaut. Dennoch ging sie entschlossen auf den Schatten zu. Die Gestalt erhob sich. Im funzeligen Licht entpuppte sie sich als eine zierliche junge Blondine. Sie trug ihre Polizeiuniform, hatte das kesse Hütchen aber abgelegt. In der Hand hielt sie eine Waffe, die sie auf Giulia richtete. »Vaffanculo. Los, verpiss dich.«

»Ah, Sofia«, rief Giulia gutgelaunt. »Salve! Noch immer im Dienst, Carabiniera, um diese nachtschlafende Zeit? Ich bin's nur, Giulia. Wen hast du denn erwartet?«

»Schnauze, Signora. Spätschicht. Da lang.« Sofia Cazzotto deutete mit dem Pistolenlauf nach links.

»Da wollte ich eh hin. Begleitest du mich nach Hause?«

Sie liefen an verrosteten Klimaanlagen, vollgeschmierten Rolltoren, staubigen Fensterläden und zerfetzten Markisen vorbei, unter denen in verluderten Eingängen aufgeplatzte Müllsäcke standen. Giulia war vorher gar nicht aufgefallen, wie verwahrlost die Via del Sole aussah.

»Die Staatspleite führt eben dazu, dass überhaupt nichts mehr gerichtet wird.« Sofia stapfte, die Waffe in der Hand, schnurstracks mitten durch die Gasse. »Sobald die Touristen weg sind, verkommt alles.«

»Komisch, aber stimmt, kein Mensch mehr da, der Strand ist wie ausgestorben. Dabei ist es nie schöner hier als jetzt. Landschaftlich, meine ich. Wettertechnisch.« Giulia bemühte sich, mit Sofia Schritt zu halten. »Und übrigens, können wir einander Du sagen? Da ich mehr als doppelt so alt sein dürfte wie du, ist es wohl an mir …«

»Scusi, Signora …«

»Du mich auch«, erwiderte Giulia. »Du hast mich für Sabine Wagner gehalten, nicht wahr? Sie ist ja auch hellhaarig. Wie wir beide. Vermutlich ist ihr Blond sogar echt. Ich habe sie seit der Vernehmung am Nachmittag nicht mehr gesehen. Sie wurde rausgeschickt und war weg. Hast du Angst vor ihr?«

Sofia beschleunigte und rannte weiter stur geradeaus. »Sie ist gefährlich. Sie arbeitet mit der Mafia zusammen. Menschenhandel, Schleuserkriminalität, Waffenschiebereien. Ein Netz aus organisiertem Verbrechen, kirchlichen Verbänden und globalem Terrorismus. Vom Islam bis zum Vatikan ist alles vertreten. Und natürlich gibt's da jede Menge hausgemachte Kriminelle und Mafiosi. Die toskanische Fraktion ist noch jung und entsprechend skrupellos. Sie kennt keine Geduld und hält sich nicht an die Regeln. Während die anderen Mafiagruppen in Italien traditionsgebunden sind und die Macht routiniert untereinander aufteilen, preschen diese Jungs einfach vor. Sie führen auch Kriege, die sie nicht gewinnen können. Und sie werben mit subtilen Tricks Leute aus dem Ausland an, die erpressbar, bedürftig oder wahnsinnig sind und ihnen mit ihren Beziehungen nützen.«

Giulia wagte, die entscheidende Frage zu stellen. »Es geht um Luca, richtig?«

»Erraten. Mein Bruder Luca hat da die Finger mit drin. Und zwar volle Kanne. War 'n Witz dagegen, was er im letzten Jahr gedreht hat. Das war zwar auch nicht nichts, aber na ja, immerhin hat er seine Finger noch. Keiner hat ihm die Hand abgehackt. Papà hält ihn für sauber. Ihm würde das Herz brechen …« Sofia eierte ziemlich herum und brach schließlich ab. Sie fuchtelte mit der Waffe.

Giulia nickte. Alfonso war ein Guter und jagte die Bösen. Klar. Kurz vor Giulias Haus führten auf der bergabgewandten Seite breite Stufen direkt zu einem kleinen Jachthafen hinab. Über dem Durchgang brannte flackernd eine gusseiserne Wandlaterne. Es roch nach Holzkohle, Salz und Sardellen.

»Tu endlich die Knarre weg.«

Sofia blieb abrupt stehen und verstaute die Dienstpistole im Holster. »Signora, würden Sie mit mir hier hinuntergehen? Ich will mit Ihnen was auskundschaften. Darf ich Ihnen was zeigen?«

»Nur, wenn es kein toter Bootsfahrer ist. Seit der Sache mit Roberto hab ich einen Horror davor. Obwohl ich seine Leiche nie gesehen habe. Vielleicht gab es gar keine Leiche.« Giulia bemühte sich, das leichthin zu sagen. Es sollte beiläufig klingen.

»Non lo so, Signora.« Sofia hob die Hände und sprang hinunter zum Hafen. »Man darf nicht zu tief graben und manchen Dingen lieber nicht auf den Grund gehen. Hauptsache, es gab eine Beerdigung.«

Giulia seufzte. Am Kai entlang stolperte sie hinter Sofia her durch die Nacht. Oben auf der Valle del Sole brummte eine einsame Vespa, die heulend bremste und kehrtmachte. »Gibt Calabrese dir Deckung?«

Sofia verlangsamte ihren Schritt. »Bei unseren aktuellen Ermittlungen brauchen wir eine Person, die kooperiert. Das könnten Sie sein, Signora. Sie sprechen ausgezeichnet beide Sprachen, Deutsch und Italienisch, und kennen sich in beiden Kulturen aus.«

»Wollt ihr die beiden Todesfälle denn überhaupt aufklären? Oder reicht es euch, zu beweisen, dass Italien nichts damit zu tun hat?«

»Wir werden alles tun, um eine Staatskrise zu vermeiden.« Sofia klang ernst. Als sie sich umdrehte, rannen Tränen über ihre Wangen. »Natürlich war es ein Doppelmord, natürlich war der Auftraggeber die toskanische Mafia. Die Fraternità paktiert mit diesem alemannisch-tirolerischen Kathoanalytikerorden, und unsere Anti-Terror-Spezialeinheit, die Gruppo di Intervento Speciale, hat nichts anderes zu tun, als davon abzulenken.«

Giulia wunderte sich, wie selbstverständlich Sofia davon ausging, dass sie ihr folgen konnte. Und wie viel Sofia offenbar wusste. Wenn es tatsächlich so war, wie sie behauptete, fehlten Alfonso zentrale Einsichten in umfassende Zusammenhänge. Dann konnte es wohl doch sein, dass Tamir in einem weitaus tieferen Schlamassel steckte, als sie wahrhaben wollten. Jeder der Beteiligten hatte eine andere Sicht auf die Dinge, verfügte über einen unterschiedlichen Wissensstand, sparte gewisse Ausschnitte aus, pflegte höchst private Interpretationsmuster. Giulia versuchte, sich in die geheimbündlerisch größenwahnsinnige, aber dennoch leidvoll verkürzte Perspektive der Carabinieri hineinzuversetzen. Sie wussten nichts von Tamir.

»Es ist doch fast nichts passiert«, sagte sie freundlich. »Ein Ehepaar vom Bodensee, das eine obskure, von einer Süddeutsch sprechenden Sekte betriebene Teufelsaustreibungsstätte besuchte, kam auf unnatürliche Weise zu Tode. Gefunden wurden die beiden Leichen im Auto eines Konstanzer Gerichtspsychiaters, der möglicherweise Motive besitzt, gegen die Bewirtschafter des Heilsetablissements zu Felde zu ziehen. Es könnte ja sein, er wurde vom Gericht als Gutachter hinzugezogen, in einem Fall, der mit diesem Exorzismusstudio und den beiden Toten zu tun hat. Dass sich alle irgendwie kennen oder anderweitig miteinander verfilzt sind, liegt jedenfalls auf der Hand.«

»So schlicht könnte man es auch sehen«, erwiderte Sofia verblüfft. »Aber was macht dann dieser Pfarrer wieder hier? Er hat uns schon im letzten Jahr kein Glück gebracht.«

»Schierer Zufall. Mach dir um den mal keine Gedanken.«

»Andiamo, Signora.« Geschickt balancierte Sofia den Steg entlang und kletterte an der Anlegestelle in ein Motorboot. »Kommen Sie!«

Das Wasser stand schwarz an der Kaimauer, und Giulia gab alles, um nicht hineinzufallen. Sie torkelte über den schwankenden Steg und ließ sich erschöpft in das kleine Boot plumpsen. »Wo willst du denn mitten in der Nacht mit mir hin? Und wieso kaperst du dafür ein Schiff?«

»Die Kiste gehört mir.« Sofia schmiss ohne Licht den Motor an, manövrierte das Boot ein paar Meter weit gen Meer und gab Gas.

Sie legten ab und fuhren mit mäßigem Tempo nah am Ufer entlang. Die Gischt sprühte, Giulia fror, und sie beobachtete irritiert, dass Sofia den Weg nicht genau kannte. Mehrmals kehrten sie um. Giulia hoffte, dass sie nicht kenterten. Man konnte wenig erkennen. Drohend lag die Felslandschaft vor ihnen, dräuend die See. Der Himmel war sternenlos und verhangen. In der Ferne sah man die Lichter von Porto Santo Stefano; erhaben im Glanz lag die Fortezza Spagnola, eine spanische Festung mit Zugbrücke, die

Anfang des 17. Jahrhunderts von den spanischen Habsburgern errichtet worden war. Sie wurde hell angestrahlt und bot etwas Orientierung. Nach einer guten halben Stunde, die sie schweigend verbracht hatten, ankerten sie außerhalb der Stadt an einer Landzunge.

»Wir mussten vom Meer her kommen, weil das Haus von der Straße aus unzugänglich ist. Es ist umzäunt, mit einem Tor versehen und mit einer Alarmanlage gesichert. Daher ist dies die einzige Möglichkeit. Wir können hier nur nicht mehr weiter. Das Wasser wird zu flach. Aber keine Sorge, Signora.« Sofia, die das offenbar nicht zum ersten Mal machte, band das Boot an eine Boje. Sie stiegen um in ein winziges Ruderboot, das sie halbwegs trocken zum Ufer brachte.

Giulia zog die Sneakers aus, krempelte die Hose hoch und lief durch die flachen Wellen an Land. Das Meer war schwarz, das Ufer dunkelgrau. Aber sie erkannte den verwunschenen Ort. Das Licht war düster, doch der Weg zeichnete sich deutlich vor ihnen ab. Er führte hoch zur Villa Cavolfiore, die auf einem malerischen Felsen thronte. Das Anwesen gehörte ihrer Freundin Camilla Bruni, sie hatte es vor einiger Zeit geerbt und steckte alles hinein, was sie an Mitteln aufbringen konnte. Viel war es nicht, da sie von ihren Übersetzungen kaum leben konnte, aber es reichte, um das Besitztum nicht verrotten zu lassen.

Sie stiegen den Hang hinauf, auf einem Pfad, der gesäumt war von bizarren Olivenbäumen, Edelkastanien, Pinien und Zypressen. Es war noch etwas kühler geworden, frisch, aber nicht kalt. Der Himmel blieb bedeckt. Vom Meer her wehte ein leichter Wind. In der Dunkelheit konnten sie genug erkennen, um sich zurechtzufinden.

»Wir nähern uns der Rückseite des Hauses.«

»Ich weiß.« Giulia hatte keine Lust, Sofia zu verraten, dass sie auch mit dem Auto hätten fahren können, weil sie den Digicode am Tor kannte. Allerdings hätten sie dann Lärm verbreitet. Einen Hausschlüssel hatte Giulia nicht.

Das Grundstück war spärlich beleuchtet. Matte Funzeln wiesen den Weg zum Haus. Vor dem zweigeschossigen Natursteinbau lag ein Swimmingpool, dessen glatte Wasseroberfläche leicht schimmerte. Er hatte etwas Unheimliches.

Es kommt mir doch als ein allzu großer Zufall vor, dachte Giulia. Eben noch spreche ich mit Camilla, und schon stehen wir vor ihrer Villa. »Wie bist du auf die Idee gekommen, hierherzufahren?«

»Na, durch Ihr Telefongespräch. Ich hab doch mitgehört, Signora. Bei den deutschen Passagen hab ich nicht alles verstanden, bei den italienischen aber schon.« Sofia grinste. »Signora Bruni vermietet ja an Gäste. Jetzt ist sie nicht da, aber es könnte doch sein, dass sie Besuch hat. Besuch von Leuten, die wir suchen. Verdächtigen Leuten. Verdächtigen Deutschen, zum Beispiel. Niente male, eh?«

»Ganz Porto Santo Stefano ist tot, wieso sollten sich ausgerechnet Touristen so weit nach draußen in die Pampa verirren?« Ich muss endlich wieder arbeiten, dachte Giulia. Die Agenzia auf Vordermann bringen. Ein paar Häuser verkaufen, wenn sonst nichts geht. Eine Woche Herbsturlaub in Marina ist genug. Zumal mit dieser Aktion. Zumal in einem Kuddelmuddel, das die Mutter auf den Plan ruft. Das Ganze wird im Sand verlaufen. Oder übel enden. Zumal sie Tamir nicht helfen konnten. Allmählich zeichnete sich ab, dass alles, was sie hätten tun können, seine Lage nur noch aussichtsloser machte. Solange er ihnen keinen reinen Wein einschenkte und nicht verriet, wer er wirklich war, konnten sie seine Situation nur noch verschlimmern. Was auch immer sie ihm an Lösungsvorschlägen anboten, es war garantiert verkehrt.

»Signora Bruni betreibt doch eine deutsche Homepage. Darüber gewinnt sie Kundschaft.«

»Certo.« Giulia nickte. Camilla pflegte unter anderem Kontakte nach Süddeutschland, Österreich, der Schweiz. Von dort kamen ja auch die Betreiber des Kathoanalytikerordens. Was wussten die Carabinieri darüber? Was wusste Sofia? »Du verschweigst mir etwas. Was machen wir hier?«

»Wir haben Mobilfunkdaten ausgewertet, die uns an diesen Teil der Küste geführt haben. Allerdings sind wir dann nicht weitergekommen. Es ist ja ein entlegener Zipfel hier. Erst Ihr Anruf hat mich auf die Idee gebracht, dass es sich bei dem Zielobjekt um die Villa Cavolfiore handelt.«

Giulia blickte an der Fassade hoch. Deren schwarze Scheiben stierten zurück. Plötzlich ging im oberen Stock ein Licht an. Giulia wandte sich Sofia zu. »Das ist eine Zeitschaltuhr. Camilla hat ihre Alarmanlage scharf geschaltet. Wobei sie hier sowieso kein Mensch hört.«

Blitzschnell fuhr Sofia herum, die Dienstwaffe im Anschlag. Zu spät. Es ploppte, hart, knapp, schier geräuschlos, und sie ging zu Boden. Bevor Giulia einen klaren Gedanken fassen konnte, legte sich ihr eine Hand von hinten fest um den Hals. Sie fühlte kaltes Metall an der Schläfe. Sie schnappte nach Luft und langte nach der fremden Hand. Es war eine linke Männerhand. Mit dem Zeigefinger ertastete Giulia eine sichelförmige fleischige Narbe auf dem Handrücken. Sie wartete darauf, dass ihr die Sinne schwanden, aber sie dachte mit einem Mal glasklar.

»Du kommst mir grad geschliffen. Lass mich los, du Idiot.« Sie krächzte. »Du bist es, der Hannes, Johannes Zweigle. Mutters Lieblingsmitarbeiter. Sie wird dich umlegen, wenn du mir was antust.«

Er lockerte leicht seinen Griff. »Du wirst jetzt schön machen, was ich dir sage.«

Sie versuchte zu schlucken. Merkte, wie sie zitterte, bebte, wie sie die Kontrolle über ihren Körper verlor. Einnässte. »Und das wäre?«

»Bring mich zu ihnen. Bring mich zu den Verrätern. Du weißt, wo sie sind.«

Tamir und Christopher. Es konnte nur um die beiden gehen. Ich muss Zeit schinden, dachte sie. Ich habe keine Ahnung, wie ich diesem Irren helfen kann. »Wie hast du hierher gefunden?«

Hannes antwortete nicht, sondern schubste sie vor sich her. Die Linke lag noch immer um ihren Hals, der Schalldämpfer drückte gegen ihre Schläfe.

»Wir können Sofia hier nicht einfach liegenlassen.« Giulia strauchelte und fing sich wieder. Die Hand schnitt ihr in die Kehle. Sie stieß gurgelnde Laute hervor. »Bitte!«

Da fiel ein weiterer Schuss, ohrenbetäubend diesmal, und Hannes ließ los und sackte in sich zusammen.

»Sind Sie unverletzt, Signora?« Sofia rannte auf Giulia und Hannes zu, der in gekrümmter Haltung am Boden lag. »Das war saugefährlich, porca madonna. Es hätte Sie mit treffen können. Durchschuss. Kollateralschaden.«

»Mir geht es gut.« Giulia beugte sich über Hannes. Aus seinem Mundwinkel und dem rechten Ohr troff Blut. Die Augen quollen aus ihren Höhlen. Gehirnmasse suppte um seinen Kopf. Es roch süßlich nach Reisbrei, verbrannter Milch und gerösteten Mandeln. Giulia richtete sich auf und übergab sich in eine Hecke.

Sofia betrachtete den Toten. »Da ist nichts mehr zu machen. Es ist das erste Mal, Tesora, dass … dass jemand vor meinen Augen ins Feuer gerät.« Sie schluchzte und fing laut an zu heulen.

»Du hast mir vermutlich das Leben gerettet. Es war Notwehr, das werde ich bezeugen.« Giulia fing sich wieder, bevor ein neuer Schwall Erbrochenes aufstieg. »Oder Nothilfe.«

Sofia steckte ihre Waffe weg.

Giulia spuckte aus und wischte sich mit dem Handrücken über den Mund. »Hat er dich denn gar nicht erwischt?«

Sofia gluckste. Sie hatte Schluckauf. »Das ist ein alter Torwart-Trick. Luca hat ihn mir beigebracht. Man muss einfach nur schneller sein als der Ball. Und in die richtige Ecke hechten. Das klappt vor allem dann ganz leicht, wenn der Schütze ein miserabler Stümper ist.«

»Sie lügt«, bellte eine Stimme in der Nacht. »Was auch immer sie behauptet. Sie hat vorsätzlich gehandelt, und sie hat dich für diese Inszenierung benutzt. Es war Mord, Giulia. Diese Polizistin hat Johannes Zweigle mit voller Absicht hingerichtet, und sie tat es in irgendeinem Auftrag. Aber sie hat das geschickt eingefädelt. So, wie die Sache nun erledigt wurde, wird sie von jedem italienischen Gericht freigesprochen.«

»Peter.« Peter Müller. Giulia konnte es nicht fassen. Sie taumelte auf ihn zu. »Mensch, Müller, wo kommst du denn her?«

»Una mano lava l'altra«, sagte er kryptisch und in schier makellosem Italienisch. Er lächelte auf den Stockzähnen. Offenbar empfand er eine diebische Schadenfreude.

Eine Hand wäscht die andere? Die Botschaft war an Sofia Cazzotto gerichtet, die durch das seichte kalte Wasser stapfte. »Ich habe den Schuss gar nicht abgefeuert. Ich möchte, dass Sie das wissen, Signora. Es wird auch leicht zu beweisen sein, dass ich meine Dienstpistole nicht benutzt habe. Aber möglicherweise nehmen wir die Aktion auf uns.« Sie stieg in das Boot. Das Ruder peitschte die Stille.

Der Horizont schimmerte pink- und fliederfarben. Erst war es nur ein winziger greller Punkt, der aus der Morgenröte brach. Mit Macht stach er ins strahlende Orange und wurde zur gleißenden Linie und dann zur Fläche. Daraus erwuchs ein erst scharf umrissener und dann ein konturlos gleißender Feuerball, der sich strahlend hoch in den Himmel schob.

»Wenn du nicht bald wegguckst, wirst du blind.« Camilo rollte seinen feuchten Schlafsack zusammen, in dem sie beide gemeinsam übernachtet hatten. »Mir tut der Kopf weh, meine Beine sind ganz taub, und ich habe die ganze Nacht gefroren.«

»Weichei«, sagte Che. »Aber stimmt schon, es ist ekelig kalt heute Morgen. Ich schaue mal, dass wir heißes Wasser bekommen. Dazu können wir ein bisschen Brot anrösten.«

Sie hießen einander Camilo und Che und waren in der Sierra Maestra unterwegs, um einen Guerillakrieg zu führen. Es ging um die siegreiche Revolution. Camilo hatte seine Bibel dabei, den Jugendroman »Durch die Wüste« von Karl May, und während Che versuchte, mit ein paar krüppligen Ästen ein Feuer zu entfachen, las Camilo daraus vor: »›In der Dschehenna brennt das Nar, das ewige Feuer; dort fließen Bäche, welche so sehr stinken, daß der Verdammte trotz seines glühenden Durstes nicht aus ihnen trinken mag, und dort stehen fürchterliche Bäume, unter ihnen der schreckliche Baum Zakum, auf dessen Zweigen Teufelsköpfe wachsen.‹«

»Brr! ¡Hasta la victoria siempre!« Che, der das Kapitel auswendig kannte, gab das Stichwort. Es passte irgendwie immer.

»›Ja, Sihdi, es ist schauderhaft! Der Beherrscher der Dschehenna ist der Strafengel Thabek. Sie hat sieben Abtheilungen, zu denen sieben Thore führen. Im Dschehennem, der ersten Abtheilung, müssen die sündhaften Moslemim büßen so lange, bis sie gereinigt sind; Ladha, die zweite Abtheilung, ist für die Christen, Hothama, die dritte Abtheilung, für die

Juden, Sair, die vierte, für die Sabier, Sakar, die fünfte, für die Magier und Feueranbeter, und Gehim, die sechste, für Alle, welche Götzen oder Fetische anbeten. Zaoviat aber, die siebente Abtheilung, welche auch Derk Asfal genannt wird, ist die allertiefste und fürchterlichste; sie wird alle Heuchler aufnehmen. In allen diesen Abtheilungen werden die Verdammten von bösen Geistern durch Feuerströme geschleppt, und dabei müssen sie vom Baume Zakum die Teufelsköpfe essen, welche dann ihre Eingeweide zerbeißen und zerfleischen. O, Effendi, bekehre Dich zum Propheten, damit Du nur kurze Zeit in der Dschehenna zu stecken brauchst!‹

Ich schüttelte den Kopf und sagte: ›Dann komme ich in unsere Hölle, welche ebenso entsetzlich ist wie die Eurige.‹

›Glaube dies nicht, Sihdi! Ich verspreche Dir beim Propheten und allen Chalifen, daß Du in das Paradies kommen wirst. Soll ich es Dir beschreiben?‹

›Thue es!‹

›Das Dschennet liegt über den sieben Himmeln und hat acht Thore. Zuerst kommst Du an den großen Brunnen Hawus Kewser, aus welchem hunderttausende Selige zugleich trinken können. Sein Wasser ist weißer als Milch, sein Geruch köstlicher als Moschus und Myrrha, und an seinem Rande stehen Millionen goldener Trinkschalen, welche mit Diamanten und Steinen besetzt sind. Dann kommst Du an Orte, wo die Seligen auf golddurchwirkten Kissen ruhen. Sie erhalten von unsterblichen Jünglingen und ewig jungen Houris köstliche Speisen und Getränke. Ihr Ohr wird ohne Aufhören von den Gesängen des Engels Israfil entzückt und von den Harmonien der Bäume, in denen Glocken hängen, welche ein vom Throne Gottes gesendeter Wind bewegt. Jeder Selige ist sechzig Ellen lang und immerfort grad dreißig Jahre alt. Unter allen Bäumen aber ragt hervor der Tubah, der Baum der Glückseligkeit, dessen Stamm im Palaste des großen Pro-

pheten steht und dessen Äste in die Wohnungen der Seligen reichen, wo an ihnen alles hängt, was zur Seligkeit erforderlich ist. Aus den Wurzeln des Baumes Tubah entspringen alle Flüsse des Paradieses, in denen Milch, Wein, Kaffee und Honig strömt.‹«[10]

»Das Gelände ist unwegsam«, erklärte Che, nachdem Camilo seine Lesung beendet und sie sich am Feuer ein wenig gewärmt hatten. Es knisterte und loderte kaum. Eher züngelte es, und eine Rauchsäule schlängelte sich nach oben. Es windete leicht. »Bald wird es Regen geben. Ich denke, wir sollten das Rebellenhauptquartier hinter uns lassen und uns ein paar Campesinos nähern, die uns mit Proviant versorgen.«

»Es ist saukalt hier oben und ich habe sowieso kaum geschlafen«, entgegnete Camilo, der seinen Rucksack schulterte.

»Das hast du schon gesagt. Aber es wird gleich wärmer. Und unten gibt es Kaffee. Wundervollen italienischen Cappuccino. Wir sind ja, auch wenn wir es nicht wahrhaben wollen, immer noch in Italien.«

Sie wanderten einen steil abfallenden Pfad hinunter.

»Was hältst du davon, wenn wir die Kommunistische Partei Italiens wiederbeleben?«, fragte Che.

»Die Partito Comunista Italiano?« Camilo dachte nach. »Das wäre vielleicht eine Aufgabe. Das gäbe unserem Leben einen Sinn. Aber ist denn noch was davon übrig, das sich wieder aufbauen ließe?«

Che lachte. Ihnen kam eine ältere, schlanke, aber robust wirkende Frau entgegen, die eine farbenfrohe Outdoor-Kluft trug und stramm den Berg hochmarschierte. Offenbar war sie auf einer mehrtägigen Wanderung. Sie hatte einen schweren Rucksack dabei, wirkte aber trotz der Anstrengung locker und freundlich. Als sie an ihnen vorbeizog, schmetterte sie in einem süddeutschen Singsang fröhlich: »Grüß Gott!«

Che fuhr herum. Sie hatte nur zwei Worte gesagt, aber er erkannte sofort die warme, volle Stimme. Sie klang ganz genau gleich wie am Telefon, auch wenn sie sich dort immer mit »Hallo?« meldete. »Frau Sauer?«

Sie drehte sich ebenfalls um und machte ein paar Schritte auf die beiden zu. »Hab ich mir's doch gleich gedacht, dass ihr das seid.« Plötzlich hielt sie eine Waffe in der Hand. »Ihr hättet eure Handys nicht aktivieren dürfen. So kam euch Hannes auf die Spur, und ich musste ihn ausschalten.«

»Sie haben Hannes umgebracht?« Che alias Tamir, der nun wieder Martin Schuster hieß, schlug die Hände vors Gesicht.

»Ich hätte es gleich merken müssen, Sie sind verrückt«, sagte Christopher »Camilo« Gerhardt, der nicht mit der Wimper zuckte. Ihm schien die Bedrohung nichts auszumachen oder er nahm den Ernst der Lage gar nicht wahr. »Sie haben erst meine Eltern liquidiert und dann unseren Beschützer. Hannes hat Martin in Syrien den Arsch gerettet. Er hat ihm Geld geschickt, falsche Papiere, ein Ticket, das ihm dann leider geklaut wurde; er hat den Kontakt zu Giulia hergestellt. Und er hat mich davor bewahrt, dass ich überhaupt hin bin. Vermutlich hat er zigtausende junger Leute aufgeklärt und davor gewarnt, sich zu radikalisieren. Er hat sie wieder zur Vernunft gebracht und so unzählige Anschläge und Todesopfer verhindert. Und er hat sicher ein paar Hundert Kämpfer zur Rückkehr bewegt und ihnen in Europa den Ausstieg ermöglicht. Und das alles getarnt als rechtes Arschloch. Wie er das ausgehalten hat, weiß ich wirklich nicht. Für mich ist er eine echte Lichtgestalt in einem Rechtsstaat, der auf den islamistischen Terror aus der eigenen Mitte überhaupt keine Antworten hat. Wenn es mehr solcher Menschen in Deutschland gäbe, wäre die Demokratie sicherer.«

»Johannes Zweigle hat den Kontakt gesucht zu deinen Eltern, um mich aufzuspüren und auffliegen zu lassen, und

darum haben alle drei dran glauben müssen. Jetzt hast du nur noch einen einzigen Freund auf der Welt, und wenn der nicht mehr ist, bist du mir ausgeliefert.« Frau Sauer richtete die Waffe ruhig auf Martin. *»Du bist ein Verräter. Du hast dich in sein Aussteigerprogramm begeben, aber Hannes ist mir nicht auf die Schliche gekommen. Er hat nie begriffen, dass die Person, die er sucht, in seiner unmittelbaren Nähe agiert.«*

»Was heißt das?«, fragte Martin.

»Das, was ich sage. Chris wirst du mir nicht wegnehmen. Er wird das tun, was ich von ihm will.«

»Ich habe nicht das Zeug zum Attentäter«, meinte Chris und blickte ihr fest in die Augen. »Das können Sie vergessen.«

Frau Sauers Miene verdüsterte sich. »Du wirst alles pflichtgetreu umsetzen.«

»Jetzt schieß doch, schieß!«, schrie Martin, zog die Schultern hoch und riss seine Jacke auf. »Wenn es das ist, was du willst, dann tu's doch endlich!«

Sie guckte ein wenig verpeilt. Wie jemand, der aufwacht und erstaunt feststellt, dass er neben dem Bett liegt. »Erst sagst du mir, wo dieser Müller ist. Er hat Hannes auf das Gelände gelockt, wo es ihn dann erwischt hat. Die beiden waren dort verabredet. Wieso sie so weit raus mussten, keine Ahnung. Müller kannte den Ort, und wahrscheinlich kennt er auch die Frau, die dort lebt. Eine Übersetzerin vom Deutschen ins Italienische, das macht sie per se verdächtig. Und Müller ist ein gefährlicher Spitzel. Ich muss wissen, auf welcher Seite er steht und was er vorhat. Nur deshalb habe ich ihn am Leben gelassen.«

»Sie sind wirklich gaga.« Chris schüttelte den Kopf. »Aber gut. Wir finden das für Sie raus. Geben Sie uns ein paar Tage Zeit. Dann treffen wir uns an einem konspirativen Ort. Sagen wir, nächsten Freitag?«

9

Bis einschließlich Mittwoch blieb das Wetter wechselhaft, danach wurde es wieder beständig. Mitte Oktober überstiegen die Temperaturen zwar kaum mehr die 25-Grad-Grenze, aber lau und mild schien die Sonne. Es war ein letztes zartes Aufbäumen des Sommers und warm genug, um barfuß durch den Sand zu gehen. Fischer machte einen langen Spaziergang. Er wollte allein sein, um nachzudenken. Eintröpfelnde Touristen bevölkerten in kleinen Gruppen die Strände. Meist waren es Familien aus Deutschland, wo die Kinder Herbstferien hatten. Fischer wurde bewusst, dass er die ganze Zeit Kinder vermisst hatte, spielende, herumrennende, autarke Kinder, ihr Gezanke, ihr Geschrei, ihr unbändiges Lachen.

Die Nachsaison war doch noch nicht ganz vorbei. Giulia hatte beschlossen, das Ristorante zum Wochenende hin nochmals aufzumachen, ehe der Garten abgeräumt, das Lokal bis zum Frühjahr definitiv geschlossen und der ganze Betrieb grundgereinigt, renoviert und winterfest gemacht wurde. Denn Maria hatte seit Tagen nichts mehr geputzt, der Garten vergammelte, und was die Instandsetzungsmaßnahmen anging, war noch nicht wirklich viel passiert.

»Tramonto«, sagte Sarah, als die Sonne unterging. Sie zeigte zum Horizont.

Giulia hatte ihr etliche italienische Ausdrücke beigebracht, und Sarah lernte überraschend schnell. Wobei sich schon im Vorjahr gezeigt hatte, dass sie gegen jegliche Erwartung sprachbegabt war. Nun wollte sie Giulia unbedingt helfen, und Fischer war einverstanden. Es langte, wenn man Anfang der nächsten Woche wieder heimfuhr. Sie würden übers Wochenende also noch bleiben, um mit anzupacken und abzuwarten, ob Tamir auftauchte. Sarah nahm Tamirs Verschwinden mit einer Gelassenheit hin, die Fischer verblüffte. Er hegte den Verdacht, dass Sarah etwas wusste, das sie nicht preisgab. An Marina vorbei ging er am Meer entlang Richtung Porto Santo Stefano. Dabei dachte er über eine Unterhaltung nach, von der Giulia ihm erzählt hatte. Sie fing mit einem Sprichwort an: Es ist nie das letzte Lied, das gespielt wird.

»Non è mai l'ultima canzone.« Maria, die eine Steige Brechbohnen in die Küche trug, habe ihre neue Zahnlücke gezeigt, als sie laut lachte. »Das ist definitiv die letzte Ernte aus dem Garten, aber hier wird es am Wochenende noch mal proppenvoll. Du warst ja noch nie Mitte Oktober in Marina …«

»Nein, noch nie. Wie kommst du darauf?«

»Du wirst schon sehen. Am Sonntag ist das Fest des heiligen Callistus. Er wird in Marina als Märtyrer verehrt.«

Giulia, die am Schüttstein stand und Ackersalat putzte, habe sich auf eine längere Erzählung gefasst gemacht. Und die sei dann auch prompt eingetroffen.

»Er wirkte Anfang des dritten Jahrhunderts. Ursprünglich stammte er aus dem Sklavenstand. Nachdem ihm vorgeworfen wurde, er habe in ziemlich großem Maßstab Gelder veruntreut, musste er aus Rom fliehen. Daraus entspann sich eine ziemlich abenteuerliche Geschichte mit abartigen Verfolgungsjagden, aber schließlich wurde Callistus oder Calixt auf die Bitte einer Konkubine des Kaisers Commodus hin freigesprochen. Als Bischof von Rom führte er den Generalablass ein, die sofortige Vergebung aller Sünden bei tätiger Reue. Die Bußzeit wurde abgeschafft. Selbst Unzüchtige, Ehebrecher und Mörder durften nun wieder an der heiligen Kommunion teilnehmen. Kaiser Alexander Severus war so sauer, dass er ihn einkerkern ließ. Callistus saß im Stadtteil Trastevere im Gefängnis, wo er predigte, taufte und heilte, bis man ihn mit einem Mühlstein um den Hals in einem Brunnen versenkte. An dieser Stelle wurde dann die Kirche Santa Maria in Trastevere erbaut.«

In Fischers Gedächtnis spulte sich der darauffolgende Dialog ab, den Giulia aus dem Kopf wiedergegeben hatte.

Giulia fragte: »Und wieso wird er gerade in Marina verehrt?«

»Wir haben in unserer Kirche eine wundertätige Reliquie des heiligen Callistus. Sie hat schon viel Leid gelindert und sagenhafte Werke vollbracht. Beispielsweise hat sie uns von der Hexerei erlöst.«

»Wie ging das denn?«

»Na, wenn eine Frau verdächtig war, musste sie sich vor die Reliquie hinknien. War sie eine Hexe, hat die Reliquie von innen her geleuchtet.«

»Und dann?«

»Hat man die Hexe gefoltert und verbrannt. Auf einem Scheiterhaufen, der so gewaltig war, dass man das Feuer bis hinüber nach Porto sah.«

»Aber da klemmt doch ein Berg dazwischen.«

»Certo, Amore. Aber wenn man auf den Turm der Chiesa di Santo Stefano stieg, konnte man das Feuer sehen.«

Fischer, der nach wie vor kaum nennenswert Italienisch sprach, obwohl er bescheidene Fortschritte machte, konnte die toskanische Mentalität immer besser begreifen. Und den hiesigen Humor. Er grinste gallig. Vielleicht sollte er alle anwesenden Weibsbilder zu einem gemeinsamen Kirchgang bewegen. Allesamt. Eine von ihnen würde die Reliquie schon zum Leuchten bringen. Aber er würde dann mit aller Macht dafür sorgen, dass nirgendwo ein Feuer aufloderte.

Es ging wieder zurück nach Süddeutschland. Am Samstagmorgen wollten die Ersten aufbrechen. Klara Kerner hatte angeboten, Sabine Wagner, Agatha und Reinhild mitzunehmen. Müller, der seinen Daimler wiederhatte, fuhr allein.

Am Freitagabend kochte Giulia ein großes Abschiedsessen, das sie gegen zehn, nachdem die letzten Gäste gegangen waren, servieren wollte. Sarah brachte Gläser, Servietten und Besteck, Fischer saß mit Müller bereits am Tisch und entkorkte eine Flasche. Da die Weinvorräte zur Neige gingen, war er zu einem Winzer über Grosseto nach Campagnatico gefahren und hatte auf Giulias Bestellung hin fünf Kisten Sangiovese Grosso gekauft, einen zertifizierten veganen Bio-Rotwein, der erschwinglich war und mehrheitsfähig und den auch die deutschen Gäste gern tranken. Fischer goss Müller den ersten Schluck zum Probieren ein.

»Seltsam flach«, fand Müller, nachdem er geschwenkt, die Nase tief ins Glas gehalten, geschlürft, durchgekaut, geschluckt hatte. »Lecker im Aroma, aber lasch im Abgang. Dieser Wein schmeckt nach nichts.«

»Das ist doch ein Lättengeschwätz. Weißt du was?« Fischer goss sein Glas halb voll. »Ich denke es schon länger, und jetzt sage ich es auch. Ganz bewusst. Du bist ein Grasdackel, Müller.«

»Hä?«

»Ein Grasdackel halt. Ein Wiesenwalle. Du selber bist vom Stamme Nimm, hast eine große Gosch, bringst aber absolut nichts in die Gänge. Das Einzige, was du hinkriegst, ist Murks. Und wenn es dann zum Schwur kommt … bist du charakterlos.«

»Nicht streiten!«, rief Sarah.

Draußen hielt Klaras Opel.

»Und weißt du was, du trüber Spitz? Jetzt ist gleich etwas geboten. Von dir erwarte ich, dass du uns heute Abend die

Lösung präsentierst. Ich wünsche mir Klarheit und Wahrheit. Nicht mehr, aber auch nicht weniger.«

»Es gibt für alles eine Lösung«, erwiderte Müller idiosynkratisch.

»Kopfschuss«, parierte Fischer. Er segnete den Wein, hob das Glas an die Lippen und trank.

Kurz nach zehn saßen alle acht am Tisch – alle außer Tamir, der seit etlichen Tagen abgängig und doch irgendwie die Hauptperson war. Wegen ihm waren sie nach Marina gekommen. Fischer hockte am Kopf der Tafel, eingerahmt von Sarah und Giulia, die für das Mahl zuständig waren und dauernd in die Küche liefen. Neben Sarah saßen Reinhild und Agatha, auf Giulia folgten Klara und Sabine Wagner. Fischer gegenüber thronte Müller, der seinerseits die Sitzordnung für sich reklamierte. Doch Fischer hatte beschlossen, dass er die Chefposition einnahm, und Müller hatte sich zu fügen.

Als Gruß aus der Küche aßen sie lauwarme Risottokugeln mit Kürbis, die Sarah auf Eisschälchen angerichtet, mit Kürbisöl beträufelt und mit gerösteten Kürbiskernen und Gartenkräutern garniert hatte. Obwohl es nur Reste vom Vortag waren, servierte Sarah das Amuse-Gueule mit dem weihevollen Ernst eines Sternekochs, und sie mundeten.

Fischer überlegte, ob er aufstehen und Sarah danken sollte. Er war ungeheuer stolz auf sie. Noch nie war sie so fit und selbstständig gewesen, im Leben nicht. Dabei hatte sie ihre aktivsten und gesündesten Jahre, obwohl sie noch keine 33 war, wohl hinter sich. Sie würde bald und schnell altern. Er ließ es bleiben. Er wollte sie so behandeln wie seine anderen Schwestern. Normal. Ihnen hätte er jetzt auch nicht umständlich gehuldigt.

Fischer stand auf und sprach ein kurzes Dankgebet. Er dankte dem höheren Wesen, das wir Gott nennen, für die guten Gaben und für die Einsicht. Er dankte dafür, dass nun alle, die in seinem Namen um den Tisch versammelt waren, in freier Runde ein Geständnis ablegten. »Weshalb seid ihr hier? Wer möchte beginnen?«

»Ich.« Agatha legte den Löffel weg. »Ich bin hier, weil ich euch brauche. Ich brauche Freunde, und ich benötige einflussreiche Kontakte. Ich möchte daheim ein neues Leben anfangen. Meine Eltern verstehen nicht, was mir passiert ist. Was ich gemacht habe. Eigentlich wollte ich nach dem Abitur nur eine Auszeit nehmen, eine Weile rumreisen. Daraus sind nun über zwei Jahre geworden. Ich habe nach Sinn gesucht und keinen gefunden. Alles, was ich ausprobiert habe, wo ich so reingestolpert bin, war mehr oder weniger schrecklich. Ich bin in Kriege hineingeraten, und ich habe mich instrumentalisieren lassen.«

»Das ist doch Kacke!«, rief Reinhild.

»Lass sie ausreden«, befahl Klara. »Keiner wird unterbrochen.«

»Das war es schon.« Agatha zuckte die Schultern. »Bald werde ich wieder Annika sein, und ich werde ab nächster Woche in Tübingen studieren. Kommunikationswissenschaften oder so. Genau hab ich mich damit noch nicht beschäftigt, aber ich hab den Platz. Und ich will unbedingt ein Praktikum machen.«

»Was weißt du über das Ableben der Eltern Gerhardt? Über den Verbleib von Christopher und Tamir?« Müller inquirierte.

»Nichts. Welches Ableben denn? Was heißt das überhaupt?«

»Vorspeise«, orderte Fischer.

Sarah und Giulia standen auf.

Sarah lachte laut und perlend, juchzend, johlend. Wild und ungebändigt. Das Lachen kam aus seiner Hosentasche. Fischer griff nach dem Handy.

»Ich bin es, Tamir. Hör zu, Justus, Sarah hat mir geholfen. Ich hab sie auf dem Festnetz angerufen und ihr erklärt, dass es ein Geheimnis gibt, das sie für sich behalten muss. Und dass sie mir helfen soll, weil am Freitagabend ein Überraschungsgast kommt und dass ihr so lange ausharren müsst. Ihr habt es Sarah zu verdanken, dass ihr jetzt alle im Ristorante um einen Tisch sitzt.«

»Wo bist du?«

»Egal. Ich bin mit Christopher Gerhardt unterwegs, er ist in Sicherheit. Wir haben einiges herausgefunden, was Peter Müller angeht. Gleich kommt eine Frau ins Ristorante, die das wissen will. Sie ist bewaffnet.«

»Bist du in Konstanz?«

Fischer hörte im Hintergrund einen Fluch. »Che cazzo fai?«

Tamir war mit Christopher bei Alfonso. Das hätte er sich gleich denken können, dass der krumme Anwalt die beiden Buben bei sich versteckte, um mit ihnen irgendein Ding zu drehen, von dem Fischer nichts verstand. »Hallo, bist du noch dran?«

»Müller ist gefährlich. Ihr müsst ihn festhalten. Und ihr müsst dafür sorgen, dass ihm nichts passiert.«

»Vaffanculo!« Alfonso brüllte.

Das Gespräch brach ab.

Giulia und Sarah kamen mit bunten Antipasti-Tellern aus der Küche: Wurst, Käse, Oliven, eingelegtes Gemüse.

Eine ältere Frau in bunten Wanderklamotten lief zur Tür herein. Ihr folgte eine androgyn wirkende Endvierzigerin mit flammend roten Locken.

»Isolde!« Klara Kerner sprang auf. »Was machst du denn hier?«

»Camilla!«, rief Giulia.

Camilla Bruni wandte sich unumwunden an Giulia, als wären sie beide allein. »Es hat geklappt. Ich war bei den

Großeltern von Justus. Ich sollte dort ja irgendwas erfragen. Beide gaben mir einen Satz für Tamir mit. Der Großvater zitierte Peter Weiss, ›Die Ästhetik des Widerstands‹: »Die Begünstigten wußten, daß es keine Götter gab, denn sie, die sich deren Maske aufsetzten, kannten sich selbst.« Die Großmutter hatte was aus der Bibel: ›Ihr sollt nicht meinen, dass ich gekommen bin, Frieden zu bringen auf die Erde. Ich bin nicht gekommen, Frieden zu bringen, sondern das Schwert.‹«

»Matthäus 10,34«, sagte Fischer. »Das Weiss-Zitat erklärt uns, was mit Müller los ist. Nämlich nichts. Er ist einfach bloß ein blöder Hochstapler. Jetzt ist nur die Frage, wer ist unser Überraschungsgast. Wer von euch beiden ist bewaffnet?«

Isolde zog ihre Pistole heraus und legte sie auf den Tisch. Klara nahm sie, entsicherte sie und zielte auf Isoldes Brust.

»Feuer frei!«, rief Sarah und klatschte in die Hände.

Samstag. In aller Herrgottsfrühe lief Fischer mit Giulia und Sarah hinunter zum Meer. Die Sonne schob sich hoch in den Himmel. Die Farben waren klar und frisch. Ein tiefer Friede lag über der Bucht, das Meer plätscherte. Nachdem sie ein kurzes, kühles Bad genommen und sich an der Strandbrause hinter dem Haus eiskalt geduscht hatten, trockneten sie sich sorgfältig ab und schlüpften in ihre Kleider. Giulia trug wie üblich Jeans und T-Shirt, Sarah ein buntes Baumwollkleid. Fischer zog einen hellgrauen Kaschmirpulli über ein schwarzes Seidenhemd. Dazu trug er eine anthrazitfarbene Leinenhose.

»Komm, wir pflücken die allerletzten Tomaten.« Giulia holte eine große Schüssel aus der Küche.

Sarah, die draußen wartete, verfolgte eine grüne Smaragdeidechse, bis sie zwischen den Steinen verschwand.

Als sie sich umwandte und zu ihm zurückkam, berührte Fischer sie sanft am Arm. »Du willst mir etwas sagen.«

»Will ich nicht«, erwiderte Sarah. Sie hob trotzig den Blick. Mit der Zunge fuhr sie sich über die Lippen.

Sie schwiegen einander an. Fischer wartete.

»Alfonso hat angerufen«, erzählte Giulia, als sie endlich wieder herauskam. »Er hat sich wohl bei seinen Leuten im Darknet informiert. Mutters Freundin Isolde Sauer ist ein führendes Mitglied der ›Identitären Bewegung‹. Die werden bei uns nicht nur vom Verfassungsschutz überwacht, sondern auch unterwandert. Nach dem Eintritt in den Ruhestand möchte sie sich da wohl noch etwas nützlich machen.«

»Hilf mir mal«, bat Fischer.

»Na, die behindern die Arbeit der internationalen Hilfsorganisationen. Vor der libyschen Küste zum Beispiel. Deutsche, Franzosen und Italiener wollen gemeinsam verhindern, dass Bootsmigranten abgeholt und auf einem anderen Schiff nach Italien gebracht werden. Das ist natürlich genau das, was Italien will.«

»Und wie geht das?«

»Die versenken die Schiffe, sobald die Schlepper von Bord sind.« Giulia seufzte. »Aber das Ganze hat noch eine völlig andere Dimension. Das sind ja alles nur willige Helferlein. In Wahrheit dreht es sich um eine großangelegte politische Entwicklung. Europa kolonialisiert Afrika erneut, und zwar diesmal durch Migrationskontrolle. Nicht nur Italien unterhält Beziehungen zu korrupten Regierungen auf dem afrikanischen Kontinent. Die hindern dann die Menschen an der Flucht. Oder sorgen dafür, dass sie nie in Europa ankommen. Die EU gibt dafür Summen in Milliardenhöhe aus, das läuft über Militär- und Wirtschaftshilfe. Ganz Europa kooperiert mit Regimen, für die schwere Menschenrechtsverletzungen an der Tagesordnung sind, und wir zahlen für die Ausbildung von Polizisten und Soldaten, die alles niederknüppeln und erschießen, was sich regt.«

»Wir machen Entwicklungshilfe und die kriegen dafür Geld«, sagte Sarah, die aufmerksam zugehört hatte. »Tamir hat gesagt, die kaufen von uns Waffen und so Geräte und an den Grenzen werden megaviele Leute erfasst und zurückgeschickt nach Afrika. Und Peter will rauskriegen, ob der Vatikan da mitmacht.«

»Ah ja?« Fischer traute seinen Ohren kaum. »Wie kommt Tamir darauf? Und wieso hast du uns das nicht früher erzählt?«

»Ich hab's vergessen«, meinte Sarah. »Ist es wichtig und wie und was?«

»Ni... ni... nicht besonders«, erwiderte Fischer. »Aber wenn Müller als U-Boot gegen den Vatikan ermittelt, dann wundert mich freilich überhaupt nichts mehr.«

»Isolde ist nicht totgegangen gestern.« Sarah überlegte. »Wieso hat Klara sie nicht verschossen? Sie gehört doch zu den Guten und Isolde ist eine Böse.«

»Jetzt re... re... red nicht so einen Mist. So einfach ist die Welt nicht.«

»Die beiden sind ein Paar«, erklärte Giulia. »Und Klara war außer sich. Sie war wahnsinnig enttäuscht und entsetzt, dass Isolde so eine zwielichtige Rolle spielt. Sie hat mit ziemlicher Sicherheit ein paar Leute auf dem Gewissen. Aber ganz so einfach ist es halt auch wieder nicht, weil sie möglicherweise im Auftrag und unter dem Schutz des deutschen Staates operiert. Na ja, und Müller hat locker überlebt.«

»Peter sagt, der Vatikan macht Operation Tigermücke. Der erfindet vielleicht Handys, die totmachen können. Die geben so Signale mit Strom, und wenn einer einen Herzschrittmacher hat, dann – buff! Kann aber auch so sein, dass der totgeht, wo keine so Sachen hat, und dann braucht man keine Pistolen und Gewehre mehr, dann muss man den nur anrufen.« Sarah machte keinen Hehl daraus, dass ihr der

Gedanke gefiel. »Und das Beste, sagt Peter, sagt Tamir: Der Vatikan arbeitet zusammen mit dem Massud!«

»Mit dem Mossad.« Fischer stöhnte. »Was spielt der hier noch mal für eine Rolle?«

»Der Massud«, sagte Sarah, »bastelt Sprudelflaschenbomben. Die machen das mit Kohlensäure.«

»Jetzt haben wir doch einiges erlebt«, sinnierte Giulia. »Das Einzige, was mich dabei wirklich stört: Wir können Tamir immer noch nicht helfen.«

»Ich kann.« Sarah sah beide an und grinste. »Ich krieg ein Baby. Ich heirate den.«

Mittwochmittag. Die Toskana lag da in einem malvenfarbenen Abendlicht. Fischer hockte auf seiner Terrasse und aß einen Teller Spaghetti. Vor ihm stand der aufgeklappte Laptop, und er klickte durch die Bilder, die Reinhild ihm geschickt hatte. Sie hatte bezaubernde Landschaftsfotos gemacht, die etwas Luzides, zugleich Entrücktes, Transzendentes hatten. Eigentlich war es gar nicht möglich, mit einem digitalen Apparat solche geistvollen, ätherischen Aufnahmen hinzubekommen. Etwas Göttliches musste geschehen sein, um diese verborgenen Momente einzufangen.

Klara, die als Erste abgereist war, hatte mit Isolde, Sabine, Agatha und Reinhild das Auto rappelvoll gehabt. Müller hatte niemanden mitgenommen, Giulia war in Florenz geblieben, und so hatte sich Fischer mit Sarah, Tamir und Christopher in den Zug gesetzt. Ihre Ausweise wurden nicht kontrolliert. Christopher würde, bis die Leichen seiner Eltern freigegeben wurden und überführt werden konnten, bei Fischer in Konstanz bleiben, Tamir wohnte sowieso seit ihrer Rückkehr im Pfarrhaus. Die beiden teilten sich das Gästezimmer.

Es war ungewöhnlich warm für Mitte Oktober. Die Konstanzer Altstadt verbreitete ein mediterranes Flair. Matt strahlte das Pflaster. Die Studierenden und Berufstätigen, die durch die Katharinengasse flanierten, trugen Salate in Gläsern mit sich und tranken aus wiederverwendbaren To-Go-Bechern. Fischer spähte durch die Hecke. Sie hatte im ersten Frost schon ihre Blätter verloren. Dann wandte er sich wieder seinen Spaghetti zu. Die Sonne, die aufs Tischtuch schien, hatte fast noch etwas Spätsommerliches. Plötzlich warf sich ein Schatten darauf. Fischer erschrak. Er blickte hoch. Vor ihm stand der Großvater. Er wirkte wacklig. Mit zitternden Fingern hielt er sich am Tisch fest.

»Was führt dich zu mir? Ich habe dich gar nicht kommen sehen.«

»Bleib sitzen, mein Bub.« Vorsichtig ließ sich der Opa auf dem Stuhl gegenüber nieder, schürzte die Hose über den Knien und saß mit dem Rücken zur Sonne. Er strich sich das weiße Haar zurück, das stets voll und lockig gewesen war und nun schütter und strohig wirkte. »Ist die Sarah noch im Café Sonnenschein?«

»Ja, bis um halber drei, sie hat in dieser Woche die mittlere Schicht übernommen. Es gefällt ihr jetzt auf einmal besser dort. Die kleine Auszeit in der Toskana hat ihr gutgetan.« Fischer fiel auf, dass er schon eine Weile nicht mehr stotterte. Vielleicht würde er nie mehr stottern. Das Stottern war einfach weg. Aber das hatte er schon ein paarmal geglaubt, und es war jedes Mal wiedergekommen.

»Ich wollte eh mal allein mit dir reden. Wegen der Oma.«

»Was ist mit ihr?«

Der Großvater holte tief Luft. »Die Oma weiß es wirklich nicht mehr so, aber in diesem Fall ist es aufgegangen. Kinder und Narren besitzen die Gnade der Weisheit. Und Wisslose.«

»Was meinst du?« Fischer gabelte die Spaghetti im Uhrzeigersinn. Ein Tropfen Tomatensoße troff auf den Tellerrand.

»Weißt du, mein Bub«, der Opa griff zitternd nach Fischers freier Hand, »es ist nicht gar verkehrt. ›Man muss die Liebe hereinlassen, wenn sie im Vorbeifahren einem zuwinkt.‹ Das hat die Oma gesagt, und dann hat sie gemeint, es sei noch nie eine Sünde gewesen. Die Leibeslust sei dem Menschen eingeschrieben noch und nöcher und dürfe nicht ins Hintertreffen geraten. Sie ist spät auf diese Weisheit gekommen. Ein Lebtag lang hat sie mich am Wickel gehabt, ohne sich von ihren Leidenschaften zu arg schurigeln zu lassen. Es war an mir, das zu tun. Ich habe deine Oma vom ersten Tag an geliebt. Mich hat die Liebe zu ihr davon abgebracht, meiner Berufung zu folgen; ein schnöder Schulmeister ist aus mir geworden stattdessen, und nun soll dich deine Berufung zum Diener Gottes nicht vom Zauber der Liebe abhalten. Meint jedenfalls die Oma, und sie hat selten im Leben etwas so Gescheites gesagt wie jetzt, wo sie nicht mehr ganz gescheit ist.«

»Ich weiß nicht«, sagte Fischer, »für mich hat diese Frau, die mir Gott der Herr geschickt hat, etwas Heiliges. Sie ist möglicherweise eine Märtyrerin. Zumindest ist sie in der Lage, Stigmata auszubilden. Das ist heuer ungeheuer selten geworden, und man sollte ein solches weibliches Wunder bedingungslos lieben, aber nicht unsittlich berühren.«

Fischer erzählte die Geschichte, wie Reinhild ihn mit Agatha an der Fasnet im Hänselehäs zusammengeschlagen hatte, wie er sie ein halbes Jahr später in der toskanischen Exorzistenvilla an ihren veilchenblauen Augen wiedererkannt und in Müllers Auto nackt und blutend vorgefunden hatte. »Sie trägt die Wundmale von Jesus Christus. Sie ist die Braut Christi.«

»I wo.« Der Großvater ließ Fischers Hand los und fuhr sich durchs schüttere weiße Haar. »Diese Reinhild hat sich wohl bei diesem Angriff, dessen Gründe mir schleierhaft sind, in dich verguckt. Vielleicht ging es bei dem Überfall um dich als Gottesmann, der vom Teufel, vom Hänsele, niedergestreckt werden sollte. Also ein religiöses Motiv. Dabei wurde diese Reinhild bekehrt und im Zuge dessen verliebte sie sich. Sie hat dich irgendwie an diesen entlegenen Ort in der Toskana gelockt, Monticello, nicht wahr, vielleicht mit Hilfe von diesem undurchsichtigen Doktor Müller, wo du sie dann trafst. Die Inszenierung im Auto ist doch ganz schlicht. Müller hat ihr den Schlüssel gegeben. Sie ist da rein, hat sich so aufreizend drapiert, wie du sie gefunden hast. Sie wollte dich verführen, rumkriegen wollte sie dich, und sie hat dabei zu einem probaten Mittel gegriffen, das nicht ganz koscher ist. Tun das nicht alle Weibsbilder heutzutage? Das ist ein ganz normales junges Mädle.«

»Das kommt dazu. Sie ist zu jung. Deshalb habe ich es lange nicht gemerkt. Oder ich wollte es nicht wahrhaben. Dass etwas zwischen uns im Entstehen ist. Woher weiß eigentlich die Oma davon?« Fischer aß die aufgedrehten Spaghetti.

»Sie entwickelt so eine Art Hellsicht. Vor allem in Dingen der körperlichen Liebe. Sie erblüht auf wundersame Weise, nachdem scheint's alles schon verloschen war. Ihre sinnliche Intuition lässt es zu, mich wieder ein ums andere Mal zu erwecken.«

Fischer schluckte einen Löffel Tomatensoße. Die Großeltern hatten mit 90 noch guten Sex. Sarah war ebenfalls in die Geheimnisse der Liebe eingeweiht worden. »Sarah ist schwanger.« Fischer sah den Opa fest an. »Von Tamir.«

Der Großvater lehnte sich zurück. »Ja, und das freut mich sehr. Ich habe ihr zugeraten. Es ist ein Wunder Gottes, dass es dann tatsächlich passiert ist. Mit 32! Das ist für sie wahnsinnig spät. Aber woher weiß sie das so geschwind? So schnell kann sie das doch gar nicht merken!«

»Eigentlich nicht. Aber sie hat sich so gefühlt. Dann haben wir den Test gemacht. Er war positiv. Sie bekommt tatsächlich ein Kind. Du hast sie dazu ermutigt?« Fischer verkniff sich die Frage nach den Eltern. Oder nach seinen anderen Schwestern. Esther würde es unmöglich finden, Hannah würde versuchen zu helfen.

»Da Tamir gesund ist, liegt das Risiko, dass das Baby behindert ist, nur bei 10 Prozent. Zu 80 Prozent kommt es allerdings vorher zu einer Fehlgeburt oder Frühgeburt.« Der Opa schlug die Beine übereinander. »Wir haben uns beraten lassen. Im Sommer schon. Verzeih, dass wir dich nicht ins Vertrauen gezogen haben. Aber du hättest sie nur verunsichert. Sarah versteht das alles. Trotzdem wird es hart für sie sein, wenn sie die Schwangerschaft wieder verliert.«

»Sie hat immerhin eine Chance von 20 Prozent«, meinte Fischer und leckte den Löffel ab. »Willst du eigentlich was essen?«

»Nein, danke. Aber ich hätte gern ein Glas Wasser.« Der Großvater fuhr sich mit der Zunge über die trockenen Lippen.

Fischer holte ein Glas aus der Küche und schenkte ihm aus der Sprudelflasche ein.

»Hast du denn noch gar nicht richtig mit Sarah geredet? Ich meine, über die gefühlsmäßigen Dinge. Es muss dich weder überfordern noch dir peinlich sein. Oder bist du eifersüchtig?« Der Großvater schüttelte den Kopf.

»Kaum«, erwiderte Fischer. »Liebt Tamir sie denn?«

Der Opa lächelte mondsichelfein. »Tamir ist schwul. Das ist so sicher wie das Amen in der Kirche.«

Fischer schluckte.

»Frag ihn einfach. Er wohnt doch bei dir. Mit seinem Freund Christopher. Wo sind die beiden denn?«

»Unterwegs im Auftrag des dritten Seehasen und auf den Spuren der unbefleckten Jungfrau«, meinte Fischer kryptisch. »Sie folgen dem Pfad einer Marienerscheinung.«

Ein Taxi fuhr vor, das in der engen Katharinengasse eigentlich nichts verloren hatte. Der Fahrer stieg aus und öffnete die hintere Tür. Ohne sich helfen zu lassen, sprang die Oma heraus und stürmte stracks zur Terrasse. Sie trug Saunasandalen, ein beiges Nachthemd und darüber einen flauschigen hellgrünen Morgenmantel. Ihr weißes Haar war offen und fiel in weichen Wellen über die Schultern.

»Was machst du denn hier?«, rief der Opa.

»Ist das Ihre Frau?«, fragte der Fahrer, der hinter ihr herkam.

»Ja, das ist meine. Ich habe haufengenug. Aber ich nehme sie natürlich zurück. Sie ist Gold wert.« Der Großvater lächelte zittrig. Er wischte sich eine Träne aus dem Augenwinkel.

»Sie stand auf der Straße und machte einen orientierungslosen Eindruck. Jedenfalls wusste sie nicht, wo sie wohnte. Sie meinte nur, sie wolle zum Pfarrhaus«, erklärte der Fahrer.

»Schon recht«, erwiderte Fischer. »Was bin ich Ihnen schuldig?«

»Nichts«, sagte der Fahrer, drehte sich um und fuhr davon.

»Warum bist du stur Heil aus dem Haus gegangen? Ich hab dir doch gesagt, ich komm gleich wieder.« Der Opa streckte ihr die Hand hin.

Die Oma beachtete ihn gar nicht, sondern wandte sich an Fischer. »Ich will nicht, dass mich mein eigener Sohn für dumm verkauft. Und ich habe Hunger. Ich habe seit Tagen nichts mehr gegessen. Du hast doch was zu essen im Haus, Papa?«

Fischer begriff, dass sie alle Generationen durcheinanderbrachte. Einerseits war sie wieder das Flüchtlingskind, andererseits musste er hinnehmen, dass sie ihn einmal mehr für seinen Vater hielt. Und dass sie sich daran festklammerte, ihr erstgeborener Sohn (und nicht erst der Enkel) habe es geschafft, Pfarrer zu werden. Davon würde die Oma gleich wieder anfangen. Fischer hatte lange geglaubt, sie seien eine halbwegs intakte große Familie. Seit einiger Zeit zerbröselte diese Fantasie, und allmählich löste sie sich in Staub auf.

»Ihr könnt bei mir wohnen«, sagte Fischer. »Ihr bleibt einfach hier.«

»Du hast keinen Platz«, entgegnete der Opa. »Du hast den Bedürftigen bereits Asyl gewährt.«

»Sie kommen bei euch unter. Wir tauschen die Wohnung.«

»Er heißt Martin Schuster. Er ist in Syrien aufgewachsen. Aber er ist nicht ein Geflüchteter, er hat kein Pistole, und er macht auch kein Terror. Er ist kein Böser. Ist alles gut.« Sarah war früher heimgekehrt, weil es ihr nicht recht wohl war. Sie setzte sich mit an den Terrassentisch und nippte an einem Kamillentee.

»Woher weißt du das?«, fragte Fischer. Er ahnte, dass sie es schon länger in Erfahrung gebracht hatte.

»Von den Seehasen am Kaiserbrunnen«, sagte Sarah freundlich. »Die reden manchmal mit mir. Mit dir doch auch, Justus?«

Fischer lächelte. »Ja. Mit mir auch.«

»Tamir hat wieder Papiere. Ist okay. Die Polizei lässt ihn in Ruhe. Niemand jagt ihn. Er braucht nicht mein Hilfe. Ich kann ihn trotzdem heiraten, wenn ich will.« Sarah juchzte und klatschte in die Hände. »Ich will aber nicht. Ich bleibe lieber hier.«

Fischer fragte sich, ob die ganze Geschichte am Ende womöglich viel einfacher war als gedacht. Vielleicht bot Tamir, der homosexuell war, im Internet seine Dienste als

Samenspender an, und der Großvater hatte ihn wahrscheinlich sogar dafür bezahlt. Dann war die ganze Geschichte mit dem syrischen Flüchtling und dem Terrorismusverdacht an den Haaren herbeigezogen, um Tamir ins Pfarrhaus einzuschleusen. Der Opa hatte recht, Fischer hätte das Vorgehen niemals gebilligt. Während Fischer also Tamir unter seine Fittiche nahm und ihm als Seelsorger im Namen Gottes Schutz gewährte, schwängerte Tamir mit dem Segen des Opas seine andersbegabte Schwester. Dass der Opa nicht gezögert hatte, Giulia mit ins Boot zu holen, erschien Fischer plausibel. Vielleicht war die Sache wirklich so simpel. Unklar blieb dabei wiederum, welche Rolle Müller spielte. Da hatten sich wohl zwei Fährten gekreuzt, die Tamir-Geschichte und die Sache mit den Gerhardts. Dass Christopher und Tamir, oder Martin, sich darüber wiedergetroffen hatten, war sozusagen Schicksal. Und dann gab es noch den großen undefinierbaren Rest. Da waren wohl teuflische Mächte am Werk, die nichts Geringeres im Sinn hatten, als die Schöpfung zu zerstören. Fischer war sich gewiss, dass Fanatismus, Glaubenskriege und Gier gegen die Großmut Gottes nichts ausrichten konnten. Selbst dann nicht, wenn die Hauptfiguren des Spektakels im Dienste der Demokratie unterwegs waren, wie es bei Klara und Konsorten hundertprozentig der Fall war.

War Tamir von allen nur benutzt worden? Von der obskuren Müller-Fraktion, um ihre zwielichtigen Motive auszuspinnen, von den Gerhardts, die über ihn vergeblich versucht hatten, an ihren abgängigen Sohn heranzukommen, vom Großvater, um Sarah eine Freude zu machen? Fischer schämte sich etwas, dass er Sarah nicht zutraute, einen intelligenten jungen Mann für sich einzunehmen. Doch es war, bei Licht besehen, einfach unrealistisch. Dennoch wünschte er sich jetzt, sie habe die körperliche Liebe kennengelernt.

Und er fragte sich, wie es mit ihm und Reinhild wohl weiterging. Ob er den Erfordernissen des Leibes gewachsen war. Ob ihn die Wogen der Leidenschaft hinwegspülen würden. Und wann Reinhilds Brust wieder anfing zu bluten.

Sarah lachte. Sie lachte ihr johlendes, ungebändigtes Lachen, das wild war und kompakt auf dem Tisch lag. Fischer griff zu seinem Handy. »Ja?«

»Ich bin es, die Giulia. Hör mal, es ist was furchtbar Trauriges passiert. Unten, in Porto Santo Stefano. Sie haben Alfonso abgeknallt.«

»Wa… wa… was?«

»Man hat ihn am Hafen gefunden. Er lag im Wasser. Aber er ist nicht ertrunken. Er war zersiebt von den Kugeln einer Maschinenpistole. Diese Schweine.«

»We… we… wer war das?«, fragte Fischer gepresst.

»Ich nehme an, die Typen aus dem Darknet. Mit denen er was am Laufen hatte.«

»Red kein Blech. Die toskanische Mafia hat Cazzotto erschossen.« Halt! Es war gerade verkehrt herum. Ein Mafioso wurde hingerichtet. Fischer ging plötzlich ein Licht auf. Alfonso Cazzotto war ein Mitglied der Fraternità, der verschwiegenen Bruderschaft mit der Muttergottes als Patronin. Er war aufgeflogen und stellte nun ein Sicherheitsrisiko dar. Fischer dachte an Müller. Dessen Mission war nun endlich erfüllt. Müller hatte wohl an die zwei Jahre gebraucht, um an die Beweise zu kommen, die es brauchte, diesen internationalen Auftrag zu erledigen. Fischer ging davon aus, dass Müllers Auftraggeber den Vatikanischen Geheimdienst um Längen überragte. Und dass er schon eine Weile daran herumlaboriert hatte, als sich im Vorjahr ihre Wege erstmals kreuzten.

»Ich habe mal geglaubt, dass er ein Padrino sei, ein Pate, ein Don, der eine Familie regiert. Was für ein Quatsch.

Alfonso war ein Guter. Ich hab es immer gewusst.« Giulia brach in Tränen aus.

»Ja, selbstverständlich. Das war er, Giulia.« Fischer segnete sie, dankte ihr und drückte das Gespräch weg. Er lächelte. Er hatte es geahnt. Tamir und Christopher waren tatsächlich auf Mariens Spuren unterwegs. Sie halfen, die toskanische Mafia auszuhebeln. Dazu waren sie von Müller instruiert worden. Der hatte die Gunst der Stunde genutzt, er hatte die beiden vorgeschickt, und sie hatten bei Alfonso zu Hause ganze Arbeit geleistet. Sie hatten Luca aufgestöbert. Alfonso hatte alle belogen, wenn es um Luca ging. Sogar Sofia hatte ihm geglaubt. Doch Luca hatte genug davon, den Bösen zu spielen. Er hatte das Schweigen gebrochen und ausgepackt. Er hatte die ganze Wahrheit über seinen Vater erzählt. Und über das, was im Jahr zuvor geschehen war. Roberto und Carlo würden nicht wiederkommen. Aber was schadete es, wenn Giulia weiterhin auf sie wartete? Die Hoffnung starb immer zuletzt.

»Die sollen mir kommen«, sagte die Großmutter drohend. Vielleicht konnte sie neuerdings Gedanken lesen? Das Gespräch zerfaserte.

»Komm, schwätz nicht.« Der Großvater winkte ab.

»Wir sind Verwundete im Hirn«, sagte die Oma. »Nicht auf den Kopf!« Halb spielerisch, halb drohend hob sie die Hand, um die Geste des Opas abzuwehren. Sie kam nicht mehr mit, und im Trauern um den Verstand wurde sie bockig.

»Verwunderte«, korrigierte Sarah und zeigte der Oma den Vogel.

»Hirnverbrannt«, meinte dazu der Opa. »Kannst du den mal heben? Guck ihn dir genau an.«

Er langte in den Hosensack und gab Fischer einen Rosenkranz. Hinter dem letzten Kettenglied begann mit dem Kreuz das Apostolische Glaubensbekenntnis. Ein Christus war mit ausgebreiteten Armen daran festgenagelt. Bloß fehlte ihm die rechte Hand.

Fischer war baff. »Wo hast du das her?«

Der Großvater winkte ab. »Da hat es also wieder einen verwischt. Cazzotto. Dieser windige Anwalt war mir schon im letzten Sommer nicht koscher.«

Luca brauchte Schutz. Jetzt würde Fischer noch einen dritten jungen Mann bei den Großeltern unterbringen müssen. Aber darauf kam es nun wirklich nicht mehr an. Sie würden sich schon arrangieren. Und die Sache war vielleicht doch noch nicht ganz ausgestanden. Zumal er am Wochenende mit Reinhild zur Beichte nach Rom flog. Seine Heiligkeit würde sie im Petersdom erwarten.

QUELLEN

1 Erich Fromm: Die Seele des Menschen, Ihre Fähigkeit zum Guten und zum Bösen, Stuttgart 1964, S. 156; im Buch wurde der Satz kursiv gesetzt, um seine zentrale Bedeutung hervorzuheben.

2 Unsichtbares Komitee: Jetzt, Aus dem Französischen von Birgit Althaler, Hamburg 2017, S. 69.

3 Edgar Wolfrum: Welt im Zwiespalt, Eine andere Geschichte des 20. Jahrhunderts, Leseprobe, Stuttgart 2017; Einleitung S. 8.

4 Markus Werner: Am Hang, Roman, Frankfurt am Main 2004, S. 129: »Ich bevorzuge reifere Frauen. Das war sie. Sie ging so gegen die Vierzig, schätzte ich, ein Alter, in dem die Frauen nach meiner Erfahrung die optimale Genußreife haben.«

5 Vgl. Carlos María Domínguez: Das Papierhaus, Erzählung, Aus dem Spanischen von Elisabeth Müller, Frankfurt am Main 2006.

6 Vgl. Carlos Ruiz Zafón: Das Spiel des Engels, Roman, Aus dem Spanischen von Peter Schwaar, Frankfurt am Main 2008, S. 334 f.

7 Vgl. Carlos Ruiz Zafón: Das Spiel des Engels, ebenda, S. 237.

8 Isaac Rosa: Das Leben in Rot, Roman, Aus dem Spanischen von Ralph Amann, Frankfurt am Main 2008, S. 44.

9 Vgl. Paulus Hochgatterer: Der Tag, an dem mein Großvater ein Held war, Wien 2017, S. 71.

10 www.karl-may-gesellschaft.de/kmg/primlit/reise/orient/wueste/wueste-hs.htm (abgerufen am 25.06.2017).

Weitere Titel finden Sie auf den folgenden Seiten und im Internet:

WWW.GMEINER-VERLAG.DE

UTA-MARIA HEIM
Toskanische Beichte

978-3-8392-2125-9 (Paperback)
978-3-8392-5493-6 (pdf)
978-3-8392-5492-9 (epub)

BODENSEE-MEDITERRAN Für Pfarrer Fischer beginnt eine schwierige Prüfung, als ein Unbekannter in seinem Beichtstuhl von Mord erzählt – und dann lässt er dort ein Handy liegen. An das Beichtgeheimnis gebunden, versucht der Pfarrer, den Besitzer zu ermitteln. Weil ihn die entscheidende Spur in die Toskana führt, macht er kurzerhand Urlaub mit seiner anders begabten Schwester und den betagten Großeltern. Zusammen mit der Tourismus-Agentin Giulia Franca, die in einem Fischlokal aushilft, stößt er am Strand auf eine abgehackte Hand mit einem Fischsymbol. Und plötzlich finden sich alle in einer dubiosen katholischen Organisation wieder.

Ein wunderschöner Ort an der toskanischen Küste wird zum Schauplatz eines ausgefeilten Intrigenspiels innerhalb der katholischen Kirche.

UTA-MARIA HEIM
Feierabend

978-3-8392-1178-6 (Paperback)
978-3-8392-3729-8 (pdf)
978-3-8392-3728-1 (epub)

WIR HABEN ES ZU LANGE TOTGESCHWIEGEN

Zusammen mit ihrer Tochter Susanne lebt Helene in einer Kleinstadt am Rand des Schwarzwalds. Die Wochenenden verbringt sie mit Marius, der am anderen Ende wohnt. Alles scheint geregelt und eingespielt. Bis bei ihr eingebrochen wird. Der Dieb stiehlt nur ein Parfüm. Aber auch Jakob Silberzahn, der jüdische Psychoanalytiker, der deportiert wurde und als Geist im Arbeitszimmer haust, ist verschwunden. Dafür taucht wenig später eine dubiose Putzfrau auf, Marius entzieht sich und Susanne führt ein Doppelleben.

Unaufhaltsam schlittert Helene in eine Lebenskrise. Sie beginnt sich mit der verdrängten Vergangenheit zu beschäftigen. Zu der auch Brunhilde gehört – die behinderte Zwillingsschwester ihrer Mutter, die vor 70 Jahren in der NS-Tötungsanstalt Grafeneck umgekommen sein soll.

UTA-MARIA HEIM
Totenkuss

978-3-8392-1059-8 (Paperback)
978-3-8392-3487-7 (pdf)
978-3-8392-3486-0 (epub)

DER FALL SEINES LEBENS Der Serienmörder Olaf Hahnke ist aus Stuttgart-Stammheim ausgebrochen. Ein Skandal bahnt sich an, der rote Karle flucht, und KHK Timo Fehrle träumt davon, endlich den Fall seines Lebens zu lösen. Nur Karles Schwester Rosa weiß, schuld an allem ist der Totenkuss.

Ein schwarzhumoriger Psychothriller über die Nachtseite des Schwabenlands, das hinunterreicht bis in die Toskana. Das Grauen wartet überall. Die Spirale des Wahnsinns eskaliert.

GMEINER SPANNUNG

UTA-MARIA HEIM
Wespennest

978-3-89977-809-0 (Paperback)
978-3-8392-3429-7 (pdf)
978-3-8392-3428-0 (epub)

DER SIEG DES RATTENPRINZIPS Mit 86 haut der rote Karle noch einmal richtig auf den Tisch. Vom Nazi-Terror über den RAF-Terrorismus bis zum weltweiten Wirtschaftskollaps – Furcht, Schrecken und Dummheit sind einfach nicht totzukriegen. Doch im Ländle rumort es. Auf zum Widerstand! Während in Baden-Baden die postbürgerliche Revolution tobt, regt sich auch in Stuttgart Protest. Und Karle holt in Schramberg die Waffe aus dem Schrank.

Uta-Maria Heim hat ihr Krimidebüt »Das Rattenprinzip« nach 18 Jahren vom Kopf auf die Füße gestellt. Da ist Schluss mit lustig: Aus dem elastischen Wendehals wird der knallharte Klassenfeind. Kein Wunder, wenn sich öfter mal eine Kugel verirrt. Der Sieg des Rattenprinzips verläuft selbst für echte Heldinnen und Helden tragisch.

UTA-MARIA HEIM
Das Rattenprinzip

978-3-89977-745-1 (Paperback)
978-3-8392-3083-1 (pdf)
978-3-8392-3082-4 (epub)

DIE RÜCKKEHR DER RATTEN »Das Rattenprinzip« spielt im Frühjahr 1990, inmitten der Wende, in einem Ländle, das sich knitz an die schwindenden Utopien klammert. Der rote Karle, der letzte Kommunist, sitzt im mittleren Schwarzwald in seiner Klitsche und wettert unverdrossen gegen das »Rattenprinzip«: »Wer pariert, kriegt's in den Rachen geschoben.« In der Schwabenmetropole hingegen weht bereits ein anderer Wind. Die Zeiten des Aufbruchs und der Protestbewegungen sind vorbei. Die Technologie siegt, die Kultur wird allerorts mundtot gesponsert, zum Wohl des Automobils und des ungebremsten Profits. Da wird der clevere Zeitgeist, der die Globalisierung einläutet, schonungslos spürbar. Das Wende-Stuttgart ist ein gefährliches Pflaster, für Gutmenschen tödlich.

GMEINER SPANNUNG